Vasily Mahanenko

DAS GESETZ DES DSCHUNGELS

Buch 2

MAGIC DOME BOOKS

Das Gesetz des Dschungels Buch 2
Originaltitel: Law of the Jungle Book 2
Copyright ©V. Mahanenko, 2024
Covergestaltung ©V. Linni, 2024
Designer: Vladimir Manyukhin
Deutsche Übersetzung © Annika Tschöpe, 2024
Erschienen 2024 bei Magic Dome Books
Alle Rechte vorbehalten
ISBN: 978-80-7702-074-9

Die Personen und Handlung dieses Buches sind
frei erfunden.
Jede Übereinstimmung mit realen Personen oder
Vorkommnissen wäre zufällig.

ALLE SERIEN VON VASILY MAHANENKO:

Survival Quest LitRPG-Serie

Galaktogon LitRPG-Serie

Welt der Verwandelten LitRPG-Serie

Alchemist LitRPG-Serie

Clan der Bären LitRPG-Serie

Der dunkle Paladin LitRPG-Serie

Todgeweiht
(Fürst Walewski: Der Letzte seines Stamms)
LitRPG-Serie

Das Gesetz des Dschungels
Wuxia Progression-Fantasy Abenteuer
Serie

INHALT:

KAPITEL 1

DER VIERZEHNTE GEBURTSTAG ist normalerweise ein fröhliches Ereignis, das man bestens gelaunt mit Freunden und Geschenken feiert. An solchen Tagen ist das Leben schön, eine wahre Freude. Ich jedoch erlebte leider das genaue Gegenteil. Mein erbärmliches Dasein als Lehrling eines Tao-Meisters des Diamantrangs bedeutete, dass mein vierzehnter Geburtstag alles andere als typisch verlief. Freude würde es für mich nicht geben, sondern nur Schmerzen. Und zwar reichlich.

„Schlag zu!"

Das Kommando meines Mentors wirkte wie ein Peitschenhieb, sodass ich allen Widerstand aufgab und gehorchte. Wieder traf meine Klinge ihr Ziel und schlug einem niederen Dämon den Kopf ab. Der Leib der Kreatur stürzte zu Boden, Blut sickerte in die Erde und ich konnte einen Augenblick zu Atem kommen. Meinem Körper war überdeutlich anzusehen, wie brutal die Schlacht gegen die Dämonen gewesen war — er hatte etliche Bisse und Klauenhiebe einstecken müssen, doch trotz allem gelang es mir immer noch, mich auf den Beinen zu halten. Wenn ich jetzt fiel, würde ich mir nur den Zorn meines Mentors zuziehen — und das war weitaus schlimmer als Zähne oder Gift eines niederen Dämons.

„Da steckt man so viel Herzblut in die Ausbildung eines Trampels und kitzelt das Äußerste aus ihm heraus, und trotzdem kann er sich kaum gegen diese dummen Viecher behaupten." Die Kritik meines Mentors war gnadenlos wie ein Vorschlaghammer. „Wie soll es werden, wenn du an höhere Dämonen gerätst? Wirst du aufgeben und dich schnappen lassen? Kannst es wohl kaum erwarten, von einer Kreatur aus einer anderen Welt verspeist zu werden!"

„Mentor, das waren niedere Dämonen von höherem Rang!" Tief in meinem Inneren hatte ich doch noch ein Fünkchen Trotz gefunden.

„Na und? Auf der Welt geht es nun einmal nicht fair zu, falls dir das noch nicht aufgefallen sein sollte! Wir geraten nie an Gegner, die perfekt unserer Entwicklungsstufe entsprechen. Sie sind immer stärker — immer einen Schritt voraus. Das ist keine Entschuldigung dafür, dass man sich ihnen geschlagen gibt. Und wenn jetzt noch mehr von diesen niederen Dämonen auftauchen? Dafür, dass du nach Unsterblichkeit strebst, unterlaufen dir zu viele Patzer. Sammle jetzt die Dämon-Leichen zusammen — wir müssen sie verbrennen. Danach werde ich deine Wunden versorgen. Eine sofortige Behandlung hast du dir nicht verdient."

So also sah meine „Geburtstagsfeier" aus — fragwürdige Geschenke in Form einer Begegnung mit zwei Gruppen niederer Dämonen. Die ersten waren keine große Herausforderung gewesen, da ihr Rang in etwa dem meinem entsprach, doch die zweite Gruppe war äußerst mächtig und mir sowohl an Kraft als auch an Wendigkeit überlegen. Ich musste mich aufs Äußerste anstrengen und weit über meine Grenzen hinausgehen, um zu überleben und die Ungeheuer zu vernichten. Und obwohl ich mir solche Mühe gegeben hatte, ließ sich der Mentor nicht zu einem Lob herab.

Wie lange waren wir schon in dieser Dämonen-verseuchten Gegend unterwegs? Lange genug, um Aufmerksamkeit zu erregen und etliche solcher Gruppen zum Angriff zu verleiten. Bislang waren die Bedrohungen zwar relativ harmlos geblieben, doch ich spürte, dass sich am Horizont etwas zusammenbraute. Nun, vielleicht sollte ich lieber der Reihe nach berichten.

Das Reich der Dämonen war wirklich ganz erstaunlich — ein gewaltiger Unterschied zu unserer Welt. Rot war hier nicht nur eine Farbe, sondern offenbar das Wesen aller Dinge: das Gras und die Blätter der wenigen Bäume, die hier wuchsen, waren in unterschiedliche Rottöne getaucht. Nachdem ich eine Woche lang die giftigen Dämpfe eingeatmet hatte, die in der Luft lagen, hustete ich Blut. Besonders unangenehm war jedoch die Erkenntnis, dass es im Land der Dämonen nicht die gleichen Beschränkungen gab wie bei uns. Es gab keine Zonen oder Grenzen — nur ein endloses, weitläufiges Gebiet, in dem die Qi-Energie unendlich intensiver war als alles in Zone Null der Menschenwelt, und zwar selbst hier draußen, weit entfernt von der Ur-Seele. So tapfer ich mich auch bemühte, nach zwei Wochen rebellierte mein Körper gegen diese unbarmherzigen Bedingungen, sodass meinem Mentor nichts anderes übrigblieb, als mich immer wieder zusammenzuflicken.

Unsere erste Expedition in das Reich der Dämonen dauerte knapp drei Wochen, dann mussten wir zurück in unsere Welt, um etwas zu Atem zu kommen. Ich jedenfalls brauchte das dringend, meinem Mentor dagegen schienen die gnadenlosen Verhältnisse in der Dämonenwelt wenig auszumachen. Der Mann war unverwüstlich! Seine Vorstellung von Erholung bestand darin, mein tägliches Training von achtzehn auf nur sechzehn Stunden zu reduzieren und mir großzügigerweise zwei Stunden zum Meditieren zu geben. In der Welt der Dämonen. Wo schon in der Luft so viel Qi lag, dass mein geschundener Körper davon ununterbrochen gepeinigt wurde.

Der zweite Streifzug dauerte einen Monat, und nachdem wir uns zuvor von den kleineren Siedlungen ferngehalten hatten, stießen wir diesmal sogar auf eine kleine, von Mauern gesäumte Ortschaft. Wir hatten nicht die Absicht, mit roher Gewalt alles auszulöschen, was uns in die Quere kam — wieso sollten wir wie die Barbaren hilflose

Kreaturen attackieren? Höhere Dämonen dagegen — vom Silber- und Goldrang der Kandidatenstufe — waren ebenbürtige Gegner. Mein Mentor plünderte ungerührt Werkstätten und Läden, denn in seinen Augen war die Beute ein wichtiger Aspekt aller Ausflüge ins Reich der Dämonen. Je mehr Schätze man mitbrachte, desto größer der Ruhm in der Heimat. Als wir auf die Burg eines höheren Dämons stießen, der die Region beherrschte, ging der Taoist aufs Ganze. Erst fiel die Verteidigung, dann plauderte er ein wenig mit dem Boss (der das Gespräch leider nicht überlebte), und schließlich zogen wir in der Schatzkammer das große Los. So viele Geiststeine hatte ich mein Leben lang noch nicht gesehen — ein ganzer Raum war randvoll davon. Mein Mentor jedoch gab sich mit diesen „Kinkerlitzchen", wie er sie abfällig nannte, nicht ab, sondern hatte es auf Kräuter, Hölzer, Harze und andere Ressourcen abgesehen, die ordentlich in Regalen lagen. Auf den ersten Blick wirkte nichts davon besonders wertvoll, doch aus den Vorräten, die wir davonschleppten, konnten wir wochenlang Pillen und Artefakte herstellen. Und nein, mein Training wurde deshalb noch lange nicht pausiert.

Mein Mentor hatte nicht die Absicht, die Geiststeine mitzunehmen, doch einfach dortlassen konnte er sie auch nicht. Wozu brauchten Dämonen derartige Schätze? Der Taoist schickte mich aus der Stadt, dann verwandelte er die so solide wirkende Steinfestung in eine Ruinenlandschaft. Die Explosion war so mächtig, dass sie sicher in der halben Stadt zu spüren war. Meister

Guerlon wirkte sehr zufrieden, als er auf den Beifahrersitz stieg und befahl, das Wurmloch anzusteuern. Damit war unsere zweite Expedition in das Land der Dämonen beendet. Diesmal hustete ich in der vergifteten Luft übrigens erst nach drei Wochen Blut und nicht schon nach einer. Offenbar gewöhnte sich mein Körper allmählich an die aggressive Atmosphäre. Auch die Qi-Energie setzte meinen Eingeweiden nicht mehr so schlimm zu wie zuvor.

Nach diesem Ausflug folgten zwei Monate der Erholung, doch zunächst verwendete der Mentor ein paar Tage darauf, unser erstes Versteck in Zone Null zu errichten. Aus der Burg der Dämonen hatte er so viel Beute mitgebracht, dass es selbst den Rahmen seiner so unendlich wirkenden Dimensionstasche sprengte. Wir schufen das Versteck in einer Felswand, die die Dämonen als Steinbruch für ihre Gemäuer nutzten. Der Mentor machte eine kleine Höhle ausfindig, die er vergrößerte, indem er das Gestein mit seinen Techniken zerschnitt, und verstaute dort dann alles, was ihm überflüssig erschien. So entstand eine gewaltige Ansammlung an Dingen, darunter auch Ressourcen aus der blauen Anomalie. Den Eingang versperrte er mit Steinen und seufzte schließlich schwer, während er sein Werk musterte.

„Um das Versteck angemessen zu schützen, bräuchten wir eine Schutzformation. Spezielle Artefakte, die den Eingang verbergen und neugierige Eindringlinge vernichten. Die Formation habe ich, und es ist kein Problem, sie so einzustellen, dass sie dich und mich erkennt. Aber wozu? In Zone Null gibt es kaum Energie, sodass die Schutzvorrichtung höchstens ein Jahr halten wird. Sinnlos. So ist es sicherer — dass wir das Zeug unter Steinen verstecken. Denk daran, alles von hier mitzunehmen, ehe du dich in Zone Eins begibst."

Dann kam der dritte Raubzug. Der Mentor hatte erklärt, dass die Expedition diesmal lang und beschwerlich werden würde, da sich mein Körper mittlerweile an die Belastungen der Dämonenwelt angepasst habe. Ich hatte meine Zweifel, aber wen interessierte das? Unsere Mission war klar: Möglichst viele Burgen, Außenposten, Trainingslager und andere vor Waffen strotzende Ansammlungen von Dämonen zu finden, damit die Bewohner der inneren Regionen aufmerksam wurden und uns im Idealfall sogar ein Dämonenmeister in die Falle ging. Auf meine logische Frage, wieso wir derartige Risiken eingehen sollten, antwortete mein Mentor mit einem blutrünstigen Grinsen. Je mehr hochrangige Dämonen in ihrer eigenen Welt starben, desto weniger würden sich in die unsere vorwagen. Das wahre Ziel bestand jedoch nicht nur darin, ihre Reihen auszudünnen — wenn die Dämonen merkten, dass die Menschen in ihrem eigenen Reich wüteten, würden sie einen Wurmloch-Koordinator an den Durchgang beordern müssen. Und den würden wir uns schnappen. Je weniger Wurmloch-Koordinatoren, desto friedlicher würde unsere Welt sein.

„Können wir das Wurmloch nicht einfach zerstören?", fragte ich.

„Einen Riss im Raumgewebe zwischen zwei Welten? So einfach ist das nicht, Lehrling. Selbst für mich wäre das eine gewaltige Anstrengung, obwohl ich das schon mehr als einmal getan habe. Wenn wir den Koordinator schnappen können, ehe der Durchgang geschlossen wird, zeige ich dir, wie man ihn schließt. Die Aufstiegsstufe ist dabei unerheblich, wichtig ist, dass man exakt und in der richtigen Reihenfolge vorgeht."

Die ersten Wochen unserer dritten Reise in das Reich der Dämonen waren ein voller Erfolg — mehrere Burgen lagen hinter uns in Trümmern. Schon bald tauchten die ersten Kampftrupps auf, die gezielt auf uns angesetzt waren. Mein Mentor ließ bei jeder Begegnung ein oder zwei Dämonen am Leben und führte mit ihnen lange, gründliche Gespräche. Leider wusste keiner der Gefangenen, wo sich der Stamm Jarming aufhielt, aber nach und nach konnten wir uns so eine Karte von Zone Null zusammenbasteln. Im Land der Dämonen gab es keine offiziellen Zonen, sondern sie sprachen von „Kreisen", die in etwa der Aufteilung in unserer Welt entsprachen. Im Augenblick waren wir in Kreis Null unterwegs, einer Region, die vom Stamm Barnutal kontrolliert wurde — angesichts der knappen Ressourcen war es weder der größte noch der reichste. Der Stamm war ganz offensichtlich wenig erfreut über den marodierenden Taoisten, der durch sein Gebiet zog, und hetzte eine Truppe nach der anderen auf uns. Die acht Dämonen, die ich gerade erledigt hatte, stammten aus Trupp Nummer 27, der uns diese Woche zu schaffen gemacht hatte.

Ein Blitz schoss in die Luft und löschte eine Gruppe von acht niederen Dämonen aus. Endlich hatte mein Mentor Erbarmen und heilte meine Wunden — gerade noch rechtzeitig, denn vor meinen Augen verschwamm bereits alles und ich taumelte wie ein Betrunkener. Mit einem weiteren missbilligenden Blick in meine Richtung beschwor der Taoist einen selbstfahrenden Wagen herauf und setzte sich an die Hebel. In der Welt der Dämonen hatte er mir die Rolle des Fahrers bislang noch nicht anvertraut.

„Meditiere!", befahl mein Meister, dann eilten wir auf unser nächstes Ziel zu. Ich schloss die Augen und tauchte in eine Welt voller pulsierender Energie ein. In dieser Hinsicht hatte ich während des Aufenthalts im Reich der Dämonen immerhin Fortschritte gemacht. Mittlerweile gelang es mir ohne große Mühe, mich in einen Zustand der Geistsicht zu versenken, in dem ich Energieströme erkennen konnte. Ich sah, wie Partikel in meinen geplagten Körper drangen, auch wenn sie jetzt weniger Spuren hinterließen als zuvor. Mein Körper gewöhnte sich allmählich an diese feindselige Umgebung. Hin und wieder kamen wir an Kraftzentren vorbei — Pflanzen oder kleinen Tieren auf dem Weg zur Unsterblichkeit. In diesen Wesen steckte etwas mehr Energie als in der Umgebung, doch mein Mentor fuhr daran vorbei, ohne sie eines Blickes zu würdigen. Der Gedanke, dass der Taoist sie einfach nicht erkennen konnte, kam mir gar nicht in den Sinn. Für Vyllea hatte er Kreaturen gejagt, also wusste er eindeutig, wo Energie zu finden war. Und sowohl Taoisten als auch Dämonen nahm er ganz eindeutig wahr. Kurz gesagt, mein Mentor sah alles, schenkte dem meisten jedoch keine Beachtung.

Plötzlich jedoch…

„Stopp!"

Das flüsterte ich so leise, als hätte ich Angst vor meiner eigenen Dreistigkeit. Einen Weisen herumzukommandieren! In meinem Heimatdorf hätte ich für diese Frechheit eine Tracht Prügel bekommen. Doch mein Mentor tadelte mich nicht, sondern bremste abrupt, sodass der Wagen über die Steine schlitterte. Sobald wir stehengeblieben waren, sprang ich ab, ohne auf Fragen zu warten, und lief zurück an die Stelle, an der ein gewaltiges Licht erstrahlte — weitaus heller als die Geiststeine, die mein Mentor mir üblicherweise gab, jedoch tief im Boden. Hätte ich mich zum Meditieren nicht so sehr auf die Energieströme konzentriert, hätte ich dieses helle Gewirr aus Energien aus der Ferne niemals entdeckt. Allerdings konnte ich die Stelle nicht erreichen, denn unvermittelt tauchte im sonst eher flachen Boden eine schmale Kluft auf, kaum zehn Meter lang und nicht ganz einen Meter breit. Die leuchtende Energieansammlung, die ich entdeckt hatte, befand sich in dieser Kluft, etwa drei bis fünf Meter in der Tiefe.

„Dort." Ich deutete in den Spalt und wusste nicht, was ich jetzt tun sollte, doch mein Mentor überraschte mich sehr. Ohne ein einziges Wort und ohne zu fragen, was ich überhaupt gefunden hatte, machte er einen Satz und sprang senkrecht in die Tiefe. Wenige Augenblicke später tauchte er genauso abrupt wieder auf und landete wenige Meter neben mir. Ich hatte die Augen geschlossen, um weiter die Geistsicht zu nutzen. Bislang war ich nicht in der Lage, sie gleichzeitig mit meinem normalen Sehvermögen einzusetzen, sondern musste mich für eines von beiden entscheiden. Der helle Schein unter der Erde war verschwunden — entweder hatte mein Mentor ihn vernichtet oder die Quelle mitgenommen, was auch immer das sein mochte. Was genau er getan hatte, konnte ich nicht sagen; im Reich der Energie sah ich den Tao-Meister des Diamantrangs als vollkommen schwarzen Fleck mit der Silhouette eines Menschen, zu dem sich Energiefäden erstreckten und spurlos verschwanden. Weder die Artefakte noch die Geiststeine, die er bei sich trug, konnte ich erkennen — nur den schwarzen Umriss. Um wieder normal zu sehen, musste ich die Augen aufschlagen.

„Oh, wow...“, entfuhr es mir, als ich sah, was mein Mentor in der Hand hatte. Ein Skelett. Oder vielmehr den unteren Teil eines Skeletts. Den unteren rechten Teil eines Skeletts, um ganz genau zu sein. Ein Bein fehlte, ebenso wie alles oberhalb der Hüfte. Der saubere Schnitt deutete auf ein gewaltsames Ende hin. Der Stoff war längst verwest, an dem einsamen Fuß hingen die Überreste eines jetzt nutzlosen Stiefels, doch endlich erkannte ich, woher die Energie stammte, die meine Aufmerksamkeit erregt hatte. Es war eine kleine Plakette

— genau wie diejenige, die mein Mentor mir einst gezeigt hatte. Das Werk eines Clanoberhaupts, das dem Träger das Recht gab, sich als Suchender zu bezeichnen. Mein Mentor legte die Überreste auf den Boden und behielt nur die Plakette, die als Einziges einen gewissen Wert hatte.

„So weit ist es also mit dir gekommen", sagte der Taoist grimmig, während er die Plakette zwischen den Fingern drehte. „Es war nie deine Stärke, auf die Stimme der Vernunft zu hören, was? Du hast dich immer für einen überragenden Jäger gehalten."

„Mentor, wer war das?" Ich hatte große Mühe, die Fassung zu bewahren. Offenbar kannte der Taoist den Verstorbenen persönlich und hatte möglicherweise Spannendes zu berichten. Ich liebte Geschichten! Besonders solche.

„Das sind die Überreste eines der jüngeren Erben von Haus Kahn, das für den Phönix-Clan über Zone Zwei herrscht. Wir sind uns vor etwa sechzig Jahren über den Weg gelaufen, als ich noch ein Krieger war. Damals war ich noch kein Suchender, nur ein Nachwuchslehrer an einer der Schulen der Erleuchtung... Dmyt Kahn träumte jedoch davon, ein freier Suchender zu werden. In der Erbfolge standen zu viele Verwandte vor ihm, sodass er nicht auf eine anständige Position hoffen durfte. Also beschloss er, den Weg eines Suchenden einzuschlagen. Der Clan geizte nicht mit seiner Ausstattung — Dmyt Kahn hatte all das, von dem andere nur träumen konnten. Artefakte, Pillen, Techniken, und so weiter. Da es in Zone Zwei keine Rivalen gab, bezeichnete er sich als bester Suchender der Welt, doch dann war er plötzlich verschwunden — so plötzlich, dass niemand wusste, was mit ihm geschehen war. Haus Kahn setzte sogar eine Belohnung für Hinweise auf den jungen Sprössling aus, doch niemand fand je etwas heraus. Alle glaubten, Dmyt Kahn sei es gelungen, einen Elementkern zu bilden, Tao-Meister zu werden und in Zone Drei aufzusteigen, zumal er mit den Ressourcen des Clans bestens dafür gerüstet war. Nun jedoch stellt sich heraus, dass dieser Irre glaubte, er sei stärker als die Dämonen, und durch ein Wurmloch in diese Welt kam. Dieser gerade Schnitt durch die Knochen deutet darauf hin, dass eine Technik verwendet wurde. Der Suchende ist aus Zone Zwei dieser Welt hierher geflüchtet, doch statt zu entkommen, hat er ein ruhmloses Ende genommen. Zu schade, dass ihm seine Ausrüstung abgenommen wurde. Wie gesagt, der Kahn-Clan war sehr großzügig. Sicher hatte er einige äußerst wertvolle Artefakte bei sich."

„Warum hat man ihm die Plakette gelassen?", fragte ich.

„Weil Dämonen sie nicht berühren können. Nun ja, manche schon, aber nicht alle. Wer selbst kein Suchender ist oder vom Besitzer der Plakette nicht die Erlaubnis bekommen hat, kann sie nicht berühren. Dieses Artefakt wurde von einem Taoisten der Stufe Erleuchteter gefertigt. Du kannst davon ausgehen, dass dafür gesorgt ist, dass es selbst nach dem Tod des Suchenden verheerende

Folgen für seine Feinde hat. Was mir dagegen Rätsel aufgibt, Lehrling, ist die Frage, wie du die Plakette entdeckt hast."

„Sie strahlte wie Earis", stieß ich hervor. Die Frage verblüffte mich sehr. „Ihr hattet gesagt, ich solle meditieren, also habe ich mir die Welt der Qi-Energie angeschaut. Diese Stelle leuchtete so viel heller als alle anderen..."

„Alle anderen?" In der Stimme meines Mentors lag ein Unterton, den ich mittlerweile sehr fürchtete. Er verwendete ihn immer, wenn er sich eine neue Art von Training einfallen ließ.

„Pflanzen, kleine Tiere und dergleichen. Sie hatten nur wenig mehr Energie als die Umgebung, darum dachte ich, dass sie Euch nicht interessieren und dass Ihr sie für trivial haltet. Aber dieser Schein war so hell, ich musste Euch einfach stoppen."

„Wie siehst du mich in deiner Welt der Energie?"

„Als schwarzen Fleck." Ich spürte, wie sich meine Wangen röteten. „Ich kann Euch überhaupt nicht sehen. Weder Euch noch irgendetwas von dem, was Ihr bei Euch tragt."

„Aber du hast versucht, mich anzuschauen, oder? Vor ein paar Tagen, als du während einer Pause unverhofft Nasenbluten bekommen hast. Stimmt's?"

„Ja, Mentor", gestand ich, mittlerweile puterrot vor Scham. Ertappt!

„Nun gut, damit werden wir uns später befassen. Und auch damit, warum du mir nicht berichtet hast, dass du diese Welt der Energie entdeckt hast. Bei den meisten Taoisten, Lehrling, dient das Meditieren dazu, Qi-Energie in den Körper zu lassen und die Meridiane wiederherzustellen. Normalerweise sehen sie nur ihre eigenen Knoten und Meridiane — nicht die Energieströme in der Umgebung. Dazu sind allein Absoluten des Geistes in der Lage, und wir wissen ja, dass du nicht dazugehört. Sind hier in der Nähe solche Stellen, von denen du gesprochen hast?"

Ich musste die Augen schließen und wieder in das Reich der Energie eintauchen. Alle anderen sahen also nur Dunkelheit? Wie seltsam. Vor mir erstreckte sich die gleiche Landschaft, die ich auch mit geöffneten Augen sah — nur war sie jetzt in Blautönen gehalten. Sobald ich mich ein wenig daran gewöhnt hatte, konnte ich mich darin sogar orientieren.

„Dort." Endlich hatte ich eine kleine Energieansammlung etwa sechzig Meter weit weg entdeckt. Sie rührte sich nicht — eindeutig kein Tier. Als wir näherkamen, fanden wir ein kleines Büschel trockenes Gras. Der Mentor bückte sich und das Gras sprang ihm in die Hand.

„Zehn Jahre altes Wurmholz der Lehrlingsstufe. Drei, vielleicht sogar vier Geistmünzen wert. Keine schlechte Beute hier in dieser Einöde. Sag mir, Lehrling, an wie vielen solchen Stellen sind wir vorbeigekommen?"

„Achtundzwanzig." Mein verfluchtes Gedächtnis wusste das ganz genau. Der Taoist grinste nur und schüttelte den Kopf. Das sah ich als gutes Zeichen und wagte eine entscheidende Frage.

„Mentor, Ihr habt Tiere auf dem Weg zur Unsterblichkeit gefunden, die Vyllea fressen konnte. Ihr wusstet im Voraus, wann wie viele Kopfgeldjäger auf uns losgehen würden. Ist das nicht die Fähigkeit, Energie zu sehen?"

„Du hast Recht — ich kann Energie sehen. Aber keine Qi-Energie, Lehrling. Ich sehe die Lebensenergie, die in lebendigen Wesen pulsiert. Und diese Energie lässt sich verbergen, wie du selbst erlebt hast. Erinnere dich an unseren ersten Angriff — bei dem das Siegel vor dem Gasthaus der Suchenden in Vorend unter einem Schutzschild verborgen war. Ich habe die Energie damals nicht gesehen, und ohne deinen Tipp mit dem Faden wäre der Urheber unter Umständen unbemerkt geblieben. Je weiter ein Wesen auf dem Weg zur Erleuchtung kommt, desto heller leuchtet seine Lebensenergie. Deine zum Beispiel ist nur ein Flackern, als hättest du den Weg zur Unsterblichkeit gerade erst betreten. Und das ist ehrlich gesagt sehr enttäuschend. Nach zwei Jahren Ausbildung hatte ich mehr Fortschritt erwartet. Bleib stehen, ich will etwas prüfen."

Der Mentor legte mir eine Hand auf die Brust und schloss die Augen. Einen Augenblick später öffnete er sie wieder und schüttelte den Kopf.

„Noch keine Knoten. Ich sehe nicht einmal Ansätze. Dein Körper ist noch immer nicht robust genug, um Qi-Energie zu ertragen. Du bist immer noch schwach. Wie lange wird es in diesem Tempo dauern, bis du den Silberrang erreichst? Zehn Jahre?"

Auf diese Frage erwartete er eindeutig keine Antwort — mein Mentor führte oft Selbstgespräche. Mir dagegen machte etwas anderes zu schaffen.

„Mentor, wenn Ihr die Energie der Welt nicht sehen könnt, wieso kann ich das dann? Ihr habt doch selbst gesagt, dass ich kein Absolut des Geistes bin."

„Du bist ein mentaler Absolut, und über diese Art weiß ich so gut wie nichts. Ich hätte nie damit gerechnet, dass ich in Zone Null meinen ersten Lehrling finden würde — und noch dazu einen wie dich. Eines steht fest: Wir müssen deine Fähigkeit gründlich testen, um zu ermitteln, wie weit sie geht. Du siehst mich, einen Taoisten der Meisterstufe, als schwarzen Fleck, der alle Energie absorbiert. Und doch hast du ein Artefakt entdeckt, das von cinem Taoisten der Erleuchtungsstufe gefertigt wurde. Das wirft viele Fragen auf, die du mir beantworten wirst, nachdem wir die Gruppe von Dämonen erledigt haben, die sich dort nähert."

Der Mentor deutete zum Horizont, an dem mehrere Punkte näherkamen. Sie waren zu weit entfernt, als dass ich meine Geistsicht auf sie anwenden konnte, doch die Aufgabe war klar — der Mentor wollte wissen, ob dieses Sehvermögen nur bei Gegenständen und niederen Kreaturen funktionierte oder auch bei Wesen, die bereits auf dem Weg zur Erleuchtung waren und einen ähnlichen Rang wie ich selbst hatten. Das sagte der Taoist zwar nicht ausdrücklich, doch ich erinnerte mich an die Schriften von Huang Lung. Wenn ein Taoist die Aufstiegsstufe seines Feindes sowie alle seine Knoten und Meridiane kannte, genoss er im Kampf einen gewaltigen Vorteil. Jede Technik benutzte bestimmte Meridiane, und wenn dem Gegner bestimmte Verbindungen fehlten, konnten er die entsprechenden Techniken nicht einsetzen.

Ich schloss die Augen und tauchte in die Welt der leuchtenden Formen ein. Ein dichtes Energiekonstrukt hüllte mich ein, und ich grinste. Der Mentor hatte die Technik *Geistrüstung* eingesetzt, um mich zu schützen. Er hatte nie erwähnt, dass er mich immer behütete, und ich hatte das zuvor nicht sehen können. Nun meditierte ich zum ersten Mal während eines Kampfes, und noch dazu in einem Kampf, in dem der Mentor zulassen würde, dass der Feind in Hieb- oder Wurfweite kam. Jetzt gab es keine Ablenkungen — ich war wirklich gespannt, was meine Geistsicht zum Vorschein bringen würde. Mein Gefühl sagte mir, dass ich einen weiteren Grund entdeckt hatte, wieso mentale Absolute nicht frei herumlaufen durften. Wir sahen einfach zu viel. Schon für einen Bruchteil dessen musste man oft genug mit dem Leben bezahlen.

KAPITEL 2

„ICH BRAUCHE ANTWORTEN, Lehrling.“

„Ja, Mentor.“ Ich nickte und unterdrückte erneut den Drang, laut auszusprechen, was ich über diese Art von Ausbildung dachte. Um Antworten geben zu können, sollte man zumindest Fragen hören! Doch es gab keine, sondern ich musste selbst überlegen, welche Informationen wertvoll waren, welche nutzlos und welche überhaupt nicht der Rede wert. Warum konnte ich nicht einfach eine Frage stellen und eine direkte Antwort bekommen?

„Drei Dämonen haben uns angegriffen. Einer war ein Kandidat des Goldrangs, die beiden anderen Lehrlinge, deren Rang ich nicht feststellen konnte. Ich habe den Kandidatenrang an den vier Knoten erkannt, zwischen denen von Zeit zu Zeit ein Energiefaden aufflackerte. Dieser Dämon hatte noch keine Meridiane gebildet. Von den Lehrlingen hatte der eine einen Kern und die Anfänge von zwei Meridiansträngen. Einer umfasste drei Verknüpfungen, die sich in die rechte Hand erstreckten; der andere hatte zwei Meridiane, die direkt nach unten führten. Bei dem zweiten Lehrling war es ähnlich, nur hatte sein Meridian im ersten Strang nur zwei Verknüpfungspunkte."

„Jedes Wesen, das nach Unsterblichkeit strebt, muss seinen Körper in der Lehrlingsstufe auf die Bildung eines Energiekerns vorbereiten. Nur dann kann es auf die Kriegerstufe aufsteigen. Um den Kern zu öffnen, muss das Wesen alle Wachstumsrichtungen der Meridiane freilegen: beide Arme, beide Beine, Bauch, Brust und Kopf. Diese sieben Stränge ziehen sich dann durch den Körper und bilden zweihundertsechsundfünfzig Meridiane, doch das ist erst auf der Kriegerstufe möglich. Erst werden die Stränge freigelegt. Auf der Bronze-Stufe geschieht das mit dem rechten Arm und dem Bauch. Wenn in diesen Strängen zehn Meridiane eröffnet sind, ist man in der Lage, den Strang für den linken Arm und das rechte Bein freizuschalten. Das ist dann der Bronzerang. Bei dreißig Meridianen bietet sich die Möglichkeit, zum Silber-Lehrling zu werden — die Stränge im linken Bein und in der Brust werden gebildet. Der Kopf-Strang steht bei fünfzig Meridianen zur Verfügung. Das ist der Goldrang — der anspruchsvollste auf der Lehrlingsstufe. Wenn schließlich ein Meridian im Kopf-Strang entstanden ist, kann man die Bildung des Energiekerns in Angriff nehmen.“

„Verstehe. Die beiden Dämonen waren also Lehrlinge des Kupferrangs. Merkwürdig. Ist den Dämonen noch nicht klar, dass sie es mit einem mächtigen Gegner zu tun haben? Wieso hetzen sie so schwache Dämonen auf uns?“

„Seit wann sind Lehrlinge des Kupferrangs für dich ‚schwache Gegner‘? Hast du etwa schon vergessen, wie du erst kürzlich von einer Gruppe niederer Dämonen zugerichtet wurdest, die erst die Kandidatenstufe erreicht hatten?“

„Meine Worte waren unangemessen, Mentor“, räumte ich zerknirscht ein. Offenbar würde er mir diesen Vorfall wieder und wieder bei allen passenden und unpassenden Gelegenheiten unter die Nase reiben. „Das waren nicht die ersten Dämonen der Lehrlingsstufe, die losgeschickt wurden, nicht wahr? Vielmehr war es der achtundzwanzigste Trupp. Und darunter befanden sich sicherlich ernstzunehmende Gegner. Aber kein einziger kam zurück. Selbst ich, ein Bursche aus einem entlegenen Dorf, verstehe nur zu gut, dass man uns nicht unaufhörlich normale Dämonen hinterherschicken kann, denn sie werden auf der Stelle getötet. Man braucht also stärkere, doch die kommen nicht. Wieso?“

„Du hast eine Minute, um diese Frage zu beantworten.“ Der Mentor grinste unangenehm, sodass ich verärgert mit den Zähnen knirschte. Sein Lachen fachte meine Wut nur noch mehr an — mein Mentor hat sichtlich Freude an der Wirkung, die er mit seinen Worten erzielte.

„Ich werde dir schon noch abgewöhnen, Fragen zu stellen, wenn die Antworten so offensichtlich sind, dass jeder — nicht nur ein mentaler Absolut — mühelos darauf kommen sollte."

„Offensichtlich?" Jetzt konnte ich nicht mehr an mich halten. „Wieso denn offensichtlich, Mentor? Ich bin zum ersten Mal im Land der Dämonen! Vor zwei Jahren war ich noch überzeugt davon, dass Dämonen nur ein Mythos sind! Woher soll ich wissen, wieso man uns keine stärkeren Kreaturen auf den Hals hetzt? Vielleicht haben sie einfach keine Lust? Oder sie können nicht kämpfen, weil bei den Dämonen gerade Feiertag ist! Oder vielleicht gibt es nicht mehr genug! Wir sind so stark und mächtig, dass wir schon alle getötet haben, und..."

Ich stockte, denn auf einmal ging mir ein Licht auf. Getötet... wir hatten tatsächlich alle starken Dämonen getötet — aber nicht hier, sondern in unserer eigenen Welt, direkt am Wurmloch! Sie brachten diesen Kreaturen Nahrung aus Zone Eins, damit sie länger in unserem Reich bleiben konnten. Ich hatte höchstpersönlich alle Dämonen auf einen großen Haufen geschichtet und ausgenommen und wusste daher genau, wie viele Kandidaten und Lehrlinge darunter gewesen waren... Von den Gefangenen hatten wir erfahren, dass der Stamm Barnutal schwach und unbedeutend war. Woher sollte er eine Armee mit niederen und höheren Dämonen nehmen? Man hatte alle zusammengetrommelt, die zu finden waren, und sofort auf uns gehetzt. Unterdessen reagierten die

Nachbarn aus den inneren Regionen vermutlich nur höhnisch auf alle Bitten um Verstärkung Es war in jeder Hinsicht sinnlos, einem schwachen Stamm zu helfen.

„Gefühle zählen zu den Hauptfeinden eines Taoisten, Lehrling", merkte mein Mentor ruhig an, als hätte mein Ausbruch gar nicht stattgefunden. „Du musst lernen, dich zu beherrschen, ganz gleich, wie unsinnig oder dumm dein Gesprächspartner, Feind oder Partner wirken mag. Das gilt für jeden. Wenn du Gefühle zeigst, leidet die Konzentration. Du wirst verletzlich. In der Welt der Dämonen ist das besonders gefährlich, denn hier ist von keiner Seite Hilfe zu erwarten. Wir sind hier ganz auf uns allein gestellt. Schau nur, wie es dem Taoisten ergangen ist, der sich für gottgleich hielt. Seine Gier nach Ruhm und sein Drang, von den Massen verehrt zu werden, haben ihn hier enden lassen. Wo ist er jetzt? Er hat sein Ziel aus den Augen verloren und zugelassen, dass er geschnappt und vernichtet wurde. Wenn du nicht lernst, deine Gefühle zu kontrollieren, wird dich irgendwann ein ähnliches Schicksal ereilen. Vielleicht in der Welt der Menschen, vielleicht in der der Dämonen — das spielt keine Rolle. Wichtig ist, dass deine Gefühle dich verraten und dein Urteilsvermögen trüben werden, und zwar in dem Augenblick, in dem du höchste Konzentration brauchst."

„Danke für die Lektion, Mentor", erwiderte ich nach einer Pause und verneigte mich sogar, wie ich es lange nicht getan hatte. Mentor Guerlon legte keinen Wert auf besondere Förmlichkeit, doch jetzt erschien mir das irgendwie angemessen. Der Taoist hatte recht — ich achtete zu sehr auf meine Gefühle und darauf, was ich bei bestimmten Aufgaben empfand. Selbst wenn ich mich dagegen auflehnen wollte, musste das mit ruhigem Geist und nicht voller Zorn erfolgen.

„Ich weiß nicht, wie das, was du als ‚Geistsicht' bezeichnest, für den Alltag trainiert werden könnte. Diesen Pfad musst du allein erkunden. Vorläufig besteht deine Aufgabe darin, alle dreißig Sekunden nach Energiezentren in der Umgebung Ausschau zu halten — nach genau den Pflanzen, kleinen Tieren und verborgenen Artefakten, von denen du gesprochen hast. So trivial sie auch wirken mögen, Gegenstände aus der Dämonenwelt sind in der unseren sehr wertvoll. Und… das wollte ich dir eigentlich erst sagen, wenn wir in Zone Drei zurückkehren, aber da du heute Geburtstag hast, bekommst du ein kleines Geschenk."

Mit diesen Worten zog der Mentor wieder die Plakette des Suchenden hervor, die wir in der Dämonenwelt gefunden hatten.

„Dieses Ding verleiht nicht nur das Recht, sich Suchender zu nennen. Wer die Plakette an den Clan zurückgibt, hat das Anrecht, dafür selbst eine zu bekommen. Die Aufstiegsstufe spielt dabei keine Rolle. Selbst ein Tao-Kandidat der Bronzestufe kann ein Suchender werden. Du benötigst nur genug Geiststeine, um das Portal in Vorend zu aktivieren. Ja, die Hauptstadt von Zone Null hat ein eigenes Portal. Aber die Kosten dafür sind nichts im Vergleich zu dem, was du dafür bekommst. Als Suchender des Phönix-Clans genießt du vollkommene Freiheit. In Zone Null hat Haus Wang das Sagen. Die Sippe ist daran gewöhnt, alle, die in ihrer Region ansässig sind, als Untergebene zu betrachten, die ihr jeglichen Wunsch erfüllen müssen. Nehmen wir an, Hurikki Wang kommt auf die Idee, dich in eine schwarze Anomalie zu schicken — dann könntest du dich nicht dagegen wehren, weil das ein Befehl des Oberhaupts des Hauses ist, dem du angehörst. Nun ja, du und dein Dorf, ihr seid Ausnahmen — Haus Wang hatte kein Interesse an der Grenzregion und hat ihr Autonomie gewährt. Aber alle anderen haben weniger Glück. Wie dem auch sei, das betrifft nur Zone Null. Wenn du in Zone Eins kommst, ist es mit der Freiheit vorbei. Dort suchen sich die Häuser würdige Kandidaten aus, mit denen sie langfristige Verträge schließen. Nur die Erben der Großen Häuser der inneren Zonen haben das Recht, das abzulehnen. Alle anderen müssen unterschreiben, sonst droht ihnen Vergeltung. Für die Häuser ist es nicht von Vorteil, wenn unabhängige Taoisten durch ihre Gebiete streifen. Ich hatte geglaubt, Haus Soth würde sich vielleicht für dich interessieren, und wollte dir sogar ein paar nützliche Kontakte vermitteln. Aber damals dachte ich noch, um ein Suchender zu werden, müsstest du den Goldrang der Lehrlingsstufe erreichen. Mit dieser Plakette hat sich alles geändert. Die Himmel selbst sind auf deiner Seite, Lehrling. Wenn du jetzt ein Suchender wirst, hast du es nicht mehr nötig, dich einem der Häuser in Zone Null anzuschließen. Du sicherst dir deine Freiheit."

„Und mache mir jede Menge Feinde", erwiderte ich.

„Suchende haben immer Feinde. Wo sonst sollten wir uns unsere Ressourcen beschaffen? Idioten, die sich für unsterblich halten, sind eine wunderbare Einnahmequelle, besonders, wenn sie aus wohlhabenden Häusern stammen. Also herzlichen Glückwunsch zum Geburtstag, Lehrling! Auch wenn dich ein Quartett niederer Dämonen fast erledigt hätte. Ich gebe dir die Plakette, wenn wir zurück sind, doch jetzt ist es meiner Meinung nach an der Zeit, einer der größten Städte in Zone Null der Dämonenwelt einen Besuch abzustatten. Wenn der Stamm Barnutal den Wurmloch-Koordinator nicht herbeirufen will, dann müssen wir andere aufscheuchen — jemanden, der in der örtlichen Stammeshierarchie mehr zu sagen hat."

Wir brauchten fast eine Woche, um die Stadt zu erreichen, von der mein Mentor gesprochen hatte. Die Energiemenge, die in der Luft schwebte, wurde täglich mehr, sodass es mir immer schlechter ging. Mein Mentor heilte mich nur einmal pro Stunde, denn er behauptete, nur durch Qualen würde mein Körper sich letztlich daran gewöhnen. Die Tage waren nicht allzu schlimm, doch nach den Nächten fühlte ich mich wie ein ramponierter Lederbeutel. Alles, was wehtun kann, tat mir weh — und wie! Doch der herzlose Taoist ließ sich nicht erweichen. Er stellte mich einigermaßen wieder her, setzte mich in den Wagen und ließ mich arbeiten, indem ich nach wertvollen Pflanzen oder

Tieren Ausschau hielt. Die Essenzen der Tiere aus der Dämonenwelt waren in unserer Welt genauso wertvoll wie die Pflanzen und Bäume, die mich der Mentor ebenfalls prüfen ließ. Bislang hatte ich jedoch noch nichts Wertvolles gefunden. Interessanterweise war es nicht erneut zu Kämpfen gekommen. Offenbar waren die Dämonen ausgegangen, oder der Stamm Barnutal hatte sich überlegt, dass es sinnvoller war, uns einfach zu vergessen, statt seine letzten Krieger zu opfern. So oder so, meinem Zuchtmeister war das nur recht, und wir zogen nahezu ungestört weiter.

Zumindest, bis die Steinmauern einer großen Stadt vor uns auftauchten. Auf den Türmen wehte ein Banner mit einem unbekannten Symbol — die Stadt wurde eindeutig nicht vom Barnutal-Stamm beherrscht. Man hatte uns entdeckt, auf den Mauern wurde es unruhig, während die Dämonen am Tor alles fallenließen und in die Stadt eilten. Die Tore schlossen sich, Hörner ertönten, um die Stadt in Alarm zu versetzen. In weniger als zehn Minuten hatten die Dämonen sich verbarrikadiert, während Armbrüste funkelten. Offenbar hatte jeder zweite Krieger auf der Mauer diese Waffe in der Hand. Obwohl wir der Mauer recht nahe waren, feuerten die Dämonen noch nicht. Vermutlich hofften sie, dass wir aus Angst die Flucht ergreifen und wieder in der roten Steppe verschwinden würden. Wie naiv. Ich schloss die Augen, um den Energiefluss der Stadt zu betrachten, und beschrieb, was ich vor mir sah.

„Die Tore sind durch irgendeine Technik geschützt. Auf der Mauer, die uns am nächsten ist, stehen Kupfer-Lehrlinge, insgesamt drei Dämonen. Um den Hals tragen sie Artefakte, in denen genauso viel Energie steckt wie in den Kräutern, die wir gefunden haben. Alle anderen sind nur Kandidaten. Sonst sehe ich nichts, das mit Qi-Energie gefüllt ist. Wir sind zu weit weg von der Stadt."

„Verstärkte Tore?" Der Mentor grinste boshaft und lenkte den selbstfahrenden Wagen Richtung Stadt. „Das kann sich nicht jeder Stamm leisten, besonders hier in Zone Null. Haus Wang in Vorend beispielswese hat es nie geschafft, ernstzunehmende Schutzmaßnahmen zu ergreifen. Wenn hier ein so wohlhabender Stamm ansässig ist, weiß ich nicht, was wir noch tun müssen, um stärkere Dämonen auf uns aufmerksam zu machen. Aber Vorsicht — wenn etwas schiefgeht, ziehe ich dich dafür zur Verantwortung!"

Mein Mentor reichte mir eine der Armbrüste, den wir dem Feind abgenommen hatten, dazu einen ganzen Beutel Bolzen. Zu seinem Ärger war ich so hilflos, dass ich keine Angriffstechniken einsetzen konnte, deshalb hatte er sich genau die richtige Rolle für mich überlegt — ich eliminierte den Feind mit seinen eigenen Waffen. Nach einem Monat Training konnte ich aus bis zu hundert Schritten Entfernung recht ordentlich schießen, da die Armbrust eine gute Reichweite hatte, sodass ich nicht mehr ganz nutzlos war — zumindest in Kämpfen gegen Kandidaten-Dämonen. Ich hatte ein paarmal auf die Lehrlinge gefeuert, musste jedoch frustriert mitansehen, wie meine Bolzen von deren Schutztechnik abprallten, die mein Mentor als Umhang bezeichnete. Diese Technik war die erste, die sowohl Menschen als auch Dämonen auf dem Weg zur Unsterblichkeit lernten. Der Grund war sonnenklar — um den einfachsten Umhang zu aktivieren, brauchte man nur einen Meridian im Bauchstrang. Diese Abwehr reichte aus, um physische Angriffe von gewöhnlichen Wesen und sogar von Kandidaten des Kupfer- und Bronzerangs abzuwehren. Je mehr Meridiane dazukamen, desto weiter entwickelte sich auch die Technik, sodass sie nicht nur physische Attacken, sondern auch Techniken abblocken konnte. Kurz gesagt, meine Armbrust konnte gegen Dämonen, die mit einem Umhang geschützt waren, nichts ausrichten.

Gegen alle anderen war sie jedoch eine hervorragende Waffe — gnadenlos tödlich.

Die Technik kam so schnell, dass ich die Energieströme, die sich aus den Händen meines Mentors ergossen, gar nicht wahrnahm. Eine Feuerschlange zuckte hervor, dann war von den verstärkten Toren sowie dem Mauerstück nichts mehr übrig — mein Mentor hatte zu viel Kraft in seine Attacke gelegt.

Der Wagen raste in die Lücke und ich drehte mich hin und her, um die vom Angriff betäubten Verteidiger zu erledigen. Mit den Feinden hatte ich kein Mitleid — wären sie in unsere Welt gekommen, hätten sie alle abgeschlachtet, einfach, weil sie es konnten. Ich erschoss nur diejenigen, die bewaffnet waren. Gewöhnliche Dämonen, die voller Panik in alle Richtungen davonstürmten, waren für mich keine Feinde.

Dann tat ich das, was mir in den letzten paar Tagen zur Gewohnheit geworden war: Ich schloss die Augen, betrachtete die Welt aus der Perspektive des Qi, das darin strömte, und berichtete meinem Mentor, was ich sah.

„Zwei Dämonen-Lehrlinge zur Rechten! Ein Dämonen-Lehrling direkt vor uns. Das Haus auf der Linken! Darin sind viele Energiequellen!"

Es war, als wäre der Mentor vom Wagen gesprungen, noch ehe dieser überhaupt angehalten hatte. Ich kehrte in die normale Welt zurück und sah, dass wir neben einer Alchimistenwerkstatt standen — davon zeugte das Schild mit einem Alchimistenkessel und einem Haufen Pillen. Ich spürte einen Schlag gegen die Schulter: Der Pfeil eines Stadtwächters hatte mich getroffen, drang jedoch nicht durch die Geistrüstung, die der Mentor über mich gelegt hatte.

Das würde wohl niemandem in der ganzen Stadt gelingen. Also griff ich wieder zur Armbrust und zielte auf meine Gegner, doch diese Mistbande hatte sich gut versteckt, und die Menge der panisch herumeilenden Dämonen behinderte mich sehr. Gewöhnliche Passanten erschießen? Dazu konnte ich mich nicht überwinden, so sehr ich Dämonen auch verabscheute. Ja, alle, die hier herumliefen, würden nur zu gerne meinen Kern verspeisen, sobald er sich herausgebildet hatte, aber sollte ich sie dafür töten? Es lag in ihrer Natur.

Denjenigen, die weiter auf mich schossen, machte ich natürlich nur zu gerne schnellstmöglich den Garaus!

Dann tauchte mein gewiefter Mentor auf, hinter dem eine gewaltige Flamme aufloderte und noch mehr Panik auslöste. Er verzog den Mund zu einem blutrünstigen Grinsen, streckte die Hände aus und fing an, Feuerkugeln in die umliegenden Häuser zu schleudern. Der Anblick war... furcht-erregend? Vielleicht traf es „befremdlich" besser. Mir gefiel es nicht, wie der Mentor mit den Festungen umging, die wir zerstörten. Für meinen Geschmack war er zu gnadenlos. Mit dem Motto „Weniger Dämonen hier bedeuten weniger Dämonen in unserer Welt" ging er meiner Meinung nach ein wenig zu weit. Die Frau, die vor uns auf dem Boden lag und mit ihren hellgelben Augen voller Panik ins Leere starrte, hätte sich nämlich höchstwahrscheinlich niemals in unsere Welt vorgewagt. Am traurigsten stimmte mich die Ungerechtigkeit — die Dämonen wehrten sich verzweifelt, aber was konnten sie gegen jemanden ausrichten, der ihnen um mehrere Stufen überlegen war? Gar nichts! Trotzdem verstand ich, dass es ohne diese Grausamkeit nicht ging. Wenn sie nicht genug litten, würden sie den Wurmloch-Koordinator nicht herbeirufen und unsere Welt wäre ihnen ausgeliefert. Nicht solchen Dämonen wie dieser Frau, sondern eher denen, die gerade auf mich schossen! Wie lange sollte das noch so weitergehen?!

Wir erreichten den Palast in der Stadtmitte mit drei Zwischenstopps — auf dem Weg lagen noch weitere Werkstätten, und da mein Mentor zum Horten neigte, konnte er nicht widerstehen. Dass der Palast zerstört wurde, verstand sich von selbst; der Mentor hatte mich am Eingang gelassen und war allein hineingegangen. Da er nicht im ganzen Gebäude auf Dämonenjagd gehen wollte, aktivierte er beim Eintritt seine Meister-Aura und vernichtete alle mit seiner schieren Macht. Bedienstete, Verteidiger und Passanten wurden allesamt ausgelöscht.

Dann wallte für einen kurzen Moment schwarzer Qualm auf, der zeigte, dass der Mentor seine Vernichtungsmission erfüllt hatte.

Schweigend verließen wir die Stadt. Die Straßen, über die wir ins Zentrum gelangt waren, standen in Flammen, sodass wir Ausweichrouten nehmen mussten.

Diesmal schleuderte der Taoist jedoch keine Feuerkugeln, sondern nutzte nur ein paarmal Techniken, wenn niedere Dämonen uns den Weg versperrten, und verschonte die Verteidiger, die weiterhin mit ihren unnützen Armbrüsten auf uns schossen.

„Es musste sein", sagte der Taoist, als die Stadt weit hinter uns lag. Sein Tonfall war genauso ruhig und selbstsicher wie immer, doch seine Stimme klang niedergeschlagen und ich hatte den Eindruck, dass sie ein wenig düster wirkte.

„Ich verstehe", erwiderte ich. „Ich habe gesehen, wie die Dämonen Dörfer zugerichtet haben. Gesehen, was sie Menschen antun. Wir müssen das Wurmloch schließen."

„Verstehen und akzeptieren sind zweierlei", merkte der Mentor an. „Ich habe dein Gesicht gesehen, als du aus der Alchimistenwerkstatt gekommen bist, Lehrling. Du hast verstanden, aber du hast nicht akzeptiert."

„Es ist nicht leicht, so etwas zu akzeptieren, Mentor", gab ich aufrichtig zu. „Dämonen... Es ist nicht ihre Schuld, dass sie so sind, wie sie sind. Sie können nicht anders. Und dass unsere Welten durch die Ur-Seele verbunden sind, ist auch nicht ihr Werk. Das soll nicht heißen, dass wir diese Kreaturen verhätscheln sollten. Ich habe gesehen, was sie Menschen antun. Ich wiederhole mich, aber ich sage es gerne noch einmal. Nur... Manchmal habe ich den Eindruck, dass Eure Blutrunst ein wenig zu weit geht. Diese Dämonen konnten sich einfach nicht wehren. Ihr habt gesagt, dass die Himmel uns niemals schwache Gegner schicken. Also muss diese Stadt die Himmel schwer gekränkt haben, wenn wir dorthin geschickt wurden."

„Hast du deshalb aufgehört zu schießen?" Mein Mentor lächelte unerwartet warm. Ich senkte den Blick, weil ich nicht wusste, was ich sagen sollte, doch der Taoist brauchte gar keine Antwort.

„Das, was wir in letzter Zeit getan haben, wird mir in der Zukunft schwer zu schaffen machen, und dir auch. Die Himmel mögen keine ungleichen Kämpfe, sie sehen darin keine Tapferkeit. So etwas ist kein wahrer Sieg. Dass ich heute so viele Dämonen vernichtet habe, wird meine Erleuchtung um mindestens zehn Jahre verzögern. Selbst wenn ich mich neben die Ur-Seele setze und unablässig meditiere, werden die Himmel mir den Aufstieg nicht gestatten. Das ist der Preis, und ich habe ihn akzeptiert, indem ich mich für diesen Wahnsinn entschied. Ich musste dich testen, Lehrling. Um zu ermitteln, ob du bereit bist, die Schwachen zu vernichten, um deinen Blutdurst zu stillen. Und ob du überhaupt einen solchen Durst verspürt. Dieser Test wird in deiner Zukunft nachhallen. Irgendwann wirst du bei deinem Aufstieg an eine Grenze stoßen, die du nur mit großer Mühe überwinden kannst. Und der Grund wird das sein, was wir — nein, was ich heute getan habe. Aber wir hatten keine andere Wahl. Die Himmel sehen alles, also blieb uns nichts anderes übrig, als den Wurmloch-Koordinator zu vernichten, selbst wenn das jahrzehntelange Aufstiegssperren bedeutet. Wir können das Ziel nicht erreichen, ohne hier Chaos zu stiften und die Dämonen in Angst und Schrecken zu versetzen. Wenn die Dämonen nach dem, was sich heute ereignet hat, das Wurmloch nicht vernichten, müssen wir noch eine weitere ihrer Städte zerstören. Und dann noch eine. Und noch eine. Wir bleiben hier, solange es nötig ist, selbst wenn wir dafür einen horrenden Preis bezahlen."

„Aber woher wissen wir, ob der Koordinator das Wurmloch schließt? Wir sind hier, und das Wurmloch ist eine wochenlange Reise entfernt."

„Das werden wir erfahren, vertrau mir", sagte mein Mentor. Sein Lächeln verhieß nichts Gutes. „Wie bereits gesagt, es ist nicht so leicht, ein

Wurmloch zu schließen. Dazu ist eine genaue Abfolge ganz bestimmter Schritte nötig. Und an der Stelle, an der diese Schritte beginnen müssen, habe ich eine kleine Überraschung zurückgelassen. Für dich mag die Plakette eines Suchenden das Wertvollste überhaupt sein, weil sie dir eine Zukunft in Freiheit beschert. Für mich ist das Werk des Phönix-Clans eine der effektivsten Methoden zum Umgang mit sorglosen Dämonen.“

„Habt Ihr viele Plaketten dieser Art?“, fragte ich, weil mir eine unangenehme Wahrheit dämmerte. Auch Suchende konnten sterben. Und dann blieb nichts von ihnen übrig außer diesen Plaketten, die andere Suchende als Waffen benutzten. Als Erinnerung daran, dass auch sie irgendwann eine Waffe in der Hand ihrer erfolgreicheren Brüder werden würden. Wollte ich wirklich so jemand werden?

„Leider ja“, erwiderte der Taoist ruhig, doch ich war schon lange genug an seiner Seite, um zu spüren, dass seine Stimmung düsterer wurde. Vermutlich hatte er viele der Männer, deren Plaketten in seiner Dimensionstasche lagen, einst persönlich gekannt. Jeder für sich? War das wirklich das Gesetz der Suchenden? Klar, nach außen mochte es so wirken, aber je häufiger ich dem Mentor zuhörte, desto deutlich wurde mir, dass die Suchenden einander zutiefst schätzten, auch wenn sie es nicht zeigen mochten. Denn wahre Suchende gab es nicht viele. Diejenigen, die bereit waren, sich gegen die ganze Welt zu stellen, wurden fast sofort in den Boden gestampft. Nur die

Stärksten konnten sich behaupten. So, wie es sein sollte.

Einige Tage lange fuhren wir ziellos umher und störten niemanden, bis wir wieder einmal einen Hügel erklommen. Der Mentor hielt den Wagen an und schnaufte.

„Du hattest gefragt, woher die Dämonen Geiststeine bekommen, wenn es in ihrer Welt keine Anomalien gibt. Nun, heute hast du die einmalige Gelegenheit, das mit eigenen Augen zu sehen. Hier ist sie, die Quelle der Dämonen-Geiststeine. Und offenbar erwartet uns eine außerordentlich interessante Begegnung, wenn ich die flatternde Fahne richtig deute. Die Himmel überraschen uns am liebsten dann, wenn wir am wenigsten damit rechnen.“

Vermutlich hätte ich etwas antworten sollen, aber meine ganze Aufmerksamkeit war auf die halbzerstörte Stadt gerichtet, in der verschiedene Techniken flackerten. Doch so genau ich auch hinsah, ich konnte keine Einzelheiten erkennen. Alles war zu weit entfernt, doch eines war klar — hier waren Dämonen-Lehrlinge am Werk, und nicht vom niedrigsten Rang. Allerdings waren es weder die Stadt noch die Techniken, die mich so fesselten. Neben unserem Hügel erstreckte sich eine Zeltstadt, in deren Mitte sich ein riesiges Zelt mit einem blutroten Banner befand. Die nächste Windbö glättete das Banner, und ich konnte ein komplexes schwarzes Symbol erkennen. Das gleiche prangte auf der Brust von Almyrda, der Anführerin des Stammes Urbangos. Offenbar wusste ich also, wer in diesem Zelt hauste und wessen Dämonen gerade Techniken in der halbverlassenen Stadt einsetzten. Der Mentor hatte recht. Die Himmel schickten uns manchmal erstaunliche Überraschungen.

KAPITEL 3

„HAST DU DICH jetzt beruhigt? Oder soll ich noch einmal erklären, dass ich friedliche Absichten habe?" Mentor Guerlon würdigte den Dämon, der ausgestreckt auf dem Boden lag, kaum eines Blickes. Wozu sollte er dieses Wesen mit unnatürlich verrenkten Gliedmaßen und dick verschwollenem Gesicht betrachten, dem Blut aus der Nase strömte und das die Augen so verdrehte, dass es eindeutig auf dem Weg in eine bessere Welt war, in der nicht unverhofft Krieger vom Himmel fielen? Mir und allen anderen ringsum fiel es jedoch schwer, den geschlagenen Dämon nicht anzuschauen. Schließlich sieht man nicht alle Tage — genauer genommen nicht einmal alle zehn Jahre –, wie ein Meister des Goldrangs zu Hackfleisch verarbeitet wird.

„Was habt Ihr getan, falscher Taoist?!" Im Gegensatz zum übrigen Publikum hatte es Vyllea nicht die Sprache verschlagen. „Sorgt sofort dafür, dass alles wieder normal ist!"

„Hat Junior etwa vergessen, dass sie nicht mehr mein Lehrling ist?"

Die Stimme meines Mentors blieb ganz ruhig, als Vyllea so heftig auf den Boden geschleudert wurde, dass Blut in alle Richtungen spritzte. Diese Machtdemonstration wirkte ein wenig übertrieben, doch wieder wagte niemand, auch nur ein Wort zu äußern. Der Taoist war fest entschlossen, unsere friedlichen Absichten unter Beweis zu stellen — wenn es sein musste, durch gnadenlose Vernichtung. Er beugte sich über den gefallenen Meister und legte eine Hand auf dessen Körper. Die Heiltechniken für Dämonen hatten eine andere Farbe als die für Menschen. Wenn wir geheilt wurden, war ein blauer Schimmer zu sehen, während die Dämonen-Techniken grellrot leuchteten. Ich seufzte enttäuscht und kehrte zurück in die normale Welt. Auch mit der Geistsicht war es mir nicht gelungen, die Energieströme zu erkennen. Der Dämon erschien für mich als vollkommen schwarze Silhouette, genau wie mein Mentor. Ich konnte nicht in ihn hineinschauen. Mein Mentor machte keine Anstalten, Vyllea zu heilen, sondern hielt sich an den Grundsatz, dass spitze Zungen leiden müssen. Wenn das Gör so dreist war, musste es die verdiente Strafe ertragen.

Allerdings war ich mir nicht sicher, ob man Vyllea wirklich noch als „Gör" bezeichnen konnte. Seit unserer letzten Begegnung war sie sichtlich robuster geworden und mittlerweile fast genauso groß wie ich, obwohl ich selbst ebenfalls ein gutes Stück gewachsen war. Statt der kurzen, jungenhaften Frisur hatte sie jetzt eine üppige, rotbraune Mähne. Ihr Gesicht war noch niedlicher geworden, doch am stärksten hatte sich ihr Körper verändert. Selbst mit kurzen Haaren hätte sie nun niemand mehr für einen Jungen gehalten. Mit fast vierzehn entwickelte sie allmählich die schönen Rundungen einer erwachsenen Frau.

„Gibt es noch Einwände gegen unsere Ankunft, oder können wir ein zivilisiertes Gespräch führen, Junior?", fragte Mentor Guerlon den Dämon, der sich mittlerweile aufgerichtet hatte. Die entsetzlichen Wunden waren verschwunden, aber es war offensichtlich, dass die vollständige Heilung noch einige Zeit brauchen würde. Dennoch hatte die Heiltechnik von Lord Shang Li Wunder gewirkt. Der Dämon warf einen kurzen Blick auf Vyllea, die auf dem Boden lag, und verneigte sich dann.

„Ein Gespräch wäre schön, Weiser. Vielleicht etwas Tee?"

„Dazu sage ich nicht nein." Guerlon war der Inbegriff der Höflichkeit. Er nickte in meine Richtung. „Das ist mein Lehrling. Sollte ihm irgendetwas zustoßen, wird das gesamte Lager vernichtet — alle, die hier sind, sowie all jene, die die Stadt der Alten erstürmen. Und diese junge Dämonin dort bleibt fünf Minuten da, wo sie ist. Wenn sie noch nicht begriffen hat, dass impulsives Verhalten in ihrem Alter keine Tugend ist, muss ich ihr das so deutlich wie möglich vermitteln. Bringt Sie nach dieser Strafe in ihr Zelt. Und nun geht voran, Junior. Eure Geschichte interessiert mich sehr. Lehrling, du kommst mit."

„Ja, Mentor." Ich verneigte mich und wusste selbst nicht, warum. So hatte ich Guerlon noch nie erlebt. Statt des nervtötenden Taoisten, der mich ständig zwang, selbst auf Antworten zu kommen, hatte ich einen wahren Weisen vor mir, dessen Wille Befehl war. Und wer sich widersetzte, wurde in entsetzlicher Weise bestraft.

Die Geschichte von Nars-Go Li, Lehrling des Goldrangs des ehrwürdigen Shang Li aus dem inneren Kreis, war tatsächlich faszinierend. Durch den Verlust seines persönlichen Lehrlings hatte der Ruf des Erzlords in zweierlei Hinsicht erheblichen Schaden genommen: Der Lehrling war zu eigensinnig gewesen und hatte die Befehle seines Mentors missachtet, aber auch zu schwach, deshalb war er ums Leben gekommen. Infolgedessen waren sogar Stimmen laut geworden, die meinten, Erzlord Shang Li sei seiner Stellung nicht würdig. Der Erzlord eliminierte diese Aufsässigen, doch sein Ansehen blieb beschädigt. Er sah sich gezwungen, etliche Lehrlinge zurückzustufen: Persönliche Lehrlinge wurden zu Lehrlingen des inneren Kreises, die aus dem inneren Kreis zu Lehrlingen des äußeren, und einige aus dem äußeren Kreis gab er sogar ganz auf. Nars-Go Li hatte seinen Status als Lehrling des inneren Kreises behalten können, und da Erzlord Shang Li nun nur noch zwei persönliche Lehrlinge hatte und seine

Rivalen ihn weiterhin aufmerksam im Blick behielten, hatte er Nars-Go Li mit Vyllea und einem klaren Auftrag losgeschickt: Bis zu ihrem achtzehnten Geburtstag musste sie Lehrling des Kupferrangs werden. Der Stamm Urbangos hatte für diesen Zweck das Recht gekauft, die Ruinen der alten Stadt sechs Monate lang zu erkunden, und sich voller Eifer an die Eroberung gemacht.

In diesem Augenblick wurde Vyllea bewusstlos hereingebracht. Guerlon legte der Dämonin eine Hand auf die Schulter, sodass es mehrmals unangenehm knackte — die gebrochenen Knochen rückten wieder an Ort und Stelle. Vyllea holte tief Luft, als hätte sie zwei Minuten lang tief getaucht, und hustete dann, um ihre Lungen von den Blutresten zu befreien.

„Hat Junior ihre Lektion gelernt, oder soll ich diese noch einmal wiederholen?", fragte Meister Guerlon, als sei nichts Besonderes geschehen. Vyllea funkelte den Taoisten hasserfüllt an, sagte jedoch nichts, sondern schien ihre Gedanken zu ordnen.

„Ich habe dir eine Frage gestellt, Junior. Wenn dir der nötige Verstand fehlt und du nicht begreifst, dass du einem Weisen schon antworten musst, noch ehe die Frage überhaupt über seine Lippen ist, dann erteile ich dir gerne noch eine Lektion."

Vyllea schrie vor Schmerz auf — ihre Beine verwandelten sich in einen Brei aus Fleisch und Knochen. Mit langatmigen Diskussionen oder Appellen an die Vernunft gab Guerlon sich nicht ab, sondern handelte so, wie es den Starken geziemte. Das Gesetz des Dschungels, wie meine Mutter sagen würde. Macht geht vor Recht. Alle anderen müssen gehorchen oder sterben. Oder, wie in diesem Fall, leiden.

„Hat sie es schon bis Bronze geschafft?" Guerlon wandte sich an den verschüchterten Nars-Go Li und schien das heulende Mädchen ganz zu vergessen. Ich mochte mich irren, aber den größten Eindruck auf den Dämon machte offenbar die Tatsache, wie ruhig der Taoist blieb — keine Emotionen, keine lauten Worte. Nur die eindeutige Aura der Überlegenheit.

„Ja, Weiser. Vor sechs Monaten."

„Spät. Bei unserem Abschied hatte ich erwartet, das würde ihr innerhalb von drei oder vier Monaten gelingen. Hat Erzlord Shang Li lange gebraucht, um einen Mentor für sie zu finden?"

„Ja, Weiser. Der Verlust seines persönlichen Lehrlings hat den Ehrenwerten Erzlord Shang Li sehr getroffen. Er brauchte eine Weile, um zu entscheiden, und mein Lehrling konnte eine Zeitlang nicht trainieren."

„Wie stehen die Chancen auf den Silberrrang?"

„Sehr gut. Sie wird ihn innerhalb eines Monats erreichen."

„Ein Monat." Guerlon nickte respektvoll und sah mich an. Der Taoist sagte nichts, doch sein Blick sprach Bände. Offenbar hatte ich ihn erneut enttäuscht — der Silberrang lag für mich noch in weiter Ferne, während Vyllea dafür insgesamt nur sieben Monaten benötigen würde. Das anstrengende Training hatte meinen Körper gestählt, doch mein Energievorrat war nicht gestiegen. Das Ziel, zwei Artefakte herzustellen, war für mich noch immer so unerreichbar wie vor einem Jahr.

„Junior, reichen Eure Heiltechniken aus, um das Mädchen wiederherzustellen?" Guerlon sah Nars-Go Li an, und dieser nickte. „Dann heile sie. Ich will mich nicht mit solchen Lappalien abgeben. Wenn sie ihren Geist nicht zähmen kann, müssen wir die Lektion vielleicht wiederholen."

Vyllea war schlau genug, um nicht mehr zu jammern. Sie ließ sich auf einem der Stühle nieder, legte die Hände auf die Knie und sah ins Leere. Im Prinzip verwandelte sie sich in ein Möbelstück — ein recht attraktives, das muss ich zugeben. Offenbar hatte ich zu lange nichts mit Mädchen zu tun gehabt und schon ganz vergessen, wie sie aussahen. Guerlon war mit diesem Verhalten jedoch nicht einverstanden und sprach die Dämonin an.

„Der Urbangos-Stamm hat ein Wurmloch genutzt, um in die Welt der Menschen einzudringen. Ich kenne den Namen des Dämonen-Koordinators — Lensor aus dem Stamm Jarming. Ich brauche Informationen zu seinem Aufenthaltsort. Und diese Frage richtet sich an euch beide, denn ich kann mir vorstellen, dass ein Lehrling von Erzlord Shang Li aus dem inneren Kreis ebenfalls über derartige Kenntnisse verfügt."

Im Zelt wurde es still. Vyllea machte große Augen. Sie sah den Taoisten in einer Weise an, wie sie es noch nie getan hatte, nämlich voller Angst — das passte so gar nicht zu einer Person, die sich als Herrin sah und glaubte, über das Leben von Bediensteten und Sklaven entscheiden zu können.

„Die Informationen zu den Wurmloch-Koordinatoren sind Geheimnisse, für die Dämonen sterben müssen", erklärte Nars-Go Li. „Das ist bei uns Gesetz."

„Eure Gesetze sind mir egal." Der Taoist zuckte die Achseln. „Wenn Ihr unserem Gespräch nicht gewachsen seid, könnt Ihr Euren Aufstieg hier und jetzt beenden. Ich werde Euch nicht wiederbeleben. Ein Dämonenmeister, noch dazu vom Goldrang, ist nicht so leicht zu brechen. Im Augenblick habe ich keine Zeit, mich damit zu befassen. Du jedoch, Mädchen, du kommst mir nicht so leicht davon. Du kannst dein Herz nicht anhalten, du hast kein Gift in deinem System und du ahnst noch gar nicht, was echte Schmerzen sind. Ich möchte dich ungern foltern — schließlich warst du einst mein vorübergehender Lehrling. Ich kenne dein Potential. Ich sehe, wie selbstbewusst du an deinem Aufstieg arbeitest. Es wäre eine Schande, ihn zu beenden, aber wenn es sein muss, werde ich das tun. Und sag mir nicht, dass du nicht weißt, wer Lensor ist oder wo man ihn finden kann. Du bist die älteste Tochter der Anführerin des Stammes, der für die Öffnung des Wurmlochs bezahlt hat. Ganz sicher weißt du, wo der Koordinator steckt. Du hast zehn Minuten, um deine Gedanken zu ordnen und die Antwort auf meine Fragen vorzubereiten."

Wieder herrschte im Zelt unheilvolles Schweigen. Mein Mentor beugte sich vor, um sich Tee einzuschenken. Nach kurzem Überlegen füllte er auch meine Tasse. Ich musste zu ihm an den Tisch, obwohl ich mich in seiner Nähe sehr unbehaglich fühlte, wenn er sich so präsentierte und verhielt. Guerlon hatte noch nie so bedrohlich gewirkt, nicht einmal, als er die Dämonen in den Städten ausgelöscht hatte.

„Während unsere geschätzten Gastgeber überlegen, wer von ihnen meine Frage beantworten wird, ist Zeit für eine Lektion. Also, Lehrling, in der Welt der Dämonen werden an zwei Orten Geiststeine gewonnen. Zum einen in besonderen Bergwerken — äußerst geheimen, verschlossenen Orten, zu denen gewöhnliche Dämonen keinen Zugang haben. Wir wissen nur, dass die Steine tief im Boden wachsen und das Hauptproblem darin besteht, sie auszugraben. Die zweite Quelle hast du gerade gesehen — die Ruinen früherer Dämonen. Der Ehrenwerte Meister Nars-Go Li würde uns sicherlich nur zu gerne die Geschichte dieser Orte erzählen. Im Prinzip handelt es sich dabei um eine Mischung aus Schlachtfeldern und unseren Anomalien. Hier in Kreis Null kann man in der Stadt einige Techniken einsetzen, aber nicht alle. Habe ich Recht?"

„Ja, Weiser. Hier funktionieren *Pfeil des Geistes*, *Umhang* und *Stufen* — allerdings nur auf der ersten Stufe. Deshalb ist dieser Ort ideal, um Kandidaten auszubilden, die nach Unsterblichkeit streben."

„Genau das hatte ich mir gedacht. Städte wie diese ähneln unseren Anomalien, Lehrling, und enthalten ein Herz, das weitaus schneller Golems erzeugt. Hier gibt es weitaus mehr Qi als in unserem Reich. Die Dämonen wagen sich in die Stadt, löschen Golem-Gruppen aus, durchsuchen die Sektoren nach Ressourcen und ziehen sich wieder zurück. Diese Ruinen liefern nicht nur Geiststeine und Material, sondern sind auch perfekt, um Teamwork zu trainieren."

„Wir bezeichnen die alten Städte nicht als Ruinen, Weiser. Sie sind Trainingsgelände, in dem wir Fähigkeiten perfektionieren."

„Von mir aus — also ein Trainingsgelände. Die Zeit ist um. Ich verlange eine Antwort, und ich werde —"

Der Rest von Guerlons Worten entging mir, denn plötzlich hatte ich das Gefühl, dass etwas sehr Beunruhigendes über mich hereinbrach. Um mich herum herrschte Leere, in meiner Brust tat sich eine Lücke auf und vor meinen Augen tanzten Kreise, die in irrsinnigem Tempo herumwirbelten. Im Mund spürte ich einen bitteren Geschmack; vielleicht hatte ich sogar für einen Moment das Bewusstsein verloren. Als die seltsamen Empfindungen abebbten, merkte ich, dass ich Mentor Guerlon anstarrte, der aufrecht dasaß und leichenblass aussah, als sei ihm alles Blut aus dem Gesicht gewichen. Im ersten Moment dachte ich, die Dämonen hätten uns vielleicht mit einer unsichtbaren arkanen Technik unter Schock gesetzt, doch dann regte sich bei meinem Mentor ein wissendes Lächeln. Er schloss sogar die Augen, als er sich auf seinem Stuhl zurücklehnte.

„Nicht nötig, noch weiter nach Lensor vom Stamm Jarming zu forschen. Ich danke dem Stamm Urbangos für seine Gastfreundschaft und den köstlichen Tee. Ich hoffe, dass wir uns nicht so bald wieder im Kampf begegnen — weder dir, meine ehemalige Schülerin, noch Euch, geschätzter Lehrling des Erzlords Shang Li aus dem inneren Kreis."

Guerlon füllte seine Tasse erneut und tank einen Schluck. Ihm war ganz offensichtlich klar, was gerade geschehen war, wollte es den Dämonen jedoch nicht verraten.

„Soll das heißen, dass wir gehen dürfen, Weiser?", fragte Nars-Go Li.

„Das hier ist Euer Lager, Junior. Wir sind nur zu Besuch. Ihr dürft gehen, wie es Euch beliebt. Allerdings habe ich eine Bitte."

„Eine Bitte?" Die Anspannung des Dämons war nicht zu übersehen.

„Das Trainingsgelände ist für den Stamm Urbangos reserviert. Ich habe beobachtet, wie selbstsicher seine ehrenwerten Mitglieder in der Stadt unterwegs sind und ihre Fähigkeiten ausbauen. Ich möchte meinen Lehrling gerne testen, deshalb bitte ich Vyllea, die älteste Tochter des Stammesoberhaupts, Zander Zugang zum Trainingsgelände zu gewähren."

Was um alles in der Welt sollte das denn? Gerade eben noch hatte mein Mentor Anstalten gemacht, durch Folter Informationen zum Wurmloch-Koordinator zu erpressen, und jetzt mimte er den dankbaren Gast, der mit Komplimenten und Herzlichkeit um sich warf! Dieser abrupte Wandel verblüffte nicht nur mich, sondern auch alle anderen, insbesondere Vyllea.

„Wollt Ihr dort nur trainieren oder habt Ihr die Absicht, das Herz zu zerstören?", vergewisserte sich Nars-Go Li.

„Das Gelände gehört nicht uns, Junior. Wenn der Stamm Urbangos uns einen Bereich zuteilt, werden wir — beziehungsweise mein Lehrling — dessen Grenzen nicht überschreiten. Für mich ist dort nichts von Interesse."

„In diesem Fall, Weiser, habe ich ebenfalls eine Bitte", sagte der Dämon. „Wenn Ihr erlaubt, möchte ich meine Schülerin mit Eurem Lehrling schicken. Sie muss üben, mit jemandem zu interagieren, dessen Rang dem ihren ähnelt. Im Stamm Urbangos gibt es leider keine Dämonen mit so niedrigem Rang. Und es wäre nicht angemessen, jemanden aus einem anderen Stamm zu bitten. Dienern darf man keine Schwäche zeigen."

Vyllea wurde rot — ihre aktuelle Aufstiegsstufe war ihr eindeutig unangenehm. Wäre sie in Kreis Zwei ihrer Welt geboren worden, hätte sie bereits die Lehrlingsstufe erreicht — und nicht einmal den niedrigsten Rang. Allerdings hätte sie dann höchstens bis zur Kriegerstufe aufsteigen können. Bei den Dämonen galten ganz ähnliche Einschränkungen wie bei uns. Vyllea musste sich von ganz unten emporarbeiten und die jeweiligen Hürden meistern. Ihre Altersgenossen hatten schon lange die Lehrlingsstufe erreicht, und für sie als Tochter des Stammesoberhaupts war dieser vorübergehende Rückstand besonders frustrierend.

„Die Idee ist nicht nur gut, sondern hervorragend!", erklärte mein Mentor. „Ein solcher Vorschlag übertrifft alles, was ich zu hoffen gewagt hatte. Was könnte besser sein als ein gemeinsames tödliches Training von zwei Kandidaten des Bronzerangs?"

„Tödlich?" Nars-Go Li runzelte die Stirn.

„Nun ja, nennen wir es riskant. Sicher hat Junior nicht vor, seine Schülerin in das Gelände zu begleiten? Es geziemt sich nicht, dass Mentoren in das Unterfangen ihrer Lehrlinge eingreifen. Sie bekommen eine Aufgabe und müssen diese bewältigen. Haben sie Erfolg, kommen sie dem Aufstieg näher. Wenn nicht, muss man sich fragen, ob sie das Leben überhaupt verdient haben. Wann soll es losgehen?"

„Ich würde vorschlagen, am Morgen. Wird der Weise im Lager übernachten?"

„Wieso nicht? Wie gesagt, ich habe gegenwärtig keinen Streit mit den Dämonen. Wir sind Gäste in dieser Welt und werden so bald wie möglich in die unsere zurückkehren."

„Also ist das im Augenblick nicht möglich?", hakte Nars-Go Li nach.

„Nein." Meister Guerlons Lächeln war entwaffnend ehrlich. „Das Wurmloch, durch das wir in diese Welt gekommen sind, wurde leider gesprengt."

„Nicht geschlossen? Ausdrücklich gesprengt?“, vergewisserte sich der Dämon.

„Noch bin ich nicht in einem Alter, in dem die Last der Jahre die exakte Ausdrucksweise behindert, Junior.“ Der Taoist lächelte zwar, doch seine Stimme hatte einen kühlen Unterton.

„Bitte verzeiht meine Unbedachtheit, Weiser. Das wird nicht wieder vorkommen. Zur Entschuldigung möchte ich Euch und Eurem Lehrling für diese Nacht dieses Zelt anbieten. In zwei Stunden gibt es die Abendmahlzeit.“

„Es ist nicht meine Art, meinen Gastgebern Unannehmlichkeiten zu bereiten, Junior. Ein gewöhnliches Zelt reicht mir. Aber vielen Dank für das Angebot zum Abendessen. Wenn es nur halb so gut ist wie dieser Tee, wird meine Dankbarkeit keine Grenzen kennen. Und wenn Ihr uns die Gelegenheit zu einem Bad geben würdet... Ich schwöre bei den Himmeln, dafür würde ich eine ganze Geistmünze zahlen!“

Ich konnte mir nicht erklären, was auf einmal in Guerlon gefahren war. Aus unerklärlichen Gründen war er geradezu überschwänglich. Unser Tor war geschlossen. Deshalb hatte ich vermutlich das leere Gefühl in der Brust verspürt. Moment — mein Mentor hatte recht. Ich musste genauer nachdenken! Er hatte gesagt, dass das Wurmloch explodiert war, nicht geschlossen. Und unmittelbar darauf war sein Interesse an dem Koordinator erloschen. Außerdem hatte er mir bereits anvertraut, dass die vom Oberhaupt des Phönix-Clans gefertigte Plakette des Suchenden nicht nur ein

Ehrenabzeichen war, sondern auch eine hervorragende Waffe gegen Dämonen jeder Stufe. Wenn ich also genau überlegte, hatte Lensor vom Stamm Jarming offenbar versucht, das Wurmloch zu schließen, war dabei gegen das Artefakt eines Taoisten der Erleuchtungsstufe gestoßen und — bumm — in die Luft gegangen, inklusive Wurmloch. Und deswegen hatte sich Meister Guerlon vor meinen Augen in Mister Liebenswürdig verwandelt, obwohl ich mich fühlte, als hätte mir das Universum gerade einen Tiefschlag verpasst. Er hatte sein Versprechen an die Himmel gehalten und den Wurmloch-Koordinator sowohl aus unserer als auch aus der Dämonenwelt beseitigt. Ersatz würde nicht so leicht zu finden sein. Da ein Meister des Goldrangs bereit war, für dieses Geheimnis zu sterben, gab es solche Dämonen vermutlich nicht gerade wie Sand am Meer.

Die große Preisfrage lautete nun: Wie sollten wir zurück nach Hause gelangen? Aber auch das hatte ich bereits herausgefunden — Zou-Lemawn. Die Stadt, in der wir uns vier Monate lang verkrochen hatten, war durch ein Wurmloch mit dem Land der Dämonen verbunden. Wenn wir auf dieser Seite Zou-Lemawn erreichten, konnten wir zurück in unser Reich hüpfen. Die Dämonen würden uns den Zugang sicher nicht verwehren. Wer sollte es schon wagen, sich gegen einen Taoisten des Diamantrangs aufzulehnen? Ich sicher nicht. Der Haken an der Sache? Die Reise nach Zou-Lemawn dauerte zwei Monate. Bis wir die Stadt erreichten, würde mir die ungehemmte Energie im Dämonenreich vermutlich den Garaus gemacht haben. Das Qi war hier überwältigend. Außerdem meldete sich schon wieder mein Husten. Die Lage sah düster aus.

Doch der Morgen begann wunderbar, besonders nach dem wohligen, warmen Bad — für uns ein seltener Genuss. Obwohl ich sonst immer darauf schimpfte, war das Training erstaunlich belebend. Wir waren so irrsinnig viel unterwegs, dass es schon an Luxus grenzte, in Ruhe Sport treiben zu können.

Ganz in der Nähe trainierte Vyllea mit ihrem neuen Mentor, und zwar ganz anders als wir. Während Mentor Guerlon mit mir an Nahkampf und Waffenführung feilte, sah das, was die Dämonen taten, für mich sehr seltsam aus. Vyllea meditierte, und Nars-Go Li schlug ihr immer wieder mit einem Stock auf die Schultern. So ging es geschlagene zwei Stunden lang, während wir gründlich mit Waffen trainierten.

Mehrfach war ich kurz davor, meinen Mentor nach diesem merkwürdigen Training der Dämonen zu fragen, doch jedes Mal ahnte er meine Absicht, zog das Tempo und sorgte so dafür, dass ich auf die Frage lieber verzichtete.

Als wir zum Ende kamen, bekam Vyllea eine Heilung, ich dagegen leider nicht. In Guerlons Augen verdiente ich das nicht, wenn ich zu schwach war, um seinen knochenbrechenden Hieben auszuweichen — allerdings linderte er die allgemeine Belastung, der mein Körper durch die Wirkung der Energie ausgesetzt war.

Endlich war der Augenblick unseres gemeinsamen Trainings gekommen. Vyllea und ihr Mentor, die ganz in der Nähe standen, waren in ein ernsthaftes Gespräch vertieft und besprachen vermutlich, was genau sie erreichen sollte. Mentor Guerlon dagegen lieferte mir nur einen knappen Überblick; ihm schien es zu reichen, wenn ich im Trainingsgelände überlebte. Dann gab er mir sogar eine Aufgabe!

„Dein einziger Begleiter ist dein Schwert. Golems muss man den Kopf und die Gliedmaßen abschlagen; sie sind mechanisch und kennen keinen Schmerz. Achte gut auf Vyllea — deine Mission besteht darin, sie unversehrt zurückzubringen."

„Wieso das denn?", stieß ich verblüfft hervor.

„Weil es leicht ist, auf dich selbst aufzupassen. Richtig schwierig wird es erst, wenn man für jemand anderes verantwortlich ist. Willst du hier ernsthaft trainieren oder nur einen Spaziergang machen? Denk daran: Wenn Vyllea etwas zustößt, wirst du dafür zur Verantwortung gezogen. Jetzt los. Es ist unhöflich, die Dämonen warten zu lassen."

Warten? Ihr Gespräch schien noch eifrig im Gange zu sein! Allerdings war mir oft nicht klar, welche Beweggründe mein Mentor hatte. Am Vortag war er noch kurz davor gewesen, Vyllea hinzurichten, nun verlangte er, dass ich sie schützte, obwohl sie schon fast den Silberrang erreicht hatte. War es möglich, dass man für den Aufstieg Schmerzen leiden musste?

Wie war es sonst zu erklären, dass Nars-Go

Li seine Schülerin mit einem Stock schlug? Oder war das blanker Sadismus. oder vielleicht eine besondere Sitte der Dämonen, von der ich nichts ahnte?

„Trödel nicht, du Wicht“, fuhr Vyllea mich an, liebenswürdig wie immer. Zumindest ein paar Sachen blieben in dieser Welt unverändert. „Wenn du mir in die Quere kommst, ist das dein Ende!“

„Los, du Möchtegern-Dämonin“, erwiderte ich grinsend, denn ich wusste, wie sehr sie diese Anrede hasste. „Ich wette einen Geiststein darauf, dass du...“

Eine überwältigende Kraft ließ mich mitten im Satz in die Knie gehen, während Vyllea neben mir zusammenbrach. Das ganze Lager beugte sich unter dem unsichtbaren Druck, nur unsere Mentoren blieben stehen.

Guerlon zückte das Schwert, Nars-Go Li verneigte sich respektvoll. Da mir die Kraft fehlte, um auch nur den Kopf zu drehen, wartete ich auf das, was kommen mochte — und schon ertönte eine tiefe, höhnische Stimme.

„Du hast eine ganze Stadt meiner Sklaven vernichtet, du Wurm. Ich musste Ressourcen opfern, um hierher zu portieren. Du hast mich gezwungen, an diesen verfluchten Ort zu kommen, an dem es keine Energie gibt. Deine Strafe ist der Tod, und deinen Lehrling werde ich an niedere Dämonen verfüttern. Das ist alles, wozu er taugt. Ich will nur, dass du weißt, wer dich tötet, du Wicht. Damit dir in deinem letzten Stündlein klar wird, wie jämmerlich du bist. Damit du den Tag verfluchst, an dem du in meine Welt gekommen bist. Du stirbst durch die Hand von Erzlord Lurth Mink des Kupferrangs! Das hier ist mein Land! Kreis Null gehört mir! Das ist meine Welt! Und jetzt stirb, menschlicher Abschaum!"

KAPITEL 4

„BITTE VERZEIHT MIR, Erzlord Lurth Mink." Guerlon senkte den Kopf und kniete vor dem Dämon nieder. „Es war ein Fehler, Eure Stadt anzugreifen. Das gestehe ich ein und bin bereit, Buße zu tun. Sagt mir nur, wie: Mit Geiststeinen, mit Artefakten oder mit Diensten? Ich bitte nicht um Vergebung, hoffe jedoch auf Euer Erbarmen und... Hey, Erzlord, kriecht doch nicht davon! Oder muss ich Euch das andere Bein auch noch abschlagen?"

„Kannst du dir erklären, was hier vor sich geht?", flüsterte mir Vyllea direkt ins Ohr. Das, was sich vor unseren Augen abspielte, war so surreal, dass sie ihr sonst so überhebliches Gehabe offenbar ganz vergessen hatte.

„Nichts Besonderes — ich glaube, der Taoist lässt sich dazu herab, um Verzeihung zu bitten", erwiderte ich genauso verblüfft. Aus Huang Lungs

Texten wusste ich, dass ein Taoist des Diamantrangs mühelos Gegner des niedrigsten Rangs der nächsten Aufstiegsstufe überwältigen könnte, aber ich hatte nicht damit gerechnet, dass der Kraftunterschied so gewaltig sein würde. Nur wenige Sekunden lang waren tödliche Blitze hin und her gezuckt. Der Erzlord hatte zu unbesonnen gehandelt; sein Element war die Erde, und mit spitzen Steinen und Erdbrocken hatte er das halbe Lager des Urbangos-Stamms ausgelöscht. Und nicht nur das Lager — viele Dämonen waren ins Kreuzfeuer geraten und ebenfalls zermalmt worden. Auch uns hätte es getroffen, wenn Guerlon Vyllea und mich nicht mit Geistrüstung geschützt hätte. Spitze Erdpfeile schleuderten uns zwar ein paarmal in die Luft, konnten den Schutzschild des Taoisten jedoch nicht durchdringen. Erzlord Lurth Mink war außer Rand und Band, also beschloss Meister Guerlon, den Kampf nicht weiter in die Länge zu ziehen. Der Dämon stürzte zu Boden, und um weitere unüberlegte Taten zu verhindern, amputierte ihm der Taoist ein Bein und einen Arm. Das reichte aus.

Doch was dann geschah... so sehr ich mir auch den Kopf zerbrach, ich konnte mir Guerlons Handeln nicht erklären. Statt seinem gefährlichen Gegner den Rest zu geben, kniete er nieder und bat um Gnade, während er den Erzlord gleichzeitig gründlich ausplünderte — er nahm die Dimensionstasche, Ringe sowie mehrere Amulette an sich und ließ ihm nur ein örtliches Artefakt, das den Energiehunger außer Kraft setzte. Alles andere wurde dem dämonischen Erzlord abgenommen.

„Aber wie?", flüsterte Vyllea weiter. „Das ist ein Erzlord! Ich kenne ihn — er gehört zu denen, die Erzlord Shang Li für schwach hielten und sich gegen ihn aufgelehnt haben. Ist dein Mentor ein Erzlord geworden? Antworte mir, Mensch! Wie kann ein einfacher Meister einen Erzlord besiegen? Das ist unmöglich!"

Ich hatte nicht vor, ihr zu antworten, sondern hörte aufmerksam zu, was der Mentor sagte.

„Erzlord, offenbar habe ich Euch unabsichtlich Wunden zugefügt. Würdet Ihr mir gestatten, diese zu heilen? Hey, ich habe eine Frage gestellt, Weiser! Zwingt mich nicht, sie zu wiederholen!"

Das Wort „Weiser" sprach Guerlon so giftig aus, dass es mit Händen zu greifen war; es war, als hätte er sämtliche Verachtung der ganzen Welt in dieses eine Wort gelegt. Doch das zeigte Wirkung — der Erzlord versuchte nun nicht mehr, davonzukriechen. Lurth Mink sah sich nach Hilfe um, doch da keine zu entdecken war, gab er sich geschlagen.

„Ja, Junior. Ihr habt meine Erlaubnis. Heilt mich."

Guerlon verwandelte sich auf der Stelle in einen Blitz, und als er wieder Gestalt annahm, hielt er die abgetrennte Hand und das Bein des Dämons in den Händen.

„Das wird wehtun, Erzlord. Sehr sogar. Ihr müsst es einfach aushalten, fürchte ich."

Der Schrei, der daraufhin ertönte, erinnerte eher an ein abgestochenes Schwein als an einen

Erzlord und brach abrupt ab, als Lurth Mink das Bewusstsein verlor. Doch die Behandlung war erfolgreich — Bein und Arm saßen wieder an Ort und Stelle.

„Welch faszinierende Technik", murmelte der Taoist, während er sich an mich wandte. „Lehrling, komm her."

Ich erhob mich und stakste mit steifen Beinen zu Guerlon, den ich jetzt mehr fürchtete als Erzlord Lurth Mink.

„Sieh dir den Erzlord mit deiner Geistsicht an", befahl mein Mentor, als ich neben ihm stand. „Was kannst du erkennen?"

„Eine schwarze Gestalt, Mentor", erwiderte ich gehorsam.

„Leg deine Hand auf seinen Körper und schau noch einmal."

Ich hatte Angst, den Erzlord zu berühren, wagte jedoch noch weniger, mich den Anweisungen des Mentors zu widersetzen. Ich kniete nieder, legte eine Hand auf den bewusstlosen Dämon, schloss die Augen und tauchte in die Welt der Energie ein. Erst geschah nichts, doch dann hob sich die Dunkelheit vom Körper des Erzlords und enthüllte etwas Unvorstellbares. In allen sieben Meridiansträngen leuchtete ein Überfluss an Energie, doch in einigen schien sich nichts zu bewegen. Energiekern und Geistkern waren ständig verbunden — zwischen ihnen zuckten Blitze, die ich nicht nachverfolgen konnte. Die Mitte, aus der alle Meridiane hervorgingen, wirkte im Vergleich dazu unverhältnismäßig klein, als sei sie aus einem anderen Körper in diesen verpflanzt worden. Bei genauerem Hinsehen stellte ich fest, dass die Stränge der beiden Gliedmaßen, die der Mentor abgetrennt und dann wieder angefügt hatte, leblos wirkten. Der Taoist hatte die Meridiane nicht mit der Mitte verknüpft. Zudem erschien es mir seltsam, wie dünn die Energiekanäle waren. Ich hatte schon Dämonen mit weitaus robusteren Meridianen gesehen. Hier wirkten die Kanäle wie einfache Fäden.

„Was hast du zu sagen?", fragte Mentor Guerlon, als ich die Geistsicht verlassen hatte.

„Ein wunderschöner Anblick", gestand ich ehrlich. „So etwas habe ich noch nie gesehen. Schön und furchterregend zugleich. Wenn der Erzlord die beschädigten Meridiane in Bein und Arm nicht heilt, könnte er die Stränge verlieren. Taoist, ist es möglich, dass ein Unsterblicher auf einen niedrigeren Rang sinkt?"

„Nein. Ein Erzlord bleibt ein Erzlord, selbst wenn er alle Gliedmaßen verliert. Er kann dann nur die entsprechenden Techniken nicht mehr einsetzen. Aber das war nicht meine Frage."

„Eigentlich habt Ihr gar nichts gefragt", murmelte ich, fuhr jedoch fort. „Die Meridiane des Erzlords sind beunruhigend dünn. In ihnen fließt kaum Energie. In dieser Welt sind uns schon etliche Dämonen der Lehrlingsstufe mit weitaus robusteren Strängen begegnet. Hier wirkt alles fragil, als könnte es jeden Moment reißen."

„Den Geistkern hast du also nicht entdeckt?"

„Tut mir leid, Mentor, davon habe ich noch

nie gehört. Den Energiekern erkennt man an der Kraft, die von ihm ausstrahlt, und den Elementkern an der Farbe seiner Energie, aber den Geistkern kenne ich nicht. Gibt es den wirklich?"

„Nicht in reiner Form, aber darüber werden wir später sprechen, wenn du Zone Drei erreichst. Dennoch hast du meine Frage nicht beantwortet."

„Mentor, Ihr habt keine Frage gestellt", erwiderte ich. Meine Angst vor dem strengen Taoisten war verpufft. „Meine Aufgabe war, zu berichten, was ich sehe. Und das habe ich getan."

„Nein", entgegnete Guerlon schlicht. „Du hast mir nur gesagt, was jeder Schüler an jeder Schule der Erleuchtung erkannt hätte. Jeder weiß, dass bei einem Erzlord alle Meridiane ausgebildet sind, dass er Kerne besitzt und dass bei Verletzungen der Gliedmaßen die Stränge beschädigt werden. Mich interessiert jedoch etwas anderes, Lehrling. Du warst auf der richtigen Spur, bist aber leider vom Thema abgekommen."

Auf der richtigen Spur? Meinte er damit die dünnen Meridiane?

„Ist Erzlord Lurth Mink kein rechtmäßiger Erzlord?", überlegte ich laut, während ich so tat, als würde ich nicht bemerken, dass Vyllea und ihr Mentor nähergekommen waren. „Die überaus dünnen Meridiane lassen vermuten, dass… dass er sie nicht kultiviert hat? Dass sie nicht richtig entwickelt sind? Aber wie kann…"

Wie üblich kam die Erkenntnis ganz plötzlich.

„Erzlord Lurth Mink stammt aus dem vierten Kreis der Dämonenwelt! Die Meridiane haben sich bei ihm schon in der Kindheit entwickelt, aber er hat nie dafür gesorgt, sie zu stärken, sondern sich stattdessen auf seinen Elementkern konzentriert, der weitaus größer ist als sein Energiekern. Seine Mitte und seine Meridiane sind so schwach, dass er damit nicht lange Techniken einsetzen kann. Ja, das kam mir seltsam vor — einige der Stränge sahen aus, als hätten sie keine Energie mehr, als wären sie annulliert. Doch sein Elementkern war gewaltig... Der Erzlord nutzte im ganzen Kampf nur ein einziges Element! Erdspitzen, Steine und Staub — das sind keine Techniken, sondern er manipuliert lediglich die Elemente. Aber ist ein so aktiver Einsatz der Elemente in Kreis Null überhaupt erlaubt?"

Der Taoist zeigte ein zufriedenes Lächeln.

„Nein, Lehrling, in Kreis Null sollte man das nicht tun. Das ist sogar streng verboten. Das wirst du verstehen, wenn du die Meisterstufe erreichst. Habe ich recht, Junior Nars-Go Li?"

„Ja, Weiser. Der Einsatz von Elementen ist in Kreis Null sehr gefährlich." In der Stimme des Dämons lag unverhohlener Respekt. Mein Mentor sah mich erneut an und bedeutete mir, dass er mehr hören wollte. Doch ich war fast fertig.

„Erzlord Lurth Mink konnte Techniken nicht lange einsetzen. Warum? Weil er kein echter Erzlord ist. Ihm fehlt die Kampferfahrung in Zone Null, er hatte noch nie mit so starken Gegnern zu tun und ist ohne seine Lehrlinge erschienen, so als hätte er gar keine. Er gehört dem Kupferrang an, und ich würde sagen, dass er diesen erst vor kurzer Zeit erreicht hat."

„Was..." Ausgerechnet in diesem Moment kam Erzlord Lurth Mink wieder zu sich. Mein Mentor kniete sich erneut nieder, doch mir war klar, dass er den Dämon damit sehr subtil verspottete.

„Ich bitte um Verzeihung, Erzlord Lurth Mink! Euer Körper wurde geheilt, doch die Meridiane müsst Ihr selbst instandsetzen. Zur Entschuldigung biete ich Euch diese Geiststeine und hoffe auf Eure Gnade."

Neben dem Taoisten erschienen zwei beträchtliche Kisten. Verschlossen. Der Erzlord wollte sich erheben, erstarrte jedoch, als die eisige Stimme des Taoisten ertönte.

„Ich habe Euch nicht die Erlaubnis zum Aufstehen gegeben, Weiser! Auf den Boden!"

Der Erzlord riss die Augen auf, in seinem Blick lag eine Mischung aus Erstaunen, Angst und Verwirrung. Nicht nur ich, sondern auch alle anderen Anwesenden verstanden nicht recht, was der Taoist vorhatte. Guerlon jedoch setzte sein Spielchen fort.

„Vergebt Ihr mir meine Dreistigkeit, Erzlord Lurth Mink?", fragte er. „Reichen die Geiststeine aus? Sprecht Ihr mich von aller Schuld frei, die ich auf mich geladen habe, weil ich die Stadt zerstört und versehentlich Dämonen getötet habe? Diese Untaten bekümmern mich sehr, und ich erwarte das gerechte Urteil des Weisen." Wieder sprach er das Wort „Weiser" so aus, dass es geradezu spöttisch klang.

„Ja", brachte der Erzlord vollkommen verwirrt hervor. „Ihr seid frei von jeder Schuld. Ich vergebe Euch den Angriff auf meine Stadt und meine Dämonen."

„Vielen Dank, Weiser! Eure Vergebung bedeutet mir sehr viel! Was diese Geiststeine betrifft, so werde ich sie vorläufig für Euch aufbewahren. Wie ich sehe, habt Ihr Eure Dimensionstasche verlegt und seid nicht in der Lage, eine solche Last zu tragen. Ich verspreche bei den Himmeln, jeden einzelnen Geiststein bei erster Gelegenheit zurückzugeben. Jetzt, Erzlord, dürft Ihr Euch erheben und nach Belieben verschwinden, während Ihr überlegt, wieso Ihr überhaupt existiert. Wenn Ihr mir in Kreis Null noch einmal über den Weg lauft, werde ich Eure Existenz für immer beenden. Das Versprechen eines Suchenden! Und nun fort mit Euch!"

Aus Meister Guerlons Hand schoss eine feurige Schlange hervor und versengte den Boden direkt vor dem gefallenen Erzlord. Das reichte, damit er aufsprang wie von der Tarantel gestochen. Er versuchte sogar zu flüchten, doch eine Technik, die ihn im Rücken traf, schleuderte ihn zurück.

„Ist der Weise so taub, dass er meine Worte nicht hört? Ich sagte, Ihr sollt Euch würdevoll und erhaben entfernen! Erzlords rennen nicht! Sie beglücken ihr Land mit ihrem majestätischen Auftreten und sorgen mit ihrer bloßen Existenz für Freude!"

Taoist Guerlon musste sich dem gestürzten Gegner nähern, um ihn zu heilen — der Aufprall hatte den Dämon durchbohrt. Dass er kein Schild errichtet hatte, war ebenfalls ein gewaltiges Versäumnis des Erzlords. Im zweiten Versuch geschah genau das, was der Taoist verlangt hatte — der Dämon bewegte sich langsam und stark zitternd auf den Horizont zu und machte keine Anstalten, sich zu beeilen. Dabei warf er meinem Mentor immer wieder furchterfüllte Blicke zu, da er offenbar jederzeit mit einem weiteren Angriff rechnete. Doch dazu kam es nicht.

„Erzlord Lurth Mink wird nach Rache streben", merkte Nars-Go Li ruhig an, während der Dämon sich immer weiter entfernte und schließlich nur noch ein kleiner Punkt war.

„Um dieses Problem muss sich der Urbangos-Stamm mit Erzlord Shang Li kümmern", erwiderte mein Mentor, dessen Grinsen nun grimmig geworden war. „Die Ehre des Stammes und des Erzlords geht mich eigentlich nichts an, aber ich werde sicher nicht verschweigen, dass ein Erzlord des Kupferrangs einen Lehrling von Erzlord Shang Li aus dem inneren Kreis sowie die älteste Tochter des Oberhaupts der Urbangos angegriffen hat. Entweder wird dieser Dreistigkeit gerächt, oder man tut so, als sei nichts geschehen. Wenn Erzlord Lurth Mink und all seine Lehrlinge weiterleben, zeigt das nur, wie schwach Erzlord Shang Li und der Urbangos-Stamm sind. Es deutet darauf hin, dass sie ihren aktuellen Status nicht verdient haben. Aber wie gesagt, mich geht das nichts an."

„Also habt Ihr ihn nur laufen lassen, um meinem Stamm zu schaden?", fragte Vyllea aufbrausend, riss sich aber sofort wieder zusammen und ergänzte: „Weiser!"

„Warum ich das getan habe, sollte dich nicht interessieren, Junior. Deine Pflicht besteht darin, die Ehre des Stammes zu verteidigen. Wenn du dazu nicht in der Lage bist, solltest du dich an die Verleumdungen gewöhnen. Für die Schwachen ist in deiner Welt kein Platz. Im Augenblick bist du schwach. Dein Stamm ist schwach. Erzlord Shang Li..." Der Taoist lenkte seinen Blick auf Nars-Go Li. „Es wird sich zeigen, ob er schwach oder stark genug ist, um seine Lehrlinge aus dem inneren Kreis zu beschützen. Vermutlich wird Erzlord Lurth Mink in wenigen Tagen in Kreis Null eintreffen und alle zusammentrommeln, die er finden kann. Schüler, Söldner, Freunde, sofern er welche hat, und so weiter. Seine Ehre ist gekränkt; er wird nach Rache streben und alle auslöschen wollen, die seine Schmach miterlebt haben. Wie unerfreulich, dass der Stamm Urbangos gerade jetzt dieses Trainingsgelände beansprucht hat. Bald wird es hier für Dämonen der niederen Aufstiegsstufen gefährlich heiß hergehen. Aber wir schweifen ab. Lehrling, solltest du nicht meine Aufgabe ausführen?"

„Bitte verzeiht meine Nachlässigkeit, Meister." Mit Mühe gelang es mir, mein Grinsen zu verbergen. Endlich dämmerte mir, wieso der Taoist so theatralisch um Verzeihung gebeten hatte. Dennoch hatte ich erhebliche Zweifel daran, dass diese Methode Wirkung zeigen würde. Die Himmel achteten nicht nur auf das bloße Verhalten, sondern auch auf die wahren Beweggründe. Oder reichte der äußere Schein manchmal aus? Ich musste dringend nachlesen, was die Himmel waren und welchen Einfluss sie auf das Leben von Taoisten nahmen. Dämonen beispielsweise riefen die Himmel niemals an. Offiziell war dem Taoisten nun verziehen, dass er wehrlose Dämonen getötet hatte. Aber reichte das aus, um eine Aufstiegshürde aus dem Weg zu räumen? Ich hatte nicht die geringste Ahnung.

„Ach ja? Ich höre Worte, sehe jedoch keine Taten!"

„Ich kann die Aufgabe nicht allein erledigen, Mentor. Ich habe eine klare Anweisung bekommen — möglichst gut darauf zu achten, dass die Dämonin Vyllea nicht in Gefahr gerät. Wie soll ich das umsetzen, wenn Vyllea sich weigert, das Trainingsgelände aufzusuchen? Wen soll ich dort beschützen? Mich selbst? Vor den Golems?"

„Mich beschützen?!" Bei dieser Frechheit ging das Mädchen wieder in die Luft. „Was bildest du dir nur ein, du Wicht? Ich habe fast schon den Silberrang, und du steckst noch bei Bronze! Ich werde diejenige sein, die dich beschützen muss!"

„Ach ja? Ich höre Worte, sehe jedoch keine Taten", äffte ich nach, wobei ich mir fast auf die Zunge beißen musste. Ich klang genau wie mein Mentor!

„Dann los! Mentor, wir betreten das Trainingsgelände! Ich werde diesem Menschen zeigen, wie überlegen wir Dämonen sind!"

Die Wut beflügelte Vyllea und machte sie...

atemberaubend. Diese Röte auf ihren Wangen, die bebende Brust, die abrupten Bewegungen und eine umwerfende Figur. Nein, ich brauchte eindeutig mehr Erfahrung mit Mädchen, wenn ich mich zu einer Dämonin hingezogen fühlte. Der Geruch hatte sich nämlich nicht geändert! Vyllea stank immer noch nach Tod, genau wie...

Der Geruch! Wie dumm von mir! Deshalb hatte der Taoist so nachgebohrt! Erzlord Lurth Mink verströmte den gleichen widerlichen, süßlichen Geruch wie alle anderen! Er gab sich zwar als Erzlord des Kupferrangs aus, war es aber überhaupt nicht! Nur ein Meister des Goldrangs, höchstens! Deshalb hatte mein Mentor ihn so mühelos besiegt. Und deshalb hatte er sich nach dem Geistkern erkundigt. Das war eine Leitfrage gewesen, die mich auf das Offensichtliche hinweisen sollte.

„Kommst du, Wicht? Oder ziehst du den Schwanz ein, wenn es zur Sache geht?", provozierte Vyllea. Sie hielt ihr Jian in der Hand, und unverhofft wollte ich unbedingt herausfinden, wie sehr sich ihre Schwertkunst verbessert hatte. Früher hatte ich von zehn Runden zehn gewonnen, aber das Mädchen war zäh und gab sich nie geschlagen. Wenn wir auf dem Trainingsgelände fertig waren, würde ich um ein Sparring bitten.

Die alte Stadt der Dämonen hatte eine klare Grenze, die das örtliche Herz nicht überschritt. Golem-Untiere zogen ihre Kreise um die Stadt und erinnerten hier an große Katzen — ähnlich wie Panther, nur ein wenig kleiner. Die Wächter stürzten sich auf alle, die die Grenze überschritten, doch wer nur einen Schritt entfernt stand, schien sie nicht zu interessieren. Golems konnten die Stadt nicht verlassen.

„Pass auf, du Wicht, ich zeige dir, wie echte Dämonen vorgehen! Das blüht dir, wenn ich an Kraft gewinne!"

Mit diesen Worten überschritt Vyllea die Grenze und ging auf die Golems los. Sie bewegte sich schnell und schwang ihr Schwert in einer Art und Weise, die deutlich gesteigerten Fähigkeiten ahnen ließ. Ja, ich wollte mich wirklich gerne mit ihr messen. Ich zögerte kurz, ehe ich ihr ohne jede Geistrüstung folgte, und betrachtete die Welt einen Moment lang mit Hilfe der Geistsicht. Wie sich herausstellte, waren die Golems gar nicht so simpel! Zwei versuchten, Vyllea zu schnappen, während zwei weitere ganz in der Nähe auf dem Dach eines zweistöckigen Gebäudes auf der Lauer lagen und nur darauf warteten, von oben herabzustürzen. Vyllea setzte die Golems unter Druck und kicherte gehässig über die Wirkung ihrer Attacke. Sie hatte keine Ahnung, dass ihr der Sieg geschenkt wurde. Und sie hatte keine Zeit, sich über diesen Unsinn den Kopf zu zerbrechen. Sie brüstete sich mit ihrer Tapferkeit und Kraft, weil sie mich beeindrucken wollte und ich sehen sollte, dass sie weitaus stärker war als ich. Das war genauso nervig, wie Elda gewesen war...

Ich machte einen Satz, schlug meinen Golem in zwei Stücke und schleuderte das Schwert mit aller Kraft auf die beiden auf dem Dach, die sich gerade auf Vyllea stürzen wollten. Erwartungsgemäß duckten sich die Golems, um die Waffe über ihre Köpfe sausen zu lassen, und richteten sich dann auf — einer landete jedoch sofort wieder auf dem Dach. Selbst die gefährlichste Maschine kann schwerlich attackieren, wenn sie keinen Kopf mehr hat.

„Über dir!", schrie ich, während ich Vyllea zur Hilfe eilte. Die Kreaturen, die sie so mühelos in die Enge getrieben hatte, merkten plötzlich, dass ihr Hinterhalt fehlgeschlagen war, und hielten sich nun nicht mehr zurück. Sie gingen so rasch auf das Mädchen los, dass ihr Abwehrmanöver fehlschlug und sie stürzte. Als die Maschinen ihr gemeinsam den Rest geben wollten, war ich bereits da.

„So also gehen echte Dämonen vor? Lassen sich von Golems besiegen?" Ich konnte mir den Spott nicht verkneifen, während ich die Ungeheuer abwehrte. Soweit ich es in der Geistsicht hatte erkennen können, waren diese Golems Kandidaten des Silberrangs und damit hervorragende Gegner für Vyllea und mich.

„Töte den Mistkerl! Los!" Vyllea sprang auf die Beine und stellte sich neben mich. Mir lief es kalt den Rücken hinunter — auf der Wange hatte sie einen Kratzer. Blut war kaum zu sehen, doch das würde meinen Mentor nicht interessieren. Ich hatte versagt und nicht geschafft, die eigensinnige Dämonin zu schützen. Wo waren diese Golems? Ich musste meinem Ärger Luft machen, sonst würde ich noch auf das dumme Gör losgehen!

* * *

„Weiser, ich habe eine Bitte.“

„Ich brauche eine vollständige Übersicht über die dämonische Artefakterstellung bis zum zweiten Kreis“, erwiderte Meister Guerlon, während er seinen Lehrling nicht aus den Augen ließ, um jederzeit einschreiten zu können. Das Trainingsgelände wirkte zwar einfach, doch die mechanischen Wesen waren nicht zu unterschätzen, denn immerhin kämpfte Zander zum ersten Mal gegen echte Golems.

„Weiser?“ Nars-Go Li war verblüfft.

„Das ist der Preis für meine Hilfe, Junior.“

„Aber woher wusstet Ihr...“, setzte der Dämon fassungslos an.

„Ihr müsst schnellstens Erzlord Shang Li aufsuchen und ihm berichten, was sich gerade herausgestellt hat. In den inneren Kreisen wird Vyllea sterben. Ihr müsst also zunächst für ihre Sicherheit sorgen und könnt Euren Lehrmeister daher erst mit Verzögerung aufsuchen. In dieser Zeit könnte jemand, der sich Erzlord Lurth Mink nennt, eine Menge Schaden anrichten, der sich nicht wiedergutmachen lässt. Zum Beispiel könnte er den Stamm Urbangos in Kreis Zwei ohne weiteres auslöschen. Der Tod ihrer Mutter würde Vylleas Aufstieg entscheidend hemmen; dann wird sie diese Hürde frühestens mit achtzehn Jahren nehmen. Damit würdet Ihr den Auftrag Eures Lehrmeistes nicht erfüllen und niemals sein persönlicher Lehrling werden. Habe ich mich deutlich genug ausgedrückt oder braucht Ihr weitere Einzelheiten?"

„Nein, Mentor, Eure Worte waren deutlich." Der Dämon presste die Lippen zusammen.

„Dann kennt Ihr meine Bedingungen — ich brauche Bücher über die Artefakt-Herstellung. Sowohl Lehrbücher als auch weiterführende Leitfäden. Diese sollten in anderthalb Jahren in Zou-Lemawn für uns bereitliegen. Ich schätze, bis dahin müsste es Vyllea gelingen, die goldene Kandidatenstufe oder sogar die Lehrlingsstufe zu erreichen, obwohl ich mir bei Letzteren weniger sicher bin. Bislang habe ich noch nie so eng mit Dämonen zusammengearbeitet. Welches Musikinstrument spielt sie?"

„Die Pipa, Weiser. Obwohl ‚spielen' vielleicht nicht gerade das richtige Wort ist — der Unterricht hat gerade erst begonnen."

„Schach?"

„Dämonen bevorzugen Go, Weiser. Darin ist sie recht gut."

„Ich brauche ein Brett und Spielsteine. Ich selbst habe keine."

„Ja, Weiser. Außerdem lernt Vyllea Alchemie."

„Dann brauche ich Ressourcen für Pillen; einen Alchimistenofen habe ich selbst. Sonst noch etwas?"

„Nur persönliche Habseligkeiten, aber nicht viel. Alle Materialien für die dämonische Artefakterstellung bis zum zweiten Kreis werden in anderthalb Jahren in Zou-Lemawn auf Euch warten, Weiser."

„Abgemacht. Dort holt Ihr auch Euren Lehrling wieder ab. Und noch etwas. Sagt Erzlord Shang Li, der Suchende Guerlon würde gerne mehr über die Funktionsweise von dämonischen Artefakten erfahren, die Energiehunger blockieren. Dinge, die ich nicht verstehe, faszinieren mich. Das Prinzip hinter diesen Artefakten ist mir nicht klar, daher mein Interesse."

„Ich werde Eure Nachricht an den Erzlord übermitteln." Nars-Go Li nickte und konnte sich nur mit Mühe zurückhalten, als er sah, wie sein Schützling unter dem Angriff von drei Golems zusammenbrach. Nur das schwere Seufzen und Murmeln des exzentrischen Taoisten verhinderte, dass der Dämon eingriff.

„Ich werde beide disziplinieren müssen. Ihr Teamwork ist eine Katastrophe. Habe ich meine Dienste vielleicht zu günstig angeboten?"

KAPITEL 5

„EINE FALSCHE BEWEGUNG, und du wirst es bereuen. Schau weg und vergiss, dass du überhaupt Hände hast. Und wehe, du grinst, Mensch! Bei der Ehre meines Stammes, ich werde deine elende Existenz hier und jetzt beenden!"

Vylleas geflüsterte Drohungen in meinem Schoss ließen Böses ahnen. Nachdem wir das Trainingsgelände verlassen hatten, eröffneten uns die beiden Mentoren die Neuigkeit: Für die nächsten anderthalb Jahre würde das Mädchen Meister Guerlons Lehrling sein, während ihr chemaliger Meister, Nars-Go Li, Wichtiges zu erledigen hatte. Zum vielleicht ersten Mal war ich voll und ganz auf Vylleas Seite — unsere Empörung kannte keine Grenzen. Aber natürlich hörte niemand auf uns. Mein Mentor sammelte die Habseligkeiten des Mädchens zusammen, nahm eine Karte von Kreis

Null der Dämonenwelt und klärte ein paar Einzelheiten mit Nars-Go Li, dann beschwor er seinen selbstfahrenden zweisitzigen Karren herauf, setzte sich ans Steuer und starrte in die Ferne. Er sagte kein einziges Wort. Was von uns erwartet wurde, verstand sich von selbst.

Es gab nur einen einzigen freien Sitzplatz, und Vyllea und ich waren nicht mehr zwölf Jahre alt. Aber das, so stellte ich fest, interessierte meinen Mentor — oder vielmehr unseren Mentor — nicht im Geringsten. Ich verfluchte mich für die irrsinnige Idee, mich in die Welt der Dämonen zu wagen, und sah hinüber zu dem Mädchen. Vylleas Blick loderte wie Feuer.

Meister Guerlon hustete wie zufällig. Schwer seufzend ließ ich mich auf dem Sitz nieder, versuchte, so tief wie möglich darin zu versinken, presste die Beine zusammen und wandte mich ab, das Gesicht weg von dem Mädchen. Vyllea hatte nur Platz, wenn sie sich seitlich auf meinen Schoss setzte, und da Meister Guerlon einen rasanten Fahrstil pflegte, musste sie die Arme um mich legen, um nicht herunterzurutschen. Damit wir es bequemer hatten, musste ich sie ebenfalls umarmen und an mich drücken. So entstand ein recht stabiles Gebilde, das auch auf unwegsamem Gelände hielt. Noch vor zwei Jahren hatte uns diese Form der Reise nicht viel ausgemacht, doch jetzt waren wir, wie bereits erwähnt, beide erheblich gewachsen. Vyllea ließ sich auf mir nieder, nachdem der Taoist zum zweiten Mal gehustet hatte. Ihr Körper war starr wie Stahl und so angespannt, dass ich fürchtete, bei der kleinsten falschen Bewegung meinerseits würde sie vom fahrenden Wagen springen und so weit flüchten, wie die Füße sie trugen. Unser Mentor bediente die Hebel und los ging es, während hinter uns Staubwolken aufstoben. Die Dämonin schwankte, sodass ich sie fester an mich zog, damit sie nicht versehentlich herausgeschleudert wurde, während sie einen Arm um meinen Hals legen musste. In diesem Moment äußerte sie die eindrucksvolle Drohung.

Nichts lag mir jedoch ferner als zu grinsen. Die Entscheidung des Taoisten hatte mich gewaltig aus der Bahn geworfen. Ich konnte mir nicht erklären, wozu wir Vyllea brauchten. Sie war völlig unnütz — brachte nur Ärger! Ihr idiotisches Verhalten hatte nicht nur dazu geführt, dass ich drei Runden um das ganze Trainingsgelände laufen musste, weil ich meine Aufgabe nicht erledigt hatte, sondern sie wagte sich immer wieder genau an die Stellen, an denen die gefährlichsten Wesen lauerten, und begab sich in Lebensgefahr, um ihre Überlegenheit unter Beweis zu stellen. Mehrfach musste ich sie aus vollkommen katastrophalen Situationen retten. Sie ignorierte mich nach Strich und Faden und beharrte auf ihrem Eigensinn. Meine Erleichterung war grenzenlos, als wir endlich das Trainingsgelände verlassen durften! Meister Guerlon hatte recht behalten. Es ist das Eine, wenn man nur für sich selbst verantwortlich ist, und etwas ganz anderes, wenn man dafür sorgen muss, dass ein hirnloses Teammitglied ebenfalls überlebt. Die Erfahrung in dem Trainingsgelände hatte mich restlos davon überzeugt, dass Vyllea keinerlei Verstand hatte. Mir wurde sogar allmählich klar, wieso ihr Mentor sie beim Meditieren mit einem Stock schlug — anders war dieses starrsinnige Wesen offenbar nicht zu erreichen!

Zum Glück brachen wir zu unserer Reise auf, als der Tag sich schon dem Ende zuneigte — Meister Guerlon fuhr nur ein paar Stunden. Wenn ich auf Energieansammlungen am Wegesrand hinwies, reagierte er nicht. An Jagdbeute hatte er kein Interesse — sein Ziel war es, uns so weit wie möglich vom Trainingsgelände wegzubringen. Das konnte ich verstehen, denn es stand durchaus zu befürchten, dass der geschmähte Dämon Lurth Mink, der sich als Erzlord ausgab, mit Verstärkung zurückkommen könnte.

Als wir schließlich hielten, sprang Vyllea zu Boden wie eine Katze. Sie wirkte einigermaßen frisch, obwohl sie ganze zwei Stunden lang angespannt dagesessen hatte. Ich dagegen erinnerte an eine vertrocknete Gurke und war nur noch eine runzelige Hülle. Meine Beine kribbelten, als hätte man hundert heiße Nadeln gleichzeitig hineingestochen. Der Mentor verstaute den Wagen, sodass ich auf den Boden fiel, wobei ich ein Stöhnen kaum unterdrücken konnte — auf diesen Beinen konnte ich unmöglich stehen.

„Du wirst die ganze Nacht meditieren", lautete der Befehl, danach zog der Mentor ein einziges Zelt aus der Dimensionstasche. Sein eigenes. „Facht kein Feuer an, bewegt euch nicht zu weit weg, wenn ihr euer Geschäft zu erledigen habt, und redet nicht miteinander. Teilt euch das Wasser hier."

Eine kleine Flasche erschien auf dem Boden, dann verschwand der Mentor in seinem Zelt. Offenbar kümmerte es ihn nicht im Geringsten, dass wir mitten auf einem offenen Feld gehalten hatten. Keine Bäume, keine Anhöhen, keine Seen. Nichts. Nur rötliches Gras, kleine Steine und ein paar Tiere, die ganz am Rand meiner Geistsicht umherhuschten. Obwohl ich nicht stehen konnte, nahm ich zuallererst die Umgebung unter die Lupe.

„Und wie lange willst du da noch liegen, Wicht?", ertönte Vylleas verärgerte Stimme. Ich musste mich herumrollen und zu ihr aufschauen.

„Sag bloß, du bist so ein Versager, dass deine Beine taub geworden sind!"

„Wir sind einfache Sterbliche — was können wir gegen die großartigen Dämonen des Silberranges schon ausrichten!", erwiderte ich. Die Nadelstiche ließen allmählich nach, sodass ich mich aufsetzen konnte. Stehen kam noch immer nicht in Frage.

„Das meine ich ernst, Zander." Vyllea wirkte auf einmal wie verwandelt und benutzte sogar meinen richtigen Namen, was bisher noch nie vorgekommen war. „Warum hast du deine Muskeln unterwegs nicht gestärkt?"

„Muskeln kann man nur stärken, wenn man weiß, wie das geht. Ich weiß es nicht."

„Ach, komm schon! Das ist doch die Grundlage des Aufstiegs. Schau mal, du musst nur das hier machen..."

Vyllea konnte den Satz nicht beenden — die gewaltige Aura unseres erbosten Mentors legte sich über uns. Er war sogar aus seinem Zelt zum Vorschein gekommen.

„Ihr habt klare Anweisungen bekommen. Wieso sehe ich hier zwei dumm schwatzende Teenager statt zwei Lehrlingen, die meditieren? Hundert Liegestütze, Kniebeugen, Situps und fünf Minuten Planke. Da ihr genug Energie zum Reden habt, könnt ihr auch ein kleines abendliches Sportprogramm einlegen. Los!"

Die hundert Wiederholungen waren nicht die schlimmste Strafe, aber ein deutliches Signal — beim nächsten Mal würden es doppelt so viele sein. Dann das Vierfache. Achthundert war mein Limit; ich wusste, dass es schlauer war, den Taoisten dann nicht noch weiter zu reizen. Er würde mich dem Erdboden gleichmachen und dann wieder aufpäppeln, nur damit es von vorne losgehen konnte und ich meine Strafe ableistete. Reden war verboten. Heute Nacht hieß es meditieren.

Doch Vylleas Worte wollten mir nicht aus dem Kopf. Die Kräftigung des Körpers war eine wichtige Grundlage — offenbar hatte ihr Mentor darauf großen Wert gelegt. Meiner dagegen tat so, als sollte ich alles selbst herausfinden. Auch Huang Lung, der das Zauberbuch verfasst hatte, ging auf die Kandidatenstufe nicht weiter ein, als sei sie so trivial, dass jeder Taoist sie ganz selbstverständlich meisterte. Er konzentrierte sich auf die Bildung von Knoten und Meridianen und wie man sie zu dicken Strängen verstärkte, doch zu den Vorbereitungen des Körpers erwähnte er nichts. Wirklich enttäuschend — der Gründer der Schule des Silberreihers hätte daran denken können, dass sein Werk einem Laien in die Hände fallen konnte, der noch gar nicht an den Aufstieg denken durfte.

Was genau wollte Vyllea mir vermitteln? Die Grundlagen des Aufstiegs? „Warum hast du deine Muskeln nicht gestärkt?" Hatte sie das gesagt? Muskelstärkung... mir fiel dazu nichts ein. Angenommen, sie war während der zweistündigen Fahrt gar nicht angespannt gewesen, sondern hatte sich gestärkt. Als wir anhielten und sie zu Boden sprang, hatte sie ganz locker und geschmeidig gewirkt. Wenn ich Vyllea mit der Geistsicht betrachtete, war nur das zu erkennen, was von einer Kandidatin des Bronzerangs zu erwarten war. Ihr Mentor ging jedoch davon aus, dass sie in einem Monat Silber erreichen konnte. Die einzelnen Tao-Ränge der Lehrlingsstufe waren mir bestens bekannt, doch seltsamerweise hatte ich keine Ahnung, wie es sich bei Kandidaten verhielt. Ich wusste, dass für den Goldrang mindestens zwei Knoten gebildet werden mussten und manche Dämonen sogar vier besaßen. Doch die genauen Einzelheiten des Silberrangs blieben mir ein Rätsel. Die Golems, die wir besiegt hatten, wurden nach der Energie ihrer Geiststeine eingestuft, eine eindeutige Messgröße. Doch unsere Energie war anders als die der Golems. Wir nutzten die Energie des Körpers, also...

Körperenergie... Stärkung des Körpers. Was, wenn die beiden Dinge irgendwie zusammenhingen? Aber wie? Ich ermahnte mich selbst, nicht so von einem Gedanken zum anderen zu springen, sondern meinen Vorteil zu nutzen. Schließlich war ich mentaler Absolut! Und mein Mentor, möge er lange leben, unterrichtete mich genau so, wie ein mentaler Absolut unterrichtet werden sollte — er ließ mich selbst auf die Lösungen kommen! Nein, nicht deshalb ließ er mich überlegen — er würde mich in zwei Jahren verlassen! Wenn er mir alles auf dem Silbertablett präsentierte, wie sollte ich dann ohne ihn überleben? Sollte er ständig aus Zone Drei herübereilen, um mir die Nase zu putzen? Er bereitete mich darauf vor, auf eigenen Beinen zu stehen, nichts weniger als das! Und dass ich das bislang nicht erkannt hatte, war ganz allein meine Schuld.

Womit verbrachten wir unsere Ausbildungsstunden? Der Mentor arbeitete mit mir an meinen Nahkampffähigkeiten und der Beherrschung von Jian, Speer und Armbrust — all das hatte nicht direkt mit der Stärkung des Körpers zu tun. Nichts davon würde aus mir einen kantigen Kerl machen, der mit seinen breiten Schultern kaum durch die Tür passte. Aber das spielte keine Rollte. Die Kandidatenstufe diente dazu, den Körper auf die Bildung weiterer Organe vorzubereiten — Knoten, Kerne, Meridiane und letztendlich drei Arten von Kernen. Aber die Stärkung des Körpers stand bei uns nicht im Mittelpunkt, sondern wir optimierten stattdessen unsere Fähigkeiten. Wieso?

Konnte das daran liegen, dass die Entwicklung der Körperkraft nicht die Grundlage war? Es hieß immer, man müsse „den Körper vorbereiten" und nicht etwa „aufbauen". Noch einmal zurück zu Vylleas Worten — „Stärkung des Körpers". Irgendwie musste ich erreichen, dass ich ihr Gewicht stundenlang mühelos tragen konnte, ohne dass mir die Beine einschliefen. Wie konnte ich dafür sorgen? Nur durch Weiterentwicklung. Aber ich war doch gerade zu dem Schluss gekommen, dass reines Körpertraining nicht weiterhelfen würde. Das schien mir eine Sackgasse zu sein...

War es möglich, dass ich die Frage von der falschen Seite anging? Wenn man Lasten trug, wuchs die Muskelmasse, also der äußere Aspekt meines Körpers. Ich dagegen musste den inneren fördern. Das innere Volumen... die Muskulatur? Nein — es ging um Körperenergie! Mein Mentor beklagte sich oft darüber, dass ich nur zwei Artefakte gleichzeitig erzeugen konnte. Und dennoch ließ er mich ständig weitere erschaffen. Mittlerweile hatte all unser Geschirr schmutzabweisende Eigenschaften und ich überlegte ernsthaft, auch Kleidung entsprechend zu behandeln, obwohl ich fürchtete, dass meine Kraft dazu nicht ausreichen könnte. Woran lag das? Weil ich die Energie nicht im Körper behielt — ich richtete sie nach außen, in den Gegenstand, den ich erschuf. Ich gab ihm ein Stück von mir selbst. Dadurch wurde ich robuster, aber das konnten wir hier nicht gebrauchen. Ich musste dafür sorgen, dass Energie in meinem Körper zirkulierte, ohne zu entweichen.

Das musste ich schaffen — ich musste mehr Energie erzeugen, aber gleichzeitig verhindern, dass sie aus meinem Körper austrat! In der Anomalie war mir das gelungen! Ich hatte Körperenergie gepumpt! Ich hatte Wärme erzeugt und sie in meinem Leib behalten. Das war schwierig gewesen, aber jetzt, das sagte mir die Logik, würde es noch komplizierter werden. Ich musste Wärme durch meinen gesamten Körper zirkulieren lassen und ständig neue Wärme zuführen, ohne auch nur eine Sekunde Unterbrechung! Ich brauchte so viel Energie im Körper, wie es nur ging! Wieso war ich nicht von selbst auf diese einfache Schlussfolgerung gekommen, obwohl der Taoist mir so viele Hinweise gegeben hatte? Wieso hatte ich erst mit Vyllea darüber sprechen müssen? Vielleicht hatte sie recht und ich war wirklich nicht der Hellste...

Wärme bildete sich in meiner Brust und floss instinktiv in meine Hände, weil sie dort entweichen wollte, doch es gelang mir, sie aufzuhalten. Das wurde unangenehm — mein Körper war nicht bereit für eine solche Behandlung. Die Wärme konzentrierte sich in meiner Faust, die sofort sehr weh tat. Da ich noch nicht wusste, wie man Körperenergie festhält, stellte ich mir einfach vor, sie wieder aus der Hand in die Brust zu befördern. Das schien zu klappen — der Schmerz in der Faust ließ nach.

Stattdessen taten mir jetzt die Schultern weh — die Wärme ging nicht zurück in die Brust, sondern blieb in den Schultern und wollte nicht tiefer sinken. Anders als in den Fäusten war der

Schmerz hier auszuhalten, sodass ich weitere Energie zugab. Der zweite Versuch war gar nicht so leicht, doch da meine gesamte Lebenskraft im Körper blieb, verlor ich nicht das Bewusstsein. Die Wärme schoss erneut in meine Faust, kehrte dann auf meinen Befehl hin jedoch wieder in die Schultern zurück. Nun wurde das Unbehagen geradezu greifbar. Die Hitze ließ meine Schultern anschwellen, mir war, als würden sie bald platzen, und ich sah mich gezwungen, auf eine bewährte Methode zurückzugreifen — ich richtete die Wärme auf meine Haut, als wollte ich mich vor der schädlichen Wirkung der Qi-Energie schützen. Allerdings gab es hier nicht so viel Energie wie in der Anomalie, und der Schmerz erstickte mich beinahe — es fühlte sich an, als würde ich in einen Bottich mit kochendem Wasser getaucht. Rasch musste ich alles wieder rückgängig machen — nun floss die Körperenergie erneut in den Brustbereich und blieb aus unerklärlichen Gründen in den Schultern stecken. Mich überkam eine so intensive Welle des Schmerzes, dass ich ein Stöhnen nicht unterdrücken konnte. Mir schoss durch den Kopf, dass ich ernstlich Schaden nehmen könnte, wenn ich nicht sofort Körperenergie loswurde, schoss mir durch den Kopf, doch ich verbannte den Gedanken schnell.

Ich war kein Masochist, der Qualen genießt, sondern wusste lediglich, was passieren würde, wenn ich die Wärme abrupt abstellte: Ich würde den Großteil meiner Lebensenergie verlieren. Sofern ich das überlebte, würde die Heilung mindestens eine ganze Woche in Anspruch nehmen. Ich hatte zu viel Wärme auf einmal erzeugt. Das war nicht nur gefährlich, sondern potenziell tödlich. Also blieb mir nichts anderes übrig, als hier zu sitzen und es auszuhalten! Meine Schultern brannten, als stünden sie in Flammen.

Dann kam mir die rettende Idee: Ich konnte die Energie an eine andere Stelle lenken. Vielleicht nicht in die Fäuste, aber wie wäre es mit den Beinen? Wie auf Kommando wanderte die Wärme in meinem Körper hinunter. Einen Augenblick lang spürte ich nichts, doch dann traf es mich so abrupt, dass ich aufschrie. Sofort kehrte die Energie in meine Schultern zurück — es war dumm gewesen, sie in die Beine zu schicken. Solche Schmerzen hatte ich seit Langem nicht empfunden. Wieder erlebte ich einen Moment der Ruhe, als die Energie sich fortbewegte, doch dann schien das ganze Gewicht der Welt auf meinen Schultern zu landen.

„Rühr ihn nicht an!" Das gewaltige Brüllen meines Mentors drang durch den trüben Schleier der Meditation.

„Aber er wird sterben!" Vylleas Stimme klang, als wollte sie mich verteidigen, und das war erstaunlich genug. „Er braucht Schläge!"

„Er braucht gar nichts! Deinem ehemaligen Mentor sollte man für das, was er dir angetan hat, die Arme herausreißen! Ein Suchender muss seine Körperenergie von selbst zügeln! Ich warne dich ein einziges Mal. Wenn du Zander auf die Schulter schlägst, stirbst du. Das schwöre ich bei den Himmeln! Zander muss mit dem, was er seinem Körper angetan hat, allein zurechtkommen!"

Die Schmerzen in meinen Schultern wurden wieder unerträglich. Ich hatte keine Kraft mehr, mich zu beherrschen, deshalb heulte ich wie ein wildes Tier. Vielleicht weinte ich sogar wie ein Baby. Immer öfter kam mir der Gedanke, die Energie einfach aus mir herauszulassen und still und leise zu sterben. Vielleicht würde der Taoist dann Mitleid haben und mich heilen? Ja, das würde ich tun. Alles war besser als das hier. Zumindest würde ich meine letzten Augenblicke ohne Schmerzen verbringen. Während die Energie von einem Organ zum anderen floss, tat sie wenigstens nicht weh.

Die Offenbarung kam so heftig und unvermittelt, dass ich die unmenschlichen Schmerzen, die mich zerrissen, für ein paar Augenblicke sogar vergaß. Warum hatte der Mentor mir die Entwicklung eines Suchenden auf der Lehrlingsstufe beschrieben, aber nichts von der Kandidatenstufe erzählt? Vielleicht, weil das miteinander verknüpft war? Mir fiel etwas ein, das er mir vor einer Weile gesagt hatte: *„Erst öffnen sich die Stränge der rechten Hand und des Magens. Dann die linke Hand und das rechte Bein. Anschließend das linke Bein und die Brust. Und zum Schluss der Kopf."*

Wenn die Körperenergie von einem Bereich in den anderen floss, richtete sie keinen Schaden an. Auf meinen geistigen Befehl hin rauschte die Wärme in meine rechte Hand, die sich sofort mit Hitze füllte. Ehe das Gefühl unerträglich wurde, lenkte ich die Körperenergie in Richtung Magen. Mir war, als hätte ich ein Dutzend Schläge auf einmal abbekommen, doch dann ließ das Gefühl nach — die Energie bewegte sich rasch in meine linke Hand, verschwand dann auf der Stelle wieder und sprang in mein rechtes Bein, dann in das linke und zu guter Letzt in meine Brust. Erstaunlicherweise drang die Energie diesmal mühelos ein und umging die Schultern komplett. Allerdings hatte ich nicht die Absicht, sie länger an einem Ort zu lassen — der Druck um meine Brust fühlte sich an wie Stahlriemen, sodass ich die Wärme weiter in meinen Kopf schickte. Solange mein Gehirn noch funktionierte, schloss ich den Kreis, indem ich die Energie wieder in die rechte Hand richtete.

Der Schmerz ließ nach. Nichts brannte mehr, ich spürte keinen Druck. Das einzige Problem bestand darin, dass ich mich keine Sekunde lang ablenken lassen durfte — ich brauchte meine ganze Konzentration, um die Energie von einem Organ ins andere zu schicken. Mir war klar, dass mein Körper versagen würde, wenn ich nur einen Augenblick lang damit aufhörte, und dann würde mir nicht einmal mein Mentor helfen können. Ich würde sterben. Also blieb mir nichts anderes übrig, als die Wärme nach dem Muster zirkulieren zu lassen, in dem sich die Meridiane herausbildeten. Bald zeigte das die erste Wirkung — die turbulente Energie in meinem Inneren ließ nach. Mit jeder Runde blieb ein Teil der Energie in meinen Muskeln und inneren Organen und löste sich darin auf, ohne Schaden anzurichten.

Als die letzten Energiereste in meinem Körper aufgingen und das irrsinnige Kreisen der Wärme abebbte, öffnete ich die Augen. Das Leuchtgestirn der Dämonenwelt stand hoch am Himmel und verriet mir, dass ich die gesamte Nacht und den Großteil des Tages reglos dagesessen hatte. Das Erste, was mir auffiel, war, dass meine Beine nicht taub geworden waren. Obwohl ich mich so lange nicht gerührt hatte, fühlte ich mich sehr ausgeruht. Als ich mich erhob, sah ich, dass Meister Guerlon ganz in der Nähe Vylleas Fähigkeiten mit dem Jian überprüfte. Das Mädchen hatte deutliche Fortschritte gemacht, doch kaum war ich aufgestanden, nahm mein Mentor ihr ohne Mühe die Waffe ab und unterbrach den Kampf. Er verbarg das Schwert, kam lässig zu mir, legte mir eine Hand auf die Schulter und schloss die Augen, heilte mich jedoch nicht. Es war, als würde er mich untersuchen. Schließlich nahm er die Hand weg.

„Du hast zu lange gebraucht, Lehrling", verkündete er. „Deine Aufgabe lautete, die Nacht über zu meditieren — ohne den nächsten Tag zu nutzen."

„Das ist meine Schuld, Mentor, ich habe das Zeitgefühl verloren", erwiderte ich. Erstaunt merkte ich, dass ich keinen Ärger verspürte. Jetzt, da ich die Motivation hinter dem Verhalten meines Mentors erkannt hatte, nahm ich seine Worte ganz anders auf. Alles, was er tat und sagte, sollte mir später das Überleben sichern. Wie sollte ich mich darüber aufregen?

„Das ist keine Entschuldigung — du wirst trotzdem bestraft. Lasst uns jetzt aufbrechen!"

Vylleas steife Bewegungen ließen vermuten, dass Guerlon sie seit den frühen Morgenstunden trainiert hatte. Die Dämonin wirkte restlos erschöpft und verzichtete ausnahmsweise auf die üblichen Beleidigungen, als sie sich auf meinem Schoß niederließ. Noch erstaunlicher war, dass sie den Kopf an meine Brust lehnte und fast sofort in tiefen Schlaf sank, den auch die unebene Straße nicht stören konnte. Im Laufe der Zeit wurden meine Beine allmählich taub, sodass ich mich an die Techniken zur Körperstärkung erinnerte, die ich gerade gelernt hatte. Da ich mir nicht sicher war, welche Methode die richtige war, wählte ich einen vertrauten Ansatz — ich erzeugte kleine Mengen an Wärme, die ich durch den Körper zirkulieren ließ. Diese vorübergehende Maßnahme verschaffte mir etwa zehn Minuten Linderung, dann kehrte ich zurück in die normale Welt und wartete, bis sich die Taubheit wieder einstellte und ich erneut in das Reich der Körperenergie eintauchen musste. So ging es über längere Zeit, da Meister Guerlon keine Anstalten zum Anhalten machte.

Schließlich änderte sich die Landschaft. Anfangs erschienen am Horizont vereinzelte Bäume, die mit der Zeit immer dichter wurden, bis wir uns schließlich in einem gewaltigen Wald wiederfanden. Unser Finsterer Wald in Vorend wirkte im Vergleich dazu wie ein wohlgepflegter Park. Mit meiner Geistsicht entdeckte ich eine Fülle an

Energieansammlungen — bei diesem Anblick musste ich heftig schlucken. Als hätte er gespürt, was ich wahrnahm, hielt Guerlon an. Geschickt sprang er vom Wagen und verstaute ihn in seiner Dimensionstasche, sodass Vyllea und ich ins Gras purzelten, obwohl wir schnell wieder auf den Beinen waren. Vyllea, die unterwegs aufgewacht war, aber kein Wort gesagt hatte, sah sich jetzt mit großen Augen um.

„Ist das der Wald von Dandoor?", rief sie erstaunt aus.

„Richtig, Lehrling", bestätigte Guerlon und richtete einen Tisch mit diversen Speisen her. „Esst euch satt und hört zu. Wir sind tatsächlich im Wald von Dandoor — der südlichen Grenze von Kreis Null der Dämonenwelt. Wie ich erfahren habe, gilt dieser Baumbestand unter den örtlichen Bewohnern als ziemlich feindselig. Gut 100 Kilometer von hier entfernt befindet sich ein Schlachtfeld, und die Wesen, die dort hausen, wagen sich manchmal in den Wald vor und können hier überleben. Wir sind im Moment an dieser Stelle."

Meister Guerlon legte ein großes Blatt auf den Tisch und deutete darauf. Mein Vater hatte mir das Kartenlesen beigebracht, und ich erkannte, wie genau die Kartc war. Sie lieferte eine exakte Darstellung des südlichen Teils von Kreis Null im Land der Dämonen, und ich prägte sie mir sofort ein. Der Wald von Dandoor bedeckte ein großes Gebiet, das sehr isoliert lag, weitab von größeren Städten. Das Schlachtfeld, von dem der Mentor gesprochen hatte, war ebenfalls zu sehen und grenzte beinahe ans Meer.

„Deine Aufgabe besteht darin, diese Stelle innerhalb von drei Tagen zu erreichen." Meister Guerlon deutete auf einen anderen Punkt auf der Karte.

„Aber wir sind hier im Wald von Dandoor!" Vyllea war entgeistert. „Jeder weiß, dass man ihn besser meidet — er ist gefährlich!"

„Das stimmt", pflichtete der Taoist sofort bei. „Tödlich, würde ich sogar sagen. Aber wie wollt ihr Unsterblichkeit erreichen, wenn ihr Gefahren scheut? Das, worauf es wirklich ankommt, könnt ihr im Trainingsgelände nicht lernen, Lehrling — das Überleben. Die Fähigkeit, eure Kraft richtig einzuschätzen. In diesem Wald gibt es keine weisen Mentoren, die eure Wunden heilen, und keine Helfer, die euch kühles Wasser reichen oder euch den Schweiß von der Stirn wischen, wenn ihr einen Golem erledigt habt. Hier wird alles versuchen, euch zu töten. Die Tiere, die Nebel, die Pflanzen, die Aura. Ihr lernt nicht, wie man überlebt, wenn ihr euch immer auf Stärkere verlasst. Hier, nehmt das."

Meister Guerlon warf zwei halbleere Rucksäcke auf den Boden.

„Ihr bewaffnet euch mit Schwertern. Nahrung und Wasser sollten für drei Tage reichen. Wenn ihr es nicht rechtzeitig schafft, müsst ihr euch allein bis nach Vorend durchschlagen. Ich bin nicht bereit, auf Unfähige zu warten, die daran scheitern, in drei Tagen 50 Kilometer durch einen Wald zu laufen. Wenn ihr umkehrt, geratet ihr in die Fänge von Erzlord Lurth Mink, und in diesem Fall wird euch der Tod geradezu verlockend erscheinen. So, Lehrling, der Countdown läuft!"

Meister Guerlon brachte den selbstfahrenden Wagen zum Vorschein, raste in die entgegengesetzte Richtung los und war schon bald zwischen den Bäumen verschwunden.

„Ich wusste schon immer, dass Menschen verrückt sind. Aber so verrückt..." Vyllea schaute mich an. Die Angst war ihr deutlich anzusehen. „Wie hast du so lange bei so einem Mentor überlebt?"

„Ich habe überlebt, eben weil ich einen solchen Mentor habe." Ich hievte mir den Rucksack auf die Schulter. „Wenn er mich bei jedem Bubu verhätschelt hätte, wäre ich schon vor einem Jahr gestorben. Wenn ich zwischen einem furchteinflößenden Wald und dem Zorn meines Mentors wählen muss, dann nehme ich Ersteres. Dort gibt es zumindest eine Chance auf Überleben. Kommst du? Oder überlegst du noch?"

„Gehen wir. Nein, warte. Zander, ich weiß, dass wir Feinde sind und dass unser Bund nur vorübergehend ist, aber... wie hast du es geschafft, deine Körperenergie zu zähmen?"

KAPITEL 6

BIS ZUM SONNENUNTERGANG blieben nur noch wenige Stunden, deshalb beschlossen wir, bis zum Morgen zu warten. Es war — vorsichtig ausgedrückt — nicht ratsam und sogar gesundheitsgefährdend, sich des Nachts durch einen unbekannten Wald zu bewegen, zumal durch einen, in den sich nicht einmal die Dämonen wagten. Während Vyllea mit ihren eigenen Angelegenheiten beschäftigt war, untersuchte ich verschiedene Energiezentren und sicherte mir mehrere einfache Pflanzen, die bereits auf dem Weg zur Erleuchtung waren. Vylleas Reaktion auf meine Rückkehr war unbezahlbar — sie riss erstaunt die Augen auf. Diese Art des Beutemachens war unter den Dämonen offenbar ein hoch angesehener Beruf, und wer sich auf die Suche machte, kam oft genug mit leeren Händen zurück. Man brauchte eine bestimmte Intuition für Pflanzen und genug Kraft, um gefährliche Raubtiere abzuwehren, die sich davon ernährten. Und ich, ein einfacher menschlicher Kandidat des Bronzerangs, der noch nie in diesem Wald gewesen war, hatte innerhalb von zehn Minuten mehr zusammengetragen, als erfahrene Wildbeuter in einem Monat fanden!

„Du hast dich also nie gefragt, was es mit den Energieorten auf sich hat, von denen ich dem Mentor unterwegs berichtet habe?", wunderte ich mich.

„Woher sollte ich wissen, was ihr meint? Ihr drückt euch ja manchmal so merkwürdig aus! Zander, du hast mir immer noch keine Antwort gegeben. Wie kannst du die Körperenergie beherrschen?"

„Ich schlage dir ein Tauschgeschäft vor — verrate du mir erst alles, was du darüber weißt. Wie beherrschst du sie?"

„Genau das ist es ja — ich beherrsche sie überhaupt nicht!" Das überraschte mich. „Ich kann Energie erzeugen und an einer Stelle konzentrieren, aber wenn sie unerträglich wird, befreit mich der Mentor von der angesammelten Kraft. Deshalb kann ich nicht allein trainieren, und als ich Mentor Guerlon um Hilfe bat, wurde er richtig wütend."

„Meinst du den Stock?", vermutete ich.

„Das ist die wirksamste Art, um die angesammelte Körperenergie loszuwerden. Durch den Schlag verteilt sie sich im Körper, sodass er stärker wird. Das ist der Weg zum Silberrang. Deshalb kann man Körperenergie nicht allein trainieren — man könnte dabei sterben. Aber du... du hast es allein gemacht! Wie ist das nur möglich?"

Ich wollte schon sagen, dass sie das nichts angehe, doch dann fiel mir wieder ein, wie Vyllea mich verteidigt hatte. Sie hatte den Mentor gebeten, ihr zu erlauben, mich auf die Schultern zu schlagen, um mir das Leben zu retten. Ja, offiziell waren wir Feinde, aber die Himmel würden mir nicht verzeihen, wenn ich mich für Freundlichkeit nicht mit Freundlichkeit revanchierte.

„Na gut, setz dich. Das wird ein langer Vortrag. Es reicht nicht, wenn du weißt, was zu tun ist. Du musst auch verstehen, warum das funktioniert und wie du Fehler vermeidest. Ich habe es nur mit knapper Not geschafft, und hier gibt es keinen Mentor, der dich heilen kann."

Ich musste alles erklären. Von der Erzeugung der Körperenergie über Methoden zu ihrer Kontrolle und Umleitung bis hin zur Herausbildung des Meridians, durch den diese Energie fließen musste. Ich erläuterte bis ins kleinste Detail, was mir aufgefallen war, die Hitze und die unerträglichen Schmerzen genauso wie die Gefahr, die Konzentration zu verlieren. Ich wies sogar darauf hin, dass man für einen Test nur ein Minimum an Körperenergie brauchte — wenn man dann die Kontrolle verlor, war das sie zwar immer noch schädlich, aber nicht tödlich. Vyllea hörte aufmerksam zu, ohne mich ein einziges Mal zu unterbrechen, setzte sich dann und schloss die Augen. Bald schon knurrte sie vor Schmerzen, schrie ein paarmal auf und taumelte, sodass ich schon nach einem Stock suchte, um ihr auf die Schultern zu schlagen — doch letztlich war das gar nicht nötig. Vyllea fand ihr Gleichgewicht und beruhigte sich, und nur die dicken Schweißtropfen, die ihr über das Gesicht rannen, zeugten von der gewaltigen Anspannung, unter der sie stand.

Da ich Vyllea nicht helfen konnte, machte ich mich daran, die Umgebung zu erkunden. Warum sonst hatte der Mentor uns halbvolle Rucksäcke gegeben? Angesichts der unzähligen Energiequellen in dieser Gegend erschien es mir sinnvoll, alles einzusammeln, das ich finden konnte. Kaum hatte ich mich auf den Weg gemacht, stieß ich sofort auf einen Baum, der sich an die Umgebungsenergie angepasst und den Weg zur Erleuchtung eingeschlagen hatte. Ich grübelte, wie ich ihn mitnehmen konnte, fand jedoch keine Lösung und ließ ihn stehen, damit er weiterwachsen konnte. Sinnvoll nutzen konnte man nur einen guten halben Meter vom unteren Teil des Stammes, doch um diesen Bereich zu erreichen, hätte man den Baum fällen und die unnötigen Teile absägen müssen. Dazu fehlte mir das Werkzeug, und selbst dann hätte ein großes Stück Baumstamm nicht in meinen Rucksack gepasst. Allerdings sammelte ich genug Kräuter für zehn Wildbeuter! Der Wald von Dandoor, so stellte sich heraus, war gut mit Pflanzen bestückt, auch wenn sie nicht außergewöhnlich wertvoll waren. Sie würden jeweils nur zwei oder drei Geistmünzen bringen, und auch das nur, wenn ich sie in unsere Welt befördern konnte.

Im Vergleich zum tausendjährigen Lotus, der in unserem ersten Versteck verborgen war, waren das läppische Kleinigkeiten. Und doch waren sie durchaus nützlich — neben Nahrung und einer Wasserflasche hatte der Mentor Werkzeug zur Herstellung von Artefakten in meinen Rucksack gesteckt. Die Pflanzen, die ich gefunden hatte, waren gerade genug, um aus meinem Umhang ein Artefakt zu machen. Ich war es leid, ihn jeden Tag zu waschen! Die Haltbarkeit konnte ich zwar leider nicht erhöhen — er würde zerreißen, sobald ich irgendwo hängenblieb —, aber immerhin würde er nicht schmutzig werden. Gut genug für eine lange Reise durch das Land der Dämonen.

Vyllea meditierte bis zum nächsten Morgen. Ich war schon lange zurück, hatte mir die Zeit vertrieben und bereits gefrühstückt, als sie endlich die Augen aufschlug.

„Es funktioniert!", flüsterte die Dämonin erstaunt. „Diese Methode funktioniert wirklich! Aber warum hat mein Mentor mir nichts davon verraten?"

„Weil du stirbst, wenn du einen Fehler machst. Wenn du zu viel Energie erzeugst, stirbst du. Wenn du die Kontrolle verlierst, stirbst du. Wenn du die Energie aus dem Körper lässt... du weißt schon."

„Dann sterbe ich", ergänzte Vyllea, als wollte sie die Gefahr richtig auskosten. „Bist du oft an der Schwelle zum Tod?"

„Kommt immer auf die Situation an." Ich konnte nur die Achseln zucken. „Der Mentor meint, dass man nicht nach Unsterblichkeit streben kann, wenn man Schwierigkeiten scheut. Je mehr davon, desto leichter wird offenbar der Prozess. In gewisser Weise bin ich seiner Meinung. Sollen wir los? Oder brauchst du noch etwas Zeit?"

Während Vyllea frühstückte und sich zurechtmachte, legte ich den Gürtel ab und breitete ihn auf den Boden aus. Es erschien mir ratsam, mit dem kleinsten Gegenstand anzufangen. Nachdem ich die nötigen Blumen in feinen Staub verwandelt hatte, legte ich sorgfältig das Muster aus. Angst kroch mir den Rücken hinauf und ließ mich bis zur letzten Handbewegung nicht mehr los — zum ersten Mal tat ich etwas, ohne dass mein Mentor mich beaufsichtigte. Vyllea kam zurück, setzte sich neben mich und beobachtete mich aufmerksam. Als sie merkte, wie konzentriert ich war, zeigte sie für ihre Verhältnisse ungewöhnlichen Takt — sie verzichtete auf Flüche, Hohn oder Spott, sondern sah mir nur ganz genau zu. Als ich mir sicher war, dass jedes Symbol exakt so gelungen war, wie ich es mir vorgestellt hatte, aktivierte ich eine Welle der Wärme, bündelte sie in meiner Brust und ließ sie in das Siegel fließen. Der Gürtel leuchtete hell auf, erlosch aber sofort wieder und verwandelte sich in ein einfaches Artefakt. Dann besann ich mich auf das, was ich empfand, und verzog das Gesicht: Mein Körper erschien mir schwächer, aber nicht so extrem wie zuvor. Mir war, als hätte ich nicht die Hälfte, sondern höchstens ein Drittel meiner Energiereserven verbraucht.

„Und was ist das hier?" Endlich steckte Vyllea ihre neugierige Nase in meine Kreation.

„Ein Artefakt", erwiderte ich. Ich nahm etwas Erde vom Boden, schmierte sie zu Demonstrationszwecken auf den Gürtel und rieb sie fest hinein. Als ich mein Werk dann kurz schüttelte, flog der ganze Dreck davon. Nur der alte Schmutz blieb zurück, der bereits auf dem Gürtel gewesen war, ehe er sich in ein Artefakt verwandelt hatte. Und ich ging davon aus, dass er dort bleiben würde, bis der Gürtel endgültig zerstört war.

„Ich bin es einfach leid, ihn ständig sauberzumachen. Jetzt habe ich einen schmutzabweisenden Gürtel."

„Kannst du das nur mit Gürteln?" Vyllea wirkte äußerst interessiert.

„Mäntel, Hosen, Beinwickel, Stiefel", zählte ich all das auf, was in Huang Lungs Buch erwähnt wurde. Schüler der Schule des Silberreihers verstärkten im ersten Jahr ihre Kleidung selbst, statt sie von anderen zu kaufen. Das sparte Mühe und Geld.

„Was ist mit einem Kleid?", fragte Vyllea hoffnungsvoll. Ich kramte in meinem Gedächtnis und nickte dann. Eine solche Basis befand sich ebenfalls in den Tabellen. „Was brauchst du dafür?"

„Ich habe genug Pflanzen gesammelt, also brauche ich nur Zeit. Ich kann nur einen Gegenstand am Tag verwandeln, ohne meiner Gesundheit zu schaden. Wenn ich mehr meditiere, wird sich die Anzahl erhöhen."

„Kannst du nur für Sauberkeit sorgen? Was

ist mit Haltbarkeit?"

„Dafür muss man Qi-Energie manipulieren können, deshalb ist daran nicht zu denken, ehe ich den Goldrang erreicht habe."

„Du meinst die Lehrlingsstufe?"

„Nein, Vyllea." Jetzt lächelte ich sogar. „Ich meine den Goldrang der Kandidatenstufe. Dann werde ich zwar noch keine Meridiane haben, aber die Energie von Geiststeinen manipulieren können, ohne mein Leben zu gefährden. Hör zu, wir können uns gerne weiter unterhalten, aber damit kommen wir unserem Ziel nicht näher. Wenn der Mentor hier wäre, würde er sagen, dass er zwei schwatzhafte Teenager sieht, aber keine Arbeit an seinen Aufgaben. Ich persönlich habe keine Lust, zu Fuß nach Zou-Lemawn zu marschieren."

„Dir ist schon klar, dass er uns nur Angst machen wollte, oder?", entgegnete Vyllea höhnisch. „Er würde es nicht wagen, uns beide allein zu lassen. Schon gar nicht in diesem Wald. Ich wette alles darauf, dass er uns jetzt gerade beobachtet. Mentoren schimpfen und tadeln ihre Lehrlinge ständig, aber tief in ihrem Inneren sind sie sehr gut zu ihnen. Deiner ist nicht anders. Und weißt du, warum ich das glaube? Weil er uns keine Karte mitgegeben hat. Er zeigte auf eine Stelle und hat gesagt, dass er dort auf uns wartet — das ist nicht nur dumm, das ist Wahnsinn."

„Doch, wir haben eine Karte." Ich rief mir die Karte von Kreis Null der Dämonenwelt in Erinnerung, die der Mentor uns gezeigt hatte. „Da ich der Sohn eines Jägers bin und nicht nur Karten lesen, sondern auch mühelos durch unbekannte Wälder ziehen kann, sehe ich kein Problem damit, in drei Tagen 50 Kilometer zurückzulegen, um die genannte Stelle zu erreichen. Der Mentor weiß das, daher diese Aufgabe. Du kannst hierbleiben, wenn du willst, aber ich gehe auf jeden Fall."

„Zander, das ist lächerlich! Niemand behandelt seine Lehrlinge so! Ein Mentor soll anleiten, Tipps geben und helfen. Alles tun, um die Dinge leichter zu machen. Und was macht deiner? Er setzt uns einfach mitten im Wald ab!"

„Nicht ‚deiner', sondern ‚unser'", stellte ich richtig. „Dein Dämon hat dich nur zu gerne hergegeben — als wärst du ihm lästig gewesen. Hast du auch eine Sonderbehandlung erwartet und seine ungeteilte Aufmerksamkeit verlangt?"

„Was weißt du denn schon, du kleiner Wicht!" Vyllea ging in die Luft. „Mein Mentor hätte mir zum Silberrang verholfen! Und deiner hat dir nicht einmal erklärt, was das ist!"

„Hilf mir auf die Sprünge... warst nicht du diejenige, die gestern Abend vor mir kniete und mich anflehte, ihr zu verraten, wie die Körperenergie zirkuliert? Wollen deine zarten Schultern mir nicht dafür danken, dass ich ihnen Schläge mit dem Stock erspart habe?"

„Ich bringe dich um, du kleiner Mistkerl!" Vyllea zog ihr Jian und wirkte bereit zum Angriff. Auch der kleinste Rest ihrer vorherigen Umsicht und Vernunft war verschwunden.

„Willst du mich in den Rücken stechen?" Ich grinste und dachte gar nicht daran, selbst ebenfalls das Jian zu ziehen. Im Gegensatz zu dieser Irren würde ich dazu nur eine Sekunde brauchen. Wenn ich die Hand zur Faust ballte, würde das Schwert direkt hineinspringen.

„Ich gehe jetzt. Kommst du mit, oder wartest du auf Erzlord Lurth Mink? Unseren Wagenspuren kann er sicher ohne Mühe folgen."

Mein erster Eindruck war, dass der Wald von Dandoor ziemlich öde wirkte — ein Gewirr aus fast undurchdringlichem Dickicht. Ich musste mein Jian ziehen und mir den Weg durch die herabhängenden Äste bahnen, denn einen anderen Weg vorwärts schien es nicht zu geben. Üblicherweise lichtet sich das Unterholz, je tiefer man in einen Wald vordringt: hohe Bäume verhindern, dass das Gestrüpp zu dicht wird. In der Dämonenwelt dagegen schienen die Bäume ungehindert zu wachsen. Sie sprossen überall und schienen zum Leben offenbar kein Licht zu brauchen. Die üblichen Vegetationsschichten — Gras, Gebüsch, hohe Bäume — gab es hier nicht. Alles wuchs durcheinander und schuf ein ungeheuer unwegsames Gelände.

Die Karte, die ich mir eingeprägt hatte, war schon nach wenigen Stunden keine Hilfe mehr. Zum Ersten hatte ich keine Ahnung, in welcher Richtung in dieser Welt die Sonne aufging. Zweitens war alles unter der dichten Krone der riesigen Bäume versteckt — sogar der Himmel. Also konnte ich mich nicht zuverlässig am Stand der Sonne orientieren. Die üblichen Methoden, mit denen man beim Jagen die Richtung bestimmt, taugten hier ebenfalls nicht. In der Dämonenwelt gab es weder Ameisenhaufen noch Moos auf den Bäumen — nichts, das mir verriet, wo Norden sein könnte. Vyllea zuckte auf meine Fragen nur die Achseln und behauptete, für derart nutzlose Informationen habe sie nie Verwendung gehabt. Letztlich musste ich einfach vorpreschen und mir einen Weg durch Unterholz und Geäst bahnen.

„Ok, Zeit für eine Pause!", verkündete ich, während ich wieder einen Ast abhackte. Wir waren seit sechs Stunden im Wald unterwegs, und weder mit bloßem Auge noch mit der Geistsicht hatte ich ein einziges Tier entdeckt. Jede Minute kontrollierte ich unsere Umgebung, aus Angst, dass unbemerkt ein Ungeheuer der Lehrlingsstufe angeschlichen kam, doch nichts war geschehen.

„Zander, er ist nicht hier!" Vyllea sah immer wieder zurück, in der Hoffnung, Mentor Guerlon zu erblicken. „Kein einziger Ast hat sich gerührt! Selbst ein Erzlord könnte sich nicht so leise durch diesen Wald bewegen!"

„Hatte ich das nicht gesagt?" Ich grinste. „Du kannst dich ruhig an die Vorstellung gewöhnen, dass wir hier ganz allein sind."

„Du verstehst nicht! Das hier ist der Wald von Dandoor! Selbst Krieger wagen sich nur ungern hinein! Tief in diesem Wald treiben Wesen aus dem Schlachtfeld ihr Unwesen."

„Darum halten wir uns ja am Rand und wagen uns nicht zu tief hinein. Übrigens, kannst du mir erklären, wie sich hier ein Schlachtfeld befinden soll? Soweit ich weiß, ist ein Wurmloch in sich zusammengefallen und hat unsere Welten miteinander verbunden. Aber in meiner Welt gibt es keine Spur von einem solchen Schlachtfeld. Der Mentor und ich sind durch viele Regionen von Zone Null gereist. Schlachtfelder waren dort eindeutig nicht."

„Woher soll ich das wissen?" Vyllea war eindeutig nervös. Das Mädchen konnte nicht stillstehen und sah sich ständig um, als könnte Mentor Guerlon jederzeit auftauchen. Doch er war nirgends zu sehen. „Zander, bist du dir sicher, dass wir in die richtige Richtung gehen?"

„Nein", erwiderte ich ehrlich. „Wir müssen den Morgen abwarten, erst dann können wir das am Stand eurer Sonne erkennen. Übrigens, wie heißt sie hier?"

„Hurban. Da du ja so ein tolles Gedächtnis hast und dich an alles erinnerst, kannst du noch einmal genau wiederholen, was der Mentor über unsere Expedition gesagt hat?"

„Unsere Aufgabe lautet, innerhalb von drei Tagen eine bestimmte Stelle zu erreichen."

„Also kein Wort davon, dass wir durch den Wald stapfen müssen?"

„Nein." Ich runzelte die Stirn und ging das Gespräch in Gedanken noch einmal durch. Tatsächlich, der Mentor hatte nicht erwähnt, dass wir uns auf dem direktesten Weg an unser Ziel begeben mussten.

„Dann erklär mir doch, o großer Jäger aus der Menschenwelt, wieso hast du uns in dieses undurchdringliche Dickicht geschleift? Warum konnten wir nicht außen um den Wald herumgehen?"

„Weil das dreimal so lange dauern würde wie der direkte Weg." Ich rief mir noch einmal die Karte ins Gedächtnis.

„Als ob wir hier so gut vorankommen! Wer auf dem Weg zur Unsterblichkeit ist, schafft mühelos 140 Kilometer in drei Tagen! Aber nein, du musstest ja direkt hindurch! Natürlich ist der Mentor nicht hier: Er würde nie auf die Idee kommen, dass jemand so idiotisch ist und direkt in den gefährlichen Wald läuft! Warum hat er dir dann überhaupt die Karte gezeigt?"

Ich glaube, ich wurde rot. Die Scham war wie ein leeres Gefühl, das mir in der Brust bohrte. Meine Dummheit hatte uns einen ganzen Tag gekostet! Der Mentor sagte immer, wir sollten unseren Kopf benutzen, wenn wir eine Aufgabe bekamen. Warum hatte ich geglaubt, der direkte Weg müsse der richtige sein? Warum war ich nicht auf die Idee gekommen, dass es unterschiedliche Lösungsansätze geben könnte?

„Wir kehren um." Ich sprang auf. „Wir müssen bis zum Tagesende zurück sein. Morgen rasen wir dann los."

Vyllea schüttelte nur den Kopf, äußerte jedoch nicht, was sie dachte. Das hätte sie jedoch getrost tun können — sie hatte alles Recht dazu. Ich hatte mich wirklich vollkommen idiotisch verhalten. Der Rückweg erwies sich zum Glück als recht einfach: Der Weg war bereits gebahnt. Ich hoffte schon insgeheim, dass wir es vielleicht nicht nur bis zum Ausgangspunkt schaffen, sondern noch zehn weitere Kilometer zurücklegen könnten, doch die Himmel spielten uns einen grausamen Streich.

Ich blieb so abrupt stehen, dass Vyllea gegen mich prallte. Doch sie beschwerte sich nicht: ein furchteinflößendes Brüllen brachte sie zum Schweigen. Ich hatte es mit der Rückkehr so eilig gehabt, dass ich ganz vergessen hatte, den Wald mit der Geistsicht zu prüfen, und die Folge meiner Sorglosigkeit sahen wir nun unmittelbar vor uns. Ein Kampf war im Gange.

„Rühr dich nicht von der Stelle", flüsterte ich, während ich versuchte, jeden unnötigen Atemzug zu unterdrücken. Das Brüllen ertönte erneut, einer der Bäume schwankte bedrohlich, fiel jedoch nicht, da die dichten Kronen seiner Nachbarn ihn stützten. Die roten Blätter verdeckten die Sicht, deshalb schloss ich die Augen und tauchte sofort in die Welt der Qi-Energie ein. Mir lief es eiskalt den Rücken hinunter, als mir klar wurde, was ich sah: Vor uns kämpften Tiere der Lehrlingsstufe. Eines hatte den Silberrang — sechs ausgebildete Meridianstränge waren deutlich zu erkennen —, die anderen hatten den Bronzerang erreicht und jeweils nur vier Stränge. Das Leuchten der Meridiane ließ darauf schließen, dass die Tiere aktiv Techniken gegeneinander einsetzten. Genauer gesagt versuchten die vier Bronze-Kreaturen, ihren Feind mit dem Silberrang zu überwältigen, allerdings ohne großen Erfolg. Auf dem Boden sah ich zwei Tiere mit Kupferrang, dazu ein Trio gewöhnlicher Kandidaten. Sie alle hatten so gut wie keine

Energie mehr. Die Knoten ihrer Energiegebilde waren unmöglich zu verwechseln.

Als ich meine Aufmerksamkeit wieder auf die materielle Welt richtete, merkte ich, dass Vyllea meine Hand fest umklammert hielt. Das Mädchen hatte Angst, aber nicht die Absicht, mich im Stich zu lassen. Ohne ein Wort machten wir einen kleinen Schritt zurück. Dann noch einen. Und... Ich weiß selbst nicht, wie ich es schaffte, rechtzeitig zu reagieren. Mir war, als hätte sich ein Speer in meinen Rücken gebohrt. Ohne genau zu begreifen, was ich tat, stieß ich Vyllea zur Seite und sprang selbst in die andere Richtung, als eine große, haarige Masse mit einer Menge dünner Beine genau an die Stelle stürzte, an der wir gerade noch gestanden hatten. Mein Jian lag in meiner Hand, ehe ich zu Boden fiel. Dabei gab es gar keinen Boden, auf den ich fallen konnte — er war mit dichtem Gebüsch bedeckt, von dem ich hochfederte, und mit diesem Schwung stürzte ich mich auf die seltsame Kreatur und bohrte mein Schwert in das, was ich für den Kopf hielt. Nur prallte mein Jian von dem Leib ab, als wäre dieser aus Stahl! Die Kreatur erholte sich von dem Sturz und erhob sich langsam, doch schon stand Vyllea neben ihr. Die Dämonin handelte erschreckend effizient: Sie holte nicht zum Hieb aus, sondern stach der Kreatur irgendwo in den Leib. Die Klinge drang komplett hinein, das Ungeheuer zuckte zusammen und rührte sich dann nicht mehr.

„Man kann sie nicht einfach irgendwo durchbohren, man muss die richtige Stelle kennen", erklärte Vyllea und sah auf. Endlich erkannte ich, was wir da getötet haben. Es war eine riesige Spinne, halb so groß wie ein Kalb, pechschwarz. Vier teerschwarze Augen traten hervor, als könne sie gar nicht recht glauben, dass sie tot war. Lange, haarige Beine liefen zu geschickten Fingern aus, mit denen sich das Vieh an Zweige oder robuste Netze klammern konnte, der gesamte Leib war mit kleinen Härchen übersät, die sich erstaunlich angenehm anfühlten. Der Kadaver war recht schwer, und wenn er wie geplant direkt auf uns gelandet wäre, hätte das fatale Folgen gehabt. Ich war mir nicht sicher, ob die Körperstärkung uns geholfen hätte, zumal wir diese nicht aktiviert hatten.

„Komm mit", befahl Vyllea und schoss unter den nächstgelegenen ausladenden Baum. Unter dem Ast spähte sie weiter in das rötliche Laub. Ich musste mich fest an Vyllea drücken, doch sie protestierte nicht einmal. Ich schloss die Augen und betrachtete unsere Umgebung mit der Geistsicht. Der Kampf zwischen den Kreaturen vor uns war noch nicht beendet; ganz im Gegenteil, mittlerweile beteiligten sich noch weitere Parteien. Insgesamt waren es etwa zehn Angreifer, doch der Lehrling des Silberrangs ließ sich nicht so leicht töten. Er zerstörte Spinnen, vermutlich die Angreifer, erschreckend mühelos. Die Kreatur, die uns angegriffen hatte, entpuppte sich als Kandidat des Silberrangs — vielleicht war es auch Bronze, da war ich mir nicht sicher. Eines stand jedoch fest: Den Goldrang hatte sie noch nicht, da sie noch keine

Knoten gebildet hatte. Mehrere andere Spinnen stiegen über uns hinweg; zwei von ihnen hatten bereits die Lehrlingsstufe erreicht. Die Feinde waren tödlich, und ich war mit Vyllea ganz einer Meinung, dass wir unter einem robusten Ast das Ende des Kampfes abwarten sollten. So konnte uns niemand auf den Kopf fallen.

Allmählich wurden die Spinnen weniger, genau wie die Energie des Tiers, das gegen sie kämpfte — seine Meridiane flackerten nun nur noch selten. Das nutzten einige der verbliebenen Spinnen des bronzenen Lehrlingsrangs und ließen sich rasch auf ihren Gegner sinken, sodass sich die Leiber vereinten. Ein schmerzerfüllter Schrei ertönte — die Kreatur, die gegen die Spinnen kämpfte, war verwundet. Allerdings machte sie keine Anstalten, sich zu ergeben, und eine der Spinnen wurde gegen eine Barriere geschleudert, die mit Geistsicht nicht zu erkennen war. Ihr Leib krachte auf den Boden und die Kandidaten-Spinnen huschten schnell davon, als hätten sie nur auf diesen Moment gewartet, in dem sich das Tier dem letzten Feind widmete.

Die Stille, die nun über dem Wald lag, war so bedrückend, dass man sich sehr unbehaglich fühlte. Es war, als wäre selbst der Wind eingeschlafen. Der Sieger rührte sich nicht — seine Energiestruktur war noch intakt, zeigte jedoch keine Regung. Bei seinen Feinden war es genauso. Wir blieben etwa zehn Minuten an Ort und Stelle, doch nichts tat sich: Das Tier bewegte sich nicht und die Spinnen kamen nicht hervor, um den Gegner zu erledigen. In meiner Sichtweite gab es kein einziges Lebewesen, in dem auch nur ein Fünkchen Energie steckte.

„Sollen wir nachsehen?", schlug ich vor und kroch unter dem Ast hervor.

„Hast du den Verstand verloren?!", zischte Vyllea und riss mich am Ärmel zurück.

„Uns bleibt nichts anderes übrig." Vorsichtig zog ich an meinen Ärmel. Vyllea klammerte sich mit tödlichem Griff daran fest. „Hast du etwa vor, den Rest deines Lebens unter einem Baum zu verbringen? Das Tier rührt sich nicht. Vermutlich ist es verwundet, vielleicht sogar tödlich. Seine Meridiane sind leer, also kann es keine Techniken einsetzen. Wir gehen ganz am Rand vorbei und rennen dann schnell aus dem Wald. Wir müssen es ausnutzen, dass die Spinnen noch nicht wieder da sind. Sicher werden sie das Tier nicht in Ruhe lassen, wir haben ja gesehen, wie viele es abgeschlachtet hat. Vielleicht töten sie uns sogar versehentlich. Soweit ich sagen kann, ist hier niemand in der Nähe. Das ist unsere Chance."

Gegen diese Logik konnte Vyllea nichts einwenden. Sie wusste selbst, dass es alles andere als ratsam war, unter einem Baum zu sitzen, aber etwas Besseres war ihr noch nicht eingefallen. Wir bewegten uns langsam, die Schwerter fest umklammert, stets bereit, beim kleinsten Geräusch davonzuspringen. Ich musste die Welt stetig mit der Geistsicht im Blick behalten, um sicherzustellen, dass sich das Tier noch immer nicht bewegte. Allmählich änderte sich die Szenerie: zerfetzte

Spinnen kamen in Sichtweite, viele der Bäume waren abgebrochen oder entwurzelt. Bald stießen wir auf eine kleine Lichtung, die zuvor nicht dort gewesen war. Hier lagen viele Spinnen verstreut. Wenn man gewollt hätte, hätte man sie sicher zählen können, doch der Fluchtweg auf der anderen Seite der Lichtung war zu verlockend. Ich bewegte mich darauf zu, doch Vylleas Hand umklammerte schon wieder meinen Ärmel und hielt mich zurück. Ich folgte ihrem Blick und sah endlich das heroische Untier, das diese Verheerung angerichtet hatte. Auf dem Boden lag ein gestreifter Tiger, geradezu begraben unter Spinnenkadavern. Der Tiger war schwer verletzt, unter seinem Leib hatte sich eine Blutlache gebildet, doch wie durch ein Wunder atmete er noch. Ich hatte genug verwundete Tiere gesehen, um zu wissen, dass dieses hier erledigt war. Der Tiger starb, doch er starb heroisch. Er hatte all seine Feinde getötet und war als Sieger aus der Schlacht hervorgegangen, auch wenn es seine letzte gewesen war.

„Komm", flüsterte ich, weil ich den Frieden des heldenhaften Tiers nicht stören wollte. „Wir müssen gehen."

„Nein." Das Mädchen hatte die Augen weit aufgerissen, und was ich darin sah, gefiel mir ganz und gar nicht. In Vylleas Blick funkelte Irrsinn. „Das ist ein Tiger aus dem Wald von Dandoor, verdammt noch mal! Zander, ich muss ihn verschlingen!"

KAPITEL 7

ICH WAR SPRACHLOS. „Du spinnst wohl!"

„Ich muss! Das ist ein Tiger!" Vyllea klang, als würde diese Aussage alles erklären. Vielleicht war das auch so, aber ich verstand rein gar nichts.

„Na und? Hast du noch nie Tiger gegessen? Brauchst du Streifen für eine abwechslungsreiche Ernährung? Dann fang dir ein paar Wespen! Meinetwegen einen ganzen Schwarm! Soll ich dir dabei helfen?"

„Idiot! Das ist ein Tiger! Wenn ich seine Essenz verspeise, solange er noch lebt, kann ich mir einen Teil seiner Kraft sichern! Dann mache ich Fortschritte bei der Beherrschung des Tiger-Stils!"

„Was für ein Tiger-Stil? Hast du jetzt vollkommen den Verstand verloren?"

„Das sagt ja der Richtige! Mentor Guerlon weiß vermutlich gar nicht, welche Stile es in der

Kampfkunst überhaupt gibt. Ich dagegen bin Adeptin der Tigerschule und verfolge diesen Weg seit meiner Kindheit. Jetzt habe ich die einzigartige Chance, stärker zu werden! Zander, geh mir aus dem Weg und misch dich nicht ein!"

„Der Tiger verdient einen friedlichen Tod. Anschließend kannst du ihn essen."

„Du hast ja keine Ahnung, du Vollidiot! Wenn er tot ist, bekomme ich nur seine Energie. Kraft liefern nur lebendige Tiere! Aber warum erkläre ich dir das überhaupt! Du bist ein Mensch — du verstehst das sowieso nicht! So, ich gehe jetzt. Wenn du mich aufhältst, bringe ich dich um. Wenn Vyllea einen Tiger sieht, wird Vyllea den Tiger verspeisen."

Das Mädchen wirkte nicht nur irre, sondern verhielt sich auch irrsinnig.

„Wenn er sich bewegt, wirst du sterben!", wandte ich ein.

„Dann sterbe ich mit vollem Bauch und sehr zufrieden. Aus dem Weg, Mensch! Stell dich nicht zwischen mich und meine Kraft!"

Vyllea hatte jeglichen Verstand verloren, also blieb mir nichts anderes übrig, als einen Schritt zurückzumachen. Die fleischfressende Dämonin ging zu dem Tiger, der nicht einmal zuckte, als sie sich näherte. Das Tier war bereits an der Schwelle des Todes. Es fehlte nur ein kleiner Schritt, doch noch klammerte es sich mit aller Kraft ans Leben. Das, was dann geschah, hätte ich am liebsten niemals gesehen — oder zumindest gerne so schnell wie möglich wieder vergessen —, doch ich fürchte, der Moment wird mich bis ans Ende meiner Tage verfolgen. Vyllea konnte das dicke Fell des Untiers nicht durchbeißen, doch ihr gelang es, eine Hand in seine Wunde zu stecken und den Arm bis zur Schulter hinaufzuschieben, wobei sie knurrte wie der Tiger selbst. Die Dämonin machte große Augen und riss dann mit einer geschickten Bewegung die Hand wieder heraus. Darin hielt sie einen glänzenden, blutigen Klumpen, von dem Meridianstränge herabhingen. Vyllea schluckte den Klumpen mit einem kehligen Laut, zog dann die Meridianstränge aus dem Tiger und stopfte sie sich in den Mund. Der Körper der Dämonin zuckte, sie knurrte wie ein Tier und verdrehte die Augen, riss jedoch weiter Energiebahnen aus dem Leib.

Der Tiger starb und der Irrsinn ebbte ab. Vyllea warf die nutzlos gewordenen Meridiane beiseite; sie lösten sich in der Luft auf und gaben die restliche Energie in die Umgebung ab. Dann wandte mir die Dämonin ihr blutverschmiertes Gesicht zu, sodass mir kalte Schauer den Rücken hinunterliefen. Diese goldenen Augen hatten nichts Menschliches an sich. Ein blutrünstiges Wesen, das überlegte, ob es mich sofort töten oder meinen nutzlosen Kadaver für später aufsparen sollte. Offenbar kam die Dämonin zu dem Schluss, dass ich die Mühe nicht wert war, knurrte kehlig und schlief direkt neben dem Tigerleichnam auf dem Boden ein. Ihr Körper zuckte hin und wieder, deshalb betrachtete ich Vyllea mit meiner Geistsicht. In ihr war Unvorstellbares im Gange — Energie rauschte durch den Körper der Dämonin, ohne ihr etwas anhaben zu können. Immer wieder konzentrierten sich Qi-Wirbel in ihren Gliedmaßen, sodass diese zuckten, doch das geschah so schnell, dass ich meinen Augen kaum traute. Vylleas Miene zeigte grenzenlose Zufriedenheit. Solche Gesichter hatte ich ein paarmal in meinem Dorf gesehen — einige besonders begabte Personen berauschten sich hin und wieder mit saurem Selbstgebrauten und saßen dann mit genau solchen Mienen neben dem Zaum.

Vyllea würde ganz sicher nicht so bald wieder aufstehen und vermutlich erst wieder normal werden, wenn der energetische Irrsinn in ihrem Inneren ein Ende gefunden hatte. Und ich hatte keine Ahnung, wie lange das dauern würde — vielleicht fünf Minuten, vielleicht aber auch drei Tage. Mir war, als hätte sich Vyllea übernommen und musste nun für ihre Gier büßen. Vielleicht sollte ich sie besser gar nicht berühren, um keinen Schaden anzurichten. Und ehrlich gesagt wollte ich sie auch gar nicht berühren. Gerade noch hatte ich sie als hübsche Altersgenossin betrachtet, die ich gerne in die Arme schloss und an mich drückte, doch das, was nun geschehen war, hatte mir wieder deutlich gemacht, mit wem ich es zu tun hatte. Sie war eine Dämonin. Und zwar nicht irgendeine.

Allerdings wollte ich auch nicht tatenlos dasitzen, deshalb drehte ich eine Runde um die Lichtung. Die Beute sammelte sich nicht von selbst, wie der Mentor zu sagen pflegte. Mit Hilfe der Geistsicht entdeckte ich zwölf energiegefüllte Essenzen. Da ich kein Messer hatte, musste ich die Körper mit dem Schwert aufhacken, doch nicht alle ließen sich verarbeiten. Kreaturen mit den Bronzerang der Lehrlingsstufe waren für mein Jian zu robust, deshalb musste ich genauso vorgehen wie Vyllea gerade und die Hand in die Wunden schieben, die der Tiger gerissen hatte, um die Essenzen auf diese ziemlich widerliche Weise herauszufischen.

Mehr war von den Spinnen nicht zu holen, doch die Geistsicht zeigte mir in den Kadavern noch immer etwas, das mit Energie gefüllt war. Bei dem Versuch, dieses „Etwas" zu sichern, verpuffte die Energie jedoch, sodass ich nur noch ein nutzloses Stück Fleisch in der Hand hielt — es war schmutzig, sonderte eine Flüssigkeit ab und fühlte sich außerordentlich unangenehm an. Vermutlich war es für Alchemisten wertvoll und nützlich, aber mir fehlten die Werkzeuge, um es richtig zu gewinnen, ein Behälter zur Aufbewahrung sowie das Wissen, wie man dabei richtig vorging. Also ging ich noch einmal zu allen Kadavern, bohrte mit meinem Schwert in ihre Kraftzentren und ließ die Energie in die Welt entweichen. Wenn ich sie schon nicht selbst nutzen konnte, sollten sie auch nicht die Spinnen bekommen, die ganz sicher bald hier auftauchen würden. Den armen Tiger sah ich nicht einmal an, obwohl auch in ihm sicherlich viel Nützliches steckte. Im Gegensatz zu Vyllea konnte ich mich nicht dazu überwinden, den Leichnam des heldenhaften Tiers aufzuschlitzen.

Die Dämonin sah nicht so aus, als würde sie

bald wieder zu sich kommen, sondern lag mit irrem Grinsen da, während ihre Gliedmaßen von Zeit zu Zeit zuckten. Die Stille und das unangenehme Gefühl, das zwischen meinen Schulterblättern entstand, gefielen mir ganz und gar nicht. Schmerzhaft war es noch nicht, sondern so, als würde man mir eine heiße Nadel dicht an die Haut halten und überlegen, wo man am besten zustach. Das verhieß nichts Gutes. Mir blieb nichts anderes übrig, als Vyllea hochzuheben, denn ich konnte meine Lehrlingskollegin nicht zurücklassen. Allerdings ergab sich dabei sofort ein Problem: Sie schlug so wild um sich, dass ich sie kaum halten konnte. Die Geistsicht offenbarte, dass die ohnehin schon chaotischen Energiewirbel in ihrem Körper nun vollkommen außer Rand und Band geraten waren. Als ich Vyllea wieder auf den Tiger legte, stabilisierten sich die Ströme auf der Stelle. Sie waren immer noch wild, stauten sich jedoch nicht und kamen sich auch nicht in die Quere. Was hatte das zu bedeuten? Hatte sie gezittert, weil ich sie hochgehoben hatte oder weil sie vom Tiger getrennt wurde? Ich probierte ein wenig herum und fand dann heraus: Vylleas Zustand verschlechterte sich, wenn sie den Tiger nicht berührte, und je mehr von ihrer Körperfläche Kontakt zu dem toten Tier hatte, desto stabiler die Energie, die in ihrem Körper toste. Ich sah mir den Kadaver aufmerksam an und stellte fest, dass ich ihn nicht gemeinsam mit Vyllea tragen konnte. Dazu war er zu schwer. Ich musste mir etwas einfallen lassen.

So kam ich auf den Gedanken, dass ich die Kontaktfläche zwischen Vyllea und dem Tigerkörper vergrößern musste. Aber wie konnte das gelingen? Immerhin lag sie bereits auf dem Kadaver. Ich konnte sie schließlich nicht hineinstecken, oder? Diesen Gedankengang wollte ich nur ungern weiterverfolgen.

Gut, die Idee klang wirklich nicht verlockend, könnte jedoch die Lösung sein. Wie konnte ich den Tigerbauch aufschneiden? Mein Jian war vermutlich nicht in der Lage, diese Haut zu durchdringen. Oder doch? Immerhin war es ein Artefakt aus Zone Eins, das an einem Körper in Zone Null zum Einsatz kam. Einen Versuch war es wert...

Sobald ich Vyllea vom Tiger hob, begann sie hektisch zu zucken, aber mir blieb nichts anderes übrig — ich musste den Kadaver auf den Rücken drehen. Nachdem ich sichergestellt hatte, dass er nicht herumrollen würde, schob ich Vyllea dicht an den Tiger, und sie beruhigte sich wieder. Wenn sie aufgewacht war, würde ich ihr überdeutlich machen, was ich von ihrem unzurechnungsfähigen Verhalten hielt. Und bei unserem Mentor würde ich mich auch beschweren. Für den Rest der Expedition würde es für sie keinerlei Essenzen mehr geben!

Ich beugte mich über die Tigerleiche und hieb ihr dann mein Jian in den Bauch. In diesem Hieb lag die ganze aufgestaute Wut, die in mir brodelte — Wut auf mich, weil ich uns so dämlich in den Wald geführt hatte, und Wut auf Vyllea, die sich etwas einverleibt hatte, das ihr nicht zustand. Es funktionierte! Die Klinge drang in den Leib ein — zwar nur eine Handbreit, doch das reichte für meine Zwecke. Etwa zwanzig Minuten lang betätigte ich mich als Metzger, vergrößerte den Schnitt und zog die energiegefüllten Eingeweide hervor. Der Brustkorb war das größte Hindernis: So fest ich auch hieb, auf den Rippen zeigte sich nicht einmal ein Kratzer. Mein Jian stammte zwar aus Zone Eins, aber in schwachen Händen konnte es nicht einmal die Hälfte seiner Kraft entfalten. Dennoch wurde ich letztlich auch mit den Knochen fertig. Wie? Mit Köpfchen.

Der Tiger war ein Tier der Lehrlingsstufe des Silberrangs. Mein Schwert war ein Artefakt aus Zone Eins, also vergleichbar mit dem Tier. In den Händen eines Tao-Kandidaten wirkte es jedoch wie nutzloser Schrott. Wie wurde man eine nutzlose Waffe los? Indem man sie losließ! Im Gegensatz zu den meisten anderen Waffen hatte meine die Fähigkeit, in meine Hand zu springen. Also schob ich die Klinge so tief in den Kadaver, wie ich konnte, ging dann ein Stück zurück, ballte die Faust und beorderte das Jian damit zurück. Das funktionierte! Ein lautes Knacken ertönte, dann sauste das Schwert zurück in meine Hand und zerbrach dabei etliche Knochen. Die Waffe verhielt sich so, wie es von einem Artefakt aus Zone Eins zu erwarten war. Damit war es ein Kinderspiel, den Tiger zu zerlegen — ich musste nur die Klinge richtig setzen.

Endlich hatte ich das gewünschte Ergebnis erreicht: Der Tiger war bis fast zum Rückgrat ausgeweidet. Das Untier war so groß, dass nicht nur Vyllea hineinpasste, sondern auch noch reichlich Platz für mich blieb. Ich legte das Mädchen hinein und schob die Seiten zusammen, sodass nur noch das Gesicht hervorschaute, betrachtete mein Werk anschließend mit der Geistsicht und lächelte zufrieden. Ich hatte richtig vermutet: Die tosenden Energieströme in meiner Begleiterin hatten sich erheblich verlangsamt und wurden, so schien es mir, allmählich von ihrem Körper absorbiert. Etwa zehn Minuten später war das so deutlich geworden, dass sich jeder an meiner Stelle entspannt und über seine geniale Idee gefreut hätte.

Mir dagegen war nicht nach Schmunzeln zumute, denn die unsichtbare Kraft, die mir die ganze Zeit schon eine heiße Nadel an den Körper gehalten hatte, wählte endlich eine Stelle aus und bohrte sie mir direkt in die Brust. So fühlte es sich zumindest an, denn das, was ich zwischen den Schulterblättern spürte, war kein bloßes Prickeln, sondern so, als würde dort ein Feuer lodern. Ich verspürte den heftigen Drang, alles fallenzulassen und sofort aus dem verfluchten Wald zu flüchten, ohne einen Blick zurück. Wir waren nicht nur in Gefahr, sondern der Tod selbst kam näher und drohte jede Minute einzutreffen.

Ich sah hinüber zu Vyllea, auf deren Gesicht noch immer ein breites, irres Grinsen lag. Ihr Atem ging gleichmäßig, ihr Zustand hatte sich sichtlich gebessert. In etwa dreißig Minuten würde sie vermutlich wieder bei Bewusstsein sein, aber diese Zeit hatten wir nicht. Der Tod würde uns deutlich eher erreichen. Mein Körper war wie von selbst ein paar Schritte aus der Lichtung gewichen, ehe ich ihn wieder unter Kontrolle brachte. Mentor Guerlon hatte gesagt, eines der Hauptgesetze der Suchenden laute „Jeder für sich". Nur Einzelgänger überlebten. Allerdings dachte ich nicht im Traum daran, Vyllea allein hier zurückzulassen. Offenbar war ich kein richtiger Suchender. Was sollte ich tun? Selbst wenn Vyllea nicht starb, wenn ich sie aus dem Tiger zog, konnten wir dem näherkommenden Tod nicht entkommen. Ich würde meine Begleiterin tragen müssen, was unser Tempo erheblich beeinträchtigen würde. Allein hätte ich das Risiko vielleicht gewagt, doch mit ihr war es ausgeschlossen. Weglaufen kam nicht in Frage. Tragen war unmöglich. Verteidigen? Der bloße Versuch wäre Irrsinn gewesen. Das brennende Gefühl zwischen meinen Schulterblättern zeigte mir, dass das Wesen, das sich näherte, meinen Widerstand kaum wahrnehmen würde. Ein Kandidat des Bronzerangs wäre für diese Kreatur nur ein kleiner Happen. Somit gab es nur eine Option — und diese war mir zutiefst zuwider. Ich sah jedoch keinen anderen Ausweg.

Ich sammelte unsere Waffen zusammen, drehte den Tiger auf die Seite, wobei Vyllea fast herausrutschte, kletterte dann selbst hinein und drückte das Mädchen gegen das Rückgrat. Der Gestank in dem Kadaver war unbeschreiblich. Eilig band ich die Ränder zusammen und ließ nur eine kleine Öffnung zum Atmen. Ein letztes Mal brannte mein Rücken, dann war das Gefühl plötzlich verschwunden. Stattdessen machte sich eine schwere Aura breit.

Der Tod hatte die Lichtung erreicht.

Aus unserem Versteck konnte ich nichts sehen, deshalb musste ich meine Geistsicht aktivieren. Ein Mob mit sieben Meridiansträngen befand sich direkt neben uns. Ein Wesen des Goldrangs der Lehrlingsstufe hatte uns erreicht. Das Ungeheuer näherte sich den Spinnenkadavern, danach war ein unangenehmes Geräusch zu hören — die Leichen der getöteten Spinnen wurden zerfetzt. Allerdings befand sich darin nichts Wertvolles mehr; dafür hatte ich rechtzeitig gesorgt. Alle zwölf Essenzen steckten in meinem Rucksack, und von außen mochte es so scheinen, als würde die Essenz des erlegten Tigers so hell leuchten. Schließlich stellte das Untier fest, dass bei den Spinnen keine Beute zu finden war, und kam auf uns zu. Eine massive, haarige Pranke donnerte direkt vor unserem „Fenster" auf den Boden. Wie vermutet waren die Spinnen nicht aus Angst vor dem gefährlichen, starken Gegner geflüchtet, sondern hatten eilig Verstärkung geholt. Unverhofft wurde der Tigerkadaver hochgehoben, und ich brauchte alle Kraft, um zu verhindern, dass sich die Ränder des Bauchschnitts öffneten. Ich umklammerte die Kanten mit Händen und Füßen, hätte sie zur Not mit den Zähnen festgehalten, damit wir nur nicht hinausfielen, doch plötzlich drehten wir uns mit unglaublicher Geschwindigkeit. Gegen die Kräfte, die dabei entstanden, war ich machtlos. Vyllea und ich wurden in den Bauch gedrückt, fielen jedoch nicht heraus — der Tigerkadaver wurde in ein starkes Netz eingesponnen. Mehrere Fäden zogen sich direkt über mein „Fenster", sodass ich ihren Durchmesser erkennen konnte: Das Netz war so dick wie mein kleiner Finger. Das Schütteln ebbte ab, stattdessen spürte ich, dass wir mit hohem Tempo flogen. Durch den offenen Schlitz sah ich nur, wie Baumkronen vorbeizogen. Die Geistsicht gab mehr Aufschluss. Wir waren hoch über dem Boden, das zeigten mir die Energieklumpen unter uns. Neben unserem Entführer zuckten kleinere Spinnenkadaver vorbei, von Kandidaten des Goldrangs bis hin zu Lehrlingen des Bronzerangs, und je länger wir unterwegs waren, desto mehr dieser Kreaturen erschienen. Die Baumwipfel änderten sich, nun waren darauf Gespinste zu erkennen. Bald war kein Blattwerk mehr zu sehen, nur noch kahle Äste. Doch selbst diese verschwanden schließlich, als wir einen massiven Baum erreichten, der mächtige Energie ausstrahlte. Ich konnte nicht mehr mit Geistsicht schauen, denn unser Ziel war so grell, dass es mich geblendet hätte. Sofort wurde mir unbehaglich zumute: In der Luft lag so viel Energie, dass sie an meinem Körper zehrte, obwohl ich geglaubt hatte, ich sei schon vollkommen akklimatisiert. Das war ein Problem, denn nun hatte ich keinen Mentor an meiner Seite, der mich heilen konnte. Wo mochte er nur sein? Vermutlich saß er am Waldrand und wartete darauf, dass wir zurückgelaufen kamen. Kaum jemand würde auf die Idee kommen, dass wir in einem Tiger lagen und von gigantischen Spinnen in ihr Nest auf einem hohen Baum geschleppt wurden. Wenn man es so in Worte fasste, klang es vollkommen irrsinnig.

Der Tigerkadaver erbebte, ein beißender Gestank stieg auf. Ich hielt den Atem an, denn mir wurde klar, dass die Spinnen ein Gift in ihre Beute gespritzt hatten, das das Fleisch zersetzen und den Tigerkörper zu einer bekömmlichen Speise machen sollte. Die bedrückende Aura schwand, als die Spinnen sich entfernten. Offenbar hielten sie es nicht für nötig, ihre Nahrung zu bewachen, während sie mariniert wurde.

„Zander?" Vylleas Stimme ertönte. „Wo sind wir? Was geht hier vor?"

„Still!", stieß ich zwischen zusammengebissenen Zähnen hervor. Ich konnte sie nicht physisch zum Schweigen bringen, ohne uns zu verraten, deshalb hoffte ich auf ihre Kooperation. Zum Glück blieb sie ruhig. Unseren Kokon hatte der Mächtigste der Spinnenkolonie gesponnen, sodass es undenkbar war, mit bloßer Kraft zu entkommen. Doch meine Artefakt-Klinge und mein Wissen im Umgang mit Gegenständen der Lehrlingsstufe gaben mir ein Fünkchen Hoffnung. Ich schob die Klinge in die Öffnung, stützte mich schwer auf den Griff, damit er nicht zurückwippte, legte mir dann eine Hand an die Kehle und beorderte das Jian zurück.

Die Klinge bewegte sich widerwillig. Der Druck presste Vyllea an mich, sodass sie erstaunt keuchte, doch es gelang mir, das Heft so ruhig zu halten, dass das dichte Gespinst durchtrennt wurde. So entstand bald eine Öffnung, durch die wir entkommen konnten, was ich sofort ausnutzte und gierig nach Luft schnappte. Der Gestank im Freien war kein Vergleich zu dem Verwesungsgeruch im Inneren des Tigers. Vyllea folgte mir mit fassungsloser Miene, sodass ich ihr einen kurzen Überblick über unsere Lage lieferte.

„Wir sind im Spinnenbau. Nachdem du die Tigeressenz verschlungen hast, bist du bewusstlos geworden. Ich dachte schon, du wärst erledigt. Ich musste uns im Tiger verstecken, aber dann haben die Spinnen uns hierher geschleppt. Im Prinzip ist das alles, was du verpasst hast. Außerdem ist dieser Baum voller Energie, und wenn wir nicht bald verschwinden, wird sie mich vollkommen zerstören."

„Mich auch", bestätigte Vyllea, während sie die Umgebung auf sich wirken ließ. „Ich kann mich an gar nichts erinnern. Wir gingen durch den Wald, sahen den Tiger, dann nichts mehr... Hey, Moment mal! Zander, ich habe jetzt den Silberrang!"

„Geht das vielleicht noch etwas lauter? Vielleicht haben das noch nicht alle Spinnen gehört! Spinnst du eigentlich? Bist du lebensmüde?"

Vyllea verstummte, doch ihr Gesicht machte überdeutlich, dass sie meine Worte nicht vergessen würde, sofern wir noch eine Zukunft hatten. Endlich konnte ich unsere Umgebung richtig betrachten und stellte fest, dass wir uns in einem engen Raum befanden — genauer gesagt in einem kleinen Hohlraum. Durch mehrere Löcher in der

Rinde fiel Licht hinein. Neben unserem Kokon mit dem Tiger befanden sich hier etwa ein Dutzend andere eingesponnene Kadaver. Die meisten schienen Tiere zu sein, doch ein paar fielen mir sofort ins Auge. Tiere trugen für gewöhnlich nämlich keine Speere bei sich, die an klassische Ge erinnerten. Gerne hätte ich die verstorbenen Dämonen mit der Geistsicht gemustert, doch mir war klar, dass das keinen Sinn haben würde — der Schein des Baumes würde alles andere ausblenden. Dennoch musste ich irgendwie nachsehen. Wieso? Um sicherzustellen, dass es sich bei den Speeren nicht um fest verbundene Artefakte handelte. Wenn ich einen solchen Gegenstand berührte, würde ich eine Hand verlieren, vielleicht sogar den ganzen Arm.

Ich beschloss, erst die Leichen zu untersuchen, und trennte das Spinnennetz mit der bewährten Methode auf. Vyllea half mir, die Stücke beiseitezuziehen, und schon bald sahen wir einen gewaltig aufgequollenen Leichnam vor uns. Das Gift hatte ganze Arbeit geleistet und den Dämon zum Verzehr vorbereitet.

„Fass das nicht an", warnte ich, als Vyllea nach einem der Ge greifen wollte „Das ist ein Artefakt. Tödlich. Der Leichnam hat eine Dimensionstasche, wie sie üblicherweise nur Meister bei sich tragen. Bei Kriegern sind sie selten. Lehrlinge halten die Verbindung gar nicht aus. Und schau dir auch die Kleidung an — die ist alles andere als gewöhnlich."

„Das stimmt", pflichtete Vyllea mir bei und

fuhr mit dem Finger über ein Symbol auf der Brust der Mumie. „Der Stamm Nurghandal. Unsere Nachbarn in Kreis Zwei. Ist das ein Krieger? Was macht er hier? Wer könnte einen mächtigen Krieger vernichten? Diese Spinnen sind doch höchstens Lehrlinge!"

„Dann gibt es auch Spinnen mit höheren Stufen", murmelte ich, während ich bedauernd das Ge betrachtete. Mit einer solchen Waffe könnte man Spinnen deutlich besser abwehren als mit unseren Schwertern, aber ich hatte nicht die Absicht, ein unbekanntes Artefakt anzufassen. Der Mentor hatte mir solchen Leichtsinn gründlich abtrainiert. Dennoch war es eine wahre Schande, solche Beute zurückzulassen. Selbst im Angesicht des Todes war es schöner, in dem Bewusstsein zu sterben, dass man eine Fülle interessanter Artefakte im Gepäck hatte.

„Was machst du da?", stieß Vyllea hervor, als ich mit dem Schwert an die Dimensionstasche stieß. Direkte Berührungen waren gefährlich, aber schließlich konnte ich doch ein Hilfsmittel benutzen? Mein Vorstoß löste weder Blitze noch tödliche Techniken aus — offenbar brauchte es dazu direkten Kontakt. Also setzte ich meinen Rucksack ab, baute ein Nest aus den gesammelten Pflanzen und legte die Dimensionstasche vorsichtig hinein. Alles schien in Ordnung, selbst als ich den Rucksack wieder aufsetzte. Genauso verhielt es sich mit den Amuletten. Die Ringe, von denen einer wie ein Flammenklumpen aussah, rührte ich nicht an, sondern trennte einfach die Hand ab, an der sie steckten, und verstaute sie mit allem anderen. Für gründliche Prüfungen fehlte jetzt die Zeit. Ansonsten hatte der Dämon nichts Interessantes an sich. Sicher, für die Kleidung und die Waffe konnte man mehrere Dörfer kaufen, doch sie passten nicht in meinen Rucksack. Allerdings gelang es mir, noch einen weiteren Dämon zu identifizieren — ebenfalls ein Krieger vom Stamm Nurghandal. Wir hatten es hier mit einem herausragenden Gegner zu tun, der herausragende Kämpfer vernichten konnte. Die Ausrüstung ließ auf eine gut vorbereitete Expedition in den Wald von Dandoor schließen.

„Bereit?"

„Bereit wozu?"

„Hier zu verschwinden. Ich habe nicht vor, hier zu warten, bis sich eine ausreichend starke Spinne blicken lässt. Lieber sterbe ich bei einem Fluchtversuch als mich in... sowas hier zu verwandeln."

Ich deutete auf die präparierten Dämonen.

„Und diese Energie... Ich spüre förmlich, wie sich mein Inneres zu Brei verwandelt. Noch eine Stunde, dann ist Zander erledigt. Also mach, was du willst, aber ich verschwinde."

Nachdem ich den Rucksack gesichert hatte, kletterte ich auf die Öffnung zu, aus der Licht hereinfiel. Die Wege, die die Spinnen nahmen, sollten wir besser meiden. Das Holz leistete erst Widerstand, doch wieder machte sich mein Artefakt bezahlt und diente diesmal als Hebel, mit dem ich die Rinde aufstieß. Sie gab nach und ich stürzte fast durch den Ausgang, der sich auftat. Allerdings war meine Begeisterung wie weggeblasen, als ich hinausschaute. Der Baum, auf dem wir uns befanden, war nicht nur riesig, sondern überragte den gesamten Wald! Keine Blätter, nur ein Netz, das diesen Riesen in einen monströsen Kokon verwandelte. Von meinem Posten aus war der Boden nicht zu erkennen, aber dennoch sah ich den Wald von Dandoor aus der Vogelperspektive vor mir. Und zu allem Überfluss eilten überall große schwarze Spinnen umher. Auf diesem Weg war eine Flucht ausgeschlossen.

„Zander!" Bei Vylleas unverhofftem Aufschrei drehte ich mich um und entdeckte, dass wir Gesellschaft bekommen hatten. Zwei Spinnen ohne jegliche Aura, vermutlich nur gewöhnliche Kandidaten. Meine Entscheidung kam wie von selbst und war so verrückt wie alle anderen — ich sah jedoch keine andere Möglichkeit zum Überleben.

„Töte die Viecher!", rief ich und sprang auf die erste Spinne zu. „Das ist unser Weg in die Freiheit!"

KAPITEL 8

„DAS MACHE ICH nicht!", stieß Vyllea hervor.

„Ich werde dich nicht zwingen", erwiderte ich ruhig. „Gib mir einfach die Essenz zurück."

„Zander, das ist Wahnsinn! Das wird nicht funktionieren!"

„Vielleicht nicht", stimmte ich ungerührt zu. „Vielleicht wird uns schon die erste Spinne erledigen, der wir über den Weg laufen. Aber immerhin besteht die Chance, dass diese Maskerade uns tatsächlich helfen könnte. Vyllea, entscheide dich schnell. Ich halte nicht mehr lange durch."

Ich wischte mir über die Lippen und zeigte ihr das Blut auf meinem Ärmel. Meine Lunge ließ mich allmählich im Stich. Nicht nur das Qi setzte mir zu, sondern auch das unsichtbare Gift, das in der Welt der Dämonen in der Luft lag, war nicht gerade gesundheitsfördernd.

„Das ist Wahnsinn", flüsterte Vyllea, während sie den Leichnam der ausgenommenen Spinne betrachtete. „Schlicht und einfach Wahnsinn."

Dennoch verstand sie — dieser Wahnsinn war unsere einzige Überlebenschance. Zwei Jugendliche der Lehrlingsstufe konnten sich unmöglich durch Horden von Spinnen kämpfen, selbst wenn meine Begleiterin mittlerweile der Silberrang erreicht hatte. Aber wenn wir in den Körper einer Spinne stiegen und zwei der Essenzen nahmen, die ich auf der Lichtung eingesammelt hatte, könnten wir auf die anderen Spinnen vielleicht wie zwei höherrangige Artgenossen wirken. Ich hatte keine Ahnung, wie diese Kreaturen einander erkannten, aber es konnte funktionieren. Ohne die Essenzen würden gewöhnliche Wesen der Kandidatenstufen höchstwahrscheinlich ihr Interesse wecken, doch mit ihnen bestand eine Chance.

Als Urheber der Idee übernahm ich die Vorhut. Als ich in den Spinnenkadaver stieg und mich in das Gespinst einhüllte, verspürte ich sogar eine gewisse Dankbarkeit dafür, dass diese Kreatur nicht so schwer war wie befürchtet. Ich bückte mich unbeholfen und machte einen Schritt nach vorn. Damit Vyllea und ich nicht voneinander getrennt werden konnten, verbanden wir uns mit einigen Spinnenfäden. Ich hielt das eine Ende und sie das andere. Die Fäden strafften sich und wurden dann lockerer — Vyllea folgte mir. Plötzlich liefen einige Spinnen an uns vorbei — ich konnte nicht erkennen, woher sie gekommen waren. Sie beachteten uns gar nicht, sondern kümmerten sich um ihre eigenen Angelegenheiten. Es funktionierte! Mein verrückter Plan funktionierte! Zumindest vorläufig.

Der Weg hinunter war schnell gefunden: Ich folgte einfach den Spinnen und stieß auf eine riesige Wendeltreppe. Der Baum war im Inneren hohl und abgestorben — das hatten sich die Achtbeiner zunutze gemacht. Ich zog Vyllea dichter an mich heran, sodass sich unsere improvisierten Verkleidungen berührten, und machte mich an den Abstieg. Doch mit jeder Biegung wurde es schlimmer — immer mehr Energie lag in der Luft. Ich war kaum noch beim Bewusstsein, als ich einen seitlichen Ast entdeckte, auf den ich mich stürzte und so auf einen großen Ausleger geriet. Sofort verspürte ich gewaltige Erleichterung. Im Inneren des Baumes steckte eine mächtige Energiequelle, die das Chaos um uns herum entstehen ließ.

Nachdem ich mich vergewissert hatte, dass keine Spinnen in der Nähe waren, zog ich Vyllea noch näher.

„Wir müssen über das Netz nach unten! Im Baum werden wir versengt."

„Einverstanden! Ich bin dort drinnen fast gestorben. Gibt es hier also eine Quelle, die eine Spinne hervorgebracht hat, die sogar Krieger töten kann? Kannst du dir vorstellen, wie stark sie sein muss? Wie ist sie überhaupt hierhergekommen?"

„Darüber können wir beim Abstieg nachdenken", schlug ich vor. „Komm, wir müssen den Rand dieses Astes erreichen. Dann überlegen wir, wie es weitergeht."

Die Spinnen hatten den gewaltigen Baum in ein bizarres Gebilde verwandelt: Dicke Stränge des Gewebes erstreckten sich von fast jedem Ast auf die benachbarten Bäume, die zum Teil etliche Dutzend Meter entfernt standen. Diese Stränge waren nicht klebrig wie bei kleineren Spinnennetzen, denn die größeren Kreaturen wollten mit dem Gespinst keine Beute fangen, sondern nutzten es zur Fortbewegung. Ich suchte mir einen Strang aus, der besonders stabil wirkte, ließ mich mit dem Kopf nach unten davon herab und freute mich innerlich darüber, dass wir die Kadaver in Netzgewebe eingehüllt hatten. So fielen sie nicht herab. Während ich darauf wartete, dass Vyllea mir hinterherkam, rutschte ich langsam hinunter, wobei ich die Hände zur Hilfe nahm. Die Spinnen, denen wir unterwegs begegnen, zeigten kein Interesse an unserer seltsamen Fortbewegungsweise. Vielleicht wunderten sie sich, wagten es jedoch nicht, ihre Artgenossen mit Bronzerang der Lehrlingsstufe zu fragen, ob sie noch ganz richtig im Kopf waren.

Im oberen Bereich des Waldes hatten sich die Spinnen praktische Pfade geschaffen. Hier gab es mehrere Gespinst-Schichten, über die selbst wir einigermaßen zügig vorankamen, sodass Vyllea und ich uns innerhalb von zehn Minuten beträchtlich von dem unheilvollen Baum entfernt hatten. Die Rettung schien nah, doch dann ließ mich mein Körper im Stich. Ein Hustenanfall überkam mich, sodass ich auf dem Spinnennetz zusammenbrach. Meine Organe gaben sich endgültig geschlagen. Der Baum hatte mich nicht nur fast getötet, sondern auch die Essenz für diesen hohen Rang forderte ihren Tribut.

„Wie geht es dir?" Vyllea ließ sich neben mir nieder. Die Sorge war ihr deutlich anzuhören.

„Ich fürchte, mit mir geht es zuende", stieß ich hervor, wobei ich den Husten kaum unterdrücken konnte. Meine Brust brannte vor Schmerzen, mein Herz schlug arhythmisch und vor meinen Augen tanzten Kreise. „Geh weiter. Sieh zu, dass du überlebst."

„Ich lasse dich hier nicht allein!", protestierte das Mädchen. „Du hast mich nicht im Stich gelassen, also lasse ich dich auch nicht hängen! Du musst weiterleben, Mensch! Wen soll ich denn in Zukunft töten, wenn du jetzt schon stirbst? Ich schleppe dich höchstpersönlich zum Mentor, wenn es sein muss. Hast du mich verstanden? Wage es bloß nicht, hier einfach zu sterben!"

Ich zuckte, als Vyllea tatsächlich anfing, mich von dem kolossalen Baum wegzuschleppen. Mir fehlte die Kraft zum Protestieren, ich konnte nur verbittert lächeln, obwohl Vyllea das nicht sah; der Spinnenkadaver versperrte ihr die Sicht. Sie zerrte mich weiter, obwohl auch ihre Verfassung immer schlechter wurde. Vor meinen Augen wurde es allmählich schwarz, als ich auf einmal die barsche Stimme von Mentor Guerlon hörte.

„Wenn du hoffst, dass du der Strafe für deine Dummheit entgehst, indem du jetzt stirbst, muss ich dich leider enttäuschen, Lehrling. Ich erlaube nicht, dass du stirbst. Allerdings kann ich garantieren, dass du es hundertfach bereuen wirst, heute nicht gestorben zu sein.“

Ein Blitz zuckte durch meinen Körper, gefolgt von einem Gefühl ungeheurer Erleichterung, als der Schmerz nachließ. Danach hörte ich, wie Spinnengewebe zerriss, der Kadaver flog ins Nirgendwo. Mit Mühe hob ich den Kopf und sah, wie Mentor Guerlon die dicken Stränge durchtrennte und Vyllea ihre Verkleidung abnahm. Der Taoist legte ihr eine Hand auf die Schulter, schloss die Augen und aktivierte eine rote Heiltechnik. Vyllea bäumte sich auf wie bei einem Krampf, entspannte sich jedoch schnell wieder.

„Mit welchen Lehrlingen mich die Himmel gestraft haben! Der eine kann seinen Kopf nicht richtig einsetzen, die andere stopft alles in sich hinein, was sie finden kann. Aber selbst damit nicht genug — ihr habt auch noch einen armen Tiger in den Hintern getreten. Im wahrsten Sinne des Wortes! Es reicht, ich will keine Entschuldigungen hören. Bleibt hier und haltet euch bedeckt! Die örtlichen Tiere werden euch nicht sehen. Wenn ich euch bei meiner Rückkehr nicht hier vorfinde, werde ich nicht einmal nach euch suchen, das schwöre ich bei den Himmeln! Nein, ich werde euch doch suchen und finden — aber nur, um euch für eure unfassbare Inkompetenz persönlich den Hals umzudrehen!“

Mit diesen Worten zog der Mentor einen Gegenstand hervor, der an eine Fahne erinnerte, und warf sie vor sich. Die Fahne hing in der Luft und teilte sich in sechs Teile, die sich jeweils auf die Äste in unserer Nähe legten. Kurz darauf bildete sich ein Energiefeld zwischen den Fahnen. Der Taoist vergewisserte sich, dass alles planmäßig funktionierte.

„Das ist eine Schutzformation, die euch vor allen Wesen bis zum Bronzerang der Meisterstufe abschirmen kann", erklärte er dann. „Selbst wenn ein Meister des Goldrangs angreift, bleibt euch noch eine Minute. Ich werde die Attacke spüren und kann rechtzeitig zurückkommen."

„Ihr wollt zum Baum?", fragte ich.

„Zum Baum?" Der Taoist lachte auf. „Nein, Lehrling, ich will zu der Quelle, die die Meisterstufe erreicht hat. Ich möchte herausfinden, wie sie in Kreis Null gelandet ist und warum sie noch immer so mächtige Energie von sich gibt. Der Baum sieht aus, als wäre er mindestens ein paar hundert Jahre alt, doch die Quelle ist nach wie vor stark. Ich muss der Sache auf den Grund gehen. Wartet hier."

Nach diesen Worten verschwand Mentor Guerlon in Richtung des riesigen Baumes, der sogar von unserem Standort aus zu sehen war.

„Ich hatte doch gesagt, dass er uns nicht im Stich lassen wird." Unverhofft brach das Mädchen in Tränen aus. „Ich wusste es, ich wusste es einfach! Mentoren lassen ihre Lehrlinge nie im Stich! Selbst solche wie er! Er hat uns nur beobachtet und sich nicht eingeschaltet. Ich wusste es!"

Vielleicht hätte ich hart bleiben und den emotionalen Ausbruch ignorieren oder mir vielleicht vor Augen führen sollen, wie Vyllea die Tigeressenz verspeist hatte, aber ich tat etwas anderes. Ich rollte mich herum, rutschte näher an sie heran, nahm sie in die Arme und drückte sie an mich. Das erschien mir richtig. Vyllea sträubte sich nicht, sondern vergrub das Gesicht an meiner Brust und schluchzte, offenbar sogar heftiger. Ich fing an, ihr über das Haar zu streicheln, wobei ich mich selbst über meine Kühnheit wunderte, und stellte erstaunt fest, dass es trotz allem, was wir gerade durchgemacht hatten, sauber geblieben war. Allerdings war mein Haar, das ich mit der Wundersalbe gepflegt hatte, ebenfalls sauber. Artefakte — und das waren unsere Haare geworden — nahmen keinen Schmutz an.

„Wir müssen meditieren", sagte ich, als ihr Weinen nachgelassen hatte. „Der Mentor wird zurückkommen und uns bestrafen, deshalb sollten wir diese Pause sinnvoll nutzen. Setz dich."

Ich wich ein Stück zurück und ließ mich dem Mädchen gegenüber nieder. Vyllea schluchzte noch ein paarmal, tat aber das Gleiche wie ich. Eine Zeitlang saßen wir Knie an Knie da und sahen uns in die Augen. Ich hatte noch nie zuvor so lange in die Augen einer Dämonin geschaut. Es war faszinierend, wie ihre vertikale Pupille zu einem schmalen Strich wurde und sich dann wieder komplett weitete. Dieses Hin und Her fesselte mich so sehr, dass ich gar nicht merkte, wie Vylleas Hände in meinen landeten. Sie schien das ebenso wenig wahrzunehmen, löste den Blick nicht von mir und versuchte auch nicht, die Hände wegzuziehen.

„Nimm nicht zu viel Körperenergie", stieß ich

hervor und schloss als Erster die Augen, sodass die Verbindung abriss. Wieder überkam mich ein seltsames Gefühl. Einerseits sah ich Blutspuren auf ihren Lippen, die mich daran erinnerten, wie sie mit dem Tiger umgesprungen war. Andererseits sah ich die Lippen selbst. Weich, sinnlich und einladend... Ich musste mich in die Welt der Energie zurückziehen.

In meiner Brust bildete sich ein warmer Klumpen und machte sich sofort auf den vertrauten Weg. Der enge Kontakt zu Vyllea bewirkte jedoch, dass ich nicht nur meinen Körper sehen konnte, sondern auch die von ihr geschaffene Körperenergie sowie deren Bewegung, allerdings in einem rötlichen Schimmer. Unsere Wärme ähnelte sich, und irgendwann wurden unsere Energien synchron und flossen gleichzeitig in die gleichen Körperteile. In diesem Moment stellte ich etwas Seltsames in uns beiden fest. Wenn die Energie unsere Hände oder Füße erreichte, stockte sie, als würde sie überlegen, ob sie nicht die übliche Route nehmen, sondern in den neuen Körper fließen sollte, der so nahe war. Das beobachtete ich eine ganze Weile lang gleichmütig — wer konnte das seltsame Verhalten dieser Energien schon verstehen? Doch je länger die Energie an der gleichen Stelle blieb, desto schmerzhafter war sie. Wir mussten uns entweder trennen oder...

Ich weiß nicht, was mich dazu veranlasste, die Option „oder" zu wählen. Vielleicht das, was der Mentor als Mangel an Verstand bezeichnete. Als wieder ein Energieklumpen an unseren linken

Händen verharrte, zog ich die Wärme aus Vyllea und bot ihr stattdessen meine an. Ich hatte keine Ahnung, ob so etwas erlaubt war, doch innerlich war ich davon überzeugt, dass es kein Problem sein würde, wenn das Mädchen sich nicht dagegen sträubte. Beide Energien zitterten und flossen dann über die üblichen Routen unverhofft von einem Körper in den anderen. Ich verlor beinahe die Konzentration, als ich den roten Klumpen in mir und meinen blauen in Vyllea sah. Die rote Wärme der Dämonin drehte eine komplette Runde — sogar noch etwas mehr, denn sie erreichte nicht die linke, sondern die rechte Hand. Auf der gegenüberliegenden Seite befand sich die blaue Energie der Menschen, und sobald die beiden Ströme die vorgesehenen Stellen erreicht hatten, zögerten sie nicht mehr, sondern rauschten zurück in ihre ursprünglichen Elemente.

Das war... ungewöhnlich. Vylleas Energie löste in mir keine Ablehnung oder Ähnliches aus, und umgekehrt galt das Gleiche. Ich sah, wie sich in der Brust des Mädchens ein weiterer Strom von Körperenergie bildete. Vermutlich hätte ich protestieren und darauf hinweisen müssen, wie gefährlich das war, doch stattdessen bildete ich einen entsprechenden Wirbel und schickte ihn los. Ein ungewöhnliches Gefühl entstand: Der Energietausch fand jetzt nicht nur in unseren Händen statt, sondern auch in den Beinen. Die Wärme zögerte nicht mehr, sondern schien sich darüber zu freuen, dass der Damm gebrochen war. Vyllea erhöhte die Menge. Ich folgte ihrem Beispiel. Und noch einmal. Und noch einmal. Wir hörten erst auf, als unsere Energien komplett miteinander verschmolzen waren und in unfassbarem Tempo durch unsere Körper rauschten. Das schien uns beiden zu reichen. Nun mussten wir nur noch reglos dasitzen und die Wärme durch uns kreisen lassen, ohne die Konzentration zu verlieren.

Ganz allmählich ebbte der Wärmestrudel ab und legte sich innerlich. Wir sorgten nicht mehr für Nachschub: Anfangs hatten wir uns klarmachen müssen, was geschehen war und wie wir damit leben konnten. Als sich die letzten Reste der vermischten Körperenergie auflösten, schlug ich die Augen auf. Es war dunkel. In meinem Magen grummelte eine gewaltige Leere, als hätte ich eine Woche lang nichts gegessen. Plötzlich erstrahlte neben uns ein helles Licht. Der Mentor hatte eine Laterne angezündet.

„Ich kann euch also keine Minute mehr allein lassen?" Die ruhige Stimme des Taoisten traf uns heftiger als ein Peitschenhieb. Er sah Vyllea an. „Du bist eine Dämonin! Du solltest Wesen wie ihn verschlingen. Er ist für dich Nahrung. Deine Kraftquelle. Dein Weg zur Erleuchtung. Du solltest Zander erledigen, statt ihn mit letzter Kraft davonzuschleppen und dafür deine eigene Lebensenergie zu verschwenden."

Mentor Guerlon wandte sich abrupt an mich und sprach weiter mit der gleichen ruhigen Stimme.

„Und du? Du solltest Ihresgleichen töten! Schon ihr Gestank sollte dich anwidern. Du solltest deine Welt schützen. Du hättest sie den Tieren zum Fraß überlassen sollen. Aber wie ich sehe, gelten die Gesetze des Universums für dich nicht. Du hast beschlossen, deine eigenen Regeln zu machen."

Es war, als wäre alles um uns herum still geworden, um den erbosten Taoisten nicht weiter zu verärgern.

„Das, was ihr getan habt, nennt man energetische Vereinigung. Sie kann tödlich sein und sollte erst nach jahrelanger Vorbereitung versucht werden. Um so etwas zu wagen, muss man seinem Partner grenzenlos vertrauen. Wenn einer von euch sich nicht richtig konzentriert hätte, hätten euch die besten Heilkundigen aus dieser oder unserer Welt nicht retten können. Eine Verbindung ist gefährlich, zwei sind tödlich, und nur wenige wagen es, drei zu versuchen. Ihr jedoch habt Energie durch vier Kanäle strömen lassen, als wäre das so natürlich wie das Atmen. Und noch dazu nicht irgendwelche Energie — ihr habt sie vermischt und ein Höchstmaß an Einheit erreicht. Wenn ich nicht in der Nähe gewesen wäre, wärt ihr schlichtweg verbrannt! So hatte ich mir unser Training nicht vorgestellt. Ganz und gar nicht. Doch die Himmel weisen uns niemals den einfachen Weg. Nur durch Qualen können wir uns entwickeln."

Der Mentor verstummte gedankenverloren. Ich sah Vyllea an, die plötzlich große Augen machte.

„Zander, deine Pupillen! Sie sind.... gelb!"

„Ihr seid eine solche Einheit geworden, dass

Zander sich für einen Tag in einen Dämon verwandelt hat. Zumindest äußerlich", erläuterte der Taoist, noch immer tief in Gedanken versunken. „Die Wirkung lässt mit der Zeit nach, dann wird er wieder ein Mensch. Nun, wenn die Himmel diese Prüfung für mich vorgesehen haben, dann sei es eben so."

Der Mentor erhob sich, und wieder flog die Fahne aus seinen Händen und hüllte uns in eine Schutzformation ein.

„Das wird kein einfaches Gespräch und niemand soll uns stören. Die Spinnen sind verschwunden, aber andere Tiere könnten die Gelegenheit nutzen. Vyllea, ich habe dich aus einem ganz bestimmten Grund vorübergehend als Lehrling angenommen — als Gegengewicht für Zander. Ich weiß, wie sehr du Macht liebst. Wie sehr du die Schwachen verabscheust. Wie gerne du dominierst und gewinnst. Das kam mir sehr gelegen. Mit einer so fähigen Sparringspartnerin hätte Zander die Kandidatenstufe im Handumdrehen hinter sich gebracht. Ihr solltet unermüdlich arbeiten, bis zur Ohnmacht trainieren und Energie aufnehmen, um Wesen zu werden, die Unsterblichkeit verdienen. Mit einem eingeschworenen Feind hättet ihr beide euren Weg zur Erleuchtung auch nach eurer Rückkehr nach Hause fortgesetzt. Ihr hättet euch immer wieder in Wurmlöchern getroffen, hättet gegeneinander gekämpft und wärt beide eine ernstzunehmende Macht geworden. Jetzt jedoch..."

Der Mentor machte eine Pause, als zögere er,

den nächsten Gedanken laut auszusprechen.

„Wenn es zur Vereinigung zwischen einem Menschen und einem Dämon kommt, wird nicht nur Energie ausgetauscht. Die Körper passen sich an die Besonderheiten der jeweiligen Welten an. Zander ist ein Dämon geworden. Seine Augen haben sich verändert, er hat einen bestimmten Geruch entwickelt, den nur Taoisten wahrnehmen können, und den Menschengeruch verloren, der Dämonen so provoziert. Ist euch das nicht aufgefallen?"

„Tatsächlich", sagte Vyllea verblüfft. „Er stinkt nicht mehr."

„Selbst die Luft kann Zander in diesem Zustand nichts mehr anhaben. Allerdings hat alles seinen Preis, auch die Vereinigung, besonders, wenn sie so umfassend ist wie bei euch. Wenn ihr das einmal ausprobiert habt, kommt ihr nie wieder davon los. Dabei handelt es sich nicht um eine Droge, sondern um etwas viel Größeres. Aber das ist nicht das Hauptproblem. Jetzt ist euer Entwicklungsweg vorbestimmt. Der Tiger-Stil, liege ich richtig?"

Vyllea nickte, noch immer ganz schockiert.

„Ich hatte bewusst darauf verzichtet, Zander in einem bestimmten Stil zu unterrichten, weil er eine Wahl haben sollte. Er sollte seinen Kampfstil nach seinem Geist auswählen. Ganz allein nach seinem. Doch jetzt gibt es keine Wahl mehr, und der grundlegende Stil steht fest. Morgen werden wir anfangen, den Tiger-Stil zu trainieren, sowohl im Nahkampf als auch im Umgang mit den Waffen. Daran lässt sich nichts ändern. Offenbar haben die Himmel selbst beschlossen, euch zu Angriffskämpfern zu machen.“

„Ist damit nur der Kampfkunst-Stil vorbestimmt? Oder ist da noch mehr? Wenn ich einen Tag lang ein Dämon geworden bin, muss ich dann jetzt Essenzen zu mir nehmen?“, hakte ich nach, denn dieser Punkt machte mir sehr zu schaffen. Es dauerte sehr lange, bis der Mentor antwortete. Er schloss sogar die Augen, als suche er nach den richtigen Worten. Endlich sprach der Taoist weiter.

„Viele Wege führen zur Unsterblichkeit, und jeder Suchende wählt den Pfad, den er verfolgen will. Die meisten Menschen entscheiden sich für den Weg der Harmonie — Erleuchtung durch Einheit mit Qi-Energie. Auf diesem Weg bin ich selbst, und diesen Weg nimmst nun auch du. Das heißt jedoch nicht, dass die anderen Wege nicht genauso gut sind. Vyllea beispielsweise verfolgt zwei Wege gleichzeitig: Den Weg der Dämonen — Erleuchtung durch die Absorption fremder Meridiane — und den Weg des Tieres — bei dem man die Essenz des Tieres versteht und seine Kraft absorbiert. Indem sie den Tiger verspeiste, hat sie seine Techniken erlernt und den Stil besser verstanden. Sie ist stärker geworden. Diese Kraft hätte sie verbrennen können, doch die Himmel haben euch nicht ohne Grund zusammengeführt. Du hast das einzig Richtige getan, um sie zu retten. Du hast die Kontaktfläche mit der Quelle der fremden Kraft erhöht und so lange aufrechterhalten, bis der Körper sämtliche Energie aufnehmen konnte."

„Also führen nur drei Wege zur Erleuchtung? Harmonie, Dämonen und Tiere?"

„Es gibt noch einen weiteren. Den Weg des Blutes. Wenn du diesen einschlägst, wirst du zum Feind aller lebendigen Wesen. Ich würde höchstpersönlich dein Leben beenden. Dieser Pfad wird von jenen gewählt, die an die Grenzen des Aufstiegs stoßen. Die eine Hürde nicht überwinden können. Die nicht bereit sind, sich dem Willen der Himmel zu unterwerfen und die von Geburt an gültige Beschränkung zu akzeptieren. Ja, diese Beschränkung lässt sich überwinden, aber darüber wird nicht gesprochen. Diejenigen, die diesen Weg gewählt haben, nennt man Sektierer. Sowohl in unserer Welt als auch in dieser hier werden sie gejagt und getötet. Der Weg des Blutes ist ein Weg des Opfers. Ein Weg des Irrsinns, der Schmerzen und des Leides für unzählige Opfer. Je mehr ein Opfer vor dem Tod leidet, desto mehr Energie liefert es seinem Peiniger. Solche Gegner sind außerordentlich gefährlich."

„Die Sektierer haben in Kreis Zwei etliche Stämme ausgelöscht", sagte Vyllea mit unverhohlenem Hass. „Sie... sie haben sogar Kinder getötet."

„Weil deren Energie reiner ist. Ihre Emotionen sind stärker. Die Kraft, die sie bringen, ist größer. Doch zurück zum Aufstieg. Der Weg der Harmonie führt nach oben. Wer ihn einschlägt, bemüht sich, die Hürden auf dem Weg zum Aufstieg zu überwinden, und achtet manchmal nicht auf die Entwicklung der eigenen Kraft. Um Fortschritte zu machen, ohne zahllose Jahre dafür zu opfern, braucht man die Essenz von Tieren. Mein Mentor hat sie konsumiert. Ich habe sie konsumiert. Früher oder später konsumiert sie jeder Taoist. Dieser Kelch wird nicht an dir vorübergehen, Lehrling. Auch du wirst sie dir irgendwann einverleiben müssen, um stärker zu werden."

„Das werde ich nicht tun", verkündete ich und merkte selbst, dass ich mir damit ein Versprechen fürs Leben gab.

„Die Entscheidung liegt ganz allein bei dir. Jeder Taoist legt selbst fest, wie weit er seinen Aufstieg fortsetzt. Eines jedoch muss ich dir direkt sagen: Wenn du einen Koloss auf tönernen Füßen errichtest, wird er irgendwann zusammenstürzen. Du wirst dann so enden wie Lord Lurth Mink."

„Vielen Dank für die Lektion, Mentor, aber der Weg der Tiere ist nicht der richtige für mich", erklärte ich entschieden. „Ich bevorzuge Harmonie und werde es dabei belassen."

„Wie gesagt, das ist ganz allein deine Entscheidung. Nun dazu, wie es weitergeht. Wie gesagt sollte Vyllea in unserer Gruppe anfangs nur deinen Aufstieg fördern. Doch jetzt hat sich alles geändert. So sehr sogar, dass ich gar nicht weiß, wie unsere beiden Welten reagieren werden. Die Himmel haben keinen anderen Weg vorgesehen. Es steht mir nicht zu, an ihren Entscheidungen zu zweifeln."

Auf einmal hielt Mentor Guerlon ein goldenes Blatt Papier in den Händen.

„Dämonin Vyllea vom Stamm Urbangos, das hier ist ein Lehrlingsvertrag über zwei Jahre. Ich, der Suchende Guerlon, ein menschlicher Tao-Meister des Diamantrangs, bietet dir an, mein offizieller Lehrling zu werden. Du bist die älteste Tochter der Stammesführerin. Du hast das Recht, dir deinen Mentor selbst auszusuchen. Wenn du diesen Vertrag unterzeichnest, verspreche ich dir, dass du in den nächsten zwei Jahren täglich den Augenblick verfluchen wirst, in dem du die Welt der Menschen betreten hast und mir begegnet bist. Du wirst den Augenblick verfluchen, in dem du diesen Vertrag unterzeichnet hast. Aber wenn du ihn unterzeichnest, wirst du die Welt der Menschen als Kandidatin des Diamantrangs betreten. Das kann ich dir ebenfalls versprechen."

„Die Welt der Menschen?" Nicht nur Vyllea war erstaunt. Auch ich hatte nicht damit gerechnet.

„Ich dachte, ihr versteht meine Sprache... Als ihr zugelassen habt, dass eure Energien verschmolzen, habt ihr euch miteinander verbunden. Von nun an könnt ihr ohne derartige Meditation nicht mehr aufsteigen. Ich habe meinem Lehrling versprochen, dass ich ihn mit sechzehn Jahren zurück in die Welt der Menschen bringen werde. Das werde ich tun, koste es, was es wolle. Und du, potenzieller Lehrling, wirst ihm folgen müssen. Ohne Zander kannst du nicht aufsteigen — genauso wie er nicht ohne dich. In unserer Welt wird du ein Mensch werden und dort so lange leben können, wie ihr beide vereinigt bleibt. Doch das

Gegenteil gilt ebenso: In deiner Welt wird Zander ein Dämon. Von nun an wohnt ihr in zwei unterschiedlichen Welten und müsst das akzeptieren. Die Himmel haben entschieden, wir dürfen uns nicht dagegen auflehnen."

„Einfach unterschreiben? Was passiert dann?" Vyllea befingerte das Blatt, als würde sie zum ersten Mal Papier sehen.

„Magischer Dokumentenversand funktioniert in dieser Welt genauso wie in unserer. Ein Exemplar des Vertrags geht an deine Mutter, an deinen früheren Mentor Lord Shang Li und an verschiedene Taoisten in unserer Welt. Ob du das gut oder schlecht findest, ist deine Sache. Ich habe dir beschrieben, womit du rechnen kannst. Ob du einwilligst oder nicht, kannst du selbst entscheiden."

„Ohne Zander werde ich also nicht in die Lehrlingsstufe aufsteigen können?"

„Ohne ihn wirst du nicht einmal den Goldrang der Kandidatenstufe erreichen, und er ohne dich nicht den silbernen. Die Vereinigung verschafft große Kraft, verlangt jedoch auch erhebliche Opfer."

„Aber werde ich das bereuen?" Vyllea schien ihre Entscheidung getroffen zu haben. Sie hörte auf, das Blatt zu befingern.

„Das kann ich dir versprechen", versicherte der Taoist. „Du wirst es dein Leben lang bereuen."

„Das ist mir egal! Wenn es mich stärker macht, bin ich einverstanden!" Das Mädchen zog den Jian, fuhr sich mit der Klinge über die Handfläche und drückte dann die blutige Hand auf das goldene Blatt. „Tinte gilt bei Dämonen nichts. Wir unterzeichnen Verträge nur so.“

Das Dokument leuchtete auf und verschwand, dann nickte Mentor Guerlon.

„Willkommen in dieser Welt, Dämonenkandidatin des Silberrangs. Damit ist unser Gespräch wohl beendet. Ihr solltet über das nachdenken, was gerade geschehen ist. Erhebt euch, Lehrlinge. Ich will euch zeigen, wieso Dämonen den Wald von Dandoor meiden.“

KAPITEL 9

EIN GOLDENES BLATT erschien vor Mentor Guerlon, ehe wir unser Ziel erreichten. Während er es musterte, begann er zu grinsen. „Erzlord Shang Li gibt seinen Segen zu deiner Ausbildung, Vyllea", verkündete er. „Auch deine Mutter ist beglückt von der Vorstellung, dass ihr Nachwuchs von einem hervorragenden Taoisten geformt wird. Meister Nars-Go Li dagegen äußert sich unzufrieden mit der Tatsache, dass ihm ein Lehrling so abrupt weggenommen wird. Er kündigt sämtliche früheren Vereinbarungen auf und erklärt mich und meine Lehrlinge zu seinen persönlichen Feinden. Außerdem verspricht er sogar eine Belohnung für alle jene, die mich oder meine Schutzbefohlenen auslöschen. Merkwürdig, der Dämon hatte auf mich eigentlich ganz vernünftig gewirkt. Leider wirst du die Lehrbücher über die Artefakterstellung in der Dämonenwelt nun nicht bekommen, Zander. Egal, wir werden uns Beute von denen sichern, die verrückt genug sind, uns zu jagen."

„Apropos Beute, Mentor, Vyllea und ich haben das hier gefunden." Ich setzte meinen Rucksack ab, öffnete ihn und zeigte unsere Funde. Alle Dinge überstiegen meine aktuellen Fähigkeiten. Wahrscheinlich würde ich erst in Zone Zwei in der Lage sein, verbundene Artefakte zu öffnen. Doch wenn Guerlon die Dimensionstasche inspizieren konnte, würde er vielleicht etwas Wertvolles entdecken.

Guerlon lachte nachdenklich, als er die Artefakte an sich nahm. Er streifte die Ringe ab, warf die Hände weg und stand dann einen Moment mit geschlossenen Augen da. „Nutzloser Tand. Die beiden waren Krieger — höchstens mittelmäßige. Vermutlich hatten sie kaum den Bronzerang erreicht. Dass sie die Verbindung mit einer Dimensionstasche ertragen konnten, beeindruckt mich nicht. Die Amulette taugen nichts, und selbst die Dimensionstaschen, die eindeutig von einem vollkommen Unfähigen gefertigt wurden, fassen kaum hundert Pfund. Soll das nützlich sein? Ich kann mir nicht vorstellen, dass sich darin etwas Wertvolles befindet."

„Also kann man die nicht verkaufen?", hakte ich nach.

„Ganz im Gegenteil, Verkaufen ist das Einzige, was dir nützt. Wenn du die Kriegerstufe erreicht hast, wird all das für dich wertlos sein. Sobald wir in eine größere Stadt kommen, werden wir die Embleme an die örtlichen Behörden übergeben. Der Stamm, dessen Krieger wir gefunden haben, wird wissen wollen, dass die Leichen seiner Gefolgsleute zur letzten Ruhe gebettet wurden."

Na toll. Ich hatte mit der Beute prahlen wollen, doch Guerlon tat alles als wertlos ab. Hätten wir den Speer mitgenommen, hätte er diesen vermutlich als nutzlosen Stock in den Wald geschleudert. Seit Vyllea und ich aufgewacht waren, wirkte Guerlon verändert. Vielleicht musste auch er erst verdauen, was zuvor geschehen war.

Das Spinnennetz endete abrupt. Guerlon aktivierte einige Artefakte, daraufhin erstrahlten mehrere helle Sterne, die die Umgebung einigermaßen gut beleuchteten. Der gewaltige Baum, der den Wald überragt hatte, war verschwunden. Kein Spinnennetz und kein Baum war mehr zu sehen — rein gar nichts war übrig. Nur eine riesige, versengte Lichtung, auf der nicht einmal die Asche mehr schmorte.

„Wie lange haben wir meditiert?", überlegte Vyllea.

„Vier Tage. Die erste Vereinigung ist immer die längste. Zander, was denkst du über das, was du hier siehst?"

„Könntet Ihr die Mitte beleuchten? Dort ist zu viel Schatten."

Auf meinen Wunsch hin verstärkte Guerlon die Beleuchtung, was Vyllea einen erstaunten Ausruf entlockte. „Ist das eine Schildkröte?"

Dort, wo der Baum gestanden hatte, lag der Panzer einer gewaltigen Schildkröte auf dem Boden. Der Körper war längst verschwunden, dem gnadenlosen Fluss der Zeit zum Opfer gefallen. Hier und da hatte die Hülle Risse und Löcher, doch das Relikt war noch gut erkennbar und in etwa so groß wie mehrere Dorfhäuser.

„Nicht irgendeine Schildkröte", bestätigte ich. „Das ist eine Kreatur der Meisterstufe. Ihre Energiestruktur ist verborgen. Die Schildkröte ist hierher gekrochen... vom Schlachtfeld? Ist es wirklich so nah? Ihr fehlte die Kraft zur Rückkehr, sie ist hier gestorben. Doch zu ihren Lebzeiten hatte sie so viel Energie konsumiert, dass selbst der Baum, der um den Panzer wuchs, diese Energie nicht vollständig aufnehmen konnte."

„Unmöglich", verkündete Vyllea. „Jede Energiequelle in Kreis Null löst sich im Laufe der Zeit auf. Das wissen alle."

„Mit Ausnahme dieser Schildkröte." Ich schloss die Augen, versenkte mich in die Geistsicht und erweiterte den Radius erheblich. Erstaunlicherweise ging das sehr leicht, und ich war verblüfft, wie weit ich sehen konnte — mindestens dreimal weiter als zuvor.

„Mentor, könntet Ihr den hinteren Bereich der Lichtung etwas besser beleuchten?"

Wieder erfüllte Meister Guerlon meine Bitte ohne Nachfrage.

„Von der Schildkröte erstreckt sich eine Art Energiekanal in diese Richtung, wird jetzt aber schwächer. Die Kreatur, die hierher gekommen ist, muss etwas mitgebracht haben. Etwas, das mit einer gewaltigen Quelle verbunden war. Seht

Ihr die Bäume dort hinten? Einige davon unterscheiden sich erheblich von ihren Nachbarn. Diese Bäume sind auf dem Weg zur Erleuchtung. Ihr Holz ist sicherlich sehr wertvoll. Das, was die Schildkröte mitgebracht hat, befindet sich jetzt vermutlich in der Dimensionstasche des Mentors. Einen solchen Schatz würde er nicht zurücklassen. Das ist im Prinzip alles. Die Spinnen hatten sich an die Energie angepasst und waren die Ungeheuer geworden, die wir gesehen haben. Der Baum wurde unfassbar groß, ging jedoch ein. Entweder hatten die Spinnen ihn verspeist, oder die Menge an Energie war zu viel für ihn. Mentor, ich würde gerne fragen — woher kommt das Schlachtfeld? In unserer Welt existiert es nicht, oder?"

„Wieso nicht? Doch, es existiert, und genau deshalb wagen sich die Bewohner deines Dorfes niemals bis ans Meer. Die Kreaturen, die gelegentlich aus dem Schlachtfeld zum Vorschein kommen, würden sie verschlingen."

„Das Wurmloch verbindet Teile des Meers?", überlegte ich.

„Wenn man die Karten der beiden Welten übereinanderlegt, ist zu erkennen, dass wir uns beträchtlich von der Küste in unserer Welt entfernt haben. Das Schlachtfeld liegt jedoch noch in weiter Ferne. Sein Aufbau fasziniert mich. Aus der Perspektive der Dämonenwelt ist es eindeutig Land — dafür gibt es reichlich Anhaltspunkte. Aus unserer Sicht liegt es tief im Meer. Und dennoch ist das Wurmloch winzig — im Prinzip nur ein Loch im Boden, das in eine andere Welt führt. Aber wie ist es aufgebaut? Wieso sickert das Wasser nicht hindurch? Mit einem solchen Phänomen hatte ich noch nie zu tun; es könnte sich lohnen, es bei Gelegenheit genauer zu untersuchen. Deshalb sind wir schließlich Suchende."

„Und man kann es nicht schließen?"

„Doch, das kann man durchaus", erläuterte Mentor Guerlon und machte dann eine nachdenkliche Pause. „Erst müssten wir alle Kreaturen auf dieser Seite eliminieren, dann die auf unserer. Anschließend ist der Übergang möglich. Für eine solche Aufgabe müssten wir allerdings einen Wasser-Erzlord hinzuziehen, denn in derartigen Tiefen kann niemand sonst überleben. Ich bezweifele jedoch, dass sich ein Wasser-Erzlord mit diesem Wurmloch abgeben würde. Es ist zu bedeutungslos und verspricht keine Beute. Woher soll man wissen, dass hin und wieder Wesen wie Schildkröten mit Erzlord-Level aus unserer Welt gekrabbelt kommen? Diese hier ist nicht nur selbst eine gewaltige Macht, sondern hatte noch dazu das Herz des Ozeans mitgebracht."

„Das Herz des Ozeans?" Vyllea keuchte ungläubig. „Aber das ist doch nur ein Mythos!"

„Ich könnte dir diesen ‚Mythos' zeigen, aber ich fürchte, er würde dich in ein Häufchen Staub verwandeln." Als Guerlon fortfuhr, klang seine Stimme sehr ernst, aber auch ein wenig bedauernd. „Selbst ich mit meinem Rang bin dadurch erheblich gefährdet. Ja, es ist das Herz des Ozeans — eine seltene, fast einzigartige Energiequelle der Erzlord-Stufe. Zu schade, dass dieses Element nicht zu meinem passt, ansonsten hätte ich euch zurück in die Welt der Menschen befördert und Abschied genommen, um mich der Meditation zu widmen. Woher die Schildkröte es hat und wieso sie stur immer weiter in das Land der Dämonen gekrochen ist, bleibt ein gewaltiges Rätsel."

„Mentor, Ihr habt erwähnt, dass nur ein Wasser-Erzlord das Wurmloch in diesem Schlachtfeld durchqueren könnte. Haben Taoisten mit so hohen Levels Haustiere? Beispielsweise eine gewaltige Schildkröte?", fragte ich, um mir einen Reim auf die Informationen zu machen.

„Das würde bedeuten, eine gewaltige Macht in die Welt der Dämonen zu bringen — die in der Lage wäre, die Hälfte von Kreis Null in Schutt und Asche zu legen." Meister Guerlon hatte meinen Gedanken richtig gedeutet. „Du hast Recht, Lehrling Zander. Die Risse und Sprünge im Panzer sind nicht das Werk von Spinnen. Derartige Wesen könnten einem Tier der Erzlord-Stufe nichts anhaben. Das sind die Spuren von Techniken, mit denen die Schildkröte hier aufgehalten wurde, um die südlichen Regionen der Dämonenwelt zu schützen. Außerdem wurde sogar das Herz in ihrem Leib versiegelt und mit mehreren Energiekuppeln überzogen. Deshalb war ich in der Lage, es mitzunehmen. Bleibt hier; ich muss den Panzer genauer untersuchen. Wer — Nein! Ich kann euch beide jetzt eindeutig nicht allein lassen! Ihr kommt mit mir. Das Energielevel in der Nähe des Panzers ist längst nicht mehr so gewaltig. Haltet es aus. Ich habe genug von den Überraschungen, die ihr beiden jedes Mal bereitet, wenn man euch nicht im Auge behält. So etwas passiert mir nicht noch einmal."

Mentor Guerlon packte mich um die Taille, schnappte sich mit der anderen Hand Vyllea und beförderte uns mit einem schier unmenschlichen Satz nach vorne. Bei der Landung blieb mir die Luft weg — aus einer solchen Höhe war ich noch nie zuvor gefallen. Vyllea schnaufte neben mir; auch sie war von unserer Fortbewegungsmethode beeindruckt. Der Aufprall auf den Boden war gewaltig; obwohl ich gut vorbereitet war und meinen Körper angespannt hatte, wurde ich fast zerschmettert. Irgendetwas war eindeutig zu Bruch gegangen — es hatte einfach zu laut geknackt. Schmerzen verspürte ich jedoch nicht, denn die Heilung war sofort erfolgt. Im Landen merkte ich Vylleas verblüfften Blick neben mir. Offenbar gab es also etwas, das meine Trainingskollegin nicht ertragen konnte — nämlich Höhe und Stürze. Allerdings musste ich zugeben, dass auch ich selbst mich damit nicht besonders wohl fühlte.

Die Heilung hatte nur ein paar Augenblicke angehalten, und als die Wirkung nachließ, wies mich mein Körper sofort auf ein gefährliches Objekt in der Nähe hin. Der Panzer strahlte eine solche Menge an Energie aus, dass es daneben sehr unbehaglich war. Vyllea setzte sich hin, schloss die Augen und begann zu meditieren. Für die nächste Stufe des Aufstiegs musste sie in ihrem Körper zwei Knoten bilden, und zwar an Stellen, an denen viel Energie herrschte. Aber ich war nicht Vyllea; für mich war es noch zu früh, zu meditieren und zu leiden. Mentor Guerlon ging zielstrebig zum Panzer, der tatsächlich so groß war wie mehrere Häuser, während ich instinktiv zurückwich. Mein Fuß stieß gegen etwas, das in dem Feuer des Mentors, das hier vor vier Tagen gewütet hatte, eigentlich hätte verbrennen müssen. Ich bückte mich und entdeckte einen Schenkelknochen, den die Flammen verschont hatten. Menschlich war er eindeutig nicht, sondern stammte offenbar von einem großen Tier, das die Spinnen in ihren Bau geschleppt hatten. Ich hatte aus meinen bösen Erfahrungen gelernt und griff nicht unbedacht danach, sondern untersuchte es zuerst mit Hilfe der Geistsicht. Wie erwartet war der Knochen randvoll mit Qi. Als ich die versengte Lichtung inspizierte hatte, war er mir neben dem Panzer nicht aufgefallen, doch jetzt konnte ich eindeutig sagen, dass der Knochen von dem gleichen Tiger der silbernen Lehrlingsstufe stammte, der uns als Versteck gedient hatte. Ich hatte genug von seinen Energieströmen gesehen, als die Spinnen uns in ihre Behausung geschleppt hatten. Obwohl der Knochen erhebliche Mengen an Qi absonderte, hob ich ihn trotzdem auf. Ich würde ihn dem Mentor geben, damit er ihn für mich aufbewahrte, bis er mir nicht mehr zusetzen würde. Vyllea hatte von diesem Tier eine Essenz bekommen, die ihr den Silberrang eingebracht hatte, während ich dieses Ding hier bekam. Warum hatten die Himmel dafür gesorgt, dass wir uns begegnet waren?

„Keine Strafe, Lehrling Zander", sagte Mentor

Guerlon und löste den Blick von der Richtung, aus der die tote Schildkröte gekrochen war. Er seufzte schwer, dann schüttelte er den Kopf.

„Habt Ihr etwas festgestellt, Mentor?"

„Der Panzer trägt das Zeichen von Erzlord Nurghal Lee, der vor zweihundert Jahren verschwunden ist. Diese Information ist unschätzbar."

„Gibt es bei den Menschen so wenige Erzlords, dass der Mentor sogar die kennt, die vor so langer Zeit verschwunden sind?" Wie immer konnte sich Vyllea einen frechen Kommentar nicht verkneifen.

„Erzlord Nurghal Lee war ein Suchender — eines der größten Genies seiner Zeit und Ehrenmitglied der Schule der Beschwörung. Seine Abhandlungen zur Zähmung wilder Tiere sind noch heute von Bedeutung. Man stellt nämlich immer häufiger fest, dass sie geheime Weisheiten enthalten und die Geheimnisse des großen Erzlords offenbaren. Im Laufe der Geschichte der Suchenden war Nurghal Lee möglicherweise der einzige Taoist, der über sämtliche Ressourcen, Chancen und Grundlagen verfügte, um ein Erleuchteter zu werden."

„Bislang hat kein Suchender die Erleuchtung erreicht?" Das wunderte mich.

„Unser Weg ist alles andere als einfach, Zander. Jetzt ist klar, woher das Herz des Ozeans gekommen ist. Das Element des Erzlords war Wasser."

„Also ist die Plakette des Erzlords irgendwo in der Nähe vergraben?" Auch ich sah in Richtung

Schlachtfeld. „Oder gab es die damals noch nicht?"

„Doch, die gab es", bestätigte der Taoist langsam.

„Mentor, ich verstehe nicht, worum es gerade geht." Vyllea mischte sich ungerührt in unser Gespräch ein. Offenbar hatte man ihr als Kind nie Benehmen beigebracht.

„Im Augenblick erstreckt sich meine Geistsicht auf etwa 300 Meter", überlegte ich, ohne dem dreisten Mädchen Beachtung zu schenken. „Der Radius hat sich erhöht, seit wir Körperenergie ausgetauscht haben. Theoretisch könnte die Strecke noch steigen, wenn wir mehr Zeit in Vereinigung verbringen."

„Ich habe gehört, dass manche bis zu anderthalb Kilometer weit sehen können", stimmte der Mentor zu. „Aber ich glaube, in deinem Fall wird das nicht gelingen. In der Kandidatenstufe liegt das Maximum bei 500 Metern. Ich weiß nicht, wann die Schlacht stattfand. Wenn uns ein Tier der Erzlord-Stufe begegnet, könnte das unser Ende sein."

„Würden die Himmel sich nicht von uns abwenden, wenn wir einfach alles ignorieren, was wir in Erfahrung gebracht haben, und den Wald verlassen?", fragte ich. Dabei merkte ich plötzlich, dass ich meinen Mentor mit diesen Worten nicht verspotten wollte, sondern wirklich davon überzeugt war! Ich, der Bewohner eines entlegenen Dorfes, der bis vor zwei Jahren noch nie von den Himmeln gehört hatte, hatte jetzt Bedenken, sie mit falschen Verhaltensweisen zu verärgern.

„Erklärt mir jetzt mal endlich jemand, was geplant ist?", stieß Vyllea hervor. „Und noch etwas: Ich bin jetzt eine von euch und will wissen, was die Himmel sind und was ein Suchender ist!"

„Eine von uns?" Mentor Guerlon runzelte sogar die Stirn. „Nein, Lehrling Vyllea, du bist keine von uns. Du bist eine Dämonin."

„Na und? Zander ist jetzt auch ein Dämon, wenn auch nur vorübergehend. Gehört er auch nicht mehr zu Euresgleichen?"

„Er..." Guerlon wirkte verdutzt. Rein äußerlich blieb er ruhig, aber seine stockende Antwort verriet, dass er nicht wusste, wie er reagieren sollte.

„Solange das Gegenteil nicht bewiesen ist, bin ich also eine von euch!", verkündete Vyllea. „Das goldene Papier bestätigt das sogar! Also ist es egal, ob ich Dämonin oder Mensch bin. In Eurer Welt muss ich mich ohnehin in ein menschliches Wesen verwandeln."

„Nun gut." Der Mentor gab sich geschlagen; offenbar hatte er nicht damit gerechnet, dass sein anderer Lehrling so entschieden auftreten würde. „Dann los. Wir müssen eine geeignete Stelle zum Trainieren und Diskutieren finden. Lehrling Vyllea hat recht: Bis das Gegenteil bewiesen ist, ist sie eine von uns. Die Himmel schicken uns niemals leichte Prüfungen, also werden wir einen Weg finden, auch diese zu meistern."

Wir verschwanden im Wald und schlugen einen großen Bogen um den Panzer. Der Mentor legte ein ordentliches Tempo vor und schuf einen breiten Pfad, indem er mit Techniken Bäume und Sträucher zu Kleinholz verarbeitete. Wir bewegten uns auf die Stelle zu, an der die Schildkröte vor 200 Jahren zum Vorschein gekommen war, und ich überprüfte die Gegend ständig mit Hilfe meiner Geistsicht. Tiere waren nicht zu sehen, aber es gab so viele unbewegte Kraftzentren, dass es aussah, als hätte jemand ganze Felder mit Pflanzen auf dem Weg zur Unsterblichkeit bestückt. Als ich mich vielleicht zum hundertsten Mal bückte und wieder eine Blume pflückte, die direkt unter meinen Füßen wuchs, blieb der Mentor stehen.

„Gibt es viele?"

„Tonnenweise. Der Boden ist hier im wahrsten Sinne des Wortes überwuchert!"

„Wie entdeckst du die überhaupt?!", stieß Vyllea hervor. Sie packte ein ganzes Büschel Gras, erwischte aber zufällig ausgerechnet Pflanzen, die keinerlei Qi enthielten. Es war erstaunlich, dass sie überhaupt eine solche Stelle gefunden hatte!

„In diesem Fall bleiben wir hier. Hundert Meter entfernt befindet sich ein kleiner Fluss. Nehmt euch Eimer, Lehrlinge, und holt Wasser. Ich möchte baden."

Vier Eimer, die jeweils 20 Liter fassten, erschienen auf dem Boden. Der Mentor erkannte, dass wir uns mit den Eimern nicht durchs Dickicht kämpfen konnten, und machte uns mit mehreren Techniken den Weg frei. Als wir mit den ersten vier Ladungen zurückkamen, fanden wir ein Zelt vor, in dem eine große hölzerne Badewanne stand.

„Gießt das Wasser hinein und holt noch mehr", befahl der Mentor, ohne sich überhaupt anzusehen, was wir mitgebracht hatten. Das war ein toller Anblick — das Wasser im Fluss entpuppte sich nämlich als sehr schmutzig und war voll mit Zweigen, Blättern und Sand. So sehr wir uns auch bemühten, wir konnten kein sauberes Wasser schöpfen. Die Dunkelheit war sehr hinderlich — das Licht des magischen Glühwürmchens, das unser Mentor über dem Lager leuchten ließ, drang kaum bis ans Gewässer vor. Vyllea und ich sahen uns vielsagend an und taten wie befohlen. Unvermittelt füllte sich die Badewanne mit Schaum und begann zu zischen, und als der Schaum sich legte, sahen wir zu unserem Staunen wunderbar sauberes, warmes Wasser. Aller Schmutz lag in einem kleinen Häufchen neben der Wanne.

„Nehmt den Dreck mit", befahl Mentor Guerlon, ohne das Zelt zu betreten. Ich sah mir die Wanne interessiert an — in den zwei Jahren, die ich bereits mit dem Mentor unterwegs war, hatte er sie nie hervorgeholt. Es handelte sich eindeutig um ein Artefakt und zog so aktiv Energie aus der Umgebung, dass es offenbar nicht mit Geiststeinen betrieben wurde. Lustigerweise führten die Energiestränge direkt in das Artefakt und machten einen Bogen um Vyllea und mich. Offenbar war dieses Zeit für uns der sicherste Ort im gesamten Kreis Null der Dämonenwelt. Das Qi konnte uns hier nichts anhaben.

„Was stehst du so da?" Vyllea zischte verärgert. „Los, ich will auch baden!"

Mentor Guerlon zeigte sich großzügig und erlaubte uns, ebenfalls ein warmes Bad zu genießen,
obwohl wir jeweils ein paar Eimer Wasser nachgie-
ßen mussten. Das Artefakt funktionierte einwandfrei: Das Wasser war immer sauber, klar und genau richtig temperiert. Nachdem wir unsere Kleidung gewaschen hatten, kam ich als völlig neuer
Mensch aus dem Zelt. Naja, vorläufig war ich noch
ein Dämon — im Spiegel neben dem Bad konnte
ich meine gelben Augen mustern. Sie wirkten
furchteinflößend.

Der Morgen begann sehr ungewöhnlich —
nicht mit Training, nicht mit Frühstück, sondern
mit Vyllea, die dreist in mein Zelt gestürmt kam.
Vor Wut darüber, dass ich noch faulenzte, trat sie
mich vors Schienbein.

„Zander, steht auf! Du musst mir helfen!"

„Wenn man Hilfe braucht, sollte man darum
bitten und nicht fordern", erwiderte ich mürrisch
und zog mir die Decke an die Nase. Nach dem warmen Bad, dem ersten seit fast zwei Jahren, und
einem sehr reichhaltigen Abendessen, das der
Mentor uns zubereitet hatte, wollte ich ganz bestimmt nicht aufstehen. Außerdem war heute offiziell ein freier Tag. Hin und wieder gönnte uns der
Mentor eine solche Auszeit, denn er sagte, wir
müssten uns nach dem ersten Austausch unserer
Körperenergie erholen.

„Steh auf!" Vyllea trat mich schon wieder. „Du
hast versprochen, mir zu helfen!"

„Ach ja?!" Ich schlug sogar die Augen auf, so sehr empörte mich ihre Frechheit.

„Allerdings! Du hast mir versprochen, mein Kleid schmutzabweisend zu machen. Du hast gesagt, dass du dafür irgendein Symbol hast. Und alle Ressourcen. Sieh nur, ich habe es gerade gewaschen."

Vyllea warf ein Bündel, das sie hinter dem Rücken versteckt gehalten hatte, auf die Decke.

„Wann machst du das?"

„Wenn du nett darum bittest", erwiderte ich verärgert. An Schlaf war jetzt nicht mehr zu denken.

„Gut, dann mach dich an die Arbeit!" Vyllea verschwand so schnell aus dem Zelt, dass mir keine Chance auf eine Antwort blieb. Ich drehte das ordentlich verpackte Kleid in den Händen und schleuderte es dann durch die halb geöffnete Zeltklappe.

„Zander!" Ihre Stimme klang empört. „Weißt du, wie lange es gedauert hat, das zu waschen?! Hast du den Verstand verloren?"

Empört erschien Vyllea wieder in meinem Zelt.

„Wenn du das noch einmal machst, töte ich dich!"

„Wenn man etwas braucht, bittet man freundlich", wiederholte ich ganz ruhig. „Dir fällt schon nicht die Zunge ab, wenn du versucht, auch mal höflich zu sein. Ich bin kein Sklave und auch kein Diener. Ich bin genauso Lehrling wie du und lasse mich nicht so behandeln. Wenn du Hilfe brauchst, kannst du herkommen und die Bedingungen aushandeln, statt mich vor vollendete Tatsachen zu stellen. Wenn du mir keine Gegenleistung anbieten kannst, musst du bitten. Ich lasse mich von dir nicht herumkommandieren."

„Ich bin stärker als du, deshalb solltest du mir gehorchen!", brauste Vyllea auf. „Wenn du den Silberrang erreicht hast, dann werde ich dich vielleicht, aber nur vielleicht, als ebenbürtig behandeln. Solange du schwächer bist als ich, kannst du keine respektvolle Behandlung erwarten."

„Dann verschwinde aus meinem Zelt, Weise." Das letzte Wort betonte ich genauso, wie Mentor Guerlon es gegenüber Erzlord Lurth Mink getan hatte. „Wasch weiter deine Kleider und erfreue dich an deinem Silberrang."

„Wenn du dich weigerst, werde ich dich zwingen!"

„Glaubst du wirklich, dass du das kannst? Hast du nicht Angst, gegen einen Bronzerang zu verlieren?"

„Offenbar war es ein Fehler, euch heute einen freien Tag zu gewähren." Ganz in der Nähe ertönte die Stimme von Mentor Guerlon. „Nun, es ist niemals zu spät, seine Fehler zu korrigieren. Ihr habt zwei Minuten Zeit, um euch auf das Training vorzubereiten. Wer sich verspätet, arbeitet bis Sonnenuntergang."

„Alles wegen dir!", fuhr Vyllea mich an und drehte sich so abrupt um, dass mir ihre langen, geflochtenen Zöpfe fast ins Gesicht peitschten. Ich konnte mich gerade noch rechtzeitig ducken, und da sie nicht das letzte Wort haben sollte, schubste ich sie aus dem Zelt. Die Dämonin protestierte draußen, während ich die Zeltklappe zuschlug. Viel Theater konnte sie nicht machen, zumal Mentor Guerlon ganz in der Nähe war. Ich hörte etwas wie „Ich bringe den kleinen Mistkerl um", dann lief Vyllea davon, um sich umzuziehen. Die Zeit, die Meister Guerlon uns zugestanden hatte, raste davon.

Als ich das Zelt verließ, erwartete mich ein seltsamer Anblick. Unser Mentor hatte drei Matten auf den Boden gelegt und saß bereits auf der einen. Als wir uns niedergelassen hatten, zog der Taoist eine Lampe mit Weihrauchstäbchen aus seiner Dimensionstasche und zündete eines davon an. Angenehmer, süßlicher Duft stieg auf, von dem mir ein wenig schwindelig wurde.

„Ehe wir mit dem Training beginnen, müssen wir ein paar grundlegende Dinge klären. Macht euch klar, was ein Suchender ist und wie die Himmel die Geschicke der Menschenwelt lenken. Obwohl sie meiner Ansicht nach nicht nur unsere Welt beherrschen, sondern auch die Welt der Dämonen. Je mehr Zeit ich hier verbringe, desto wahrscheinlicher erscheint mir das. Schließt die Augen und entspannt euch. Das, was ich euch vermitteln will, sollte man lieber einmal sehen als hundertmal hören."

Der berauschende Weihrauch erfüllte seinen Zweck; sobald ich die Augen geschlossen hatte, verschwamm mein Bewusstsein und ließ seltsame Bilder in meinem Kopf entstehen, die mit der

Stimme von Mentor Guerlon erzählt wurden. Ich wusste bereits, was Suchende sind — sie konnten sich mit der übertrieben ritualisierten, manchmal geradezu aufgeblasenen Lebensweise der Tao-Schulen der Erleuchtung nicht anfreunden, lehnten sich gegen die Traditionen auf und machten ihre eigenen Regeln. Ihre Abspaltung vom Rest der Gesellschaft war jedoch ohne größere Konflikte verlaufen. Wenn es Probleme gab, verschwendeten normale Menschen zu viel Zeit auf die vorgeschriebenen Rituale, während die Suchenden direkt das Problem angingen. Wurmlöcher, Dämonen, neue und unbekannte Ereignisse — die Suchenden mussten sich nicht Hunderte Male vor Höhergestellten verneigen, sondern schritten sofort zur Tat und befassten sich mit der jeweiligen Aufgabe. Oft kamen sie dabei ums Leben, doch das konnte sie nicht aufhalten, denn das war nun einmal ihr Weg. So kam es, dass Clanoberhäupter, Schulen und sogar der Kaiser selbst die Abtrünnigen anerkannten und für sie eine eigene Gruppe schufen. Suchende waren nützlich und hilfreich, und wenn sie gewisse Grenzen überschritten, konnte man sie auslöschen, ohne der Erbfolge zu schaden, da sie von vornherein gesetzlos gewesen waren und nur den Himmeln Rechenschaft schuldeten.

Nun änderten sich die Bilder unvermittelt und zeigten das Symbol für „Himmel" — das Zeichen Tian. Anfang und Ende von allem, was ist. Schöpfer und Beender des Lebens. Es gab die unterschiedlichsten Auffassungen darüber, was genau die Himmel bedeuteten. Manchen glaubten, es handele sich um ein besonderes Reich, zu dem nur diejenigen Zugang haben, die einen göttlichen Status erreichen. Andere stellten sich die Himmel als körperloses Wesen mit unendlich vielen Augen vor, die alles, was lebt, im Blick behalten. Wieder andere zweifelten daran, dass es die Himmel überhaupt gab, und hielten die bloße Vorstellung für ein Hirngespinst, ein Märchen und dummen Aberglauben. Mentor Guerlon hatte seine eigene Vorstellung von den Himmeln und sah sie als Richter, der entschied, ob ein Suchender den Weg zur Unsterblichkeit verdiente oder ob ihm Hürden in den Weg gelegt werden mussten. Die Himmel stellten allen Suchenden auf ihrem Weg verschiedene Aufgaben und beurteilten dann, wie sie diese meisterten. Verrat, Feigheit, Schwäche und selbst ein Übermaß an Besitztümern, all das konnte eine unüberwindliche Barriere für Suchende bilden, die den Himmeln missfielen. Weil darin keine Leistung lag. Kein Bemühen, sich zu überwinden. Kein Streben nach Höherem. Nach Ansicht von Mentor Guerlon waren die Himmel kein Ort, kein Wesen, kein vorbestimmtes Schicksal oder irgendetwas Greifbares. Die Himmel umfassten die gesamte Welt und alles, was sich darin ereignete. Alles, mit dem all jene, die nach Unsterblichkeit strebten, den Weg zur Erleuchtung verfolgen konnten.

Die Visionen endeten, ich schlug die Augen auf.

„Setzt euch einander gegenüber, ohne dass sich die Knie berühren. Haltet euch erst an den Händen. Ehe das Training beginnt, müssen wir das Ausmaß des Energieaustauschs ermitteln. Wir müssen herausfinden, wie viele Bahnen ihr erzeugen könnt, ohne dass ein Heiler einschreiten muss. Los!"

das Ausmaß des Energieaustauschs ermitteln. Wir müssen herausfinden, wie viele Bahnen ihr erzeugen könnt, ohne dass ein Heiler einschreiten muss. Los!"

KAPITEL 10

„SEI STILL, ZANDER! Sei einfach still!"

„Ich war still, liebe Aufstiegskollegin", erwiderte ich so ruhig, dass selbst Mentor Guerlon vor Neid erblasst wäre.

„Aber du denkst laut! Das bringt mich aus dem Konzept!"

„Vyllea, der gesamte Wald von Dandoor würde dich nur zu gerne stören, nur damit er die bezaubernden Klänge deiner Pipa nicht mehr hören muss. Vielleicht solltest du dir endlich eingestehen, dass Musik nicht dein Ding ist? So etwas kommt nun mal vor. Selten natürlich, aber durchaus hin und wieder. Versuch es doch mal mit der Trommel."

„Noch ein Wort, dann kannst du die Vereinigung für heute vergessen!", fuhr Vyllea mich an und traf mich damit an der empfindlichsten Stelle.

Sie war furchtbar sauer, weil sie sich mit der Musik so schwertat. Ich selbst hatte keine Probleme damit, Töne, Saiten und die Klänge, die daraus hervorgingen, zu verstehen, konnte in die Welt der Musik eintauchen und bot dem Wald jedes Mal eine fesselnde Melodie dar. Dazu brauchte ich nicht einmal Noten, sondern die Harmonien entstanden wir von selbst. Wenn ich ein Musikinstrument in den Händen hielt, erwachte es zum Leben: Irgendetwas in mir übernahm das Kommando und ließ meine Finger in erstaunlichem Tempo über die vier Saiten der Pipa sausen. Als er meine Musik gehört hatte, weigerte sich Mentor Guerlon rundheraus, mir die üblichen Noten zu geben. Es würde die Himmel erzürnen, wenn ich in Schranken gewiesen würde und nicht kreativ sein könne. Jetzt endete jeder Tag damit, dass ich dem Taoisten und Vyllea meine neueste Harmonie vorspielte. In den sechs Monaten, die wir bereits im Wald von Dandoor zubrachten, hatte ich mich nicht ein einziges Mal wiederholt. Musik war wahrlich ein unendliches Meer der Kreativität und Selbstverwirklichung.

Was die Vereinigung betraf, so hatte der Mentor recht — es hatte für uns keinen Sinn mehr, einzeln zu meditieren. Natürlich würde das irgendwann Früchte tragen, jedoch erst in drei oder vier Jahren, während ich schon beinahe den Silberrang erreicht hatte. Genaugenommen hätte ich ihn schon längst erreichen können, doch ich hielt mich jedes Mal zurück, wenn mein Körper kurz davor war, die Schwelle zu überschreiten. Ich brauchte eine ganze Menge Körperenergie, um den Goldrang souverän zu meistern. Mit jeder Vereinigung wurde ich stärker, und mittlerweile konnte ich meine Geistsicht auf fast tausend Meter ausdehnen! Nach nur sechs Monaten! Ich wusste jedoch genau, dass das noch nicht das Limit war. Das ließ sich noch steigern. Da ich keine Grenzen der körperlichen Entwicklung sah, bemühte ich mich, den Bronzerang optimal auszunutzen. Der Mentor befürwortete diese künstliche Beschränkung des Aufstiegs, zumal ich mich strikt weigerte, so wie Vyllea jede Woche die Essenzen von Tigern zu vertilgen. Der Mentor fing Exemplare des Silber- und sogar des Goldrangs der Lehrlingsstufe, brach ihnen Tatzen und Rückgrate und renkte ihnen die Kiefer aus, sodass sie die fleischfressende Dämonin nicht einmal mehr anknurren konnten, dann schnitt er den Tieren die Brust auf und rief Vyllea herbei, während er den Tiger heilte, damit er möglichst lange am Leben blieb. Nach derartigen Mahlzeiten kroch Vyllea immer in den Kadaver und schlief dort mehrere Tage, um die angeeignete Kraft richtig zu verteilen. Das war ein gruseliges Schauspiel, doch mit der Zeit gewöhnte ich mich daran, und nach zwei Monaten schenkte ich ihm gar keine Beachtung mehr. Ein Tier fraß also das andere — na und?

Aber zurück zum Thema Meditieren. Wie sich herausstellte, konnte Vyllea dank der tierischen Energie ein paar Tage lang ohne Vereinigung aushalten, während ich eine unerfreuliche Abhängigkeit entwickelt hatte. Darüber sprach ich sogar mit Mentor Guerlon, doch er versicherte mir, dass die Abhängigkeit mit den Bedürfnissen meines Körpers zusammenhing — er wollte aufsteigen, um sich Vylleas Körper anzupassen. Sobald wir den gleichen Rang erreicht hatten, würden wir eine, vielleicht auch zwei Wochen ohne Energieaustausch aushalten können. Bis dahin jedoch fühlte ich mich von dem launenhaften Mädchen unglaublich angezogen, genauso wie sie von mir. Ihr Körper sehnte sich danach, mir alles zu geben, was er geben konnte, um mir den Aufstieg zu ermöglichen. Wir vertrauten einander so sehr, dass es uns irgendwie gelungen war, einen Energieaustausch in allen sieben Richtungen vorzunehmen: Beide Hände und Beine, Brust, Bauch und Kopf. Um eine solche Synchronisierung zu erreichen, legte ich mich auf den Rücken, während Vyllea sich dann auf mir ausstreckte, das Gesicht mir zugewandt, sodass an allen Stellen Kontakt stattfand. Bei derartigen Sitzungen schwebten ihre Lippen nur einen Millimeter über meinen — manchmal berührten sie sich sogar, doch keiner von uns hatte romantische Gefühle. Wir erfüllten lediglich eine Pflicht.

„Wie wäre es mit einer Runde Go?", schlug ich vor, um meinen Ohren das entsetzliche Gejaule zu ersparen, das Vyllea als Musik bezeichnete. „Das ist schließlich Training für den Geist."

„Das erscheint mir wenig sinnvoll", meldete sich Mentor Guerlon zu Wort. „Der Wald von Dandoor hat uns alles gegeben, was er konnte; jetzt ist es Zeit zu gehen. Lehrling Zander, heute musst du den Silberrang erreichen. Wir können nicht mehr länger warten."

„Ja, Mentor", stimmte ich zu.

„Als ob der Aufstieg auf Kommando möglich wäre." Das Mädchen schnaubte verärgert.

„In dieser Welt kann man nie wissen." Ich grinste sie an, während ich eine Decke auf dem Boden ausbreitete. Im Laufe der letzten sechs Monate hatte ich all unsere Kleidung in schmutzabweisende Artefakte verwandelt, aber dennoch wollte ich nicht direkt auf der nackten Erde liegen. Es war lustig, wenn Vyllea zu mir kam, um mich um etwas zu „bitten". Das fiel ihr sehr schwer, aber sie schaffte es mittlerweile, sich zu überwinden und das Zauberwort „Bitte" auszusprechen. Ob beim ersten, beim zweiten oder beim zwanzigsten Mal, sie sagte es immer so verkrampft, als würde sie einen unfassbar schwierigen inneren Kampf ausfechten. Am meisten hatte ich mich jedoch amüsiert, als sie mich um Unterwäsche gebeten hatte. Ich hatte noch nie erlebt, dass eine Dämonin sich so genierte und sogar rot wurde. Es wäre, als würde sie vor Scham fast sterben, aber dennoch reichte sie mir sechs vollkommen saubere Sets. Ich sollte sie alle gleichzeitig verwandeln, sofern die Körperenergie das zuließ, und durfte kein Wort über die Schleifchen und Spitzen verlieren. Schon bei der kleinsten Anspielung würde mir Vyllea vermutlich im Schlaf die Kehle durchschneiden. Das war ihr durchaus zuzutrauen.

„Willkommen in unserer tückischen Welt,

Tao-Kandidat des Silberrangs", verkündete Mentor Guerlon, als ich die Augen aufschlug. Vyllea war bereits aufgewacht, machte jedoch keine Anstalten, sich zu erheben. Als unsere Energiezirkulation zum Ende kam, bemerkte ich, dass ich die nächste Stufe erreicht und neue Fähigkeiten freigeschaltete hatte. Jetzt konnte ich nicht nur die Energieströme zwischen unseren Körpern sehen, sondern auch, wie Vylleas Körper versuchte, sich an die Umwelt anzupassen. Leider gab es im Wald von Dandoor nicht genug Qi-Energie, doch ich erkannte, dass sie sich bereits dort sammelte, wo sich die ersten Knoten bilden sollten. Da es nicht schaden konnte, ein wenig herumzuprobieren, machte ich mich daran, mit der Kraft meines Geistes Energiefäden aus der Außenwelt zu ziehen, die ich dann um die entstehenden Knoten schlang. Es war, als würde ich mit unsichtbaren Händen einen heißen Schürhaken anfassen. Die Körperenergie kreiste weiter durch diese Hände und verteilte unerträgliche Hitze in meinem ganzen Leib. Das Erstaunlichste war jedoch, dass in Vylleas Körper zwei kleine Erbsen entstanden. Knoten waren es noch nicht, nicht einmal Knoten-Embryos, sondern nur die Bereitschaft des Körpers, neue Organe zu bilden — etwas, das sich auf dem weiteren Weg zur Unsterblichkeit so entwickeln würde, dass sie damit Techniken einsetzen konnte. Sofort ging es los — die Energie, die im Wald von Dandoor herrschte, drang unbemerkt in den Körper des Mädchens ein und sammelte sich in diesen winzigen Erbsen. Nun musste Vyllea nur noch in der

Nähe einer mächtigen Qi-Quelle meditieren, die Energie absorbieren und die kleinen Gebilde nach und nach zu Knoten vergrößern.

„Was hast du mit mir gemacht?“ Vylleas Flüstern war so nah, ihr Atem versengte mir die Haut und ihre Lippen strichen über meine.

„Ich habe deinen Körper auf den Übergang zum Goldrang vorbereitet“, erwiderte ich ehrlich.

„Wie?“ Die Frage kam vom Mentor. Nachdem ich bereits den Austausch der Körperenergie ausführlich beschrieben hatte, musste ich jetzt offenbar die Bildung von Knoten erläutern. Also erklärte ich alles, was gerade geschehen war.

„Du siehst die Energiefäden und kannst damit arbeiten, Knoten daraus formen“, wiederholte der Taoist langsam, ehe er ein bedeutungsvolles „Hmmm“ folgen ließ.

Während der Mentor überlegte, wandte ich mich an Vyllea.

„Meinst du nicht, dass du schon etwas zu lange auf mir liegst? Geh endlich runter!“

Erst jetzt wurde der Dämonin klar, dass sie noch immer auf mir ausgestreckt war, und sprang auf wie von der Tarantel gestochen. Sie wollte ins Zelt rennen, doch die Stimme unseres Mentors hielt sie zurück.

„Lehrling Vyllea, komm her.“

Der Mentor legte ihr eine Hand auf die Schulter und schloss die Augen. Ich wusste bereits, was er tat — er führte eine Diagnose durch. Mit dieser Heiltechnik ließ sich der Zustand einer Person beurteilen, doch leider konnte ich sie weder mit der normalen noch mit der Geistsicht erkennen. Heiltechniken entglitten mir wie flinke Wiesel, die Gefahr witterten.

„Beschreibe deine Gefühle. Was hast du empfunden, als Zander die Basis für die Knoten bildete?"

„Über so etwas will ich vor ihm nicht reden!", sagte Vyllea stur, sah in meine Richtung und wurde dann rot. Wie gesagt, das kam bei ihr mittlerweile so selten vor, dass sich sogar die Himmel wunderten. Der Mentor sah das Mädchen durchdringend an und drehte sich dann zu mir um. Mit einer Geste ließ er neben mir eine voluminöse Tasche zum Vorschein kommen.

„Lehrling Zander, bis heute Abend muss diese Tasche mit Kräutern gefüllt sein. Mach dich an die Arbeit!"

All das wirkte so seltsam, dass ich nur seufzen konnte und mich ans Werk machte. Der Mentor hatte schon längst alle gefährlichen Kreaturen aus der näheren Umgebung vertrieben, deshalb drohte beim Kräutersammeln keine Gefahr. Dank meiner Geistsicht fiel es mir recht leicht, Energieansammlungen zu finden, und ich hatte schon längst alle Kräuter in der Nähe abgeerntet. Somit musste ich mich nun weiter vom Lager entfernen und schaffte es nur ganz knapp, den Auftrag bis zum Abend auszuführen. Bei meiner Rückkehr brannte bereits das Lagerfeuer. Vyllea saß stumm da und versuchte, nicht in meine Richtung zu schauen, doch das kümmerte mich jetzt wenig.

„Mentor, ich habe noch etwas entdeckt, das

mir seltsam erscheint. Könntet Ihr die Kräuter hervorholen, die wir in der Welt der Dämonen gefunden haben, und auf dem Boden ausbreiten?"

Ohne eine Antwort abzuwarten, drehte ich dem Taoisten den Rücken zu. Wenige Augenblicke später lagen hinter mir Energiequellen.

„Von links nach rechts — Nelke, Geranie, Ginseng, Nelke, Schöllkraut, Geranie...“

Ich zählte die Pflanzen in meinem Rücken fehlerfrei auf. Während der Suche war mir eine neue Fähigkeit bewusst geworden. Der Silberrang hatte meine Geistsicht erheblich verbessert. Wenn ich nun auf eine Pflanze traf, die mir schon einmal begegnet war, sah ich nicht nur eine Energiequelle, sondern das Bild der Pflanze und die genaue Menge an Energie, die darin steckte.

Plötzlich versengte mir eine heftiger Energiestrahl den Rücken. Der Mentor hatte eine Pflanze hervorgeholt, die eine solch monströse Macht verströmte, dass meine Eingeweide sofort angegriffen wurden. Die Blume verschwand wieder, dann fühlte ich die Hand des Mentors auf meiner Schulter. Er heilte mich.

„Das war ein Veilchen“, brachte ich hervor, während sich meine Stimme langsam beruhigte. „Aber eindeutig nicht aus Zone Null. Nicht einmal aus Zone Eins. Eine unglaubliche Menge an Energie. Ich wäre fast in Flammen aufgegangen.“

„Das ist eine Blume aus Zone Zwei“, bestätigte Mentor Guerlon. „Die Hauptsache ist klar; mit den Einzelheiten deiner Fähigkeit befassen wir uns später, wenn wir die Zeit dazu haben. Lasst uns aufbrechen!"

Da es Abend wurde und die Dunkelheit sich bald über uns legen würde — etwas, das Mentor Guerlon offenbar kurzzeitig vergessen hatte und auf das wir ihn nicht hinzuweisen wagten —, beschwor er den selbstfahrenden Wagen herauf und wir machten uns wieder auf dem Weg. Vyllea hielt eine helle Laterne, der Mentor bahnte uns mit seinen Techniken den Weg und ich sorgte im Reich der spirituellen Energie dafür, dass uns nichts Interessantes entging. Eine belastende Aufgabe, denn im Augenblick faszinierte mich alles ganz gewaltig. Seit ich gelernt hatte, Blumen zu identifizieren, die Farbe in die zuvor so triste Welt der Energie brachten, wollte ich am liebsten jede Energieansammlung aus nächster Nähe untersuchen, um besser zu verstehen, womit ich es zu tun hatte. Ein solcher Luxus kam jedoch nicht in Frage. Ich hatte eine feste Aufgabe — den Ort ermitteln, an dem Erzlord Nurghal Lee gestorben war.

Doch dieser Ort war nirgends zu entdecken. Am zweiten Tag der Reise wandelte sich der Wald allmählich: Zwischen den Bäumen taten sich Freiräume auf, die Bäume selbst wurden kleiner und die Pflanzen und Energieansammlungen waren fast alle verschwunden, als hätte sie jemand verschlungen. Unser Tempo erhöhte sich beträchtlich — nun war es nicht einmal mehr nötigt, dass der Mentor ständig Energie für Techniken aufwandte. Der Wagen rumpelte über den unebenen Boden, kam jedoch zuverlässig voran, bis ich mich irgendwann zu Wort meldete.

„Einen knappen Kilometer vor uns beginnt eine seltsame Zone. Dort gibt es keinerlei Energie, dafür jedoch etwas anderes. Ich weiß nicht, wie ich es beschreiben soll. Es sieht aus wie Klumpen aus zähem, hellgelbem Brei, die überall verstreut liegen. Allerdings sind diese Klumpen unterschiedlich groß. Manche sind winzig und kaum zu erkennen, andere dagegen groß wie Häuser.“

Der Mentor nickte. Tatsächlich nahm der Wald nach ein paar hundert Metern schlagartig ein Ende. Es war, als hätte ein Riese mit einer Sichel eine breite Schneise geschlagen, so gerade und abrupt war die Grenze des Walds von Dandoor. Die Luft wirkte frisch — eine große Wasserfläche lag vor uns. Ich wurde von einer Angst überkommen, die tief aus meiner Vergangenheit stammte. In grenzenlosen Wassermassen hausten sicherlich furchteinflößende, gefährliche Wesen. Doch Mentor Guerlon wirkte unbekümmert und unser Wagen fuhr weiter, bis er schließlich etwa dreißig Meter vor einem erstaunlichen Ort anhielt.

Es handelte sich eindeutig um ein Schlachtfeld. Ein Gebiet, in dem sich zwei Welten vermischt hatten, und diese geheimnisvolle dritte Welt war so furchterregend, dass ich nicht den Drang verspürte, sie weiter zu erkunden. Der Mentor hatte erklärt, dass Schlachtfelder in jeder Region einzigartig waren. Dieses hier präsentierte sich als vollkommen glatte Steinfläche, die sich bis zum Wasser erstreckte und eine Art Plattform bildete. Diese Steinplatte war jedoch nicht das, was sofort ins

Auge fiel. Einst hatten in dieser Region Ungeheuer gehaust. Gefährliche, furchteinflößende, tödliche Untiere. Doch jetzt war ihnen etwas Unvorstellbares zugestoßen: Sie waren zu Statuen geworden, erstarrt in seltsamen, unnatürlichen und zum Teil sogar lustigen Posen. Die meisten stammten aus dem Meer — Landwesen hätten kaum Finnen und Kiemen gehabt —, doch ich sah auch Landbewohner wie Tiger, Spinnen und sogar ein paar Wölfe, die so groß waren wie ich. Das Schlachtfeld zeigte sich als bizarre, gewaltige Ansammlung von Tieren, bei deren Anblick man das Gruseln bekam. Es war, als wären diese Wesen in einer unsichtbaren Blase gefangen, in der sie feststeckten und für immer erstarrt waren. Die Teile, die nicht in die Blase eingedrungen waren, existierten nicht mehr. Ganz in unserer Nähe befand sich ein Wolf. Die eine Hälfte des Tieres steckte in einer Blase, war intakt und wirkte lebendig, doch die andere Hälfte fehlte komplett, als hätte sie jemand mit einer äußerst scharfen Axt abgehackt. Die Schnittstelle sah aus wie eine Abbildung: nichts regte sich, kein Blut war zu sehen. Das perfekte Anschauungsmaterial, um die Anatomie einer Kreatur auf dem Weg zur Unsterblichkeit zu studieren, mitsamt der leuchtenden Meridiane. Und auf diesem Schlachtfeld gab es viele Kreaturen, die so „halbiert" waren. Kaum eine hatte es ganz in die Blase geschafft. Seltsamerweise entdeckte meine Geistsicht keinerlei Energie, obwohl die Meridiane deutlich zu sehen waren. Die hellgelben Klumpen, die auf dem Schlachtfeld verteilt lagen, waren eben diese unsichtbaren Kugeln, in denen die Tiere steckten. Die meisten waren leer, als würden sie nur darauf warten, dass ein Lebewesen hineinkroch.

„Jetzt ist mir klar, wieso dieses Schlachtfeld nicht vernichtet wurde", sagte Mentor Guerlon, und mir war, als entdeckte ich… Angst? Der Taoist hatte doch wohl keine Angst vor dieser Leere? „Zeit-Anomalien lassen sich unmöglich bekämpfen. Schade. Ich hätte zu gerne das Wurmloch gesehen. Wir machen sofort kehrt."

„Mentor, warum zieht Ihr Euch zurück?" Ich begriff nicht.

„Weil es von entscheidender Bedeutung ist, dass man seine Kräfte richtig einschätzt", erklärte der Taoist geduldig. „Schlachtfelder mit Zeit-Anomalien fallen in die schwarze Kategorie — sie sind für jedes Wesen eine tödliche Gefahr, ungeachtet von der jeweiligen Aufstiegsstufe. Sieh dir den Wolf an. Der Teil, der unversehrt geblieben ist, lebt noch. Die Zeit ist für ihn auf ewig stehengeblieben. Sein Kopf weiß nicht, dass die Hälfte des Körpers nicht mehr existiert. So ergeht es allem, das in eine Anomalie gerät."

Der Mentor bückte sich, hob einen Stein vom Boden auf, holte weit aus und schleuderte ihn gegen den halben Wolf. Der Stein traf auf den Kadaver und schob ihn ein kleines Stückchen vorwärts, dann erstarrte das gesamte Gebilde. Ein zweiter Stein folgte, traf genau auf den ersten und schob den Wolf ein wenig weiter. Dann kam ein dritter Stein, dann ein fünfter, dann ein zehnter. Der Mentor schuf eine ganze Reihe von Steinen, die allesamt in der Luft hingen und den Wolf aus der Anomalie drängten. Schließlich gelangte die Schnauzenspitze ins Freie. Die Nase zuckte, als wolle sie erschnüffeln, was vor sich ging, doch im gleichen Moment fiel sie unerwartet ab und rollte über die glatte Oberfläche, auf der sie eine Blutspur hinterließ.

„Gegenstände, die in die Anomalie kommen, landen in einer anderen Dimension. Die Zeit existiert dort nicht. Doch die Falle schnappt nicht sofort zu — sie wartet, bis das Opfer gründlich feststeckt. Wenn du in eine Zeit-Anomalie trittst, kannst du dich von deinem Bein verabschieden. Jegliche Bewegung in unserer Welt trennt die Verbindung zwischen Gegenständen in unterschiedlichen Dimensionen, wie wir gerade an der Wolfsschnauze gesehen haben. Aber ein Bein ist noch nicht das Schlimmste. Die Anomalie könnte auch den Kopf oder den Rumpf erwischen. Und dann bedeutet jede Bewegung außerhalb der Zeit-Blase den sicheren Tod. Der einzige Ausweg besteht darin, eine innere Kraft zu schaffen, die den gefangenen Gegenstand hinausdrängt. Dabei darf sich dieser Gegenstand allerdings nicht im Geringsten bewegen, sonst wird er einfach zerfetzt. Deshalb werden derartige Schlachtfelder niemals zerstört. Sie sind nutzlos. Hier gibt es keine Beute oder Ressourcen, sondern es handelt sich lediglich um eine Verbindungsstelle zwischen zwei Welten."

„Also sind Zeit-Blasen so gefährlich, weil sie unsichtbar sind?", vergewisserte ich mich. „Und wenn wir sie nicht betreten, gibt es mit diesem

Schlachtfeld keine Probleme?"

„Willst du damit sagen, dass die hellgelben Stellen, von denen du gesprochen hast, keine Tiere sind, sondern Zeit-Anomalien?" Der Mentor runzelte die Stirn.

„Genau! Mit der Geistsicht erkenne ich keine Tiere. Es ist, als wären sie gar nicht da. Aber ich kann genau sehen, wo eine Blase anfängt. So genau sogar."

Ich hob einen kleinen Stein vom Boden auf, ging zu der Kugel, in der noch immer der halbe Wolf hing, und drückte den Stein in die Blase. Ein großer Teil des Steins wurde darin gefangen, doch ein kleines Stück blieb außerhalb. Nachdem ich ein paar Augenblicke gewartet hatte, schnippte ich leicht gegen den Stein, und er zerplatzte in zwei Teile. Der eine hing weiterhin in der Luft, in einer anderen Dimension, während der andere auf den glatten Steinboden fiel.

„Wenn das die einzige Gefahr ist, sehe ich kein Problem darin, das Schlachtfeld zu betreten. Mentor, wisst Ihr, wie viele von den Schlachtfeldern in den inneren Zonen Zeit-Anomalien sind?"

„Zwei", erwiderte der Taoist nach kurzem Überlegen. „Sie befinden sich an der Grenze zum Gebiet der Dämonen. Vielleicht hast du recht, Lehrling. Dass sie niemand versiegelt, liegt nicht daran, dass sie gefährlich sind, sondern dass es sich nicht lohnt. Mentale Absolute sind selten, doch es gibt sie, und zwar auf sehr hoher Stufe. Es ist kein Problem, eine Karte der Region zu erstellen und einen Erzlord zum Wurmloch zu bringen. Nur hat das kein Sinn... Kannst du eine sichere Route zur Mitte des Schlachtfelds ermitteln? Wie gesagt, ich möchte das Wurmloch sehen. Um zu verstehen, wie unsere Welten getrennt sind und warum hier keine Überschwemmung herrscht."

Wieder betrachtete ich das Schlachtfeld mit der Geistsicht. Ich sah zwar viele hellgelbe Flecken, aber es war durchaus möglich, ohne größere Probleme hindurchzulaufen.

„Ja, aber Ihr müsstet mir dann genau auf dem Fuß folgen. Wie soll das gehen..."

„Nimm die hier." Der Mentor zog ein Paar seltsame Stiefel aus seiner Dimensionstasche. Sie hatten eine sehr dicke Sohle, und als ich ein paar Schritte machte, um mich an das ungewohnte Schuhwerk zu gewöhnen, sah ich, dass sie grüne Abdrücke hinterließen. In der Sohle befand sich Farbe, und mit jedem Schritt erzeugte ich eine Art Stempel, der genau die Stelle markierte, auf die man treten musste. Welch interessante Erfindung! Und sie verbrauchte nicht das geringste Bisschen Energie! Mein Mentor hatte wirklich einen wahren Schatz an erstaunlichen Dingen. Ich hätte alles dafür gegeben, mich einmal in seiner Dimensionstasche umzusehen. Sicherlich gab es darin viel Wertvolles zu entdecken.

Ich übernahm die Vorhut und ließ eine grüne Spur hinter mir. Wegen der gewaltigen Kadaver der Mobs, die aus den Tiefen des Ozeans hervorgekrochen waren, konnten wir nicht den direkten Weg nehmen. Manche sahen so entsetzlich aus, dass es mir beim bloßen Anblick eiskalt den Rücken hinunterlief. Die Kreaturen in den Zeit-Blasen lebten und waren gefährlich, obwohl die Zeit für sie stillstand. Die Steinplatte war mit Knochen übersät, doch aufgrund der Besonderheit des Schlachtfelds hatten sie im Laufe der Jahre ihre Energie verloren.

Als ich gerade wieder um ein Tiefseemonster herumgehen wollte, das mit verschiedenen Körperteilen in vier Anomalien feststeckte, blieb ich plötzlich abrupt stehen. Vor uns befanden sich zwei Zeit-Blasen, und ich wusste nicht, wie ich auf das reagieren sollte, was sich darin befand.

„Das also ist passiert...", sagte Meister Guerlon nachdenklich und blieb einen Schritt hinter mir stehen. „Wir müssen hier wohl Halt machen. Lehrling, ich muss genau wissen, wo der sichere Bereich liegt. Markiere ihn mit der Farbe."

Ich nickte und machte mich daran, Kreise zu ziehen, während ich meine Entdeckung beäugte. Die erste Zeitblase enthielt die untere Hälfte eines menschlichen Körpers. Alles oberhalb der Brust war verschwunden, doch die Kleidung, eine Dimensionstasche und mehrere seltsame Artefakte am Gürtel deuteten darauf hin, dass das hier einst ein bedeutendes, mächtiges Wesen auf dem Weg zur Unsterblichkeit gewesen war. Ob Mensch oder Dämon, ließ sich auf den ersten Blick schwer beurteilen. Noch aufregender als das, was in der ersten Blase steckte, war jedoch der Inhalt der zweiten. Darin saß im Lotussitz ein meditierender Taoist. Sein Gesicht war der Inbegriff von Ruhe, als würde ihm die gefährliche Falle, in der Dutzende von Armbrustbolzen vor ihm in der Luft hingen, nicht das Geringste ausmachen. Irgendjemand hatte alles daran gesetzt, den Taoisten zu vernichten, doch nicht ein einziger Bolzen hatte sein Ziel erreicht. Und der Taoist selbst saß nicht auf dem Boden, sondern schwebte, wenn auch in einem seltsamen Winkel. Es war, als hätte er sich mit dem Rücken voran in die Anomalie gestürzt und im Flug die Meditationshaltung eingenommen.

„Lehrlinge, verneigt euch und zollt einer Legende unter den Suchenden Respekt", sagte Meister Guerlon, nachdem ich den sicheren Bereich markiert hatte. „Vor euch seht ihr den großen Nurghal Lee, Erzlord des Goldrangs. Ein Suchender, der beinahe ein Erleuchteter geworden ist."

Vielleicht hätte ich der Anweisung des Taoisten Folge leisten sollen, doch stattdessen hob ich ein paar Knochen auf.

„Meister, wieso versuchen wir nicht, ihn zu befreien?"

KAPITEL 11

„NEIN", ERWIDERTE GUERLON. „Wir befreien niemanden. Wir..." Er verstummte so abrupt, dass mir ein Schauer über den Rücken lief. Als ich mich umdrehte, sah ich, dass Guerlon und Vyllea in seltsamen Posen erstarrt waren. Vor mir tauchte ein Energiewirbel auf, und ganz unbewusst machte ich gerade noch rechtzeitig einen Satz zur Seite. Ein Stückchen hellgelber Schleim löste sich von dem gewaltigen Tierkadaver, der mir am nächsten war. Diese Masse fiel auf die Felsplatte, aber da war ich bereits verschwunden. So konnte ich entkommen, doch Guerlon und Vyllea gelang das zu meinem Entsetzen nicht. Sie standen noch immer erstarrt da und ahnten nichts davon, dass das zeitstoppende Etwas auf ihnen gelandet war. Guerlons Miene zeigte seine Missbilligung meines Plans, den Erzlord zu retten, während Vyllea entsetzt aussah, weil sie den halbierten Körper erblickt hatte. Meine beiden Begleiter waren in einem Ort ohne Zeit gefangen, doch nicht nur das schockierte mich. Die herabgestürzte Zeit-Anomalie floss zusammen, bildete einen Tropfen und setzte sich dann in Bewegung. Das Ding konnte sich fortbewegen! Das galt auch für die anderen Tropfen — all jene, in denen keine Lebewesen steckten. Schnell mussten sie dabei nicht sein. Eine Berührung reichte, um ein Opfer zu schnappen. Die Tropfen bewegten sich unberechenbar und änderten abrupt die Richtung, sodass es von diesem monströsen Schlachtfeld kein Entkommen gab. Die beweglichen Tropfen wichen denen, die ein Lebewesen in sich trugen, aus, als könnten sie sie sehen — oder als würden sie davon abgestoßen. Ich wich zurück und versuchte, mich so weit wie möglich von der Zeit-Anomalie zu entfernen, die es auf mich abgesehen hatte. Sobald ich weiter weg war, rührte sich der Tropfen nicht mehr. Was auch immer diese Zeit-Fallen sein mochten, sie reagierten auf lebendige Körper — die Knochen, die auf dem Boden verstreut lagen, schienen sie nicht zu interessieren. Eine Anomalie rollte über einen Stapel, absorbierte ihn gierig und setzte dann sofort ihren Weg fort. Die Knochen blieben unversehrt.

Die Entscheidung, zu flüchten und außerhalb des Schlachtfelds zu überlegen, wie ich am besten vorgehen sollte, fiel mir sehr schwer. Es war mir eine entsetzliche Vorstellung, Guerlon und Vyllea im Stich zu lassen, doch im Augenblick sah ich keine Möglichkeit, sie zu retten. Ehe ich überhaupt etwas tun konnte, musste ich lebendig und unversehrt von diesem verfluchten Ort entkommen.

An diesem Tag schien mein normales Sehvermögen erstmals mit der Geistsicht zu verschmelzen. Die winzigste Verzögerung hätte mich das Leben kosten können, also musste ich so schnell umschalten, dass mir irgendwann auffiel, dass ich beides gleichzeitig sah — die echte Welt und die Welt der sich bewegenden Energiefelder. Das war sehr nützlich, denn so konnte ich den hüpfenden Anomalien ausweichen, während ich davoneilte. Ich brauchte mehrere Stunden, um die Strecke von etwas mehr als 200 Metern zurückzulegen, und als ich die Steinplatte endlich hinter mir hatte, brach ich auf dem Boden zusammen. Mein Körper zitterte wie nach einer ganzen Woche Training, allerdings hauptsächlich vor Anspannung. Jetzt, da ich hier im Freien war, fühlte ich mich restlos überfordert. Ich wollte schreien, mich für meine Dummheit verfluchen — dafür, dass ich mich hatte ablenken lassen, sodass die verfluchte Anomalie sich mein Team schnappen konnte. Ich war wütend auf Guerlon und seinen plötzlichen Drang, den Übergang zwischen zwei Welten zu sehen, und wütend auf Vyllea, obwohl es dafür eigentlich gar keinen guten Grund gab.

B U C H 2

* * *

Als ich genug geschrien und gestöhnt hatte, war bereits Abend. Ich sah hinüber zum Schlachtfeld und stieß eine Reihe sehr anschaulicher, komplexer Flüche aus. Mein Vater hätte mich für solche Ausdrücke geohrfeigt, während Guerlon nur schwer geseufzt und angemerkt hätte, dass sich solche Empfindungen für einen Taoisten nicht geziemten. Auf dem Schlachtfeld war es ruhig geworden. Sobald keine Lebewesen mehr zugegen waren, wurden die Anomalien wieder statisch, als wollten sie Beute anlocken. Genau verhielten sie sich, wenn sie mit Steinen beworfen wurden — erst passsten sie sich an, dann folgte die Aktivierung.

Erst jetzt fiel mir auf, dass ich noch immer einen Knochen in der Hand hielt, den ich vom Schlachtfeld mitgenommen hatte. Verärgert schleuderte ich ihn auf das nächstbeste Zeit-Tröpfchen. Der Knochen hing einen Moment lang in der Luft, dann senkte er sich langsam auf den Boden. Der hellgelbe Schleim hatte das Objekt als langweilig befunden und „ausgespuckt". Mein Blick fiel auf die Anomalie mit dem Wolf, den Guerlon herausgeschoben hatte. Die Steine hingen immer noch in der Luft, genau wie die Armbrustbolzen, die auf Erzlord Nurghal Lee zielten. Das war so faszinierend, dass meine Wut auf alles und jeden in der Welt abebbte. Zeit-Anomalien griffen Lebewesen an. Leere Anomalien konnten sich bewegen. Anomalien ignorierten gewöhnliche Gegenstände und spuckten sie fast sofort wieder aus. Wenn sich keine Lebewesen auf der Steinplatte befanden, stellten sie ihre chaotischen Bewegungen ein. Was hatte all das zu bedeuten?

Das Zittern in meinem Körper ließ nach und wich dem Wunsch, eine Idee auszuprobieren. Wieder war der Wolf mein Testobjekt, nur versuchte ich diesmal, ihn in die andere Richtung zu schubsen — auf die Seite, auf der er schon so gut wie tot war. Ich musste in den Wald laufen, um mir einen langen Stock zu besorgen, denn mit Steinen arbeiten, wie Guerlon es getan hatte, wollte ich nicht so gerne. Dann betrat ich das Schlachtfeld, jederzeit zur Flucht bereit, doch die gerissene Falle reagierte nicht, sondern wollte mich dazu verleiten, weiter auf ihr Gebiet vorzudringen. Ich war mir sicher, dass sie nicht zweimal denselben Fehler machen würde; bestimmt würden die zeitlosen Tropfen sich jetzt schneller bewegen. Doch da sich vorläufig nichts rührte, umkreiste ich die Blase mit dem Wolf, zielte mit dem Stock auf sein Maul und fing an zu schieben. Das Holz ließ sich nur mühsam in die Anomalie drücken, so als wäre sie aus zähem Schlamm. Als ich kurz innehielt, um meinen Griff zu ändern, brach sofort ein Stück vom Stock ab. Die Zeit-Blase war aktiv geworden und hatte das Holz in zwei unterschiedliche Dimensionen befördert. In der einen, in der es Zeit gab, arbeitete das Eigengewicht gegen den Stock und ließ ihn zerbrechen. Dennoch war es mir gelungen, den Wolf um mehr als fünfzig Zentimeter zu bewegen. Fast alle Steine, die Guerlon geworfen hatte, befanden sich jetzt außerhalb der Anomalie.

Das lieferte mir neue Erkenntnisse: Alles, was die Anomalie verließ, musste sich kontinuierlich bewegen. Sobald es zur Unterbrechung kam, wurde die innere Struktur des Gegenstands beschädigt, doch solange er in Bewegung blieb, wurde die Anomalie nicht aktiviert.

Das war also klar. Ich brauchte einen neuen Stock.

Bei Sonnenuntergang hatte ich mir einen ganzen Stapel Stöcke zusammengesucht. Ich beschloss, meine Überlegungen am nächsten Morgen mit ausgeruhtem Verstand auszuprobieren. Mein Magen erinnerte mich daran, dass ich seit dem Frühstück nichts gegessen hatte, doch von meinem Mentor hatte ich gelernt, lange Zeit ohne Nahrung auszukommen. Ich hatte mich immer gefragt, wozu das nötig sein sollte, doch jetzt wurde mir klar, dass sich das bezahlt machen konnte. In der Nacht wurde ich von Albträumen geplagt. Ein hellgelber Schleimbrocken jagte mich, ich wehrte ihn mit Stöcken ab, die mit jedem vergeblichen Hieb immer kürzer wurden. Schweißgebadet wachte ich auf und konnte kaum einen Fluch unterdrücken, als mein Blick auf das Schlachtfeld fiel. Im Laufe der Nacht hatten sich die Positionen der leeren Tropfen geändert; sie hatten sich wieder bewegt. Entweder hatte ein Lebewesen das Schlachtfeld betreten, oder diese Dinger wurden nachts lebendig und ordneten sich neu an, um alle in die Irre zu führen, die sich auf dieses gefährliche Gelände wagten.

So oder so, mein Wolf war an Ort und Stelle geblieben, und das passte mir sehr gut. Ich suchte mir einen Stock aus, der nicht allzu lang war, und als ich dann die Zeit-Blase umkreiste, hielt ich ihn von Anfang an so, dass ich meinen Griff nicht korrigieren musste. Der Stock drang in die unsichtbare, zähe Masse ein, traf auf den Wolf und schob ihn Stück für Stück hinaus. Es funktionierte fast perfekt: Der Stock verschwand nahezu komplett in der Blase und stoppte nicht. Allerdings nur „fast" — als der Wolfskörper die Anomalie verließ, zerfiel er in zwei Teile. Kaum spürte die Kreatur Schmerz, begann sie zu zucken und zerstörte sich damit durch ihr eigenes Körpergewicht. Nun, da er auf einmal kein Lebewesen mehr enthielt, wurde das Zeit-Tropfen durchsichtig und alle Steine und Stöcke fielen zu Boden. Dieses Mistding hatte offenbar etwas Lebendiges in der Nähe wahrgenommen und bewegte sich nun auf mich zu. Ich musste einen Bogen schlagen, das Schlachtfeld verlassen und neu überlegen. Der Wolf war für die Zeit-Blase nicht mehr interessant. Er war tot. Übrigens ging von dem Wolf große Kraft aus — wie sich herausstellte, war er eine Kreatur der Lehrlingsstufe. Nachdem ich mich vergewissert hatte, dass der Tropfen wieder erstarrt war und auf sein nächstes Opfer lauerte, zerrte ich die verstreuten Überreste von der Steinplatte und sicherte mir mühelos die Essenz der Kreatur. Nur zu gerne hätte ich gesagt, dass ich sie mir für später aufheben wollte, doch das war nicht der Fall. Ich musste diese Essenz sofort zu mir nehmen.

Warum? Weil ganz allmählich ein Plan Gestalt annahm, ein Plan, wie ich es mit diesem von den Himmeln verlassenen Schlachtfeld aufnehmen konnte. Guerlon und Vyllea hierzulassen, war für mich ausgeschlossen. Also musste ich vieles vorbereiten und herumexperimentieren, doch zuallererst musste ich für mich sorgen. Ich befand mich in einer aggressiven Umgebung, in der mich niemand heilen konnte. Die Energie setzte mir so zu, dass ich höchstens einen Monat überleben konnte. Damit mir das Qi in der Umgebung nichts anhaben konnte, musste ich einen Knoten öffnen und ohne Vyllea an meiner Seite in den Goldrang aufsteigen. Außerdem brauchte ich Nahrung und Wasser. Auch dieses Problem musste gelöst werden, doch in diesem Fall konnte ich mich auf die Fähigkeiten stützen, die mir mein Vater vermittelt hatte. Ein guter Jäger wird im Wald weder verhungern noch verdursten. Er wird vielleicht von Tieren getötet, das mag sein, aber niemals verhungern. In unserem Dorf war die Meinung ziemlich eindeutig — wer ein so schlechter Jäger und Waldläufer war, dass er im Wald an Hunger oder Durst starb, der hatte den Tod verdient.

Das erste Problem ergab sich fast sofort. Ich wusste zwar grundsätzlich, was zu tun war, aber das hieß noch lange nicht, dass ich dieses Wissen auch in die Praxis umsetzen konnte. Zumal ich in den letzten beiden Jahren einen mächtigen Mentor an meiner Seite gehabt hatte, der mir bis auf das Naseputzen so gut wie alles abgenommen hatte.

Jetzt, im Rückblick auf alles, was wir durchgemacht hatten, wurde mir klar, wie umfassend Guerlon mich beschützt hatte. Ich hatte niemals nach Nahrung, Wasser, Waffen, Werkzeugen oder anderen Dingen des täglichen Bedarfs suchen müssen. Wenn man so umsorgt worden war, fiel es nicht leicht, wieder in die bittere Realität zurückzukehren.

In jedem Fall hatte Wasser für mich oberste Priorität. Schnell hatte ich eine Pfütze gefunden, und noch dazu ganz in der Nähe des Schlachtfelds. An zweiter Stelle stand Feuer. Das kostete etwas mehr Mühe; ich suchte eine Weile nach geeigneten Steinen, trockenem Gras und Zweigen, doch bald hatte ich ein richtiges Feuer in Gang gebracht. Während meines gesamten Aufenthalts in der Welt der Dämonen hatte ich nicht ein einziges Mal Regen erlebt, deshalb verzichtete ich darauf, über dem Feuer ein Schutzdach zu errichten. Allerdings sammelte ich reichlich Zweige zusammen, um das Feuer Tag und Nacht in Gang zu halten. Drittens brauchte ich ein Behältnis zum Kochen. Unbehandeltes Wasser in einer fremden Welt zu trinken bedeutete den sicheren Tod. Ich rief mir die Grundlagen des Töpferhandwerks in Erinnerung und formte mir einen kleinen Tonbehälter, den ich dann in den Flammen brannte. Das war nicht gerade die zuverlässigste Methode zum Abkochen, musste aber vorerst genügen.

Nachdem ich endlich meinen Durst gelöscht hatte, legte ich die Wolfsessenz vor mich hin, ließ mich in Lotusposition nieder und schloss die Augen. Meine Körperenergie brauchte lange, um zu begreifen, wieso sie allein war, wo ihr roter Gegenpart war, und aus welchem unerklärlichen Grund ihre Beweglichkeit so sehr eingeschränkt war. Sie wurde so langsam, dass ich vor Schmerz beinahe schrie — mein Körper rebellierte dagegen, ohne Vyllea zu sein! Wäre das gestern geschehen, hätte ich die Meditation beendet und wäre zu dem Mädchen gelaufen, um die Ganzheit schnellstmöglich wiederherzustellen. Doch jetzt war ich allein, wütend, hungrig, und musste noch dazu gegen meine eigene Körperenergie ankämpfen! Was das nicht der blanke Irrsinn? Allerdings!

Die Wärme gab widerwillig nach, als würde sie sich neue Bahnen schaffen müssen, und sobald der Kreislauf sich stabilisiert hatte, griff ich nach der Quelle. Die Kraft des Tieres der Lehrlingsstufe zerkratzte meine unsichtbaren Hände, verbrannte sie, weil ich keine Partnerin hatte, die einen Teil des Feuers in sich aufnehmen und auflösen konnte. Ich musste es aushalten und unablässig daran arbeiten, während ich mir stets vor Augen führte, wie es mir mit den ersten niederen Dämonen ergangen war. Damals hatte ich Schmerzen empfunden, das hier war nur vorübergehendes Unbehagen. Irgendwann gelang es mir sogar, mich von dem Schmerz zu lösen und Energieströme an die Stellen zu schicken, an denen sich Knoten herausbilden sollten. Ja, das fühlte sich irgendwie falsch an. Der Körper sollte sie eigentlich aus eigenem Antrieb erschaffen. Er hätte sich selbst entsprechend vorbereiten sollen, doch dazu fehlte mir schlichtweg die Zeit. Entweder so, oder ich würde in einem Monat tot sein. Um den Körper würde ich mich später kümmern. Wenn es denn ein „Später" geben würde.

Den Augenblick, in dem die erste erbsengroße Ausgangsbasis für die Knoten (so hatte Guerlon diese Dinger beschrieben) entstand, werde ich niemals vergessen. In diesem Moment verlor ich fast die Konzentration. Es war, als würde eine fremde Hand in meiner Brust wirken, doch das war nicht unangenehm. Ganz im Gegenteil, je mehr Energie ich aufbrachte, desto angenehmer wurden dieser Bewegungen, bis ich sogar zu zittern begann; mein Körper konnte den ungehemmten Genuss, den er empfand, nicht mehr verkraften. Ich wollte mehr und mehr, hoffte, dass der Moment niemals ein Ende nehmen würde, doch schließlich gelang es mir trotzdem, damit aufzuhören. Die Energieströme, die in mir tosten, waren so intensiv, dass mir war, als könnten sie mich davonfegen. Durch das Wohlbehagen, das ich empfand, entstand in meinem Körper weitere Energie, die mir allmählich die Muskeln zerfetzte. Noch ein wenig mehr, dann wären sie einfach gerissen, weil der Druck zu stark geworden wäre. Ich musste mich zurückhalten, so sehr ich mich auch nach mehr sehnte. Ohne das tägliche Training mit Vyllea, durch das ich gelernt hatte, die anschließende Sehnsucht nach einem erneuten Austausch zu unterdrücken, hätte ich es nicht geschafft. Zu verlockend, zu angenehm, zu köstlich war es, weitere Energiefäden zu spinnen.

Dennoch gelang es mir, eine Basis zu schaffen. Mein Körper spürte noch immer das Kratzen, doch es war weitaus weniger stark als zu Beginn der Meditation. Nachdem es mir gelungen war, die tosenden Energieflüsse zu besänftigen, lenkte ich die hereinströmende Kraft von außen in die neu gebildete Knotenbasis, und öffnete die Augen. Jetzt begriff ich, was Vyllea empfunden hatte und wieso sie mir nicht davon berichten wollte. Ich hätte es Guerlon auch nicht verraten.

Von der Wolfsessenz war keine Spur mehr zu sehen: Ich hatte sie komplett absorbiert. Das Feuer war schon so lange erloschen, dass selbst die Asche abgekühlt war. Ich war furchtbar hungrig. Durstig. Müde. Ich wollte zurück in die Welt der Menschen, mich unter einem Bett verstecken und glauben, dass alles, was ich in den letzten drei Jahren erlebt hatte, nur ein böser Traum gewesen war. Aber dieser Traum gefiel mir, und ich wollte nicht, dass er schon zuende ging. In dieser relativ kurzen Zeit hatte ich mehr gelernt als die Bewohner unseres Dorfes in mehreren Leben! Wie konnte ich in dieser Situation aufgeben? Wie konnte ich den Rückzug antreten, wenn das Leben meiner Gruppe von mir abhing? Rückzug kam schlichtweg nicht in Frage! Ich schwor mir, dass ich durchhalten und mein Bestes geben würde.

Nahrung war schnell gefunden — das Wolfsfleisch, das ich aus der Zeit-Blase befreit hatte, lag noch immer auf der Steinplatte und war für das Schlachtfeld nicht von Interesse. Das Feuer loderte wieder, Wasser kochte, doch diesmal lag der Geruch von schmorendem Fleisch in der Luft —

zäh, fett und entsetzlich ekelhaft. Ich musste es fast zu Asche verbrennen, um den Gestank ein wenig zu lindern. Was den Geschmack betraf, war der Wolf genauso widerlich wie der Geruch, doch ich hatte nur zwei Alternativen: Essen oder sterben. Mein Magen protestierte lange und heftig gegen diese Speise, doch der Überlebensdrang schlug sich auf meine Seite, unterdrückte die Krämpfe und den Drang, das unappetitliche Mahl wieder von sich zu geben.

Verschiedene Experimente ergaben, dass Staub und kleine, unbelebte Gegenstände dreißig Sekunden lang in unbewegten Zeit-Anomalien blieben und zehn in denen, die sich bewegten. Ich zog in den Wald, um Käfer und Spinnen zu beschaffen. Da die unsichtbaren Haufen nur auf Lebendiges reagierten, erschien es mir sinnvoll, sie alle zum Stillstand zu bringen. Allerdings erreichte ich damit nur, dass ein Teil des Schlachtfelds zu einer unüberwindlichen Barriere wurde. Die Zeit-Anomalien verschlangen die Käfer im Handumdrehen und erstarrten dann an Ort und Stelle. Doch nachdem ich mich zwei Stunden lang unablässig auf dem Feld abgemüht hatte — und vermeintlich alle Anomalien dorthin gelockt hatte —, kehrte ich an das andere Ende zurück und schnaubte verärgert. Die Anzahl der hellgelben Hügel war unverändert. Da fiel mir wieder ein, dass Guerlon einst gesagt hatte, die Anzahl der Anomalien sei unveränderlich. Wenn eine versiegelt wurde, tauchte auf der Stelle irgendwo anders eine neue auf. Das hatte für die Welt der Menschen gegolten, aber was, wenn hier das gleiche Prinzip herrschte? Entstand für jede Anomalie, die ich mit einer Kakerlake oder einem ähnlichen Wesen blockierte, eine neue?

Ich hatte nicht die Absicht, diese Theorie zu überprüfen. Mein Hauptziel bestand darin, mein Team zu retten, nicht in der Erforschung von Dingen, die vermutlich bereits vor vielen Jahren erforscht worden waren. Da sich derartige Anomalien nur an der Grenze zum Land der Dämonen befanden, hatten die Taoisten sicher schon längst herausgefunden, wie man damit umging. Also blieb mir offenbar nichts anderes übrig, als meinen wilden Plan in die Tat umzusetzen.

Erneut begab ich mich in den dichten Wald von Dandoor und war zum ersten Mal froh darüber, dass er so dicht war. Das kam mir sehr gelegen. Selbst wenn es mir gelingen sollte, mein Team zu befreien (dieser Plan musste noch gründlich getestet werden), war es unmöglich, mit ihnen vom Schlachtfeld zu flüchten. Ich selbst konnte die herumeilenden Zeit-Anomalien zwar sehen, doch die beiden, die ich retten wollte, waren dafür blind. Und die farbgetränkten Stiefel würden uns eindeutig nicht weiterhelfen. Also musste ich irgendwie dafür sorgen, dass Guerlon und Vyllea ohne meine Hilfe in die Freiheit laufen konnten. Und wie? Indem ich einfach einen Steg oberhalb des Schlachtfelds errichtete, den die Zeit-Blasen nicht erreichen konnten! Bäume gab es genug, und die Spinnenweben konnten zur Befestigung dienen — die gewaltigen Spinnen in einigen der

Blasen kamen sicher nicht von ungefähr. Wo es Spinnen gibt, gibt es auch Netze. Stark und dicht — genau das, was ich suchte. Ich brauchte nur Zeit, mehr Zeit und noch mehr Zeit...

Vor allen Dingen juckte es mich, meine wilde Theorie auf den Prüfstand zu stellen. Es war ein Kinderspiel, in den Wald zu gelangen, aber um Spinnenfäden zu finden, musste ich tiefer hinein. Überraschenderweise kam mir dabei Vylleas gewaltiger Appetit zugute — Guerlon hatte für sie fast alle gefährlichen Kreaturen beseitigt. Zwar stieß ich auf ein paar Wölfe und sogar auf einen Tiger, doch diese Tiere waren allesamt nur Kandidaten und mir damit nicht gewachsen. Als ich genug Spinnenfäden beisammenhatte, lief ich zurück zum Schlachtfeld, wobei ich mir fest vornahm, später auf die Jagd zu gehen. Für meinen Plan brauchte ich ein lebendiges Tier, und es war nicht ratsam, zwischen den Anomalien danach zu suchen.

Ich sicherte sechs senkrechte Pfosten mit mehreren Querstreben. Die Lauffläche befand sich rund drei Meter über dem Boden, und mir wurde klar, dass die Höhe wichtig war. Es war gar nicht so leicht, die Stege allein zu errichten; immer wieder kippten die Stöcke um, brachen ab oder lösten sich, doch ich ließ mich nicht beirren. Ich brauchte eine ganze Woche, um fünf wackelige Bauten zu errichten — Spinnenfäden waren gar nicht so leicht zu beschaffen. Endlich waren die Vorbereitungen abgeschlossen und ich schleppte meine Konstruktionen zum Schlachtfeld. Die hellgelben Flecken reagierten nicht — für sie waren meine Bauten nur Gerümpel auf der Steinplatte. Doch als ich auf einen der Stege stieg und dort rund dreißig Minuten verharrte, erwachte das Schlachtfeld zum Leben. Die Zeit-Blasen witterten Beute, konnten jedoch nicht ermitteln, wo genau sie sich befand. Mit pochendem Herzen beobachtete ich, wie mehrere Anomalien gegen die Pfosten knallten, auf denen ich hockte, und sich dann rasch weiterbewegten. Mein verrückter Plan funktionierte. Ich erhob mich und sah hinüber zu meiner Gruppe — sie war rund 150 Meter entfernt. Theoretisch sollten fünf Stege ausreichen, wenn ich den jeweils letzten immer wieder nach vorne zog. Mit dieser Methode würde ich in einem Tag mein Ziel erreichen, sofern ich stark genug war. Außerdem musste ich herausfinden, ob es überhaupt möglich war, einen Steg zu tragen.

Der Transport der Stege war keine größere Hürde, aber wie das Schicksal es wollte, kam es auf unerwarteter Seite zu Problemen. Vier Stunden lang hockte ich auf meinen Stegen. Etwa dreißig Minuten, nachdem ich das Schlachtfeld betreten hatten, setzten sich die leeren Anomalien in Bewegung, doch da sie ihre Beute nicht schnappen konnten, wurden sie allmählich immer schneller. Nach drei Stunden rasten die hellgelben Flecken doppelt so schnell umher wie zu Beginn. Diese seltsame Temposteigerung bewirkte, dass ich sie weiter beobachtete. Nach weiteren drei Stunden bewegten sich die Zeit-Anomalien so schnell wie ein Mensch im Lauftempo, und am

Ende das Tages hatten sie die Geschwindigkeit eines galoppierenden Pferds erreicht. Das war der reinste Irrsinn: Die Zeit-Blasen rasten umher, prallten gegeneinander und überrannten fast die ganze Gegend, ohne mich zu finden. Springen konnten sie nicht, und wenn sie einmal gegen die Pfosten gestoßen waren, die in dem Felsboden des Schlachtfelds steckten, rammten sie diese nicht noch einmal. Die Anomalien verhielten sich, als wären sie lebendig, erinnerten sich daran, wo sich die „unappetitlichen" Happen befanden und gingen ihnen beim nächsten Mal aus dem Weg, wobei sie jedoch so dicht an den Pfosten vorbeiflogen, dass man jederzeit mit einer Kollision rechnete — und all das in unglaublichem Tempo!

Nun kam es nicht mehr in Frage, den Steg hochzuheben und am anderen Ende abzusetzen; es gab schlichtweg keinen Platz für meine Füße. Ich sprang los und opferte damit einen Steg, da er umstürzte und fast auf der Stelle zersplitterte. Über das Schlachtfeld konnten sich nur Anomalien bewegen. Eine Stunde, nachdem ich verschwunden war, legte sich das Chaos. Die Zeit-Blasen zerstreuten sich und wurden wieder still, als sei nichts geschehen. Doch ich war mir sicher, dass ihre Ausgangsgeschwindigkeit beim nächsten Mal beträchtlich sein würde. Es würde mir nicht gelingen, die Stege zu versetzen, um meine Gruppe zu erreichen. Ich brauchte einen ununterbrochenen, sicheren, 150 Meter langen Steg, und die einzelnen Flächen mussten fest zusammengebunden werden, damit sie stabil genug waren. Ich sah keine andere Möglichkeit, um es mit diesem irren Schlachtfeld aufzunehmen.

Mit schwerem Herzen musterte ich mein Jian, als ich mich auf den Weg in den Wald machte. Ich brauchte Bäume und Spinnenfäden. Jede Menge von beidem. Die nächsten Monate würden eine entsetzliche Qual werden. Außerdem stand auf dem Plan, ein weiteres Tier zu fanden. Ob es mir gefiel oder nicht, ich musste unbedingt den Goldrang der Kandidatenstufe erreichen, sonst würde mich die Energie von Kreis Null der Dämonenwelt innerhalb weniger Monate zerfetzen.

KAPITEL 12

RESTLOS ERSCHÖPFT ÜBERLEGTE ich, ob die Himmel diese Mühsal wirklich für mich vorgesehen hatten oder ob sie mich vielleicht mit einem Helden aus den uralten Legenden verwechselten.

Ich brauchte drei quälend lange Monate, um einen stabilen Fluchtweg für meine Begleiter zu errichten. In dieser Zeit verfluchte ich meinen „genialen" Plan unzählige Male, verfolgte ihn jedoch tapfer weiter. Die größte Herausforderung erwartete mich, wie so oft, ganz zum Schluss. Eine massive, schwebende Masse aus hellgelbem Gelee, in der ein Tiefseemonster steckte und die auch Vyllea und Guerlon geschnappt hatte, hatte es auf mich abgesehen. Dummerweise stellte ich einen der Stege zu dicht daran, sodass ein Stück der Zeit-Anomalie von oben darauffiel. Der Tropfen blieb kurz auf dem Steg, doch da er dort kein Lebewesen fand, ließ er sich wieder herunterrutschten. Allerdings war ich damit gezwungen, mir in der Nähe von besonders hohen Gebilden alternative Routen zu überlegen, um unangenehme Überraschungen zu vermeiden.

Endlich stand der Weg, sodass ich Phase Zwei in Angriff nehmen konnte: Jetzt galt es, die Menge an hellgelbem Gelee rund um Guerlon reduzieren. Ich hatte mir vorgenommen, ihn als Ersten zu befreien, wollte die Rettungsmethode jedoch erst optimieren. Dazu musste ich auf die Jagd gehen — mein Plan erforderte ein Opfer. Ein Wolf mit Bronzerang der Kandidatenstufe hatte sich zu nah an mich herangewagt — vielleicht auf Anweisung seiner Artgenossen, um die Gegend auszukundschaften. Vielleicht hatte er gehofft, als heldenhafter Späher zu seinem Rudel zurückzukehren, doch es kam anders, denn stattdessen fiel er einem Tao-Kandidaten des Goldrangs zum Opfer. Tatsächlich hatte ich mittlerweile vier Knoten gebildet, die mich vollständig vor der Energie in Kreis Null schützten. Dazu hatte ich mehrere Zeit-Fallen leeren müssen, um mir die Essenz von Tieren zu sichern, und dann vorsichtig ihre Energie absorbiert und in die entstehenden Knoten gelenkt. Bei jedem Mal fiel es mir schwerer, diesen Vorgang zu beenden, deshalb beließ ich es bei vier Knoten. Ich fürchtete nämlich, ein fünfter würde mir zum Verhängnis werden, sodass ich in der Welt der Energie strandete und nach immer mehr von diesem Genuss strebte. So ungern ich es mir eingestand: Ich brauchte Vyllea.

Mit meinem ersten Experiment wollte ich also versuchen, Lebewesen aus einer Anomalie zu befreien. Der Wolf, der in einen Kokon gewickelt war, winselte ängstlich, und ich hatte wirklich Mitleid mit dem Tier. Allerdings war es mir nicht möglich, seinem Elend und seiner Angst ein Ende zu setzen, indem ich ihm einen schnellen Tod schenkte. Diese verfluchten Zeit-Anomalien scherten sich nicht um die Toten und verlangten nur nach Lebendem!

Der Wolf hatte also Pech. Ich hievte ihn mir auf die Schulter und machte mich auf den Weg zu meiner Gruppe. Die Stege benutzte ich dazu nicht — in den ersten dreißig Minuten würden die Anomalien sich nicht rühren. Als ich mein Ziel erreicht hatte, legte ich das zuckende Tier neben eine Falle, in der ein halber menschlicher Körper steckte. Die hellgelbe Masse nutzte die Chance und hüllte den Wolf ein. Mein Testobjekt erstarrte, ich grinste zufrieden — das Volumen der Zeit-Blase, in der der Leichnam steckte, hatte sich erheblich reduziert. Da noch reichlich Zeit blieb, bis sich die Anomalien bewegen würden, wagte ich ein weiteres Experiment. Diesmal nutzte ich meine neueste Erfindung — einen Stock mit einem Ende, das an eine ausgestreckte Hand erinnerte. Es war ungeheuer nervenaufreibend, einen Körper nur an einer einzigen Stelle aus einer Zeit-Anomalie zu schieben, denn jede Neigung bedeutete Vernichtung. Man musste gleichmäßig in alle Richtungen schieben und verhindern, dass der Körper sich dabei neigte. Mit dem Wolf funktionierte das einwandfrei — er kam unversehrt aus der Zeit-Anomalie herausgeschossen! Das lästige Ding machte sich sofort an die Verfolgung, doch ich hatte damit gerechnet und konnte schnell um die Blase herumlaufen, den Kokon schnappen und auf den Steg schleudern. Das Schlachtfeld regte sich; es spürte, dass etwas im Gange war, und wollte sich seine Beute nicht nehmen lassen. Ich hatte jedoch nicht die Absicht, sie wieder herzugeben, sondern sprang mühelos drei Meter in die Höhe, packte den eingeschnürten Wolf und rannte davon. Die Strecke von 150 Meter war für einen Taoisten meiner Stufe selbst mit einer Last ein Kinderspiel. Eine Stunde später, als das hektische Treiben der Anomalien abgeebbt war, wiederholte ich das Experiment mit einem neuen gegabelten Stock. Leider hatte sich nämlich herausgestellt, dass diese Stöcke nur zur einmaligen Verwendung taugten.

Drei „Reinigungsdurchgänge" waren nötig, um die hellgelbe Masse rund um den Leichnam auf eine dünne Schicht zu reduzieren. Weiter verringerte ich sie nicht, denn wenn ich ein Körperteil freigelegt hätte, wäre es abgefallen. Den restlichen Körper musste ich auf einen Schlag befreien. Nachdem ich den Wolf in sicherer Entfernung von den Anomalien abgelegt hatte, kehrte ich zu meinem Testobjekt zurück. Jetzt kam ein neuer Stock ins Spiel, den ich speziell angefertigt hatte, um diesen Körper zu befreien. Zwei Äste für jedes Bein sowie zwei für die Taille. Mein Machwerk sah fürchterlich aus und drohte schon beim Transport zu zerfallen, erfüllte seinen Zweck jedoch ganz hervorragend. Ich holte tief Luft, zielte und schlug mit dem gegabelten Stock in die Anomalie.

Das Ergebnis war einwandfrei — der Körper kam unversehrt aus der Zeitfalle zum Vorschein. Allerdings hatte ich einen entscheidenden Aspekt übersehen: Mit einem Erzlord konnte es nur ein anderer Erzlord aufnehmen, vielleicht sogar nur ein Erleuchteter. Obwohl der Körper schon lange tot war, gaben die Gegenstände, die ich aus der Anomalie befreit hatte, eine solch monströse Energiewelle ab, dass ich es kaum ertragen konnte. Es wurde so schlimm, dass mir selbst meine vier Knoten nicht mehr helfen konnten. Ich spürte, wie die Energie meine inneren Organe zerkratzte, und da die gemeine Anomalie erkannte, dass der entkommene Körper nicht mehr lebendig war, machte sie keine Anstalten, sich ihre Beute zurückzuholen. Ich stand kurz vor der Ohnmacht, als es mir endlich gelang, dem Wolf hinterherzuspringen und ihn auf den Körper zu schleudern, der aus der Anomalie zum Vorschein gekommen war. Damit hatte ich zwar meinen treuen Helfer verloren, aber mein Leben gerettet — die hellgelbe Masse hüllte mit dem Wolf auch den Körper ein, der diese unerträgliche Energie verströmte. Wieder erwachte das Schlachtfeld zum Leben, sodass ich gezwungen war, im wahrsten Sinne des Wortes auf den Steg zu krabbeln. Mein Körper hatte schwer gelitten, zudem waren einige meiner Bauten nicht mehr zu gebrauchen — die Energie des Leichnams hatte die Stützen so geschädigt, dass sie unter meinem Gewicht splitterten.

Ich musste eine zweiwöchige Pause einlegen, um mich zu erholen. Mein Körper hatte so viele Narben, dass ich mir allmählich ernsthaft Sorgen machte. Meditieren half nicht mehr; die Energie konnte in meinen geschundenen Leib nicht mehr eindringen. Im Grunde war es ein wahres Wunder, dass ich überhaupt überlebt hatte. Drei Tage in Folge hustete ich Blut. Jetzt war mir klar, wieso Meister Guerlon Bedenken gehabt hatte, Erzlord Nurghal Lee zu befreien. Die Gegenstände, die dieser Taoist bei sich trug, hätten sowohl mich als auch Vyllea ausgelöscht. Meister Guerlon wollte seine Lehrlinge nicht verlieren und hatte daher beschlossen, dass Erzlord Nurghal Lee noch etwas länger in der Anomalie bleiben konnte. Trotz seines kühlen Auftretens lagen wir dem Lehrmeister seltsamerweise sehr am Herzen.

Doch so schmerzhaft sie auch sein mochte, meine Aufgabe musste erledigt werden. Ich zog wieder in den Wald, um mir ein neues Opfer zu suchen, und wieder fiel die Wahl auf einen Wolf. Offenbar war das das vorbestimmte Schicksal dieser Tiere. Ich musste einen besonderen Befreiungsstock für Mentor Guerlon fabrizieren, denn der Taoist wäre sicher nicht begeistert gewesen, wenn sein Kopf in der Anomalie geblieben wäre. Jeden Ast kalibrierte ich mit äußerster Sorgfalt — alle mussten meinen Mentor gleichzeitig berühren.

Ich brauchte drei Versuche, um das Volumen der Blase um Meister Guerlon zu reduzieren, danach musste ich eine Pause einlegen, um die Angst zu bekämpfen, die sich in mir regte. Was, wenn ich einen Fehler machte und der Lehrmeister zerfetzt wurde? Was, wenn ihm ein Körperteil oder der Kopf abgetrennt wurde? Was, wenn mein Stock abbrach, ehe der Taoist aus der Anomalie hervorkam? Ich brauchte einen Tag, um die überwältigende Angst zu besiegen, die mich völlig gelähmt hatte. Ich hätte nie gedacht, dass Angst die Macht hat, einem jegliche Handlungsfähigkeit zu nehmen — bis ich es am eigenen Leib erlebte.

Endlich war der große Moment gekommen. Vier Monate waren vergangen, seit eine Zeit-Anomalie Meister Guerlon und Vyllea verschlungen hatte. Heute war der Tag der Befreiung — zumindest für unseren Mentor. Ich zielte genau und wagte es dann, ehe mein Gehirn wieder in Panik verfallen konnte. Der Stock drang in die Anomalie ein und fasste den Körper des Taoisten an zehn Stellen gleichzeitig wie ein liebevolles Elternteil. Ich drückte unablässig weiter, denn eines hatte ich in den letzten vier Monate nur zu gut gelernt: Jedes Zögern, jede Pause bedeutete den Tod. Der Augenblick schien kein Ende zu nehmen — ganz langsam kam der Körper des Taoisten aus der Zeit-Anomalie zum Vorschein, als würde diese mit aller Kraft versuchen, ihn festzuhalten. Noch einmal drückte ich zu, der Stock brach ab — er hatte das gegenüberliegende Ende der Anomalie erreicht. Ich ließ das nutzlose Werkzeug fallen und lief um die Anomalie herum. Dort stand Meister Guerlon mit gerunzelter Stirn und musterte erstaunt die massive Wand aus Stöcken an seiner Seite.

„Kommt!" Ich packte den Taoisten an der Hand und zog ihn mit mir. Es ist ihm hoch anzurechnen, dass er keine Erklärungen verlangte und keinen Widerstand leistete. Als wir die Stege erreichten, ließ ich meinen Lehrmeister los und sprang hinauf. Der Taoist war schneller als ich und fragte nicht, was zu tun war. Plötzlich schwebte ich durch die Luft: Mein Mentor hatte mich gepackt und raste in erstaunlichem Tempo davon. Die miteinander verbundenen Stege bebten und knirschten unter dieser Belastung, hielten jedoch stand. Erst als wir angekommen waren, setzte der Taoist mich wieder ab. Nachdem er meine improvisierte Konstruktion, mich und meinen geplagten Körper eingehend gemustert hatte, legte er mir eine Hand auf die Schulter, sodass ein Schlag durch mich fuhr. Mein Körper wurde von einem Krampf geschüttelt, der mich aufstöhnen ließ. Die Narben, die durch die Habseligkeiten des unbekannten Erzlords entstanden waren (falls er denn ein Erzlord gewesen war), verschwanden allmählich aus meinem Inneren.

„Wie viel Zeit ist vergangen?"

„Fast vier Monate. Mentor, habt Ihr etwas zu essen? Ich..."

Ich brachte den Satz nicht zuende. Mein Körper hatte mit der heftigen Heilkraft zu kämpfen und machte überdeutlich klar, dass er Ruhe brauchte, um auf die Behandlung anzusprechen. Vor meinen Augen bildeten sich dunkle Kreise, ich glitt ins Nichts. Als ich die Augen wieder aufschlug, spürte ich keine Schmerzen mehr. Nicht das geringste Bisschen. Nachdem ich vier Monate lang unablässig gelitten hatte, dachte ich erst, ich würde träumen. Doch beim Anblick des jähzornigen Taoisten verging dieser Gedanke sofort wieder. Schließlich ist es äußerst unwahrscheinlich, dass man im Traum einen missgelaunten Mentor vor sich sieht.

„Du hast den Goldrang erreicht", merkte Meister Guerlon an.

„Es ging nicht anders. Sonst hätte mich diese Welt im wahrsten Sinne des Wortes zu Tode gerieben."

„Wie ist es dir gelungen, ohne Vyllea Knoten zu bilden? Wie hast du mich unversehrt befreit? Was genau hast du in diesen vier Monaten gemacht? Das Essen steht direkt neben dir."

Erst jetzt bemerkte ich, dass ich mich in einem geräumigen Zelt befand und auf einem weichen, bequemen Bett lag, neben dem ein Tisch mit verschiedensten Speisen stand. Offenbar war ich eine ganze Weile abwesend gewesen. Ich schlang das Essen gierig hinunter, ohne richtig zu kauen. Vier Monate lang hatte ich mich nur von minderwertigem Fleisch ernährt — das allein hätte schon viele in die Knie gezwungen. Erst als ich keinen Bissen mehr herunterbringen konnte, ließ ich vom Tisch ab und lächelte. Jetzt war wieder Farbe im Leben! Meister Guerlon, der geduldig gewartet hatte, während ich schmauste, erinnerte mich daran, dass er mir eine Frage gestellt hatte. Ich sammelte mich und widerstand dem Drang, mich auf das Bett fallen zu lassen, um mehrere Monate lang zu schlafen, sondern berichtete dem Taoisten all das, was ich in den letzten Wochen unternommen hatte. Dabei verschwieg ich nicht, dass mich die Ausrüstung des halbierten Leichnams fast getötet hatte und wie ich aus dieser Notlage entkommen war.

„Verstanden. Ich brauche drei Tage, um die Stege vorzubereiten. Ruh dich aus."

Meister Guerlon hielt Wort und machte sich daran, einen neuen Fluchtweg zu errichten. Der Taoist zog in den Wald und war dort eifrig zugange — Holzsplitter flogen in alle Richtungen, Bäumen fielen, als würden sie niedergemäht, und ständig dröhnten Hammerschläge. Hin und wieder brachte der Lehrmeister seine Konstruktionen auf die Lichtung. Ich konnte nur wehmütig lächeln, wenn ich sah, was sich mit Kraft, Werkzeug und Ressourcen erreichen ließ. Jeder der Stege, die der Taoist schuf, war ein Meisterwerk der Schreinerkunst — stabile Bauwerke auf sechs einwandfrei geraden Beinen, jeweils rund vier Meter hoch. Die obere Lauffläche war anderthalb Meter breit, zudem waren die Konstruktionen durch mehrere Blöcke verbunden, die in speziell angefertigten Nuten steckten. In drei Tagen hatte der Lehrmeister cin Bauwerk errichtet, für das ich Jahre gebraucht hätte. Dennoch verspürte ich keinen Neid auf die Fähigkeiten des Taoisten. Mein weitaus primitiveres Machwerk hatte den Lehrmeister vom Schlachtfeld gerettet. Alles andere spielte keine Rolle.

Die Errichtung des neuen Fluchtwegs lief wie

am Schnürchen. Mentor Guerlon trug seine Bauten mühelos, ich musste nur zeigen, wo sie aufgestellt werden sollten. Weshalb der Mentor sich für einen eigenen Weg entschied, hinterfragte ich nicht, denn er hätte mir ohnehin keine Antwort gegeben. Stattdessen sorgte ich dafür, das Volumen von Vylleas Zeit-Falle zu reduzieren. In ihrem Fall war die Lage etwas schwieriger: Wir mussten sie nicht nur befreien, sondern auch dafür sorgen, dass wir nicht zu nah an die gewaltige hellgelbe Masse kamen, in der auch ein Teil eines Seeungeheuers steckte. Mehrmals hatte ich mich so weit genähert, dass ein großer Geleetropfen auf mich zu fallen drohte; dann musste ich das gesamte Schlachtfeld aktivieren, damit die leeren Anomalien sich zerstreuten. Einmal überlegten wir sogar, den Kadaver zu beseitigen, doch der Versuch scheiterte. Mentor Guerlon konnte ihn nicht bewegen und entging nur knapp einer „Spuckattacke" der Anomalie.

Letztlich war es jedoch gar nicht so schwierig, Vyllea zu befreien. Nachdem wir das Volumen der Falle erheblich reduziert und einen maßgeschneiderten Schiebestock fabriziert hatten (wie leicht das ging, wenn man unbegrenzte Ressourcen und Werkzeuge zur Verfügung hatte!), arbeiteten Mentor Guerlon und ich perfekt im Team: Ich schob das Mädchen heraus und sprang dann zur Seite, um einem Tropfen auszuweichen, der von oben herabfiel, der Taoist schnappte sich die verblüffte Dämonin, als sie aus der Anomalie herauskam, und landete mit einem einzigen Satz auf dem neuen Steg in den Lüften. Als ein zweiter Tropfen fiel, waren wir bereits verschwunden.

„Vier Monate? Ich war vier Monate lang gefangen? Soll das ein Witz sein? Ich habe nur kurz gezwinkert!"

Vyllea konnte das Geschehen kaum begreifen. Für sie war nur ein kurzer Augenblick vergangen. Der Tropfen war so rasch gefallen, dass sie gar nichts gespürt hatte. Erst als sie den Stock wahrnahm, wurde ihr klar, dass etwas nicht stimmte, dann hatte der Mentor sie weggezerrt. Dass sie unserem Bericht einigermaßen Glauben schenkte, war nur den beiden hölzernen Stegen zu verdanken. Und ja — meine Konstrukte stürzten allmählich ein. Spinnenfäden sind leider nicht das robusteste Verbindungsmittel für schwere Holzpfosten. Aber immerhin hatten sie ihren Zweck erfüllt.

„Was soll das heißen, du hast den Goldrang erreicht?! Wie?!" Diese neue Information schien sie mehr zu schockieren als die Tatsache, dass sie in eine Zeit-Anomalie geraten war. „Mentor, wann reisen wir ab?"

„Abreisen?", wiederholte der Taoist nachdenklich. „Wir sind doch hergekommen, um das Wurmloch zu sehen. Der erste Versuch mag fehlgeschlagen sein, aber deshalb sollten wir noch lange nicht einfach aufgeben. Außerdem haben wir jetzt einen sicheren Weg in die Mitte des Schlachtfelds. Solche Chancen bieten sich nur selten, Lehrling Vyllea. Die Himmel werden uns nicht verzeihen, wenn wir sie uns entgehen lassen. Ich brauche drei Tage, um neue Stege vorzubereiten."

„Super! Ich will auch den Goldrang erreichen, Mentor. Zander, leg dich hin! Wir müssen Energie austauschen!"

„Erinnerst du dich an das, was du empfunden hast, als die Knoten entstanden?", fragte ich, weil ich mich über ihre Beharrlichkeit wunderte. „Das Gefühl wird um das Zehnfache stärker, wenn sich die Knoten bilden. Glaub mir, ich weiß, wovon ich rede. Die Methode, die ich anwenden musste, ist nicht die beste. Du solltest lieber durch Meditation aufsteigen."

„Nein!" Vyllea wurde tiefrot, ließ sich jedoch nicht umstimmen. „Ich kann es nicht dulden, dass jemand einen höheren Rang hat als ich! Wenn ich dazu... Egal, was ich dazu tun muss! Ich lasse mich nicht von dir überflügeln!"

„Knoten sind nicht das einzige Kriterium für den Aufstieg zum Goldrang", warf Mentor Guerlon ein. „Dazu muss auch der Geist entwickelt werden. Dein Körper ist für die Knoten bereit, dein Geist jedoch noch nicht. Ich untersage es Lehrling Zander, in deinem Körper Knoten zu bilden. Er hat recht: Wenn es dir so wichtig ist, in den Goldrang aufzusteigen, sorge selbst dafür. Dein Lehrlingskollege wird dir erst helfen, wenn ich der Ansicht bin, dass dein Geist dafür bereit ist."

„Mentor!", protestierte Vyllea. „Das ist nicht fair! Ich will nicht von Zander abhängig sein!"

„Du musst deine Gefühle im Zaum halten, Lehrling, sonst wirst du dir eine Strafe einhandeln. Kultiviere deinen Geist, trainiere fleißig, und wenn ich dich für würdig halte, werde ich Lehrling Zander gestatten, mit deinen Knoten zu arbeiten. Vorher nicht. Du hast drei Tage. Nutze sie zum Meditieren."

„Vergiss es!", murmelte Vyllea zornig und wich meinem Blick gezielt aus. „Ich werde den Goldrang so oder so erreichen, egal, was ich dafür tun muss!"

Die sture Dämonin ließ sich ganz in meiner Nähe im Lotussitz nieder, legte die Hände auf die Knie und schloss die Augen. So blieb sie stundenlang sitzen und zuckte jedes Mal zusammen, wenn der Mentor einen Baum fällte. Ich fand es beunruhigend, wie sehr der Taoist darauf versteift war, das Wurmloch zu erreichen, aber es stand mir nicht zu, Einwände zu erheben. Vielleicht wurde er tatsächlich von den Himmeln gelenkt und würde die Erzlord-Stufe nur erreichen können, wenn er die Verbindung der beiden Welten sah. Was wusste ich schon über den Aufstieg in derartig erhabene Ränge?

Erhabene Ränge... Wie von selbst drehte ich den Kopf Richtung Schlachtfeld. Dort lag ein hochrangiger Taoist auf dem Rücken. Eine Legende unter den Suchenden. Doch der Mentor hatte nicht einmal angedeutet, dass wir ihn retten könnten. Entweder erschien es ihm unmöglich, zu gefährlich für seine Lehrlinge, oder zu riskant für ihn selbst. Auch das war nicht auszuschließen. Vielleicht hatte Erzlord Nurghal Lee geschworen, jeden Suchenden zu töten, der ihm begegnete. Doch die Vorstellung, den Erzlord ebenfalls zu befreien, war durchaus verlockend. Wenn das gelang, bestand die Chance, dieses Schlachtfeld zu vernichten, das Wurmloch zu zerstören und unsere Welten an dieser Verbindungsstelle von einander zu trennen.

Während alle beschäftigt waren oder zumindest so taten, begab ich mich zu dem Erzlord. Seine Pose war wirklich außerordentlich unvorteilhaft. Er hing in der Luft, mit dem Rücken nach unten. Wenn man ihn mit Stöcken herausschob, würde er geköpft werden. Die Befreiung meiner Begleiter war deshalb so unkompliziert gewesen, weil sie Kontakt zum Steinsockel hatte, sodass ein Ansatzpunkt vorhanden war. Der Taoist dagegen schwebte. Sobald ein Teil von ihm freigelegt wurde, würde sich das Gleichgewicht verschieben und das Körperteil abfallen, genau wie es mit dem ersten Wolf geschehen war.

Ich drehte mehrere Runden um den Erzlord, prägte mir alle wichtigen Einzelheiten ein und ging dann wieder zurück. Vyllea tat nun nicht mehr so, als würde sie meditieren, sondern saß einfach da und schmollte. Der Mentor war ganz in seine Welt versunken und fällte weiter Bäume, ohne uns zu beachten. Er hatte ein festes Ziel vor Augen, dass er unbeirrbar verfolgte. Somit blieb mir nichts anderes übrig, als mich auszuruhen, aber das kam für mich natürlich nicht infrage. Die neue Herausforderung ließ mir keine Ruhe. Wie konnte man einen Taoisten befreien, der in einer Zeit-Anomalie schwebte? Mir kamen die verschiedensten Ideen, die ich allesamt sofort verwarf. Irgendwann nahm ich mir sogar einen Stock und skizzierte auf dem Boden diverse Hebevorrichtungen und Hilfskonstruktionen, die einen Körper auffangen konnten, wenn er in der Luft aus einer Anomalie kam. Doch mir fiel nichts Sinnvolles ein. Es schien unmöglich, einen Schwebenden unverletzt zu befreien. Die Rettung war nur mit einem eingespielten Team möglich, aber woran konnten wir üben?

„Zander!" Vyllea gab sich endlich geschlagen und kam auf mich zu. „Ich kann nicht allein meditieren. Ich brauche dich!"

„Lass uns das später versuchen, jetzt habe ich zu tun."

„Für mich gibt es kein Später! Ich habe ganz merkwürdige Entzugserscheinungen! Wenn ich dich ansehe, zittere ich am ganzen Körper. Mein Mund wird seltsam trocken, mein Kopf dreht sich und ich kann mich auf nichts konzentrieren. Ich werde von dir angezogen! Und das regt mich auf! Es geht nicht, dass ich so abhängig bin!"

„Dein Körper hat erkannt, dass mein Rang höher ist, und will etwas von meiner Kraft, um seinerseits aufzusteigen. Das Gefühl, das du beschreibst, kenne ich nur zu gut. So habe ich sechs Monate lang gelebt."

„Das hast du selbst so gewollt! Aber das, was mit mir passiert, ist nicht meine Schuld, sondern deine! Du musst dafür sorgen, dass das aufhört. Ich brauche eine Vereinigung, sonst kann ich für nichts garantieren. Leg dich auf den Rücken!" Vyllea war so anders als sonst, dass ich nicht widersprechen konnte. Das, was sie gerade erlebte, hatte ich selbst durchgemacht und wusste deshalb genau, wie der Körper rebellierte — und zwar heftig —, wenn er nicht mindestens eine Vereinigung pro Tag bekam. Schon bei dem Gedanken an meine erste Meditation mit Vyllea lief mir noch immer ein Schauer den Rücken hinunter. Mein eigener Körper hatte mich töten wollen. Gerettet hatte mich damals nur, dass ich Knoten bildete und den Schmerz mit angenehmen Gefühlen übertönte.

„Jetzt leg dich endlich hin!" Vyllea hielt es nicht mehr aus und schubste mich zu Boden. Sofort kletterte sie auf mich, holte zitternd Luft und drückte ihre Stirn auf meine. Ganz eindeutig litt sie sehr. Ich rührte die Knoten nicht an, wie der Mentor es befohlen hatte. Und dazu war auch kaum Zeit — Vyllea war wie besessen. Sie erzeugte so viel Körperenergie, dass ich sie kaum kontrollieren konnte. Allein war sie dazu nicht in der Lage. Erst nach zwölf Stunden, als ich die letzten Reste von Wärme gelöscht hatte, rollte sie sich auf die Seite und versank auf der Stelle in Schlaf, offenbar bereits im Fall. Ich breitete eine Decke über sie und ging dann zu meinem Mentor, um ihm einen interessanten Vorschlag zu unterbreiten. Erst jedoch musste ich ihm eine Frage stellen. Ich wollte nur zu gerne wissen, wieso der Taoist nicht die Absicht zeigte, den legendären Suchenden aus der Anomalie zu befreien. Nachdem ich Energie mit Vyllea ausgetauscht hatte, war ich mir sicher, wie das gelingen konnte. Und dazu brauchte es weder Stege noch Stützen. Die Befreiung des Erzlords war erstaunlicherweise einfacher als die Rettung des Mentors. Ich ahnte sogar, wieso der alte Suchende die Lotusposition eingenommen hatte: Um es denen, die ihn fanden, leichter zu machen. Doch seit zweihundert Jahren hatte es niemand versucht. Welchen Grund mochte das haben?

KAPITEL 13

„... SOMIT WÄRE ES gar nicht schwer, ihn zu befreien. Aber wieso seid Ihr dagegen?"

Mentor Guerlon hatte sich meinen Vorschlag so ruhig wie üblich angehört. Er hatte sogar das Baumfällen unterbrochen. Der Taoist schickte mich nicht zum Ausruhen, sondern ließ sich auf einem gefällten Stamm nieder und starrte eine Zeitlang stumm auf die Axt in seinen Händen. Mir war ein wenig unbehaglich zumute. Konnte sein Zwist mit dem Erzlord so ernst sein, dass er mich und Vyllea töten würde, damit niemand davon erfuhr, wo der Taoist zu finden war? Allerdings spürte ich kein Kribbeln zwischen den Schulterblättern, das mir sonst zuverlässig Gefahr ankündigte. Meine Kampfintuition war zwar noch nicht optimal, hatte mich bislang jedoch nie getäuscht. Wenn echte Gefahr drohte, fühlte sich meine Wirbelsäule an, als sei sie mit Nadeln gespickt. Endlich löste mein Mentor den Blick von seiner Axt und sah mich an.

„Aus den überlieferten Aufzeichnungen geht hervor, dass Erzlord Nurghal Lee ein vorbildlicher Suchender war. Großartig, mächtig und gerecht. Er brachte sein Leben damit zu, Schlachtfelder zu zerstören, Wurmlöcher zu schließen und Dämonen auszulöschen, während er sich aus Streitigkeiten zwischen den Clans heraushielt. Selbst in seinen letzten Stunden, als ihm klar war, dass er in einer Zeit-Anomalie bleiben würde, gelang es ihm noch, sein Haustier freizulassen, das diese Region der Dämonenwelt in eine Wüste verwandelte.“

„Soll das etwa heißen, dass er Vyllea töten könnte, sobald er sie sieht?“, fragte ich, als der Mentor eine Pause machte.

„Von Wahnsinn ist in den Archiven nicht die Rede, deshalb hoffe ich, dass er das nicht tun wird. Ganz auszuschließen ist diese Möglichkeit jedoch nicht.“

„Aber warum wollt Ihr dann... Mentor, der Leichnam, der mich fast getötet hat — das ist kein Dämon, oder? Sondern ein Mensch, richtig? Ihr habt die Kleidung erkannt, oder vielmehr das, was davon noch übrig war. Ein Blick reichte Euch, um zu entscheiden, den Erzlord nicht zu retten. Wer wollte ihn töten, Mentor? Irgendein Clan aus Zone Drei? Oder Vier?“

„Der Gürtel, den der Leichnam trägt, ist ein Artefakt des absoluten Schutzes. Ein einzigartiger

Gegenstand, den der Kaiser persönlich angefertigt und für eine bestimmte Person maßgeschneidert hat. Dieses Artefakt kann seinen Besitzer ein paar Minuten lang vor fast jedem Angriff schützen. Mit einem solchen Gürtel kann man im Krater eines aktiven Vulkans schwimmen, sich aus größter Höhe herabstürzen oder durch die tiefsten Stellen des Ozeans schwimmen. Man könnte sich sogar in das Maul eines Untiers der Erleuchteten-Stufe wagen. Zwar nur für kurze Zeit, aber es wäre möglich. So wird die Wirkung von denjenigen beschrieben, die das Recht dazu haben, ein solches Artefakt zu tragen. Man nennt sie kaiserliche Beamte, Richter oder Vollstrecker des Schicksals. Es gibt viele Namen, doch alle bedeuten dasselbe — diese Leute sind Handlanger des Kaisers, die in seinem Namen handeln. Das, was hier geschehen ist, hat nichts mit Dämonen zu tun. Es ist eine Falle, die für eine bestimmte Person aufgestellt wurde — den Suchenden Nurghal Lee. Und dieses Vorgehen wurde von der höchsten Führungsriege des Deforeanischen Reiches sanktioniert. Nicht nur sanktioniert, sondern auch ausgeführt, obwohl die Vollstrecker des Schicksals normalerweise nicht allein handeln.“

„Also verstößt die Rettung des Erzlords gegen den Willen des Kaisers, möge er ewig herrschen?“

„Ich bezweifele, dass der Kaiser überhaupt von Erzlord Nurghal Lee weiß. Für ihn ist eine solche Gestalt zu unbedeutend. Nichts als Staub unter seinen Füßen, der sich von Ort zu Ort bewegt. Hier geht es um einen Machtkampf innerhalb von

Zone Vier — oder vielleicht auch in der Zentrumszone. Der Erzlord hatte schon beinahe die Stufe der Erleuchtung erreicht. Solche Taoisten muss man in die Hauptstadt vorlassen und ihnen Zugang zur Ur-Seele gewähren. Das gefällt nicht jedem. Konkurrenz — insbesondere Suchende — sind nicht gern gesehen. Wenn wir den Erzlord retten, könnte das zu einem Konflikt im Deforeanischen Reich führen. In den zweihundert Jahren seit dem Verschwinden dieses Taoisten hat sich vieles verändert. Die Dämonen haben im östlichen Teil des Reiches erhebliche Fortschritte erzielt; selbst in Zone Drei gibt es mittlerweile Schlachten. Es ist nur eine Frage der Zeit, bis die erste Vorhut die vierte erreicht, sodass Erzlords der Dämonen mit aller Kraft in unsere Welt vordringen könnten. Wenn sich in dieser Phase ein rachsüchtiger Erzlord des Goldrangs zu erkennen gäbe... Die Folgen kann ich schlichtweg nicht absehen."

„Und dennoch seid Ihr dabei, weitere Stege zu erschaffen, statt einfach hier zu verschwinden und alles für immer zu vergessen. Die Himmel werden einen Rückzug nicht akzeptieren. Wir sind nicht zufällig in den Wald von Dandoor gekommen. Und es war auch kein Zufall, dass wir einen gewaltigen Baum zerstört und die Schildkröte des Erzlords gefunden haben. Das Herz des Ozeans, das wie durch ein Wunder genau zu Erzlord Nurghal Lee passt, befindet sich nicht zufällig in Eurer Dimensionstasche. Selbst dass wir die Stelle gefunden haben, an der der Erzlord seine letzte Schlacht geschlagen hat, war keine glückliche Fügung! Das

Schlachtfeld ist gewaltig; wir hätten anderswo landen können und wären ihm nie begegnet. Doch die Himmel haben uns hierher geführt. Vielleicht sollten wir auf diese Zeichen achten?"

„Was willst du mit dem Erzlord?" Der Mentor grinste. „Wenn du auf seine Dankbarkeit hoffst, muss ich dich enttäuschen. Ein Taoist seiner Stufe wird davon ausgehen, dass du lediglich deine Pflicht getan hast. Vielleicht bestraft er dich sogar, wenn er meint, du hättest dir zu viel Zeit gelassen."

„Ich weiß es nicht, Mentor", gab ich ehrlich zu. „Es ist nur so, dass… Es kommt mir irgendwie falsch vor, und das lässt mir keine Ruhe. Wir können den Erzlord nicht hierlassen. Ich weiß wirklich nicht, wieso. Aber ich habe das Gefühl, dass das nicht geht."

„Die Suchenden brauchen ihn nicht", stimmte der Mentor unerwartet zu. „Aber genau ist das Problem, das mir zu denken gibt. Ein Richter hatte beschlossen, den Erzlord zu eliminieren und dafür zu sorgen, dass man seinen Tod den Dämonen anlasten würde. Kaiserliche Beamte handeln selten allein, und das bedeutet, dass jemand im Reich die Beseitigung von Erzlord Nurghal Lee angeordnet hat. Für weit entwickelte Taoisten sind zweihundert Jahre nur ein Wimpernschlag. Wenn der Suchende wieder in unserer Welt auftaucht, wird eine Jagd beginnen — nicht nur auf ihn, sondern auch auf diejenigen, die ihn zurückgebracht haben. Also auf mich, auf dich und auf Vyllea. Der Richter wird das nicht dulden. Ich bin ein Meister des Diamantrangs. Mich kann nur ein ernstzunehmender Gegner töten, und vor allen Dingen müsste man mich auch erst einmal finden. Aber bei dir und Vyllea sieht es anders aus; ihr seid noch Kandidaten. Jeder Lehrling des Silberrangs könnte es mühelos mit euch aufnehmen. Ein Krieger könnte euch allein mit der Kraft seiner Aura töten. Die Richter sind zu rachsüchtig, um darüber hinwegzusehen, und sie werden einen Weg finden, um aus den höheren Zonen in Zone Null zu gelangen.“

„Um Rache zu nehmen, muss man wissen, an wem man sich rächen will. Meint Ihr, dass Erzlord Nurghal Lee im ganzen Reich verkünden wird, dass Meister Guerlon und seine Lehrlinge ihn befreit haben?“

„Genau das wird er tun. Wenn der Erzlord befreit wird, wird er Konflikte provozieren und den Morast aufwirbeln, in dem das Deforeanische Reich versunken ist. Dazu wird ihm jedes Mittel recht sein, auch der Aufstieg niederer Taoisten — das sind wir. Damit sich herausstellt, wem das nicht gefällt, und diese Leute bestraft werden können.“

„Ihr haltet Euch für einen niederen Taoisten?“ Ich konnte mir ein Schmunzeln nicht verkneifen.

„Im Vergleich zu einem Erzlord schon.“

„Und doch seid Ihr noch hier. Die Himmel schicken uns niemals einfache Gegner, oder? Wieso greifen wir ihnen nicht unter die Arme und schaffen uns selbst Gegner?“

„Bist du wirklich so lebensmüde?“

„Nein. Ich weiß nur, dass wir den Erzlord nicht auf dem Schlachtfeld lassen können. Wir müssen ihn retten, und ich habe dazu den perfekten Plan. Nur für die letzte Phase brauche ich Eure Hilfe. Ich fürchte, die Ausrüstung des Taoisten könnte mein Ende sein. Übrigens, lässt sich der Gürtel des Kaiserlichen Beamten verkaufen? Mir ist klar, dass ich ihn nicht tragen kann, aber einem Meister könnte er doch als Machtquelle dienen, oder?

„Wer dieses Artefakt berührt, ist todgeweiht. Deshalb lohnt es nicht einmal, den Körper zu retten. Er ist es nicht wert.“

„Und wenn der Gürtel zerstört wird? Wie die Samen der Wurmlöcher? Oder die Plakette eines Suchenden?“

„Sodass eine gewaltige Energiemenge freigesetzt wird?“ Der Mentor überlegte. „Wenn wir den Leichnam zum Wurmloch bringen und den Gürtel aktivieren, würde der Energieschwall das Wurmloch zerfetzen. Aber derjenige, der das tut, wird dabei sterben.“

„Der Gürtel wird also explodieren, wenn er mit einem Lebewesen in Berührung kommt?“

„Das weiß ich nicht genau. Hast du vor, ein Tier darauf zu werfen?“

„Wieso nicht? Die Erfahrung zeigt, dass sie bei Aktionen auf diesem Schlachtfeld recht nützlich sein können.“

„Eine gute Idee, die eindeutig eine Überlegung wert ist. Wann bist du bereit, den Erzlord zu befreien?“

„Ich kann das nicht, das müsst Ihr tun. Ich werde den Körper für die Befreiung aus der Zeit-Anomalie vorbereiten, die Rettung aber nicht selbst durchführen. Die Energie würde mich töten, selbst mit vier Knoten. Der Erzlord wird bis heute Abend bereit sein. Aber ich brauche ein paar weitere Stege. Einer muss sich direkt über dem Taoisten befinden.“

„Dann los. Ich möchte mit eigenen Augen sehen, wie du den Plan umsetzen willst.“

Der Mentor hob einen der Stege so mühelos an, dass ich neidisch wurde. Derartiges Gewicht war für mich vorläufig noch zu viel. Außerdem setzte er dazu keinerlei Techniken ein, nur reine Kraft. Wir erreichten die Falle, in der sich der Erzlord befand, und ich deutete auf die Stelle, an der der Steg abgesetzt werden sollte. Um meinen Plan umzusetzen, musste ich über dem Gefangenen der Zeit-Anomalie schweben. Das war lächerlich einfach — wieso sollten wir den Erzlord in Rückenlage befreien, wenn wir ihn doch einfach auf den Boden befördern konnten? Wie sich herausstellte, war das ziemlich leicht. Erst lehnte ich mich gegen die Brust des Taoisten und drückte ihn hinunter auf die Steine. Der erste Stock brach ab. Dann brauchte ich die Hilfe meines Mentors: Ich drückte gegen die verschränkten Beine, der Mentor gegen den oberen Teil des Rückens. So gelang es uns, den Taoisten in eine aufrechte Stellung zu bringen. Der letzte Schritt bestand darin, den Erzlord von oben nach unten zu drücken, damit sich die

Kontaktfläche zur Steinplattform vergrößerte. Dann mussten wir nur noch einen verschnürten Wolf verwenden, um das Volumen der Zeit-Anomalie zu reduzieren. Als die Armbrustbolzen herausfielen, wurde ich wieder von Energie versengt: Bei den Bolzen handelte es sich offenbar um äußerst mächtige Artefakte. Allerdings hatte ich nun einen Mentor, der sie mit einem Stock geschickt in die Zeit-Anomalie mit dem riesigen Seeungeheuer beförderte. Der Taoist wollte es nicht riskieren, mit bloßen Händen unbekannte Artefakte zu berühren. Dreimal verließen wir das Schlachtfeld, damit sich der Aufruhr legen konnte, und dreimal kehrten wir zurück, um das Volumen der hellgelben Masse zu reduzieren, bis schließlich nur noch eines zu tun blieb — die Befreiung des Erzlords.

„Hier." Ich reichte dem Mentor einen Stock, der millimetergenau kalibriert war. Mentale Absolute haben ihre Vorteile — sie können im Kopf Blaupausen erstellen und damit arbeiten. Der Mentor war dazu nicht in der Lage. Ach, wie schön es doch war, etwas zu können, was selbst ein Meister des Diamantrangs nicht fertigbrachte! Das war außerordentlich motivierend.

„Ihr habt zwanzig Minuten, bis die Anomalien aktiv werden. Ich habe markiert, wo Ihr stehen müsst. An den Stellen, an denen Ihr drücken müsst, habe ich ein Blatt hineingeschoben. Das Wichtigste ist, dass Ihr nicht aufhört. Sollen wir das vielleicht erst einmal an einem Tier üben? Ich habe etliche Tiere verbraucht, bis ich mich an Euch gewagt habe."

„Blatt", erwiderte der Mentor und sprang vom Steg. Der Taoist hielt so selbstsicher auf die markierte Stelle zu, als hätte er sein ganzes Leben nichts anderes gemacht als Lebewesen aus Zeit-Anomalien befreit. Ich wäre am liebsten geblieben, um zuzuschauen, wie alles ablief, hatte jedoch noch allzu gut in Erinnerung, was mir der Gürtel des Richters angetan hatte. Eilig verzog ich mich ans andere Ende des Stegs, und selbst aus 150 Metern Entfernung spürte ich die Welle der freigesetzten Energie. Der Erzlord des Goldrangs Nurghal Lee war frei.

Allerdings geschah etwas Merkwürdiges — die Energie verschwand so abrupt, als wären die Taoisten wieder in eine Zeit-Anomalie geraten. Die unsichtbaren Massen gerieten in Bewegung, doch dann zuckten zwei Blitze über dem Steg oberhalb der Steinplatte und verwandelten sich in zwei Taoisten. Im Vergleich zu Nurghal Lee wirkte mein Mentor geradezu jugendlich, dabei konnte man den Erzlord nicht als alt bezeichnen. Ich hätte ihn auf etwa fünfzig Jahre geschätzt, mehr nicht. Schmal, majestätisch und mächtig. Er erinnerte mich an meinen Vater, nur mit weitaus mehr Strenge. Das hätte ich zwar nicht für möglich gehalten, und doch war es so.

„Ein Dämon?", fragte eine angenehme, leise Stimme, und die Macht des Taoisten senkte sich auf mich. Widerstand war zwecklos — ich wurde zu Boden gedrückt. Mir war, als wäre etwas gebrochen.

„Er ist ein Mensch, Weiser. Mein Lehrling,

von dem ich Euch berichtet habe."

Der Druck verschwand. Ich wollte einatmen, konnte es jedoch nicht — mein Körper wollte nicht funktionieren. Mein Mentor legte mir eine Hand auf den Rücken und ein stechender Schmerz durchfuhr mich — Knochen rückten wieder an Ort und Stelle. Erzlord Nurghal Lee hatte mich nicht nur zu Boden gedrückt, sondern geradezu darübergeschleift. Der Schmerz ließ nach und ich spürte, wie ich auf die Beine gerissen wurde. Sanft war Erzlord Nurghal Lee nicht gerade.

„Gelbe Augen. Der Geruch des Todes. Willst du mich verhöhnen, Junior?"

Mein Mentor wurde blass — offenbar ließ der Erzlord ihn deutlich seine Macht spüren. Dennoch bewahrte der Taoist die Fassung.

„Nein, Weiser. Er ist wirklich ein Mensch. Er ist vorübergehend zum Dämon geworden, nach einer kompletten Vereinigung mit meinem anderen Lehrling. Diese ist allerdings ein Dämon."

„Komplette Vereinigung? Hmm..."

Der Erzlord machte eine Handbewegung und wir fanden uns in einem großen Zelt wieder. Der befreite Taoist ließ sich in einem bequemen Stuhl nieder und stützte den Kopf in die Hand.

„Wie mir scheint, ist die Dämonin, mit der sich dieser junge Mensch vereinigt hat, ganz in der Nähe. Junior, bringt sie her."

„Lehrling, erledige das." Der Erzlord nannte Meister Guerlon also „Junior" und sah in mir offenbar überhaupt keinen Taoisten. Vyllea schlief noch. Mir fehlte die Zeit, sie zu wecken, deshalb hob ich sie hoch und trug sie ins Zelt des Weisen Nurghal Lee. Er beachtete uns nicht, sondern hörte zu, was Meister Guerlon ihm berichtete. Der Taoist erzählte die gesamte Geschichte, vom Schließen des ersten Wurmlochs bis hin zu den Umständen, die ihm so seltsame Lehrlinge beschert hatten. Er verheimlichte nichts und berichtete, dass er Vyllea zum Wang-Clan gebracht hatte, das Oberhaupt von Zone Null von der Dämonin aber gar nichts wissen wollte. Unsere Reise nach Zou-Lemawn, der Gefangenenaustausch, die Verhöre, die Vernichtung der Wurmloch-Koordinatoren, die Begegnung mit Vyllea und die Erkenntnis, dass die Himmel selbst ihm diese Aufgabe gestellt hatten. Die erste Vereinigung, der Weg durch den Wald von Dandoor, die Gefangenschaft im Schlachtfeld, meine geradezu heroischen Taten und schließlich die Befreiung des Erzlords.

„Dir also verdanke ich mein Leben." Der Weise Nurghal Lee sah mich wieder an, was mir außerordentlich unangenehm war. „Komm näher."

Mit steifen Schritten näherte ich mich dem Erzlord, und er legte eine Hand auf mich. Energie strömte in meinen Körper, doch ehe ich den Sinn erfassen konnte, war sie bereits wieder verschwunden.

„Ein Kandidat des Goldrangs. Ein mentaler Absolut. Akzeptable Geiststufe, doch der Körper ist in erbärmlichem Zustand. Allerdings geben mir diese vier Knoten zu denken. Wann hast du den

Goldrang erreicht?"

„Vor vier Monaten, Weiser", erwiderte ich mit einer Verbeugung. Wie ungewohnt das geworden war! „Mir blieb nichts anderes übrig; ich musste schnell handeln."

„Das war nicht die Frage...", setzte der Erzlord an und wollte schon wieder seinen Zorn an mir auslassen, doch dann lenkte er sofort ein. „Was soll das heißen, dir blieb nichts anderes übrig? Erkläre dich."

„Als ich allein hier war, musst ich Knoten in mir bilden, um ohne Heilung überleben zu können. Ein Knoten reichte nicht: Auf dem Schlachtfeld war zu viel Energie. Bei vieren habe ich aufgehört."

„Junior, weck sie auf", befahl der Erzlord und deutete mit dem Kopf auf Vyllea, dann wandte er sich wieder an mich. „Beschreibe mir, wie du Knoten erzeugt hast."

Da ich das bereits mit dem Mentor besprochen und alle seine Nachfragen beantwortet hatte, konnte ich jetzt genau erläutern, wie die Knotenbildung vonstatten gegangen war. Als ich fertig war, war Vyllea aufgewacht und saß neben dem Mentor, so verängstigt, dass sie nicht einmal den Kopf hob.

„Komm her", befahl der Erzlord widerwillig. Der Mentor musste die junge Dämonin anstoßen, da sie gar nicht begriff, dass sie gemeint war. Der Taoist zögerte lange, ehe er sich dazu durchrang, das Mädchen zu berühren, doch schließlich konnte er sich überwinden.

„Akzeptabler Geist, akzeptabler Körper und katastrophaler Verstand. Zwei in Entwicklung befindliche Knoten. Hmm... Aber dennoch, die Vereinigung... Welch interessante Kompensation... Körper für Verstand. Aber wieso... Ich möchte sehen, wie ihr die Vereinigung vollzieht. Junge, arbeite an ihrer Basis und bilde einen Knoten."

„Ich bitte um Verzeihung, Weiser, aber das steht mir nicht zu." Ich verneigte mich vor dem Erzlord. „Mein Mentor..."

Ich konnte nicht weitersprechen — meine Welt existierte nicht mehr. Sie verschwand einfach. Als ich die Augen aufschlug, empfand ich entsetzlichen Schmerz. Unerklärlicherweise lag ich auf dem Boden in einer Blutpfütze. Neben mir stand der Mentor, der noch immer eine Hand auf mich legte. Als er merkte, dass ich wieder bei Bewusstsein war, erhob er sich.

„Lehrling, wenn ein Weiser dir eine Anweisung gibt, musst du alles in deiner Macht Stehende tun, um diese Anweisung auszuführen", sagte er, ohne mich anzusehen. „Eine Weigerung oder Ausreden gelten als Aufsässigkeit und werden streng bestraft. Das solltest du dir gut einprägen."

„Danke für die Lektion, Mentor." Mit Mühe stand ich auf. Der Erzlord sah immer noch in meine Richtung, deshalb drehte ich mich zum Mentor um und verneigte mich tief. „Mentor, bitte gestattet mir, mit Vylleas Knoten zu arbeiten."

„Mein Wort genügt dir also nicht mehr, Bursche?" Offenbar wirkte der Erzlord, den wir aus der Anomalie befreit hatten, geradezu erstaunt. Mir war klar, dass mein Verhalten dumm war, aber ich konnte nicht anders. Die Himmel würden einem Suchenden eine solche Schwäche nicht verzeihen.

„Bitte verzeiht diesem Junior, Weiser, aber Ihr seid nicht mein Mentor...“

Wieder hüllte mich Finsternis ein. Als ich das Bewusstsein wiedererlangte, lag Vyllea neben mir. Dem Anschein nach hatte auch sie schwer gelitten. Der Mentor hatte eine Hand auf mich gelegt, die andere auf Vyllea.

„Die komplette Technik zur Heilung von Dämonen. Ihr steckt voller Überraschungen, Junior“, ertönte die Stimme des Weisen Nurghal Lee. „Ich will die Vereinigung sehen.“

„Ja, Weiser. Meine Lehrlinge werden sie demonstrieren. Lehrling Zander, ich gestatte dir, mit den Knoten von Lehrling Vyllea zu arbeiten. Was brauchst du?“

„Die Essenz eines Lehrlings des Bronzerangs. Hier gibt es nicht genug Energie zur Knotenbildung.“

„Gib ihm einen goldenen Lehrling“, befahl der Erzlord. „Mir ist klar, was das bedeutet. Mit einem Kupferlehrling wird es zu lange dauern. Außerdem reicht ein Knoten nicht aus. Ein goldener sollte für drei genügen.“

Der Tonfall des Erzlords machte deutlich, dass eine Weigerung ausgeschlossen war. Der Mentor reichte mir die brennende Essenz, danach legte ich mich auf den Boden. Vyllea nahm ihre

Position auf mir ein, unsere Stirnen berührten sich.

„Dafür bist du mir was schuldig", hörte ich sie flüstern. „Als der Erzlord dich zum zweiten Mal bestraft hat und der Mentor einfach wegsah, habe nur ich für dich Partei ergriffen. Ich habe dem Taoisten alles erzählt. Dass er ohne dich noch weitere zweihundert Jahre in der Anomalie hocken würde."

„Ich bin dir etwas schuldig", stimmte ich zu und schloss die Augen. Ein warmes, angenehmes Gefühl erfüllte meine Seele. Ich wusste, dass Vyllea kein Risiko scheute, hätte jedoch nie gedacht, dass sie mich sogar gegenüber einem Erzlord verteidigen würde. Ich wollte mich dafür revanchieren, und sobald die Wärme durch uns zirkulierte, griff ich nach der Essenz mit der Energie. Drei Knoten? Kein Problem, ich würde ihr drei Knoten verschaffen!

„Ich sehe eine vollständige körperliche Vereinigung. Ich sehe die Anfänge einer seelischen Vereinigung. Aber warum hast du eine Sperre in deinem Verstand errichtet, Bursche?" Die Stimme des Weisen Nurghal Lee durchdrang meine Konzentration. Oder war es keine Konzentration? Es war, als würden die Worte in meinem Kopf entstehen und die Kontrolle der Wirbel nicht stören.

„Verstehe. Du weißt nicht, was du tust. Du weißt nicht einmal, wie du mit mir reden kannst. Erstaunlich. Ein autodidaktischer Öffner. So etwas sehe ich zum ersten Mal. Du musst die Sperre beseitigen, die verhindert, dass eure mentale

Energie zirkuliert. Konzentriere dich auf den Kopf. Entdecke die Kälte darin. Der Körper brennt. Der Verstand kühlt. Zwischen dir und der Kälte gibt es eine Barriere — diese musst du einreißen. Tu das!"

Die Kälte spüren? Vyllea stöhnte vor Schmerz auf — nach den Worten des Erzlords zu urteilen, hatte ich einen Augenblick lang die Konzentration verloren. Während ich mich bemühte, die warmen Ströme wieder unter Kontrolle zu bringen und die Energie aus der Tieressenz in die Knoten des Mädchens zu übertragen, richtete ich einen Teil meines Bewusstseins auf meinen Kopf. Kälte. Ich brauchte Kälte. Einen kalten Verstand. Mit kühlem Kopf handeln. Das sagte mir der Mentor wieder und wieder. Gefühle sind gefährlich und schädlich. Ein Taoist muss ruhig bleiben.

Als ich diese scheinbar trivialen und schlichten Worte äußerte, war es, als würde mir eine gewaltige Last von den Schultern genommen. Mein Körper entspannte sich trotz der Energiewirbel. Ich wusste nichts von der Kälte, die der Erzlord erwähnt hatte. Ich spürte sie nirgends. Doch da er nach Kälte verlangte und diese im Kopf entstand, zog ich unsichtbare Kälteströme herbei und schickte sie in den Kreislauf. Vielleicht täuschte ich mich, doch nach einer Weile spürten meine unsichtbaren Hände tatsächlich Kälte. Nach dem Ursprung zu suchen, wäre genauso sinnlos gewesen wie Widerstand gegen den Erzlord, also hielt ich diesen Strom einfach fest, zog ihn zu mir und schickte ihn zu Vyllea. Das Mädchen stöhnte — die Kälte tat weh. Doch sobald sie einen kompletten Kreislauf mit meinem Körper bildete, ebbte das Stöhnen ab.

„Das reicht." Wieder ertönte die Stimme des Erzlords. „Für den Anfang ist das genug. Stabilisiere die Ströme. Beende die Knoten."

Offenbar wusste der Weise Nurghal Lee ganz genau, was ich tat. Ich hörte auf, die Knoten zu verstärken, und mischte sie mit der Wärme der Körperenergie. Oder vielmehr verflocht ich beides miteinander — sie wollten sich nicht mischen lassen. Sobald sie jedoch verflochten waren, legten sich die Wirbel und bildeten zwei Energiestränge. Sie stabilisierten sich ganz von allein, sodass ich mich auf Vylleas Knoten konzentrieren konnte und drei Ströme gleichzeitig zustandebrachte. Als die Quelle verschwunden war, leuchteten im Körper des Mädchens drei helle Stellen. Ich wollte die Energieströme stoppen, doch das ließ der Erzlord nicht zu.

„Behindere sie nicht — lass sie kreisen. So wird sie vielleicht intelligenter und du stärker. Jetzt kommt der schwerste Teil, Bursche. Du musst die verknüpften Knoten vereinen. Bilde Meridiane, aber nicht in deinem oder in ihrem Körper, sondern zwischen euch. Fang mit einem Meridian an. Rechts neben dir ist eine Energiequelle. Nimm sie und lege los!"

Der Energiefluss, der neben mir aufflammte, blendete mich geradezu. Das, was der Erzlord lieferte, ging eindeutig über meine Fähigkeiten hinaus, doch der gemeinsame Fluss von mentaler und Körperenergie verhinderte erstaunlicherweise, dass uns das Qi Schaden zufügte. Unsere Körper schienen geschützt zu sein. Wenn das wirklich der Fall war... Huang Lung hatte den Prozess der Meridianbildung ausführlich erläutert. Jetzt, da Vyllea und ich eins waren, konnte ich dieses Wissen nutzen und tun, was der Erzlord verlangt hatte, oder? Ich schöpfte so viel Energie, dass es mir fast die Hände verbrannte, und schrie vor Schmerz, doch selbst die extremen Empfindungen konnten mich nicht von meiner Arbeit abhalten. Ich legte alles, das ich aus der Quelle entnommen hatte, zwischen mich und Vyllea. Genau zwischen unsere identischen Knoten. Vyllea schrie. Ich schrie. Die Welt schrie. Doch der Meridian wollte sich nicht bilden. Die Energie reichte nicht aus. Mein Schrei wurde stärker, als ich eine zweite Portion nahm. Diesmal hüllte ich ihren Knoten damit ein und zog die restliche Energie zu meinem. Auch das reichte nicht aus. Ich musste eine dritte Portion nehmen und meinen eigenen Knoten darin einhüllen. Und in diesem Augenblick wurde mir klar, wieso Vyllea so still geworden war: Mich überkam so gewaltiger Schmerz, dass ich beinahe ohnmächtig wurde. Wie es mir gelang, bei Bewusstsein zu bleiben, kann ich mir selbst nicht erklären. Vermutlich lag es daran, dass ich vor dem Erzlord auf keinen Fall schwach wirken wollte.

Doch selbst mit der dritten Portion funktionierte der Meridian nicht. Beide Knoten waren in Energie gehüllt, die zwischen ihnen lag, doch irgendetwas fehlte. Diese ziellose Masse an Kraft sah aus wie frischer Schnee. Locker und nutzlos. Nein — nicht Schnee! Schafswolle! Eine große, unförmige Masse, doch wenn sie gesponnen und in Form gebracht wurde, konnte man daraus wahre Wunder schaffen. Genau wie hier! Ich musste die Energie spinnen. Zusammendrehen, sodass sie zu einem dünnen, gesättigten Faden wurde.

Ich brauchte eine vierte Dosis der geborgten Kraft, die ich zwischen die Knoten lenkte. Darüber hinaus nutzte ich einen schmalen Energiestrom, um die lockere Energiemasse zwischen unseren Knoten zusammenzudrehen. Allmählich ließ der Schmerz nach, bis er schließlich ganz verschwunden war. Als das Gebilde zur Hälfte fertig war, floss die restliche Energie zu einem feinen Strang zusammen und beide Knoten leuchtete hellgolden. Ein dritter Kreis der Vereinigung entstand, doch ich wollte jetzt nicht aufhören. Ich musste die innere Energie vollständig mit dem äußeren Fluss umhüllen. Als ich damit fertig war, spürte ich in meinem Körper unendliches Wohlbehagen. Jetzt leuchteten nicht nur die Knoten, sondern auch der Energiefaden, der sie miteinander verband.

„Das reicht", verkündete der Erzlord. „Beende die Ströme. Nun lässt sich eure Vereinigung wahrhaftig als komplett bezeichnen. Willkommen in dieser amüsanten Welt, Kandidat des Diamantrangs. Jetzt habt ihr beide wirklich mein Interesse geweckt."

KAPITEL 14

„JUNIOR, WART IHR schon vorher als Mentor tätig, ehe Ihr auf dieses ungewöhnliche Duo gestoßen seid?"

„Die beiden sind die Ersten, Weiser. Die Himmel hielten mich zuvor nicht für würdig."

„Eure Vorstellung von Würde fasziniert mich. Wie sehr muss ein Suchender die Himmel verärgern, damit sie ihm einen mentalen Absoluten mit einer leeren Hülle als Körper sowie eine Dämonin ohne jeglichen rationalen Gedanken anvertrauen? Ich weiß gar nicht, wo ich anfangen soll. Eine vollständige Vereinigung kommt durchaus vor. Mir... mir sind zehn derartige Fälle bekannt. Doch um eine solche Vereinigung zu erreichen, verbringen Taoisten üblicherweise ein ganzes Jahrhundert mit gegenseitiger Beobachtung. Hier jedoch zeigen zwei Jugendliche, nicht einmal fünfzehn Jahre alt, so inniges Vertrauen zu einander, dass sie eine vollständige Einheit bilden können! Und sie ergänzen sich perfekt! Der Mensch verkörpert den gesamten Intellekt, während die Dämonin die gesamte körperliche Seite mitbringt. Himmel, wem sage ich das? Eure Mienen zeigen deutlich, dass ihr nicht erfassen könnt, was ich euch mitteile. Sind euch eure Fähigkeiten überhaupt nicht klar?"

Diese Frage war vermutlich an Vyllea und mich gerichtet, deshalb schüttelte ich den Kopf. Vyllea blieb neben mir stumm; sie war noch immer ganz überrumpelt davon, dass sie den Goldrang übersprungen und direkt den Diamantrang erreicht hatte. Dass so etwas möglich war, hatten wir genauso wenig geahnt wie Guerlon.

„Hätte mir gestern jemand gesagt, dass ich heute einer Dämonin einen Vortrag halten würde, hätte ich denjenigen für diese Dreistigkeit zu Staub verwandelt. Die Himmel hecken nur zu gerne lustige Tricks aus, spielen mit unseren Gefühlen und Wünschen. Nun ja, kommen wir zur Sache. Was sind Kandidaten? Das sind Personen, die ihre Körper auf künftige Fähigkeiten vorbereiten. Taoisten sind sie noch nicht, sondern nur starke Menschen. Selbst die Rangabstufungen sind im Prinzip reine Formsache. Im Grunde gibt es nur einen Rang — den goldenen, wenn mehrere Knoten gebildet werden. Alle anderen sind überflüssig; sie zeigen lediglich, dass gewisse Fortschritte gemacht wurden, bringen jedoch keine entscheidenden körperlichen Veränderungen mit sich. Hin und wieder geschieht allerdings ein Wunder und unter gewöhnlichen Menschen findet sich ein Genie. Jemand, der den Weg des Taoisten nicht einschlagen kann, aber die Grenze zu einem gewöhnlichen Menschen überschritten hat. Der Diamantrang. Ein Rang, auf dem eine Person ihren Körper, der an seine Grenzen gestoßen ist, so weiterentwickelt, dass er mit den unteren Rängen der Taoisten vergleichbar ist. Wie kommt das zustande? Die Antwort ist klar — durch die Bildung von Knoten. Ein Taoist kann 256 Meridiane bilden. Damit sie funktionieren, müssen 257 Knoten im Körper entstehen. Die Bildung dieser Knoten ist normalerweise auf der silbernen Kriegerstufe abgeschlossen. Hier jedoch haben wir es eindeutig mit einem Ausnahmefall zu tun. Eine Seltenheit — etwa alle zehn Jahre wird eine Person geboren, die Knoten bilden kann, ohne sie mit Meridianen verbinden zu müssen. Und diese Knoten können mit Energie genauso interagieren wie die Meridiane der Taoisten. Energie speichern können sie nicht, sondern nur abgeben, doch sie können Geiststeine und Schriftrollen mit Techniken nutzen. In einer perfekten Welt könnten Kandidaten des Diamantrangs all ihre Knoten freischalten und die Fähigkeit erwerben, Techniken aus Zone Drei anzuwenden, ohne ihrer Gesundheit zu schaden. Allerdings leben wir nicht in einer perfekten Welt. Ein menschlicher Körper kann die Belastung, die durch die Knoten entsteht, nicht aushalten. Er löst sich auf. Normalerweise. Aber wie gesagt, das tut hier nichts zur Sache."

Der Erzlord machte eine Pause. Ein Tisch, ein Kelch und ein Krug mit einer grünen Flüssigkeit erschienen neben ihm. Aus dem Krug stieg ein wunderbar verlockendes, süßes und gleichzeitig herbes Aroma auf. Für mich war die Flüssigkeit nur angenehm duftend, doch Guerlon konnte den Blick nicht von dem Krug lösen. Der Erzlord nahm ein paar Schlucke, wirkte sichtlich zufrieden mit der Wirkung und fuhr fort.

„Ein Taoist der Lehrlingsstufe, ob Kupfer- oder Bronzerang, braucht im Schnitt mehrere Wochen, um Energieströme zu beherrschen und die Feinheiten der Technik zu erfassen. Je komplexer die Technik, desto länger braucht man. Fasst euch an den Händen." Der Befehl richtete sich offenbar an mich und Vyllea. Das Mädchen drückte meine Hand, und unverhofft spürte ich eine Wärme, die sonst nicht dagewesen war — als hätte ich eine verwandte Seele berührt.

„Durch eure vollständige Vereinigung habt ihr einen Meridian zwischen zwei Knoten gebildet. Diesen müsst ihr nun nutzen und die Technik ausführen. Los!" Ich wollte protestieren und darauf hinweisen, dass es zwischen uns keinen Meridian gab, doch der Blick des Weisen verhieß nichts Gutes. Mir dämmerte etwas — wenn ich das, was er von uns verlangte, hinterfragte, würde die Lehrstunde auf der Stelle enden. Und in der kurzen gemeinsamen Zeit mit diesem Weisen hatte ich bereits mehr gelernt als in den drei Jahren mit meinem Mentor! Eine solche Chance durfte ich mir nicht entgehen lassen!

Warum hatte der Weise uns die Anweisung gegeben, uns an den Händen zu halten? Wieso empfand ich das seltsame Gefühl der Ganzheit, sobald Vylleas Hand in meiner lag? Die Geistsicht zeigte nichts, und es schien mir falsch, in den Energieaustausch einzutauchen. Das wäre zu offensichtlich und damit der falsche Schritt. Außerdem hatte der Weise gesagt, man brauche mehrere Wochen, um die Feinheiten der Technik zu erfassen. Wir hatten jedoch nicht mehrere Wochen Zeit, sondern brauchten hier und jetzt Ergebnisse. Allerdings ging es tatsächlich um eine Technik. Wieder erschien vor meinen Augen die halb durchscheinende Gestalt eines Taoisten, in dem ein Meridian schimmerte. Aber ich war noch kein Taoist — ich hatte keinen Meridian. Und Vyllea auch nicht. Dennoch existierte ein Meridian zwischen unseren Körpern; zumindest hatte der Weise das behauptet. Die Technik war für einen Taoisten gedacht, aber es gab zwei Körper. Offenbar hatte ich damit den Knackpunkt gefunden. Ich rief mir in Erinnerung, wie perfekt unser Meridian positioniert war. Dazu brauchte ich keine Vereinigung. Neben dem durchscheinenden Taoisten erschienen zwei Gestalten, die aufeinander lagen. Ich konzentrierte mich auf die Körper und ließ erst alle herausgebildeten Knoten erscheinen, dann den Meridian zwischen den beiden. Das war schwierig — mir brach regelrecht der Schweiß aus, während ich mich bemühte, das Bild genauso zu gestalten wie in meiner Erinnerung. Als ich mit dem Ergebnis zufrieden war, bewegte ich das durchscheinende Abbild des Taoisten neben die beiden liegenden Körper. Der pulsierende Meridian leuchtete eine Zeitlang allein, doch dann loderte auch der, der zwischen Vyllea und mir entstanden war. Sie synchronisierten sich. Ich ließ die Hand des Mädchens los und unsere Körper verschwanden. Nur der Taoist blieb übrig. Ich nahm wieder Vylleas Hand — sofort erschienen wieder die beiden Körper an genau der richtigen Stelle, mitsamt dem pulsierenden Meridian. Nun musste ich nur noch die angesammelte Kraft freisetzen, die mich und das Mädchen in eine dünne Schutzschicht einhüllte. Es funktionierte!

Die Stimme des Erzlords klang gereizt. „Das hat zu lange gedauert. Du hättest schneller fertigwerden sollen. Haben die mentalen Absoluten in den letzten zweihundert Jahren wirklich so stark nachgelassen, dass ihr so lange braucht, um eine einfache Technik zu erlernen? Was ist nur aus der Welt geworden... Nun ja, darum muss sich dein Mentor kümmern, nicht ich. Meine Aufgabe bestand darin, den Zweck der Vereinigung zu demonstrieren. Der Energieaustausch und die gegenseitige Entwicklung sind nur Nebeneffekte. Die Vereinigung dient in erster Linie dazu, Techniken ohne ausgebildete Meridiane nutzen zu können. Jetzt bist du an der Reihe, Dämonin. Wie ich sehe, hast du den Weg des Tigers eingeschlagen? Ich kann mich nicht überwinden, einer Dämonin beizubringen, wie sie ihren Geist öffnet, deshalb soll sich dein Partner darum kümmern. Allerdings musst du unbedingt lernen, die Kälte freizusetzen und zirkulieren zu lassen. Das wird dir dabei helfen, den Verstand deines Partners aufzunehmen und deine Fähigkeiten mit ihm zu teilen. Finde das selbst heraus. Ich habe noch nie Dämonen unterrichtet... Und noch etwas. Junger Mann, nutze die Technik, bis der Meridian erschöpft ist."

Beim zweiten Mal war es deutlich einfacher und schneller, die Geistrüstung zu erschaffen. Beim zehnten Versuch musste ich mir das Bild nicht mehr visualisieren. Bei Nummer vierzig aktivierte ich die Technik ganz einfach mit meinem Willen und brauchte nur körperlichen Kontakt zu Vyllea. Als der Meridian erschöpft war, traf mich das wie ein Keulenschlag — die Hand des Mädchens fühlte sich fremd an. Und nicht nur mir ging es so, sondern ihr ebenfalls. Wir lösten uns so schnell voneinander, als würde uns die Berührung anwidern. Es war... unangenehm. Die vollständige Erschöpfung unseres Meridians war ein Gefühl, auf das ich gut verzichten konnte.

„Dreiundfünfzig Techniken. Was sagt Ihr, Junior?"

„Das entspricht einem Lehrling des Goldrangs, Weiser", lautete die erstaunliche Antwort, doch noch erstaunlicher waren die Worte des Erzlords.

„Lehrling? Wo habt Ihr solche Lehrlinge gesehen? Nein, Junior, das ist das Level eines Kriegers des Kupferrangs! Keine Probleme mit verblassenden Meridianen, mit Annullierung oder Verschlechterung. Und vor allen Dingen benötigen sie nicht einmal einen Geiststein, sondern nur Körperkontakt. Die während der Vereinigung aufgenommene Energie hat sich vollständig aufgelöst, doch im entscheidenden Moment ist sie wie aus dem Nichts aufgetaucht. Ist das nicht ein Wunder? Ich habe mich eingehend mit dem Vereinigungsprozess befasst, bin jedoch immer noch fasziniert davon, welche Möglichkeiten sich all jenen bieten, die es wagen, sich darauf einzulassen. Aber ich möchte dich warnen, junger Mann. Ich sehe das Funkeln in deinem Blick. Wenn du Krieger-Techniken anwendest, wirst du das mit dem Leben bezahlen. Ohne Energiekern sind sie nicht nur nutzlos, sondern lebensgefährlich. Die nächsten drei Stufen kannst du erst erreichen, wenn du alle sieben Stränge geöffnet hast. Ganz zu schweigen von Meister und Erzlord. Die genaue Beschreibung der Technik führt Taoisten niederer Ränge immer wieder in Versuchung. Sie müssen lernen, ihren Wissensdurst zu bekämpfen. Das ist eine nützliche Übung, besonders für Suchende. Hast du die Absicht, in die Fußstapfen deines Mentors zu treten, Junior?"

„Ja, Weiser. Als wir durch das Land der Dämonen reisten, konnte ich eine Plakette eines gefallenen Suchenden finden. Wenn ich sie zurückgebe, werde ich seinen Platz einnehmen."

„Ein löbliches Ziel. Ich kann es nur unterstützen. Und welche Pläne hast du in diesem Leben, Dämonin?"

„In der Welt der Menschen wird mich die Vereinigung zum Menschen machen. Da Zander ein Suchender werden wird, könnte ich doch auch…"

Vyllea brachte den Satz nicht zuende, sondern brach auf dem Boden zusammen. Der Erzlord machte eine Geste, und Guerlon, ihr Mentor, beugte sich über seine Schülerin und stellte ihren Körper wieder her.

„Du musst den Weisen Respekt zollen, Dämonin." Der Stimme des Erzlords klang wie ein Peitschenschlag.

„Meinen Respekt muss man sich verdienen!", knurrte Vyllea als Erwiderung. „Man kann ihn nicht erzwingen!"

„Du bist mir etwas schuldig." Diese Worte zuckten mir durch den Kopf, und ehe ich begriff, was ich tat, fasste ich Vyllea bei der Hand, zog sie an mich und schloss sie in die Arme. Unser Kreislauf war nicht mehr miteinander verbunden, doch das war auch gar nicht nötig: Ich nahm die Hälfte meiner Körperenergie und aktivierte die Geistrüstung, während ich die Attacke auf mich selbst lenkte. Blut tropfte mir aus der Nase, ein Feuer loderte in meiner Brust, die Knie wurden mir schwach und ich stützte mich auf Vyllea. Doch ich erreichte das, was ich beabsichtigte — die Geistrüstung schützte uns. Vielleicht war das der Grund, wieso der Angriff des Erzlords uns nicht vernichtete. Das Mädchen keuchte, wir fielen zu Boden, Knochen knackten und Schmerz überwältigte uns, doch trotz alledem blieben wir bei Bewusstsein.

Mentor Guerlon heilte uns auf Anweisung des Erzlords erneut. Bei mir dauerte es etwas länger und erforderte sogar einen Geiststein. Wenn man

Körperenergie verbrannte, hatte das immer böse Folgen.

Vyllea und ich fassten uns an den Händen, als wir aufstanden. Sie hatte ihre Entscheidung bereits getroffen, als sie mir zur Hilfe gekommen war, und jetzt musste auch ich mich entscheiden. Der Mentor hielt sich heraus. Sollten die Himmel über ihn urteilen. Wir trafen unseren Entschluss.

„So ist das also." Unverhofft grinste der Erzlord. „Das ist seltsam. Ich spüre bei euch keine Verbundenheit. Ich spüre keine Liebe. Wieso seid ihr dann bereit, füreinander zu sterben?"

„Respekt kann man nicht verlangen, mächtiger Taoist", erwiderte Vyllea und drückte mir die Hand, als würde sie mit einem Angriff rechnen. „Ich erkenne Eure Macht an und verneige mich vor ihr, aber Ihr seid nicht mein Gebieter."

„Einmal Dämonin, immer Dämonin." In der Stimme des Erzlords lag kein Spott. „Du willst also eine Suchende werden?"

„Ja. Mentor Guerlon hat mir viel von Eurer Welt berichtet. Ich möchte nichts mit den Auseinandersetzungen zwischen den Clans zu tun haben. Das alles interessiert mich nicht. Ich möchte stark und unabhängig sein, nach Hause zurückkehren und meinen Stamm in Kreis Drei bringen."

„Ein ehrenhafter Wunsch. Nun gut... Du gehörtest zu denen, die mir zur Hilfe gekommen sind. Obwohl du selbst nichts getan hast, ändert das nichts an der Tatsache, dass du deinen Partner gerettet hast. Nur deinetwegen hat er überlebt und konnte die Zeit-Anomalien besiegen. Du willst

Suchende werden? So sei es. Wenn mich mein Gedächtnis nicht täuscht, hat das bislang noch kein Dämon vollbracht. Es wird interessant sein, wie du dich schlägst."

In den Händen des Erzlords erschien die Plakette eines Suchenden.

„Das ist das Emblem eines der größten Suchenden seiner Zeit, Erzlord Grupal. Bringe sie dem Phönix-Clan zurück, dann wird man dich preisen, genau wie die Schule des Silberreihers. Der Erzlord gehörte ihr einst an. Man wird dir helfen, große Kraft zu entwickeln."

„Ich bitte um Verzeihung, Weiser, aber mit einer solchen Plakette schickt Ihr meine Schülerin in den Tod." Zum ersten Mal widersprach Mentor Guerlon dem Erzlord. „Die Schule des Silberreihers existiert nicht mehr."

„Was soll das heißen, sie existiert nicht mehr?" Erzlord Nurghal Lee wirkte verblüfft. „Berichtet mehr, Junior!"

„Vor fünfzig Jahren wurde die Schule des Silberreihers von der Schule der Geisteskraft vernichtet. Alle Schüler, Mentoren und Weisen wurden getötet. Der Kaiser selbst, möge er ewig herrschen, hat den Gründer der Schule exekutiert."

„Mein Mentor ist tot?" Zum ersten Mal war der Erzlord fassungslos. „Ein erleuchteter Taoist des Silberrangs wurde vernichtet? Wie ist das geschehen?! Und warum lebt Ihr noch, wenn die gesamte Schule ausgelöscht wurde?"

„Genauere Einzelheiten der Hinrichtung sind mir nicht bekannt, Weiser. Ich kenne nur das Ergebnis. Heutzutage kann es einen Taoisten schon den Kopf kosten, wenn er die Schule des Silberreihers nur erwähnt. Was mich betrifft — ich hatte schon viele Jahre vor dem Angriff auf die Schule das Recht auf den Namen Lung verloren. Mein Mentor, Erzlord Lamik Lung, hatte mich persönlich vom Dienst für die Schule freigestellt und losgeschickt, im Namen der Himmel zu erkunden und zu erobern."

Für mich war es eine Offenbarung, dass der Mann vor mir einst Lehrling von Huang Lung gewesen war und dass mein Mentor der Schule des Silberreihers angehört hatte. Hätte ich das gewusst, als der Erzlord mir die vollständige Vereinigung beibrachte, hätte ich ihm sofort alles mitgeteilt, was ich über die letzten Tage des großen Taoisten wusste. Jetzt jedoch war dieser Wunsch verschwunden. Mir war bewusst, dass Jüngere die Weisen stets respektieren mussten und dass Ungehorsam Strafe verdiente, doch irgendwie erschien mir das nicht richtig. Suchende, die so stolz auf ihre Freiheit waren, sollte meiner Meinung nach ohne diese Formalitäten miteinander umgehen. So nämlich entstand der Eindruck, als sei die Freiheit nur äußerer Schein, während innerhalb der Gruppe strenger Gehorsam und Einhaltung der Zeremonien verlangt wurde. War das nicht heuchlerisch?

Was Mentor Guerlon anging... das Geheimnis von Huang Lungs Versteck würde ich ihm ganz sicher nicht anvertrauen. Vyllea hatte sich für mich eingesetzt — er nicht. Er hatte sich dem älteren

Suchenden unterworfen und zugelassen, dass er mit uns machte, was er wollte. Doch die Himmel würden über ihn richten. Die einzige Person, die das Geheimnis des Gründers der Schule des Silberreihers verdiente, hielt gerade meine Hand. Trotz ihrer furchtbaren Angst war Vylleas Stolz so stark, dass sie sich nicht einmal einem Erzlord beugte. Denn wie hieß es bei den Dämonen? Wer einmal ein Diener oder Sklave geworden ist, für den gibt es kein Zurück mehr auf die Stufe der Herren.

„Die Schule der Geisteskraft also", murmelte Nurghal Lee langsam. „Chen Feng, ein Erleuchteter des Silberrangs... Ein ebenbürtiger Feind. Der offenbar die Gunst der Himmel genießt. Junior, diese Dämonin muss eine Suchende werden."

„Wie der Weise wünscht." Mentor Guerlon nickte. „Ich werde dafür sorgen, dass sie sich entsprechend entwickelt."

„Wann kehrt ihr in Zone Drei zurück?"

„In einem Jahr, Weiser. So lange wird mein freiwilliges Exil im Lande der Dämonen noch dauern. Das Ziel der Ausbildung ist zwar bereits erreicht, doch es kommt nicht in Frage, die beiden ohne Aufsicht zu lassen. Für die Freiheit sind sie noch nicht bereit."

„In einem Jahr werden sie erst sechzehn sein. Also bleiben sie noch mindestens drei weitere Jahre in Zone Null. Nicht gut. Wir müssen jetzt handeln. Aber sie werden nicht überleben... Wir brauchen Ressourcen..."

Der Erzlord hatte die verstörende Angewohn-

heit, laut zu denken. Der Taoist versank eine Zeitlang in Überlegungen und traf schließlich eine
Entscheidung.

„In Ordnung, Ihr habt ein Jahr. Eure Aufgabe, Junior, besteht darin, die Lehrlinge so vorzubereiten, dass sie es mit einem Lehrling aus
Zone Eins aufnehmen können. Ich gehe nicht davon aus, dass sie einen Krieger auf die beiden hetzen werden. Selbst die Vollstrecker des Schicksals
werden dieses Problem nicht auf die Schnelle lösen können. In einem Jahr werde ich mich der
Welt zu erkennen geben. Bis dahin müssen Eure
Lehrlinge mindestens dreißig Knoten und die da-
zwischenliegenden Meridiane geöffnet haben.
Lasst sie nicht mehr als drei Knoten pro Woche
öffnen. Das ist gefährlich. Und wagt nur nicht, Meridiane in ihren Körpern zu bilden. Das ist erst in
Zone Eins möglich. Nun zum Thema Techniken.“

Hier kamen wieder die Plaketten ins Spiel.

„Komplette Techniken sind gar nicht nötig;
wir werden uns auf Material der Lehrlingsstufe be-
schränken. Ich glaube, das klassische Set reicht
aus: *Pfeil des Geistes, Schritte* und *Halt.* Die Geistrüstung beherrschen sie bereits. Um in Zone Null
oder auch in Zone Eins zu überleben, ist das mehr
als genug. Überlegt Euch, wie Ihr sie mit Geiststeinen versorgen könnt. Für jeden der verbundenen
Meridiane ist ein Stein des Goldrangs der Lehrlingsstufe nötig. Nun werde ich dieses Schlachtfeld
zerstören, und in einem Jahr, wenn ich mich der
Welt offenbare, werde ich verkünden, dass ich das
Wurmloch in Begleitung von Meister Guerlon und

seinen Lehrlingen geschlossen habe. Ich möchte sehen, wem das nicht passt. Sucht mich auf, wenn Ihr in Zone Drei zurückkehrt. Ich werde Euch eine neue Aufgabe geben. Das sollte reichen. Nun sucht Eure Habseligkeiten zusammen und brecht auf. Ich gebe Euch zwei Tage, um die Explosionszone zu verlassen. Was ist, Junior? Ihr seht aus, als wolltet Ihr etwas fragen. Nur keine Hemmungen. Ihr zwei seid so ungewöhnlich, dass ich nicht zornig sein werde."

„Ist der Weise ein mentaler Absolut? Sieht er auch Zeit-Fallen?"

„Ein mentaler Absolut?" Der Erzlord lachte leise. „Nein, Junior. Dieser Weise ist kein mentaler Absolut. Dieser Weise ist ein reiner Absolut. Jetzt geht. Ich muss meditieren. Der Kampf mit dem Richter hat mich viel Energie gekostet. Ich hoffe, es versteht sich von selbst, dass alles, was ihr heute erfahren habt, in diesem Zelt bleibt. Die Welt ist noch nicht bereit für die Nachricht, dass die Vollstrecker des Schicksals einen Schritt zu weit gegangen sind. Sie wollen nun nicht mehr nur das Schicksal von Einzelnen lenken, sondern die Zukunft ganzer Clans, Zonen und sogar Welten bestimmen. Junior, seid auf der Hut, wenn Ihr unterwegs einem kaiserlichen Beamten begegnet. Ich vermute, dass nicht nur Ihr Kontakt zu Dämonen habt."

KAPITEL 15

„ZANDER, WIE HAST du eigentlich überlebt, als wir in der Anomalie feststeckten? Soll ich dir helfen, oder kommst du alleine wieder hoch?“

„Halt die Klappe, Vyllea“, erwiderte ich, während ich versuchte, vom Boden aufzustehen. Vergeblich; das Mädchen hatte mich so heftig verprügelt, dass sich meine Arme, meine Beine und mein ganzer Körper wie Hackfleisch anfühlten. So ungern ich es zugab, aber die Dämonin war tatsächlich stärker geworden als ich — in jeder Hinsicht. Im Umgang mit dem Jian, in Sachen Ausdauer, im Tempo und im Nahkampf. Letzteren beherrschte Vyllea geradezu fabelhaft und konnte sich sogar gegen den Mentor behaupten. Nicht lange zwar, sondern nur, bis er ein Tempo einsetzte, das über die Fähigkeiten normaler Menschen hinausging, aber dennoch war ihre Leistung beeindruckend.

„Oh, was ist? Wird der böse Taoist die arme Dämonin bestrafen?" Das Mädchen grinste.

„Hör endlich auf", warf der Mentor ein. Seine Stimme klang ein wenig ermüdet. Sechs Monate in der Gesellschaft zweier Teenager, von denen die eine unablässig Widerworte gab und protestierte, hätten wohl jeden erschöpft. Ich hatte den Eindruck, dass der Mentor es schon hundertfach bereut hatte, das aufsässige Mädchen als Lehrling angenommen zu haben, doch jetzt gab es kein Zurück mehr.

Wir schlugen unser Lager nahe der Bucht auf, die einst der furchteinflößende, gefährliche Wald von Dandoor gewesen war. Erzlord Nurghal Lee hatte keine halben Sachen gemacht und alles in Reichweite zerstört — das Schlachtfeld, den Wald, sämtliche Tiere und sogar ein Großteil des Landes. Nachdem der große Taoist gewirkt hatte, lag noch so viel Energie in der Luft, dass es eine Sünde gewesen wäre, dieses Geschenk der Himmel nicht zu nutzen. Meditation, Training, Sparringskämpfe und Heilung — wieder und wieder. Mentor Guerlon ließ uns sechzehn Stunden pro Tag arbeiten. Meinen fünfzehnten Geburtstag hasste ich mit jeder Faser meines Körpers; an jenem Tag war die „Feier" so intensiv, dass ich etwa zehn Mal das Bewusstsein verlor.

In der Theorie sollte mich dieses Programm zum stärksten Taoisten unserer Zeit machen, doch die bittere Wahrheit sah anders aus. Meine körperliche Verfassung ließ noch immer viel zu wünschen übrig. Den letzten Treffer gegen das nervige Mädchen hatte ich landen können, bevor wir sie aus der Zeit-Anomalie befreit hatten. Die Vereinigung machte mich zwar sichtlich stärker, doch im Vergleich zu Vyllea war ich weniger als ein Kind — ich war nur ein Embryo! So schwer es mir fiel, das zuzugeben, aber sie war mir in jeder Hinsicht überlegen.

Die Logik sagte mir, dass mein Verstand und mein Geist die Schwäche meines Körpers ausgleichen sollten, doch auch hier erlitt ich einen Rückschlag, auf den Erzlord Nurghal Lee mich nicht vorbereitet hatte. Wie sich herausstellte, galt die Beschränkung, nicht mehr als drei Knoten pro Woche zu öffnen, nicht für die behandelte Person, sondern für die behandelnde. Nachdem ich drei Knoten für mich geöffnet und das Gleiche für Vyllea getan hatte, war ich fast gestorben. Zum ersten Mal musste die Dämonin die Kontrolle über die Energie übernehmen, sie aufhalten, die Verbindung trennen und zum Mentor eilen. Zwei Wochen lang konnte ich den Kreislauf nicht verkraften und auch danach etwa einen Monat lang keine richtige Vereinigung vornehmen. Somit hatte ich nach einem halben Jahr nur fünfzehn Knoten geöffnet und davon nur zehn mit Meridianen umwickelt. Allerdings gab es einen kleinen Lichtblick: Schon mit nur zehn Meridianen konnten Vyllea und ich bereits Techniken einsetzen. Und während *Geistrüstung* und *Pfeil des Geistes* recht gewöhnliche Abwehr- und Angriffstechniken waren, hatten *Schritte* und *Halt* unglaubliche Vorteile. *Schritte* machte uns schneller, sodass wir uns in hohem

Tempo an einen anderen Ort bewegen konnten. Da sich diese Technik dreiundfünfzigmal hintereinander einsetzen ließ, war sie wirklich sehr mächtig. Wenn jetzt irgendein Krieger aus Zone Zwei die Absicht hatte, mich und Vyllea anzugreifen, würden wir einfach davoneilen, nach… Nun ja, wenn ich es mir recht überlegte, wäre es schon besser, wenn uns kein Krieger angriff. Aber einem Lehrling konnten wir ganz sicher entkommen, selbst einem Lehrling des Diamantrangs.

Halt machte uns zu geschickten Kletterern, die sich an senkrechten Wänden bewegen konnten. Auch hier waren dreiundfünfzig Wiederholungen möglich, und wenn wir diese Technik ununterbrochen einsetzen, konnten wir damit einen recht hohen Berg bewältigen. Allerdings erforderten beide Bewegungstechniken, ob in horizontale oder vertikale Richtung, dass Vyllea und ich absolut synchron arbeiteten. Anfangs war das sehr schwierig — entweder stürmte ich zu schnell davon oder sie. Wir brauchten Übung, um die Bewegungen richtig einzustudieren, und mussten anschließend oft dringend geheilt werden.

Wichtig war auch, dass ich in den letzten sechs Monaten endlich Bekanntschaft mit dem Tiger-Stil gemacht hatte — nicht mit der Interpretation, die Mentor Guerlon demonstriert hatte, sondern den Grundlagen, die Vyllea von den Tieren gelernt hatte. Da es ihr nie gelungen war, mir ihren Verstand zu öffnen, wie Erzlord Nurghal Lee es verlangt hatte, musste ich selbst aktiv werden. Meine eigene Blockade konnte ich weder sehen noch verstehen, geschweige denn komplett beseitigen (bei jeder Vereinigung musste ich mir die Kälte mit Gewalt aus dem Kopf zerren), deshalb fiel es mir umso schwerer, bei meiner Partnerin etwas wie Verstand zu finden. Auch aus ihrem Kopf musste ich die Kälte mit Gewalt hervorholen, was außerordentlich kompliziert war und mir nie auf Anhieb gelang. Außerdem war es schmerzhaft — wenn der Verstand ohnehin so knapp war, schien es nicht ratsam, ihn mit anderen zu teilen. Vyllea keuchte und litt, blieb jedoch tapfer. Immerhin zeigte die unbarmherzige Behandlung erstaunlicherweise Früchte — vor einem Monat war es dem Mädchen zum ersten Mal gelungen, fehlerlos eine einfache Melodie auf der Pipa zu spielen. Was mich betraf... ich weiß wirklich nicht, wie ich das erklären soll... Ich verstand jetzt besser, warum ich immer verlor. Ich machte eine falsche Arm- oder Beinbewegung oder blockte den Angriff nicht richtig ab. Noch immer analysierte ich jeden verlorenen Kampf, aber diesmal sah ich nur meine eigenen Fehler. Ich hatte die Grenzen meines Körpers erreicht — er war Vyllea physisch nicht gewachsen. Nicht einmal die Pillen, die ich von Mentor Guerlon bekam, konnten mir helfen. Sie zeigten keine Wirkung mehr — die einfachen halfen mir nicht und für die fortgeschrittenen brauchte man Meridiane.

Dem Zeitplan, den der Erzlord aufgestellt hatte, hinkten wir drastisch hinterher. Es war ausgeschlossen, dass ich in den verbleibenden sechs Monaten weitere fünfzehn Knoten bilden und mit Meridianen versehen konnte, und dann würde Mentor Guerlon uns verlassen. Unmöglich. Zumal der Mentor unverhofft eine Ankündigung machte.

„Ich glaube, die Welt der Dämonen hat uns alles gegeben, was sie zu bieten hat. Wir kehren nach Hause zurück.“

„Nicht alle hier betrachten die Welt der Menschen als Zuhause.“ Vyllea konnte sich diesen Kommentar nicht verkneifen, doch Mentor Guerlon achtete längst nicht mehr auf die giftigen Bemerkungen seines Lehrlings. „Die Umerziehung von Dämonen ist Verschwendung“, hatte er einmal angemerkt und ab diesem Zeitpunkt jegliches Anzeichen von Respektlosigkeit ignoriert. Die Himmel selbst würden entscheiden, ob irgendwann einmal irgendjemand Vylleas spitze Zunge zügeln würde.

„Mentor, reisen wir durch Zou-Lemawn?“, fragte ich, während der Taoist die Zelte in seiner Dimensionstasche verstaute. „Wird man uns dort nicht auflauern?“

„Ganz bestimmt wird man das.“ Der Taoist holte einen selbstfahrenden Wagen hervor und stieg auf den Fahrersitz. „Es ärgert mich sehr, dass Meister Nars-Go Li nicht Wort gehalten hat. Schließlich hatte er geschworen, mich zu vernichten, und was ist passiert? Kein einziger Dämon ist am plötzlich verschwundenen Wald von Dandoor aufgetaucht. Sechs Monate sind vergangen; jemand hätte sich dafür interessieren müssen, was dort geschehen ist. Aber nein! Es ist allen egal! Und das gilt auch für Vylleas früheren Mentor.

Also hoffe ich sehr, dass man uns in Zou-Lemawn ein herzliches Willkommen bereitet. Vielleicht heuert er sogar Söldner an. Bei den Dämonen gibt es doch auch Söldner, oder, Lehrling?"

„Die Dämonen haben viele üble Sitten von den Menschen übernommen, auch diese", erwiderte Vyllea.

„Also können wir davon ausgehen, dass eine gut vorbereitete Gruppe unter der Leitung eines Erzlords des Kupfer- oder gar Bronzerangs in Zou-Lemawn auf uns warten wird."

„Das sagt Ihr so leicht dahin..." Ich wunderte mich.

„Der Gefahr sollte man nur in einem Fall aus dem Weg gehen, Lehrling, und zwar dann, wenn man vorhat, sich einer noch größeren Gefahr zu stellen. Ohne gute Feinde ist Fortschritt unmöglich. Für die Schwachen haben die Himmel keine Verwendung. Außerdem habe ich versprochen, Vyllea zu einem bestimmten Zeitpunkt in Zou-Lemawn abzuliefern. Ihr wisst ja, Lehrlinge — ein Suchender darf niemals sein Wort brechen. Wenn er sich nicht sicher ist, ob er ein Versprechen halten kann, sollte er es gar nicht erst geben. Eidbrecher werden von den Himmeln streng bestraft."

„Aber Ihr konntet doch gar nicht wissen, dass Vyllea den Diamantrang erreichen würde..."

„Nein, das stimmt. Und doch ist es ihr gelungen."

„Dank Erzlord Nurghal Lee."

„Das spielt keine Rolle, Lehrling. Ein Versprechen wurde gegeben und wurde gehalten. Vyllea ist Kandidatin des Diamantrangs geworden. Auf welchem Weg sie bis zum Stichtag an ihr Ziel gelangt ist, spielt keine Rolle. Nur das Ergebnis zählt.“

„Aber...“ Ich wollte protestieren, überlegte es mir jedoch anders. Eines hatte ich in den letzten dreieinhalb Jahren mit meinem Mentor gründlich gelernt, nämlich, dass er sich nicht umstimmen ließ. Wenn er der Ansicht war, dass die Himmel es so wollten, dann folgte er unbeirrt dem eingeschlagenen Weg. Dass ein Wunder nötig gewesen war, damit Vyllea und ich den Diamantrang erreichten, hatte nichts mit den Himmeln zu tun. Äußerst unwahrscheinlich, dass sie Erzlord Nurghal Lee dazu gezwungen hatten, zwei Dämonen zu trainieren.

„Wir reisen also nach Zou-Lemawn“, erklärte der Mentor abschließend. „Ich bin mir sicher, dass dort spannende Begegnungen auf uns warten. Steigt ein, wir haben keine Zeit zu verlieren.“

„Ich frage mich oft, ob alle Menschen so sind — oder hatten wir einfach Pech?“, flüsterte Vyllea, während sie sich auf meinem Schoß niederließ. Ich gab keine Antwort auf ihre rhetorische Frage, sondern zog sie an mich und schloss die Augen. Wenn ich die Karte richtig in Erinnerung hatte, würde es mehrere Wochen, vielleicht sogar einen Monat dauern, bis wir Zou-Lemawn erreichten. Ein solches Geschenk der Himmel sollte man bestmöglich nutzen. Während unserer Zeit in der Welt der Dämonen hatte ich eines gelernt: Ich liebte Schlaf, und Schlaf liebte mich. Unsere Liebe beruhte auf Gegenseitigkeit, doch wir wurden oft getrennt. Wir mussten einander aus der Ferne lieben und kamen nur kurz und selten zusammen. Deshalb war ich fest entschlossen, keine Minute des süßen Zusammenseins mit meiner großen Liebe zu verschwenden. Und so sehr der Wagen auch ruckte, davon würde ich mich nicht stören lassen.

Nach vier Wochen tauchten die Mauern von Zou-Lemawn am Horizont auf. Obwohl wir einst vier Monate in dieser Stadt gelebt hatten, hatten wir sie nie aus der Perspektive der Dämonenwelt gesehen. Somit war ich verblüfft, vor den Mauern eine gewaltige Zeltstadt zu entdecken — und offenbar ging es nicht nur mir so.

„Sind hier die Stämme aus dem gesamten Kreis Null versammelt?" Vyllea runzelte die Stirn. „Und nicht nur sie. Diese beiden Flaggen gehören Stämmen aus Kreis Eins. Was machen die hier? Sie sollten unter dem Kommando unseres Stammes stehen. Ist hier Krieg ausgebrochen, während wir trainiert haben?"

„Krieg? Nein, Lehrling Vyllea, zum Krieg ist es noch nicht gekommen. Man bereitet sich nur darauf vor. Lehrling Zander, was meinst du zu dem, was hier geschieht?"

„Hier wird trainiert, Weiser. Die Zeltstadt wirkt auf den ersten Blick wie eine Einheit, doch wenn man genauer hinsieht, erkennt man Grenzen zwischen einzelnen Bereichen. In jedem gibt es einen kleinen Platz, und fast überall ist Training im Gange. Nicht Gruppe gegen Gruppe, sondern eins gegen eins. Dort kämpft ein jüngerer Dämon gegen einen älteren... Das ist... unglaublich! Bereiten sie sich auf ein Turnier vor?"

„Eines, das in fünf Tagen beginnen soll", bestätigte unser Mentor. „Das ist alles sehr interessant. Was ursprünglich als harmlose Belustigung geplant war, hat sich zu einer umfassenden Auseinandersetzung zwischen verschiedenen Stämmen entwickelt. Da auch Vertreter von Kreis Eins zugegen sind, haben sich die Regeln offenbar geändert, sodass auch niedere Ränge teilnehmen dürfen. Vermutlich gibt es in der menschlichen Welt rund um Zou-Lemawn genauso viele Zelte. Dämonen sind und bleiben Dämonen..."

„Ihr habt das gewusst?! Ihr habt gewusst, was hier los ist! Deshalb mussten wir uns so beeilen, stimmt's?", rief Vyllea aus.

„Sagen wir, ich habe es vermutet." Unser Mentor nickte und der Wagen setzte sich wieder in Bewegung. „Schauen wir uns an, wer sich hier versammelt hat. Zander, ich brauche einen umfassenden Bericht. Nenne mir alle, die für dich undurchsichtig bleiben. Wir müssen wissen, wie viele Meister und Erzlords nach Zou-Lemawn gekommen sind."

Meine Geistsicht betrug mittlerweile fast anderthalb Kilometer. Der Mentor fuhr absichtlich langsam, sodass alle Versammelten uns gut sehen konnten. Nach den entsetzten Blicken zu urteilen waren wir ein eindrucksvoller Anblick. Nicht nur, dass zwei jugendliche Dämonen in aller Ruhe mit einem mächtigen Menschen unterwegs waren, sondern der Junge flüsterte dem Taoisten unablässig etwas zu. Außerdem saßen die Jugendlichen provozierend dicht beieinander, wie es sonst nur Liebespaare taten, deren Beziehung allen Regeln der Dämonenwelt genügten.

In der Zeltstadt gab es nur wenig Dämonen des Meistergrads. Ich entdeckte lediglich vier schwarze Gestalten, und diese befanden sich in der Nähe der Flaggen, die laut Vyllea zu Stämmen aus Kreis Eins gehörten. Allerdings waren unter den Dämonen nicht nur Meister stark, sondern in jedem Lager gab es mindestens einen Krieger, manchmal auch zwei. Insgesamt zählte ich auf nur einer Seite der Stadtmauer dreiundsiebzig Dämonen der Kriegerstufe! Je näher wir Zou-Lemawn kamen, desto angespannter wurde ich angesichts dieser Macht. Innerhalb der Stadtmauern schien jeder zehnte Dämon ein Krieger zu sein! Ganz zu schweigen von den zehn Meistern, die ich in der Stadt selbst entdecken konnte. Mentor Guerlon hatte recht — wir konnten uns auf einige außerordentlich spannende Begegnungen gefasst machen.

Die Geistrüstung unseres Mentors schützte Vyllea und mich schon lange, denn der unseren konnte er nicht vertrauen. Niemand rührte uns an, als wir uns den Stadttoren näherten. Wir wurden gemustert, man flüsterte und folgte uns sogar, nahm jedoch keinen Kontakt auf. Die vier Meister, die ich außerhalb der Stadtmauern entdeckt hatte, standen jetzt ganz in der Nähe. Sie waren von den Zelten verdeckt, aber es gab keinen Zweifel: Wenn es Ärger geben sollte, würden sie die Stadt auf der Stelle verteidigen. Schließlich waren sie Meister und zu viert. Eindringlinge, die sich in die Stadt der Dämonen wagten, würden sie ohne Schwierigkeiten überwältigen.

„Was wollt Ihr in Zou-Lemawn, Mensch?" Ein Trupp Wächter am Stadttor sprach uns an.

„Am Turnier teilnehmen", erwiderte der Mentor ruhig.

„Menschen dürfen nicht...", setzte der Wächter an, brach dann jedoch ab, als er Vyllea und mich erblickte. Wir beiden sahen in diesem Augenblick eindeutig nicht wie Menschen aus.

„Ist Erzlord Shang Li bereits eingetroffen?", fragte der Mentor geradezu beiläufig. „Teilt ihm mit, dass der Suchende Guerlon gekommen ist."

„Der Suchende Guerlon?" Offenbar verschluckte sich der Wächter beinahe, als er diesen Namen hörte. „Darf ich die Plakette sehen?"

„Ich hoffe, Ihr verzeiht mir, wenn ich sie nicht aus der Hand gebe." Der Mentor lächelte und zeigte dem Dämon seine Plakette. Der Wächter wurde blass, als er sich vorbeugte, um den Namen darauf zu lesen.

„Willkommen in Zou-Lemawn, Gründer", sagte der Wächter mit einer Verneigung.

„Gründer?" Nun wirkte der Mentor erstaunt. „Dazu möchte ich mehr erfahren."

„Das Turnier von Zou-Lemawn hat sich zu einer Großveranstaltung entwickelt, die Dämonenkandidaten aus dem gesamten Kreis Null sowie aus Kreis Eins und sogar Zwei anlockt. Jeden Monat werden in dem Turnier die besten zehn ermittelt, die dann einmal im Jahr um den Titel des besten Dämons wetteifern. Zou-Lemawn zählt mittlerweile zu den beliebtesten Städten in Kreis Null und wächst immer weiter, und all das ist nur dem Gründer zu verdanken. Demjenigen, der das Turnier eingeführt hat: dem Suchenden Guerlon. Ihr habt das Recht, die Stadt jederzeit ungehindert zu betreten und zu verlassen. Drei Erzlords haben einen entsprechenden Erlass unterzeichnet. Außerdem sehen die Turnierregeln vor, dass Eure Lehrlinge an der Endrunde teilenehmen dürfen. Dazu seid Ihr doch gekommen, oder?"

„Natürlich."

„Ich muss Euch warnen, Gründer. Die vor elf Monaten ermittelten Sieger gehörten damals der Kandidatenstufe an, doch seitdem sind sie weiter aufgestiegen. Viele haben mittlerweile den Lehrlingsrang erreicht, dürfen aber dennoch an der Endrunde teilnehmen, da sie als Kandidaten gewonnen haben. So sind die Regeln."

„Danke. Brauche ich einen Nachweis dafür, dass ich in offizieller Eigenschaft in Zou-Lemawn bin? Ich möchte nicht, dass es Konflikte gibt."

„Nein, Gründer, Abzeichen sind nicht erforderlich. Wer so dumm sein sollte, einen Gast der Stadt anzugreifen, hat sich seinen Tod selbst zuzuschreiben. Zou-Lemawn wird sich darüber nicht beschweren. Auch das steht in den Turnierregeln."

„Welch wohlüberlegte Regeln!" Der Mentor lächelte. „Noch eine letzte Frage: In welcher Welt findet das Turnier statt?"

„Dort, wo Ihr es gegründet habt. Das Turnier wird auf der anderen Seite veranstaltet."

Nicht „in der Welt der Menschen", sondern „auf der anderen Seite". Betrachteten die Dämonen unsere Welt bereits als ihre? War das nicht ein wenig verfrüht? Der Wächter trat zur Seite und ließ uns in die Stadt. Das Prickeln zwischen meinen Schulterblättern wurde intensiver — jemand sehr Mächtiges war nicht erfreut über das, was gerade geschehen war. Angegriffen wurden wir jedoch nicht. Offenbar hatten die Wächter hier einen hohen Status und jeder, der sie attackierte, wurde bestraft.

Fast auf der Stelle gab es Probleme: Die Stadt war übervoll mit Dämonen, sodass wir mit dem Wagen nicht vorwärtskamen. Sicher, wir hätten alle über den Haufen fahren können, unabhängig vom Status, und damit die Botschaft vermittelt, dass man Höhergestellten eben schnell genug den Weg freimachen musste, doch der Mentor beschloss, zu Fuß weiterzugehen. In den vier Monaten, die wir in Zou-Lemawn zugebracht hatten, hatten wir die Seite auf der Dämonenwelt nie besucht, und das wollten wir jetzt nachholen.

„Wow!", rief Vyllea plötzlich aus und blieb vor einem Schaufenster stehen. Nach dem Schild und der Ware zu urteilen wurde dort Damenkleidung verkauft. „Das ist ja wunderschön!"

Ich ging näher, um mir den Artikel anzuschauen. Vyllea konnte den Blick nicht von einem Trainingskleid lösen. Obwohl — ein Kleid war es nicht gerade, eher ein klassischer Kimono, doch eindeutig für Mädchen gemacht. Die Jungen, die ich kannte, hätte sich nicht einmal tot in so etwas blicken lassen.

„Mentor! Das will ich!"

„Wenn du es willst, dann kauf es dir", erwidert der Taoist ruhig, ohne sich das Gewand überhaupt anzusehen.

„Ich brauche dreißig Geistmünzen!"

„Und? Was hat das mit mir zu tun, Lehrling? Ich bin dafür verantwortlich, für alles Lebensnotwendige zu sorgen — also Waffen, Nahrung und Kleidung. All das hast du. Wenn du etwas Neues für dich persönlich willst, hindert dich niemand daran, es zu kaufen. Sorge nur dafür, dass es für dich praktisch ist."

„Ich habe keine Münzen, das wisst Ihr genau!"

„Das stimmt. Aber mir ist nicht klar, was ich mit diesem Missstand zu tun habe."

„Meine Mutter wird Euch die Kosten erstatten."

„Hast du das Recht, über die Finanzen deines Stammes zu verfügen?" Nun sah der Mentor Vyllea an. Das Mädchen verzog das Gesicht. „Das habe ich mir schon gedacht. Nein, Lehrling, ich werde dir dieses nutzlose Ding nicht kaufen. Es ist unpraktisch. Der Stoff ist zu billig, das Design zu aufwändig, und es hat viel zu viele unnötige Details, die im Kampf hinderlich wären. Wenn du dieses Kleid so sehr willst, kannst du es dir selbst kaufen."

„Ich hasse Euch!", murmelte Vyllea hinter dem Rücken des Taoisten, der das Gespräch entschieden beendet hatte und weitergegangen war.

„Wenn ich Erzlord werde, vernichte ich diesen Angeber. Nein, ich werde sein Innerstes verschlingen! Das werde ich ganz bestimmt. Darauf gebe ich mein Wort als Sprössling des Stammes Urbangos!"

Für den Rest der Strecke blieb Vyllea stumm und sah sich nicht einmal die Auslagen an, obwohl es viel Interessantes zu entdecken gab. Zou-Lemawn hatte sich gewaltig verändert und von einer rückständigen Ortschaft im Grenzland zu einem wichtigen Handelszentrum in Kreis Null entwickelt. Nie zuvor hatte ich so viele weit aufgestiegene Dämonen gesehen. Hier und dort gab es Auseinandersetzungen — die temperamentvollen Dämonen gerieten wegen Kleinigkeiten aneinander. Jemand guckte komisch, jemand atmete nicht richtig, jemandem missfiel, wie jemand anderes aussah. Uns rührte man nicht an. Ein Mensch, der in aller Ruhe durch die Stadt spazierte, war beunruhigend, weil man seinen Status nicht kannte. Oder vielleicht ließ man uns auch in Ruhe, weil der Trupp Wächter uns von den Toren gefolgt war. So oder so, wir erreichten den Palast ohne Zwischenfälle.

„Dreizehn schwarze Silhouetten", berichtete ich, als wir uns dem Stadtzentrum näherten. Das Gefühl in meinem Rücken war nun kein Prickeln mehr, sondern ein Brennen. Hier war es außerordentlich gefährlich, und es gefiel mir nicht, wie ruhig der Taoist in eine Richtung ging, in der ich eine Falle vermutete. Der Mentor nickte, um zu bestätigen, dass er meine Information vernommen hatte, dann ging er auf die Haupttore zu. Sie öffneten sich sofort — man erwartete uns. Ein Dämon in einem eleganten schwarzen Anzug kam auf uns zu.

„Suchender Guerlon, im Namen des Bürgermeisters heiße ich Euch in Zou-Lemawn willkommen. Wir hatten Euch in zwei Tagen erwartet, deshalb ist Euer Quartier noch nicht bereit. Weiser, der Bürgermeister verneigt sich vor Euch und bittet Euch demütig, mit dem Gästezimmer vorliebzunehmen. Euer Quartier wird in höchstens fünf Stunden zur Verfügung stehen."

„Ich nehme die Entschuldigung des Juniors an und bin bereit, die vorläufige Unterkunft zu beziehen", erwiderte der Mentor so förmlich, dass Vyllea und ich uns vielsagend ansahen. Ein solches Verhalten hatte der Taoist noch nie gezeigt. Wir wurden in einen riesigen Raum geführt — eine Suite mit zwei Schlafräumen und zwei Bädern.

„Weiser, Ihr könnt Euch von der Reise erholen und frischmachen. Das Abendessen mit Erzlord Shang Li wird in drei Stunden stattfinden. Ich bitte demütig um Verzeihung, aber bis dahin dürft Ihr auf Anweisung des Erzlords nichts essen."

„Lehrling, dieses Bad ist für mich." Der Mentor wandte sich von dem Dämon ab, ohne auf seine Worte zu antworten. „Ich werde die nächsten drei Stunden darin verbringen. Arrangiert euch untereinander, wie ihr das andere Bad nutzt. Junior, was wollt ihr noch hier? Fort mit euch!"

Vyllea schloss sich zwei Stunden lang im Badezimmer und erklärte, das sei nötig, weil sie ein Mädchen sei. Als ich nach ihr hineinging, rümpfte ich verärgert die Nase: Die Dämonen hatten nur gewöhnliche Badewannen, von Artefakten keine Spur. Im Bad roch es nach schmutzigem Wasser. Ich musste die Wanne neu füllen; zum Glück hatte ich gelernt, wie man die Armaturen benutzte. All das dauerte seine Zeit, sodass mein Haar noch nicht trocken war, als man uns abholte. Ich band es zusammen, zog wieder meinen Kimono an, der zum Glück sauber geblieben war, und folgte dem Mentor.

Wir wurden in eine riesige Halle geführt, in der sich alle dreizehn schwarzen Gestalten versammelt hatten. Neben den Meistern und Erzlords waren mehrere Krieger anwesend, darunter auch Almyrda, Vylleas Mutter. Als wir hereinkamen, verstummte das Gespräch der Dämonen. Ihre Blicke richteten sich auf uns, und ich lief beinahe davon — so offensichtlich war ihr Wunsch, uns zu töten. Erzlord Shang Li saß am Kopf der Tafel.

„Willkommen, Junior. Ich freue mich, dass Ihr nichts überstürzt habt und nicht versucht, an anderer Stelle in Eure Welt zu gelangen. Bitte setzt Euch. Eure Lehrlinge können an der Wand stehen."

Aha, wir durften also nicht mit am Tisch sitzen. Na gut, wir würden schon nicht verhungern, wenn wir eine Mahlzeit ausfallen ließen — schließlich geschah das nicht zum ersten Mal.

„Ich danke Euch, Weiser." Mentor Guerlon verneigte sich und setzte sich auf den einzigen freien Platz. Mit Blick auf die Dämonen, die ihn weiterhin anfunkelten, sagte der Taoist: „Welche von ihnen, Weiser? Und zu welchen Bedingungen?"

„Ist das so offensichtlich?" Der Erzlord machte ein bekümmertes Gesicht. „Ich dachte, wir könnten Euch überraschen."

„Außer Euch, Weiser, sehe ich noch zwei weitere Erzlords. Außerdem sehe ich zehn Meister, die ihre Lehrlinge sind. Jeweils fünf. Ich bin nicht gekommen, um leere Worte mit den Schwachen zu wechseln, Weiser. Ich bin gekommen, um sie zu töten. Ich hoffe, die Turnierregeln untersagen das nicht?"

„Nein, Junior, das tun sie nicht. Allerdings muss ich etwas klarstellen, das auch für Eure Lehrlinge gilt. Es wird zwei Kämpfe geben. Zehn Dämonen des Goldrangs der Meisterstufe gegen Euch und einhundertzehn Dämonen der Kandidaten- und Lehrlingsstufe gegen Eure Lehrlinge. Zou-Lemawn könnt Ihr nur verlassen, wenn Ihr siegreich seid. Das ist mein Wort."

„Ich möchte ebenfalls etwas klarstellen, Erzlord. Zehn Meister des Goldrangs sind Staub unter meinen Füßen. Ich hätte gerne eine richtige Herausforderung, beispielsweise einen Kampf gegen die beiden namenlosen Erzlords, die links und rechts neben Euch sitzen und von denen keiner auch nur ein Iota Respekt verdient. Sie sollten mit ihren Lehrlingen antreten und der Welt der Dämonen zeigen, was sie und die Stämme, die sie hergeschickt haben, wirklich sind: Schwach und nutzlos. Was meine eigenen Lehrlinge betrifft, so bin ich ihretwegen ein wenig gekränkt. Einhundertzehn nichtswürdige Kandidaten und Lehrlinge? Gegen meine beiden? Ihr hättet die Anzahl durch gewöhnliche Dämonen erhöhen können. Weiser, ich fordere, dass Ihr zehn Lehrlinge des Silberrangs auftreibt, die Euch nicht mehr wichtig sind, und zu den einhundertzehn künftigen Leichen addiert, von denen gerade die Rede war. Für die Schwachen ist in dieser Welt kein Platz, Erzlord Shang Li. Meine Lehrlinge und ich sind bereit, das zu beweisen."

„So sei es, Suchender Guerlon. Wenn Ihr siegt, bezeichne ich Euch als ebenbürtig, trotz unserer unterschiedlichen Aufstiegsstufe. Bringt Stühle für die Lehrlinge des Suchenden! Die Bedingungen, die ihr Mentor festgelegt hat, gibt ihnen das Recht, an unserer Seite zu sitzen. Oder hat jemand Einwände?"

Keine Einwände wurden laut. Als das Essen serviert wurde, wunderte ich mich, wie sich das Bewusstsein, in fünf Tagen sterben zu müssen, auf den Appetit auswirkte. Die Speisen waren köstlich, doch nur vier der Anwesenden aßen — nämlich Erzlord Shang Li, der Suchende Guerlon und seine beiden Lehrlinge. Erstaunlicherweise hatten die anderen alle keinen Appetit. Tja, das war ihr Problem. So blieben mehr Köstlichkeiten für uns.

KAPITEL 16

„SUCHENDER GUERLON, WIE ich sehe, hat Euch mein Mahl gemundet. Im Gegenzug wünsche ich mir etwas Gleichwertiges von Euch. Wie wäre es mit einer interessanten Geschichte? Es heißt, die Suchenden unter den Menschen seien Meister des gesprochenen Wortes, und in unseren Regionen hat man nur selten Gelegenheit, mit einem lebendigen Menschen zu sprechen, der nicht auf einen Foltertisch gefesselt ist."

Erzlord Shang Li lehnte sich auf seinem Stuhl zurück und signalisierte damit, dass die Mahlzeit beendet war. Wie schade! Auf dem Teller vor mir lagen noch mehrere Stücke Royal Pudding. Noch nie hatte ich etwas gegessen, das auch nur annähernd so köstlich und sättigend war wie dieses Dessert, deshalb machte ich mich ungehemmt darüber her. Vyllea hielt sich ebenfalls nicht zurück, sodass es geradezu in ein Wettessen ausartete. Wie naiv von ihr! Wenn es um das Vertilgen von Süßspeisen ging, war mir niemand gewachsen! Zumindest in dieser Hinsicht musste sich das Gör geschlagen geben! Doch unser Festmahl nahm ein abruptes Ende: Bedienstete eilten herbei und der Tisch wurde schnell abgeräumt.

„Wie der Weise es wünscht. Welche Geschichte würdet Ihr gerne hören? Soll ich berichten, wie Erzlord Lurth Mink in einem Duell der Hintern versohlt wurde? Wie wir den Wald von Dandoor eroberten? Wie das Schlachtfeld mit Zeit-Anomalien zerstört wurde? Oder wie der Wald von Dandoor im Anschluss daran von diesem Planeten verschwunden ist?"

„Was soll der Unsinn?", meldete sich unverhofft einer der unbekannten Erzlords zu Wort. „Vor drei Tagen habe ich Erzlord Lurth Mink persönlich getroffen. Er war wohlauf und unversehrt! Weiser, wieso sollen wir uns die Phantastereien dieses Kerls anhören?"

Erzlord Shang Li runzelte die Stirn.

„Meines Wissens neigen Suchende nicht zu Lügen. Ich selbst habe Erzlord Lurth Mink vor einem Monat gesehen und würde gerne Genaueres erfahren, Suchender Guerlon."

„Man munkelt von einer besonderen Bindung unter blutsverwandten Dämonen, die ihnen verrät, ob jemand die Wahrheit sagt oder lügt. Stimmt das?"

„Ja, das stimmt. Aber ich verstehe nicht, inwieweit das hier von Bedeutung ist." Erzlord

Shang Li wurde allmählich ungeduldig.

„Unter den hier Anwesenden sehe ich Almyrda, das Oberhaupt des Stammes Urbangos. Lehrling Vyllea, berichte deiner Mutter von meinem Kampf gegen Erzlord Lurth Mink."

„Ja, Mentor." Vyllea wurde rot. „Aber es gibt eigentlich nicht viel zu erzählen. Das war vor etwa einem Jahr. Zander und ich wollten gerade auf das Trainingsgelände, um aufzuleveln..."

„Das Trainingsgelände von Zou-Karteen?", hakte Almyrda nach. Vyllea nickte, und ihre Mutter verzog das Gesicht. „Wieso zusammen? Dieses Trainingsgelände ist für Kandidaten des Silberrangs."

„Das spielt hier keine Rolle", warf Erzlord Shang Li ein. „Fahre fort, Junior."

„Wir wollten also gerade los, doch in diesem Augenblick tauchte unverhofft Erzlord Lurth Mink auf. Mein künftiger Mentor hatte gerade eine Stadt zerstört, deshalb wollte er Rache. Den Kampf selbst habe ich nicht gesehen, die beiden bewegten sich so schnell, dass ich nichts erkennen konnte. Ich kann sagen, dass alles nur eine Minute dauerte. Als sie nicht mehr herumschossen wie Blitze, stand mein künftiger Mentor über dem gefallenen Erzlord und überlegte, was er tun sollte. Er hatte dem Erzlord ein Bein abgetrennt, doch dann brachte er es wieder an. Erzlord Lurth Mink hatte Glück, dass mein Taoisten-Mentor die vollständige Technik zur Heilung von Dämonen beherrschte. Aus irgendeinem Grund beschloss der Taoist, den Gegner nicht endgültig zu vernichten, sondern freizulassen. Er heilte ihn sogar so, dass er laufen konnte. Und dann ging er. Zu Fuß.“

„Sie lügt nicht“, sagte Almyrda erstaunt, als alle Dämonen die Anführerin des Stammes Urbangos anschauten.

„Bedauerlicherweise hat meine Schülerin einen unverzeihlichen Fehler begangen und wird dafür bestraft werden. Der Kampf dauerte keine Minute, sondern siebenundzwanzig Sekunden.“

„Oh, das habe ich ganz vergessen! Ehe er den Erzlord gehenließ, nahm der Mentor ihm seine Waffe, Ringe, Amulette und die Dimensionstasche ab!“, rief Vyllea aus. Es mochte sich später noch rächen, dass sie den nötigen Respekt vor den Anwesenden fehlen ließ, doch im Augenblick scherte sich niemand darum.

Im Raum wurde es still. Erzlord Shang Li wusste eindeutig nichts von diesem Vorfall. Doch wie konnte das sein, zumal Vylleas früherer Mentor ihm doch alles berichten sollte? Offenbar ging dieser Gedanke nicht nur mir durch den Kopf.

„Weiser, verzeiht mir, aber hat Euch mein früherer Mentor nicht darüber informiert? Meister Nars-Go Li hatte mich in der Obhut dieses Menschen gelassen und direkt zu Euch begeben, um den Angriff auf Erzlord Lurth Mink und die Dämonen vom Stamm Urbangos zu melden.“

„Meister Nars-Go ist mittlerweile seit einem Jahr persönlicher Lehrling von Erzlord Lurth Mink“, teilte uns einer der unbekannten Erzlords mit. Selbst Vyllea war schlau genug, sich zurückzuhalten und das Offensichtliche nicht herauszuposaunen — einer seiner Lehrlinge aus dem inneren Kreis hatte den Erzlord verraten und hielt es jetzt mit Erzlord Lurth Mink.

„Sind die Habseligkeiten von Lurth Mink noch in Eurem Besitz? Habt Ihr in seine Dimensionstasche geschaut?" Erzlord Shang Li klang, als könnte er seinen Ärger kaum im Zaum halten. Schon allein die Tatsache, dass er einen anderen Erzlord nur mit seinem Namen bezeichnete, ohne die Aufstiegsstufe zu erwähnen — und zwar vor Zeugen —, kam einer offenen Kriegserklärung gleich.

„Ich bin in der Kunst der Artefakterschaffung nicht sehr bewandert, Weiser." Meister Guerlon erhob sich und ging um den Tisch herum zu Erzlord Shang Li. „Außerdem hatte ich kein Interesse daran, mich mit den Habseligkeiten eines so unwürdigen Wesens zu befassen. Im Kampf zeigte er keine herausragenden Fähigkeiten, deshalb bezweifele ich, dass sich in seiner Dimensionstasche etwas Interessantes finden wird. Bitte nehmt dies als Zeichen meiner Dankbarkeit für das vorzügliche Essen. Es war wirklich hervorragend."

Plötzlich hielt Mentor Guerlon die Beute in der Hand, die er Erzlord Lurth Mink abgenommen hatte. Erzlord Shang Li nahm sich die Dimensionstasche und schloss die Augen. Der unangenehme Geruch von verbranntem Fleisch stieg auf, dann knackte etwas. Der Dämon zerstörte offenbar die Bindung des Artefakts. Dann legte er hellrote Kleidungsstücke auf den Tisch.

„Das zeremonielle Gewand eines Erzlords",

ertönte die erstaunte Stimme des Dämons, der behauptet hatte, mein Mentor gebe Unsinn von sich. „Vor einem Monat wurde Erzlord Lurth Mink ohne diese Kleidung gesehen...“

„Ihr sagtet, Ihr brauchtet siebenundzwanzig Sekunden, Suchender?“ Erzlord Shang Li sah den Taoisten an.

„Leider ja, Weiser. Lurth Mink lief zu schnell davon. Außerdem war das vor einem Jahr. Seither bin ich wesentlich stärker geworden.“

„Setzt Euch, Suchender. Die Beute steht Euch rechtmäßig zu. Ich habe die Bindung entfernt.“

Erzlord Shang Li reichte dem Taoisten die Dimensionstasche, behielt die Ringe und Amulette jedoch für sich, dazu vermutlich eine Menge anderer interessanter Gegenstände, die sich unter Lurth Minks Habseligkeiten befunden hatten. Mentor Guerlon scherte sich jedoch nicht darum und nahm ruhig wieder seinen Platz ein.

„Eure Geschichte hat mir gefallen. Aber ich will mehr hören. Der Wald von Dandoor. Was war damit?“

„Er existiert nicht mehr, Weiser. Er musste zerstört werden. Genauso wie das Schlachtfeld mit den Zeit-Anomalien. Allerdings muss ich zugeben, dass sich meine Lehrlinge dabei mehr verdient gemacht haben als ich selbst. Es war ihre Trainingsaufgabe, und sie haben diese erledigt. Ich habe die beiden hauptsächlich beaufsichtigt.“

„Zwei Kandidaten haben den Wald von Dandoor zerstört?“, rief der gleiche unbekannte

Erzlord entsetzt aus, doch ein Blick von Erzlord Shang Li brachte ihn zum Schweigen.

„Nun, wenn die Junioren für die Zerstörung des Waldes zuständig sind, möchte ich die Geschichte gerne wieder von ihnen hören. Darf ich bitten, Junior?"

Erzlord Shan Li hatte Vyllea angesprochen, nicht mich, vermutlich, damit Almyrda den Bericht ihrer Tochter bestätigen oder bestreiten konnte.

„Nachdem der Taoist Erzlord Lurth Mink freigelassen hatte, zogen wir zum Wald. Dort zeigte der Mentor uns eine Karte, deutete auf eine Stelle und sagte, dort würde er auf uns warten. Zander sagte, er wisse, wie man dorthin komme, und wir gingen los. Unterwegs begegnete uns ein Tiger vom Silberrang, und ich verzehrte versehentlich seine Essenz. Dadurch habe ich die Kontrolle verloren und war eine Zeitlang bewusstlos. Als ich wieder zu mir kam, waren wir in einem Baum. Spinnen hatten uns dorthin geschleppt. Wir töteten ein paar, konnten jedoch unmöglich im Baum bleiben. Die Energie darin verbrannte uns innerlich. Wir mussten die Spinnen leben lassen und aus dem Baum verschwinden. Dann fand uns der Mentor und bestrafte uns. Offenbar passte es ihm nicht, dass wir zu wenig Spinnen getötet hatten. Der Taoist war sehr empört und ließ seinen Zorn am Baum aus. Später sagte er uns, der Baum sei von einem Ding namens Herz des Ozeans genährt worden. Aber ich habe es nie selbst gesehen, deshalb kann ich das nicht bestätigen."

„Das Herz des Ozeans ist ein Märchen!", rief der impulsive Erzlord aus. Warum mischte er sich ständig ein?

„Meine Tochter hat die Wahrheit gesagt! Das schwöre ich bei der Ehre des Stammes." Almyrda klang, als sei sie zum Platzen stolz auf ihre Tochter. Erzlord Shang Li starrte unseren Mentor lange Zeit an, als müsse er überlegen, wie es weitergehen sollte.

„Sagt mir, Suchender, gibt es das Herz des Ozeans wirklich?", fragte er schließlich. „Ist es in Eurem Besitz?"

„Ja, Weiser, es existiert. Und ich habe es."

„Und Ihr könnt hier und jetzt einen Gegenstand auf der Erleuchtungsstufe vorweisen?"

„Natürlich. Doch ehe ich das tue, möchte ich, dass meine Lehrlinge weggeschickt werden. Ich habe mich an die beiden gewöhnt und will nicht, dass sie verbrennen. Alle anderen hier sind mir egal, aber ich bin mir sicher, dass Erzlord Shang Li die Macht eines solchen Gegenstands aushalten kann."

„Eure Worte wurden erhört, Suchender. Was ist dann geschehen, Junior?", fragte der Erzlord nach einer kurzen Pause.

„Dann habe ich mich in einer Zeit-Anomalie wiedergefunden, Weiser. Der Mentor befreite mich, und dann verwandelte sich der Wald von Dandoor mitsamt dem Schlachtfeld in eine wunderschöne Bucht. Ich weiß nicht, wie das zustandegekommen ist — Zander und ich haben unterdessen meditiert."

„Ich bitte um Verzeihung, aber wie konnten zwei Kandidaten des Diamantrangs einen Tiger des Silberrangs besiegen?" Der zweite Erzlord runzelte die Stirn. Er hatte bisher versucht, sich im Zaum zu halten, aber offenbar ohne großen Erfolg.

„Der Tiger wurde mit Techniken besiegt!", verkündete Vyllea. „Und ich habe ihm den Rest gegeben, indem ich ihm die Essenz aus dem noch lebendigen Körper riss. Und als ich das gemacht habe, hatte ich noch den Bronzerang."

„Meine... meine Tochter sagt die Wahrheit." Almyrdas Augen waren groß wie Untertassen, während ich darüber staunte, wie Vyllea die Tatsachen verdrehte. Der Tiger wurde tatsächlich durch Techniken getötet. Techniken der Spinnen. Und sie hatte ihm tatsächlich den Rest gegeben, als sie die Essenz aus seinem Körper gerissen hatte. Allmählich dämmerte mir, was der Mentor im Sinn hatte. Vyllea gehörte zu der Art von Dämonen, die jeden Sieg für sich beanspruchen. Den befreiten Suchenden erwähnte sie nicht, weil er nicht in ihre Geschichte passte. Also wählte sie ihre Worte so, dass sie weitaus stärker wirkte, als sie in Wirklichkeit war. Und was unseren Mentor betraf... Er wollte den Gegner schlagen, noch ehe es zum Kampf kam. Ihn nicht nur physisch, sondern auch psychisch vernichten.

„Das ist unmöglich! Ich spüre eine Lüge!" Der lebhaftere der Erzlords war sichtlich aufgebracht. „Selbst wenn wir davon ausgehen, dass der Suchende die Wahrheit über die Niederlage von Erzlord Lurth Mink gesagt hat, ist es schlichtweg gelogen, dass eine Bronzekandidatin einen Tiger des Silberrangs mit Techniken erledigt hat!"

„Der Weise beschuldigt mich also der Lüge?!" Vyllea brauste auf und erhob sich. „Ich kann meine Worte hier und jetzt beweisen!"

„Wie wollt Ihr das tun, Junior?" Die Stimme von Erzlord Shang Li klang so klebrig-süß, dass mir Böses schwante.

„Ihr könnt mich und Zander vollständig durchschauen. Ihr seht, dass wir nur Knoten haben. Keine Meridiane. Keine Geiststeine. Weiser, ich bitte um die Erlaubnis, einen von denen, die mir nicht glauben, mit einem Pfeil des Geistes anzugreifen!"

„Du willst einen Dämon der Erzlord-Stufe angreifen?" Offenbar konnte keiner der Anwesenden diese Dreistigkeit fassen.

„Würde ihm das schaden?", fragte Vyllea. „Kann er die Angriffe von Kandidaten des Diamantrangs nicht mühelos abblocken?"

Wieder wurde es still. Selbst für mich, der ich mit den höheren Stufen der Macht in der Dämonenwelt nichts zu tun hatte, war deutlich, dass Vyllea sich mehrere Todesurteile eingehandelt hatte. Dass sie nicht auf der Stelle niedergestreckt wurde, lag nur daran, dass sie bis zum Turnier überleben sollte, um dort zur Belustigung der Massen zu dienen. Doch selbst ich hatte eine solche Dreistigkeit nicht erwartet, obwohl ich bereits an die Unberechenbarkeit meiner Partnerin gewöhnt war. Sie scherte sich nicht darum, wen sie vor sich hatte — ob einen Krieger, einen Meister oder einen Erzlord —, sondern tat, was ihr in den Kopf kam. Und ich wusste besser als jeder andere auf der Welt, dass der Kopf nicht ihre größte Stärke war. *„Warum bist du so furchtlos, Vyllea?"* — *„Mir fehlt der Verstand, um Angst zu haben..."*

„Die Verwendung von Geiststeinen ist untersagt. Es ist untersagt, dich zu heilen, wenn du deine Körperenergie verbraucht hast. Wenn du jetzt sterben willst, ist das deine Entscheidung. Ich gebe dir die Erlaubnis, mich anzugreifen", verkündete Erzlord Shang Li.

„Ich hatte nicht gesagt, dass ich angreifen würde, Weiser. Ich hatte gesagt, dass es ein Kandidat der Diamantstufe sein würde. Zander, gib mir deine Hand!"

Mit der schweigenden Zustimmung der Versammelten erhob ich mich, unsere Finger verschränkten sich.

„Ich gehe davon aus, dass der Weise weiß, was eine vollständige Vereinigung ist?"

Der Erzlord nickte und kniff die Augen zusammen. Erst jetzt schien er zu begreifen, wieso ich wie ein Dämon aussah und nicht wie ein Mensch.

„Zander, wir haben die Erlaubnis zum Angriff. Sollen wir versuchen, Erzlord Shang Li zu töten? Wann wird sich jemals wieder eine solche Chance bieten?"

„Tun wir es!" Ich lächelte und streckte dem Erzlord meine Hand entgegen. Der erste Pfeil des Geistes sauste los und verschwand; er hatte sein Ziel um mehr als einen Meter verfehlt. Doch ich ließ mich nicht beirren: Vielleicht würden die Himmel dafür sorgen, dass dem Erzlord ein Fehler unterlief, sodass eine meiner Attacken ihr Ziel erreichte? Doch der Erzlord machte keinen Fehler und alle Pfeile des Geistes verpufften in der Luft. Als ich die Technik zum fünfzigsten Mal einsetzte, meldete sich Vyllea zu Wort.

„Okay, Zander, das reicht. Ich glaube, wir haben deutlich genug gezeigt, wie wir im Wald von Dandoor überlebt haben. Du kannst die Abwehr nicht überwinden. Es reicht!"

Während sie sprach, konnte ich noch drei weitere Pfeile abfeuern. Der Meridian sank auf Null, aber von außen hatte es den Anschein, als könne ich endlos schießen.

„Dreiundfünfzig Techniken hintereinander ohne Pause, und keiner vermag zu sagen, wie lange sie noch weitermachen könnten." Almyrda brach das Schweigen. „Das entspricht mindestens der Stufe eines Kriegers des Bronzerangs. Erzlord Shang Li, als Oberhaupt des Stammes Urbangos muss ich meine Teilnehmer vom bevorstehenden Kampf zurückziehen. Meine Leute sind stark und tapfer und mehr als gewillt, ihre Kraft gegen gleichstarke oder höherrangige Gegner unter Beweis zu stellen. Sie sind bereit, ihr Leben zu geben, um die Kraft der Dämonen zu demonstrieren, aber gegen Techniken der Stufe eines Kriegers des Bronzerangs wären sie machtlos. Gleiches gilt für alle anderen Dämonen, die das Turnier gewonnen haben. Was Euch betrifft, Taoist... Ich dachte immer, dass Suchende ehrenwerte Menschen sind, die den Himmeln gefallen wollen. Zehn Lehrlinge des Silberrangs? Wirklich? Diese beiden würden Hackfleisch aus ihnen machen! Würde ein solches Gemetzel Euren Himmeln gefallen?"

„Vollständige Vereinigung", überlegte Erzlord Shang Li, während er uns aufmerksam musterte. „So etwas habe ich schon lange nicht mehr gesehen. Nur der Pfeil des Geistes? Oder habt Ihr noch mehr gelernt?"

Statt einer Antwort nahm ich Vylleas Hand und beschwor die Geistrüstung herauf. Da wir noch standen, deutete ich mit der bekannten Geste in eine Richtung, und wir bewegten uns auf die andere Seite des Raumes, wo wir mühelos bis an die Decke kletterten. Noch ein paar Sprünge, dann standen wir wieder an Ort und Stelle.

„Geistrüstung, Schritte und Halt. Das klassische Paket für aufstrebende Lehrlinge. Ihre Bewegungen sind so synchron, dass sie lange und fleißig trainiert haben müssen. Ich sehe ein paar Schwächen, aber die sind nicht weiter von Belang. Gar nicht schlecht."

„Das Oberhaupt des Stammes Urbangos hat recht: Selbst mit weiteren zehn Silber-Lehrlingen ist es nicht zu verantworten, dass diese beiden am Turnier teilnehmen. Das Turnier zwischen den Stämmen soll nicht in ein hemmungsloses Gemetzel ausarten. Ich sage den Kampf der Junioren ab und gestattet ihnen, Zou-Lemawn jederzeit zu verlassen. Zudem sind diese beiden meine persönlichen Gäste, solange sie sich in der Stadt aufhalten. Das ist meine Entscheidung. Wagt es jemand, mir zu widersprechen?“

Niemand meldete sich. Die Demonstration unserer Fähigkeiten war zu beeindruckend und zu verblüffend. Normalerweise galt es als unmöglich, Techniken ohne Meridiane, Geiststeine oder Schriftrollen zu verwenden.

„Weise, schickt jeweils einen Lehrling in den Wald von Dandoor. Ich brauche genaue Informationen darüber, was dort aktuell im Gange ist. Bis zum Turnier sind es noch fünf Tage. Sie sollten zurück sein, ehe es losgeht.“

Diese Entscheidung des Erzlords Shang Li ersparte uns nicht nur einen unfairen Kampf, sondern verschaffte uns auch seinen Schutz und bewahrte uns vor möglicher Vergeltung. Die Folgen der vollständigen Vereinigung und unsere Fähigkeit, ohne die typischen Voraussetzungen fortgeschrittene Techniken einzusetzen, hatten die versammelten Dämonen fasziniert und vielleicht sogar beunruhigt, denn das zeugte von einer Macht und Synergie, die selbst unter den erfahrensten Kriegern ungewöhnlich war.

„Jawohl, Weiser.“ Die Erzlords schienen blass geworden zu sein, wagten jedoch nicht, dem Weisen zu widersprechen. Welche Aufstiegsstufe mochten sie nur haben?

„Ich möchte das Herz des Ozeans mit eigenen Augen sehen. Wasser ist mein Element, es wird mir nichts anhaben können. Folgt mir; ich weiß, wo diese Demonstration am besten stattfinden kann.“

„Wie Ihr wünscht, Weiser.“ Der Mentor erhob

sich, zögerte jedoch. „Weiser, verzeiht mir meine Dreistigkeit, aber ich muss fragen — wird mein Kampf denn stattfinden? Meine Lehrlinge mögen ein wenig ungewöhnlich sein und werden mit der Gruppe, die Ihr ihnen zugeteilt habt, sehr leicht fertigwerden, doch ich schwöre bei den Himmeln, dass ich selbst lediglich ein Meister und mit niemandem vereinigt bin. Die Gelegenheit, meine Sammlung um zwei Dimensionstaschen zu erweitern, möchte ich mir nicht entgehen lassen. Die beiden Erzlords, denen ich bereits meinen Mangel an Respekt deutlich gemacht habe, werden doch ihre Artefakte mitbringen, oder?"

Die Erzlords neben Shang Li wurden blass. Nicht aus Zorn oder Wut — sie wurden von Angst gepackt, und das merkte nicht nur ich.

„Euer Kampf wird wie geplant stattfinden, Suchender. Dieses Ereignis wird sich sicher niemand entgehen lassen wollen. Alle sind entlassen. In fünf Tagen erwarte ich einen Bericht über das Geschehen im Wald von Dandoor und auf dem Schlachtfeld mit den Zeit-Anomalien."

Der Mentor und Erzlord Shang Li verschwanden. Die Dämonen blieben noch lange auf ihren Plätzen. Als Erstes kamen die beiden Erzlords zu sich. Sie sahen sich vielsagend an, als hätten sie eine stumme Absprache getroffen, dann erhoben sie sich und gingen schnell heraus, gefolgt von den Meistern des Goldrangs. Bald waren wir nur noch zu dritt am Tisch: Ich, Vyllea und Almyrda.

„Vollständige Vereinigung? Und wer von euch hat das Kommando?", fragte Almyrda.

„Zander. Er kontrolliert alle Ströme.“

„Vertraust du ihm so sehr, mein Mädchen?“

„Nenn mich nicht so!“, fuhr Vyllea sieh an. „Ja, ich vertraue ihm! Denn nur er konnte mich zu dem machen, was ich bin!“

„Ihr seid jetzt beide Dämonen. Was willst du in der Welt der Menschen? Bleib bei mir. Ich kann dir beim Aufstieg helfen.“

„Was redest du da, Mutter! Du willst, dass ich in einer Welt bleibe, die bereit ist, einhundertzwanzig Dämonen auf zwei Kandidaten zu hetzen, aber einknickt, sobald wir dieser Welt unsere wahre Kraft zeigen? Pah, hätte mir jemand vor zwei Jahren gesagt, dass Dämonen so schwach sind, hätte ich ihm die Kehle herausgerissen, ganz gleich, wer es gewesen wäre. Besser als Herr sterben als ewig als Sklave zu leben. Der Mentor hat mir die wahre Kraft der Menschen gezeigt. Obwohl er nur ein Meister ist, hat er einen Erzlord der Dämonen mit unglaublicher Leichtigkeit besiegt. Er hat vor, noch zwei weitere Erzlords zu töten, und ich weiß, dass er dazu in der Lage ist! Welcher Meister der Dämonen könnte so etwas vollbringen? Keiner! Nein, Mutter, in dieser Welt werde ich nicht stärker werden. Deshalb bleibe ich nicht hier! Ich gehe mit Zander, werde ein Mensch und finde heraus, warum Menschen so stark sind. Ganz alleine!“

Almyrda lächelte, denn Vyllea hatte genau das gesagt, was sie hören wollte. Doch das Lächeln verging ihr, als ihre Tochter, die gerade so vehement auf ihre Unabhängigkeit gepocht hatte, unvermittelt eine Bitte hatte.

„Mama, kann ich ein paar Geistmünzen haben? In einem Geschäft habe ich so ein schönes Kleid gesehen, und der Mentor ist zu geizig und will es nicht bezahlen!"

* * *

„Ist dieser Ort für Eure Zwecke geeignet, Suchender?" Erzlord Shang Li führte Meister Guerlon in die Arena. Der Dämon hatte nicht nur sämtliches Personal weggeschickt, sondern auch eine Schutzformation geschaffen, um die Wirkung dieser ungeheuer mächtigen Energiequelle auf Unbeteiligte zu minimieren.

„Ja, Weiser." Der Mentor nickte und atmete schwer, als er einen funkelnden Gegenstand auf seiner Handfläche erscheinen ließ. Das Ding erinnerte an einen faustgroßen, erstarrten Tropfen und strahlte eine solche Kraft aus, dass der Sand unter ihren Füßen zu schwarzem Staub wurde.

„Das ist es tatsächlich. Das Herz des Ozeans", sagte der Dämon ehrfürchtig und griff nach der Quelle. Sofort reagierte es auf das gemeinsame Element und berührte den Dämon mit einem dicken, blauen Strahl. Nach einem kurzen Moment unterbrach der Erzlord den Strom.

„Ah! Erfrischend!", merkte er an. Meister Guerlon verstaute die Energiequelle wieder in seiner Dimensionstasche und legte sich eine Hand auf die Hüfte, um sich zu heilen. Selbst für ihn war eine so mächtige Quelle gefährlich.

„Warum ist das Herz des Ozeans mit Schutzschilden versehen?"

„Ansonsten würde ich mich in das hier verwandeln." Meister Guerlon deutete auf den dunklen Staub unter seinen Füßen. „Ich bleibe lieber am Leben, Weiser."

„Euch ist hoffentlich klar, dass ich Euch diese Quelle nicht lassen kann, Suchender? Sie gehört der Welt der Dämonen und muss ihren rechtmäßigen Besitzern zurückgegeben werden."

„Mein Element ist das Feuer, und ein fairer Tausch ist in meinen Augen immer das Beste."

„Sind alle mit dem Feuer verbundenen Orte der Macht in Eurer Welt belegt?" Der Dämon grinste. „In fünf Tagen bekommt Ihr eine Quelle, mit der Ihr die Erzlord-Stufe erreichen könntet. Darauf gebe ich Euch mein Wort! Aber ich brauche hier und jetzt das Herz des Ozeans."

„Ja, Weiser. Ich habe keinen Grund, an Euren Worten zu zweifeln." Meister Guerlon brachte die Energiequelle erneut zum Vorschein und reichte sie in aller Ruhe dem Dämon.

„Das ist alles? Keine Forderungen, Zusicherungen oder Versprechen? Einfach so?"

„Die Himmel interessieren sich nicht für dumme Worte, Weiser. Sie interessieren sich nur für Taten und Ergebnisse."

„Und Ihr stellt Euch den beiden Erzlords, obwohl Ihr mir die Quelle gegeben habt?"

„Ich brauche diese Quelle nicht, um zwei nichtsnutzige Erzlords zu schlagen, Weiser. Einer von ihnen ist sogar schwächer als Lurth Mink, der in meinen Augen nicht einmal ein richtiger Erzlord ist. Vermutlich wird der Kampf gar nicht stattfinden. Ich habe die Blicke dieser Erzlords gesehen, Weiser. Ich habe gesehen, wie die Angst ihre Seelen ergriffen hat. Sie haben bereits verloren, und das wissen sie selbst. Weiser, wettet Ihr gerne?"

„Ihr seid zu selbstsicher, Suchender." Erzlord Shang Li wusste nicht recht, wie er auf den Vorschlag reagieren sollte. Aus dem Mund eines Menschen, noch dazu von geringerer Stufe, klang er herausfordernd, genauso wie der Inhalt seiner Worte.

„Zu welchen Bedingungen?", erwiderte der Erzlord nach einer Pause schließlich. Er fand den Suchenden unterhaltsam, und seine Lehrlinge ebenfalls.

„Hier sind einhundert Geistmünzen." Meister Guerlon zeigte eine schwere Geldbörse. „Ich setze zehn von diesen darauf, dass die Erzlords, gegen die ich kämpfen sollte, bei unserer Rückkehr nicht mehr in Zou-Lemawn sein werden."

„Der bloße Gedanke ist absurd! Sie würden es nicht wagen, ihrem Ruf derartigen Schaden zuzufügen."

„Wenn sie zwischen ihrem Leben und ihrem Ruf wählen müssen, entscheiden sich viele für Ersteres. Das sind keine Suchenden, Weiser. Sie sind nur Dämonen, und längst nicht die stärksten oder tapfersten, trotz ihrer ansehnlichen Aufstiegsstufe."

„Angenommen! Tausend Münzen gegen tausend Münzen. Aber wozu braucht Ihr einen solchen Betrag? Ich habe gehört, dass Suchende Geld ablehnen."

„Nicht unbedingt. Münzen sind nur ein Mittel zum Zweck und kein Selbstzweck. Bildung ist in Zone Null meiner Welt sehr teuer, und ich habe zwei Lehrlinge. Ich muss auf solche Mittel zurückgreifen, um sie optimal zu versorgen."

„Nun, in diesem Fall ist es mir ein Vergnügen, es Euch besonders schwer zu machen, die nötigen Geistmünzen aufzutreiben. Ich glaube an die Erzlords. Sie werden in fünf Tagen gegen Euch antreten."

Eine halbe Stunde später kehrten der Dämon und der Taoist in den Palast zurück. Am Eingang begrüßte sie der gleiche Bedienstete im makellosen schwarzen Anzug, verneigte sich und reichte dem Dämon zwei Schriftstücke.

„Erzlord Shang Li, eine Nachricht für Sie."

Der Dämon riss dem Bediensteten die Dokumente aus der Hand, überflog sie, knüllte sie zusammen und warf sie beiseite. In Meister Guerlons Gesicht regte sich kein Muskel, doch der Erzlord spürte, dass der Mensch lachte. Über ihn, über die Erzlords, über die Dämonen und über diese ganze Welt. Und zwar mit Fug und Recht.

„Der Kampf ist abgesagt. Ganz plötzlich ist beiden Erzlords eingefallen, dass sie dringende Stammesangelegenheiten zu erledigen haben, die sich nicht aufschieben lassen. Wie lange diese Geschäfte sie in Beschlag nehmen werden, steht noch nicht fest, aber sie versprechen, dass sie sich angemessen beeilen werden. Bei der nächsten Gelegenheit werden sie zurückkehren und gegen den Suchenden kämpfen. Schande. Welch eine Schande..."

Der Bedienstete wurde blass; ihm brach der Schweiß aus, doch er wagte nicht, sich zu entfernen. Niemand hatte ihm die Erlaubnis dazu gegeben.

„Nun gut, Guerlon. Der Kampf findet nicht statt, aber das ist nicht Eure Schuld. Von jetzt an habt Ihr das Recht, mich einfach Shang Li zu nennen. Ohne Titel. Mein Wort gilt. Ihr bekommt Eure tausend Geistmünzen und könnt Zou-Lemawn lebendig und unversehrt verlassen. Doch es wäre nicht angemessen, jemandem, der nach Unsterblichkeit strebt, ein spektakuläres Duell zu verwehren, oder? Wie wäre es mit einem kleinen Sparring unter Freunden? Ich kann nichts versprechen, aber ich werde versuchen, Euch nicht zu töten. Ich würde zu gerne wissen, was Ihr mit Eurer starrsinnigen Schülerin vollbringen könnt. Ist Euch klar, dass sie mit diesem Temperament in der Welt der Menschen nicht lange überleben wird?"

„Entweder das, oder sie wird erreichen, dass die ganze Welt der Menschen nach ihrer Pfeife tanzt." Meister Guerlon zuckte die Achseln. „Die Himmel werden entscheiden. Wir haben nur die Aufgabe, ihren Entscheidungen zu folgen. Ja, Shang Li, einem Sparring mit Euch stimme ich gerne zu. Auch ich werde versuchen, Euch nicht zu töten, kann aber ebenfalls nichts versprechen..."

KAPITEL 17

„HIER KOMMT DIE Siegerin der Endrunde! Loukree vom Stamme Prantir! Erinnern wir uns daran, auf welchem Weg sich unsere Heldin den Titel gesichert hat!" Der Ansager fing an, Loukrees Gegner aufzuzählen, während ich Vyllea anschaute, die mit düsterer Miene neben mir saß. Ihre gute Laune war vor fünf Tagen verschwunden, direkt nach dem Gespräch mit ihrer Mutter — mir passte das ehrlich gesagt sehr gut. Eine schmollende Vyllea stiftete kein Chaos, geriet nicht in Schwierigkeiten und diskutierte auch mit niemandem. Almyrda weigerte sich, ihre Tochter zu unterstützen. Da Vyllea in die Welt der Menschen wollte, sollten die Menschen ihren Luxus finanzieren — oder sie selbst. Das schöne Kleid für dreißig Geistmünzen wurde also nicht gekauft, und damit verwandelte sich die unerträgliche Dämonin in eine mürrische Dämonin.

Als die Siegerin sich vor der gewaltigen Menge verneigte, kamen mehrere Dämonen in die Arena. Ursprünglich hatte Erzlord Shang Li Vyllea und mir als Ehrengästen der Stadt eine Loge zugewiesen, doch in den letzten fünf Tagen war so viel geschehen, dass es an ein Wunder grenzte, dass man uns überhaupt in die Arena gelassen hatte. Unsere Plätze waren nicht die bequemsten, doch ich konnte die Bewegungen der Meister verfolgen und erkennen, welche Energie sie erzeugten. Die Siegel, die die Dämonen bildeten, waren außerordentlich komplex und sehr faszinierend. Es würde sich ganz bestimmt lohnen, sie später einmal in Ruhe genauer zu untersuchen. Nach den Siegelmeistern kamen Artifizienten, die Schutzformationen schufen. Diese Vorbereitungen mochten manche wundern, doch wie bereits erwähnt: In den letzten fünf Tagen war viel passiert.

Und ich konnte nicht gerade behaupten, dass mir diese Veränderungen gefielen. Wieso nicht? Weil der bohrende Schmerz zwischen meinen Schulterblättern in all den Tagen kein Bisschen nachgelassen hatte. Uns direkt gegenüber, in der zentralen Loge, saß Erzlord Lurth Mink, der die Vorbereitungen in der Arena scheinbar vollkommen gleichgültig verfolgte. Neben ihm saßen die beiden Erzlords, die das Duell gegen den Suchenden nicht antreten konnten, weil ihnen ganz plötzlich dringende Stammesangelegenheiten eingefallen waren. Die verdächtigste Gestalt in der zentralen Arena war jedoch jemand anderes. Drei Erzlords, na und? Der Mittelpunkt war natürlich ein grauhaariger Dämon der Erleuchtungsstufe. Er beobachtete die Vorbereitungen mit Interesse und sah hin und wieder zu uns hinüber. Diese seltenen Augenblicke fühlten sich an wie ein Peitschenschlag, so deutlich war der Blick des Dämons zu spüren. Greakon Mink, der Großvater oder Urgroßvater — da war man sich nicht ganz einig — des Erzlords, den mein Mentor geschlagen hatte, war persönlich erschienen, um den Kampf zwischen Erzlord Shang Li der Silberrangs und Meister Guerlon des Diamantrangs zu verfolgen. Dämon gegen Mensch. Die Aussicht auf ein derartiges Spektakel hatte die Stadt Zou-Lemawn, die schon zum Bersten gefüllt gewesen war, in nur fünf Tagen in einen wimmelnden Ameisenhaufen verwandelt. Die Portale der Stadt waren ununterbrochen im Einsatz. Die Dämonen kamen zu Dutzenden. Alle minderjährigen Kandidaten waren schon lange verbannt worden — im Publikum war für sie kein Platz. Sie wurden allesamt aus der Stadt geschickt, um Störungen zu verhindern. Krieger, Meister, Erzlords — alles hatte sich versammelt. Sogar ein Erleuchteter, wie sich herausstellte.

Allerdings zeigte sich bald, wieso niemand es wagte, gegen Erzlord Lurth Mink vorzugehen und wieso selbst Erzlord Shang Li gegenüber dem Abtrünnigen ein Auge zudrückte. Greakon Mink schätzte seinen jungen Verwandten sehr, kümmerte sich persönlich um den Aufstieg seines Schützlings, unterstützte ihn mit Ressourcen und hielt alles Unheil von ihm fern. Wer seinen Lieblingserben nur schief ansah, wurde von Greakon unbarmherzig ausgelöscht. Das hatte zur Folge, dass Erzlord Lurth Mink den Bezug zur Realität verlor und Verhaltensweisen zeigte, für die andere Dämonen längst exekutiert worden wären. Der Suchende Guerlon war seit vielen Jahrzehnten der Erste gewesen, der sich offen gegen Erzlord Lurth Mink gestellt und das überlebt hatte. All das hatte Erzlord Shang Li uns vor vier Tagen anvertraut. Der Dämon hatte sogar angeboten, den Kampf abzusagen, um dem Suchenden die Flucht aus Zou-Lemawn zu ermöglichen — bei diesem Vorschlag hatte mein Lehrmeister allerdings nur höhnisch geschnaubt. Der Tag, an dem der Suchende vor einem Kampf davonlief, würde sein letzter sein. Die Himmel würden derartige Feigheit niemals verzeihen.

Endlich waren alle Vorbereitungen abgeschlossen — über der Arena erhob sich eine Kuppel, die Zuschauer vor irregeleiteten Angriffen der Kämpfer schützen würde. Vyllea hatte berichtet, dass die Dämonen dem Kampf entgegenfieberten und hohe Beträge auf den Sieger gesetzt hatten. Wie ein freundschaftlicher Sparringskampf wirkte das Ereignis schon lange nicht mehr.

Aus dem Verstärker ertönte eine Stimme.

„Begrüßen wir die Teilnehmer am letzten Wettstreit! Der langersehnte Kampf! Dämon gegen Mensch! Erzlord Shang Li gegen den Suchenden Guerlon!"

In der Arena herrschte aufgeregtes Stimmengewirr, als der Suchende erschien. Die Dämonen in Zou-Lemawn gierten nach Menschenblut, deshalb johlten sie höhnisch, um ihre Abscheu zu zeigen. Als Erzlord Shang Li in die Arena kam, wurde der Hohn zu Beifall. Die Menge unterstützte ihren Helden.

„Erzlord Greakon Mink weiß vom Herz des Ozeans", erklärte Erzlord Shang Li und verneigte sich vor seinem Gegner.

„Hat er bereits danach verlangt?" Der Suchende verneigte sich genauso.

„Natürlich. Wenn ich Euch vernichtet habe, nehme ich es von Eurem Leichnam und überreiche es dem Weisen. Euch ist klar, dass ich mich nicht zügeln darf? Das ist kein freundschaftlicher Wettstreit mehr, Guerlon. Jetzt herrscht Krieg."

„Ja, es herrscht Krieg", bestätigte der Suchende. „Die Himmel sehen alles, Shang Li. Vielleicht wird es Euch überraschen, wenn ihre Strafe kommt."

„Jetzt fangt schon an!", rief eine erzürnte Stimme von der Tribüne. Der Erleuchtete ärgerte sich über die Verzögerung. Als hätte er nur auf dieses Kommando gewartet, sprang der Taoist ein paar Meter vom Dämon zurück. Rund um seinen Körper erschienen sechs wirbelnde grüne Klingen. Der Suchende vollführte ein paar kreisförmige Handbewegungen, und die Klingen folgten ihm wie gehorsame Hunde. Endlich streckte Guerlon dem Dämon beide Hände entgegen, und die Klingen schossen so schnell vor, dass nur eine grüne Spur zu erkennen war. Die Waffen selbst konnten Wesen niederer Stufe unmöglich sehen.

Erzlord Shang Li blieb bis zum letzten Augenblick stehen und wich erst zur Seite, als die erste Klinge ihn zu treffen drohte. Er war wie vom Erdboden verschluckt und tauchte im Handumdrehen neben dem Suchenden wieder auf. Aus den Händen des Dämons kamen zwei Wasserströme zum Vorschein, deren Kraft selbst durch die Schutzformationen zu spüren war. Diese Ströme sollten den Taoisten davonschwemmen, erreichten ihn jedoch nicht rechtzeitig: Der Suchende bewegte sich genauso schnell wie der Dämon. Dort, wo gerade noch der Mensch gestanden hatte, war nur noch eine helle Feuerkugel zu sehen, die mit unglaublicher Macht explodierte. Trotz des Levelunterschieds lenkte er die Wasserströme zur Seite, dann rasten die sechs grünen Klingen, die sich wie von selbst zu bewegen schienen, wieder auf den Dämon zu.

Ich hatte gar nicht bemerkt, dass eine schwarze Klinge in den Händen des Dämons gelandet war, sondern hörte nur ein Klirren und sah die grellen Blitze, die deutlich machten, dass Artefakte zerstört wurden. Erzlord Shang Li hatte sich vorgenommen, eine der Waffen seines Gegners zu eliminieren, doch das gab dem Suchenden ein wenig Zeit — weitere Messer erschienen in der Luft. Nein, es waren keine Messer, sondern zwei Sets Doppelklingen. Der Mentor schuf ein weiteres Artefakt, während er auf den Dämon losging, und eine Weile sausten in der Arena zwei verschwommene Schatten hin und her, die sich immer wieder mit Feuer und Wasser beschossen. Der Suchende beherrschte die Artefakte außerordentlich gut. Im Nahkampf wäre er einem Erzlord des Silberrangs niemals gewachsen gewesen, doch da er aus vier Richtungen gleichzeitig angriff, hatte er durchaus eine Chance auf Erfolg. Der Erzlord musste sich drehen und wenden wie in einer Bratpfanne. Er wehrte die Dolche, die Klingen und das Schwert des Mentors so vehement ab, dass es sich offenbar um recht mächtige Artefakte handelte.

Einen Moment lang sah es so aus, als hätte der Suchende Guerlon den Dämon in die Ecke gedrängt, doch dieser zerschmetterte eine weitere Klinge und ging zum Gegenangriff über. Plötzlich war unter der Schutzformation nur noch dunkles Wasser zu sehen. Dämonen machten sich eilig an den Siegeln und Formationen zu schaffen, die offenbar nicht für eine solche Attacke gemacht waren. Die Kraft, die Erzlord Shang Li freigesetzt hatte, überstieg ihre Grenzen. Selbst der Erleuchtete Greakon Mink erhob sich von seinem Platz. Eine große Flagge flog aus seinen Händen und teilte sich im Flug in ein Dutzend kleinere. Diese Flaggen bohrten sich in den Sand der Arena, ein Blitz zuckte zwischen ihnen auf und eine Kuppel entstand. Nun waren die Dämonen, die für den Schutz der Arena verantwortlich waren, zwischen zwei Formationen gefangen: Ihrer eigenen und derjenigen, die der Erleuchtete geschaffen hatte. Ihr Entsetzen zeigte, dass die Eingesperrten ahnten, was ihnen bevorstand. Das dunkle Wasser in der Formation konnte nicht abfließen, sondern drückte mit unglaublicher Kraft, bis irgendwann ein Knacken ertönte: Siegel und Formation zerbrachen. Von meinem Platz aus war klar zu erkennen, wie die Dämonen vom entfesselten Wasser mitgerissen wurden. Erzlord Shang Li reagierte sofort und übte gewaltigen Druck auf die Wassermassen aus.

Das dauerte eine ganze Weile — etwa fünf Minuten lang. Im Wasser war nichts zu erkennen, doch allmählich änderte sich die Farbe. Das dunkelblaue Element wurde erst blau, dann hellblau und schließlich vollkommen durchsichtig. Ein Raunen ging durch die Menge. An einem Ende der Arena stand Erzlord Shang Li in einer Luftblase, lebendig und unversehrt. Auf der gegenüberliegenden Seite befand sich eine Feuerkugel, in der im Lotussitz der Suchende Guerlon saß. Der Druck, der die Schutzsiegel und Formationen zerstört hatte, war gegen das Feuerelement des Taoisten machtlos.

Sofort verschwand das Wasser, als hätte es nie existiert. Nur der feuchte Stein, zu dem der zusammengepresste Sand geworden war, erinnerte noch an den Wettstreit zwischen den beiden Elementen.

„Ist das alles, was ein Erzlord der Silberstufe zustande bringt?" Der Taoist klang erstaunt. „Wie seltsam. Ich dachte immer, wenn man mit einem Element verschmilzt, sähe das so aus!"

Auf der Stelle trocknete der Steinboden — die Kuppel füllte sich erneut, aber diesmal mit Feuer. Damit zwang ein einfacher Meister den Erleuchteten, sich erneut zu erheben. Wieder flog eine Flagge aus der Hand des Dämons und bildete eine weitere Schutzformation. Die Stille in der Arena war ohrenbetäubend. Niemand hatte sich vorstellen können, dass ein Mensch solche Macht besaß. Das Feuer toste etwa fünf Minuten lang, dann ebbte seine Intensität ab. Ich versuchte gar nicht, das Geschehen mit der Geistsicht zu beobachten, weil ich fürchtete, dabei zu erblinden. Die beiden Gegner setzten Energien ein, die meine Fähigkeiten überstiegen.

Die Flamme ließ nach, triumphales Gebrüll schallte durch die Arena. Erzlord Shang Li stand mit verschränkten Armen und leicht geneigtem Kopf da, als würde er warten, bis der Taoist seine albernen Spielchen beendet hatte. Endlich erloschen die letzten Funken.

„Interessante Artefakte habt Ihr da, Guerlon", sagte der Dämon. „Doch sie werden Euch nicht helfen. Ich schlage vor, dass Ihr Euch geschlagen gebt, um mir meine künftige Beute nicht zu ruinieren. Ich bin gespannt auf den Inhalt Eurer Dimensionstasche. Und ich verspreche Euch einen schnellen Tod."

„Alles kommt so, wie die Himmel es wollen. Ihr solltet mich erst schlagen, ehe Ihr Euch Gedanken über meine Besitztümer macht", erwiderte der Lehrmeister, und mir wurde unbehaglich zumute. Es war deutlich zu hören, wie angespannt der Taoist war. Der Erzlord sah aus, als hätte er nur einen kleinen Spaziergang hinter sich, Meister Guerlon dagegen so, als hätte er in nur einer Minute ein sechsmonatiges Intensivtraining absolviert.

„Wie Ihr wünscht. Schauen wir mal, wozu Ihr sonst noch in der Lage seid."

Was dann folgte, kann man nur als Dresche bezeichnen. Erzlord Shang Li machte ernst. Massive Energieströme ergossen sich aus seinen Händen, komprimiertes Wasser glitt wie dicke Schlangen in die Arena und der Taoist wurde ringsum von Wasserwänden eingeschlossen. Der Dämon zeigte eine erstaunliche Einheit mit dem Element, das ihm aufs Wort gehorchte. Der Suchende Guerlon dachte nicht mehr an Angriff, sondern konnte lediglich die gefährlichsten Attacken mit seinem Feuerschild abwehren und leichtere mit der Geistrüstung absorbieren. Schon nach einer Minute in diesem Irrsinn hatte der Taoist Blut im Gesicht. Es kam aus seiner Nase — der Körper des Meisters konnte der Belastung nicht standhalten. Doch erstaunlicherweise gelang es meinem Mentor, sich irgendwie zu behaupten. Sein Feuer konnte die Ströme des Dämons nicht vollständig verdampfen lassen, schwächte sie jedoch so sehr, dass er überlebte.

Der Erzlord stellte seinen Angriff so abrupt ein, dass der Suchende noch einige Augenblicke ins Leere attackierte, ehe er begriff, dass es vorbei war. Auf dem Gesicht von Erzlord Shang Li zeigte sich kein einziger Schweißtropfen, während Meister Guerlon so aussah wie ich früher, wenn Vyllea ihren Frust an mir ausgelassen hatte.

„Das ist das Ende, Guerlon. Ich muss zugeben, Ihr seid der Erste, der so lange gegen mich ausgehalten hat. Dass Ihr nur ein Meister seid, steigert meine Hochachtung. Allerdings nimmt alles irgendwann ein Ende. Nun ist es an der Zeit, Euer Leben zu beenden. Ich hoffe, die Himmel werden Euch gnädig sein."

Eine dunkle Kugel bildete sich in den Händen von Erzlord Shang Li. Der Erleuchtete erhob sich und beugte sich vor; eine solche Fähigkeit hatte er dem Dämon offenbar nicht zugetraut. Ich konnte mir nur auf die Lippe beißen, während ich die letzten Momente im Leben des Suchenden Guerlon verfolgte. Der Erzlord hatte alle Artefakte meines Mentors mühelos zerstört. Der Unterschied zwischen einem Erzlord und einem Meister war heute überdeutlich geworden.

Allerdings...

„Die Himmel sind immer gnädig zu all jenen, die nach ihrem Willen handeln. Lebt wohl, Shang Li. Ihr wart ein würdiger Gegner."

Was dann geschah, brachte die gesamte Arena zum Schweigen. Eine riesige Glocke bildete sich um Erzlord Shang Li, während sich aus den Händen des Lehrmeisters ein weiteres Artefakt löste, das an einen Hammer erinnerte. Der Hammer traf auf die Glocke, und eine gewaltige Schallwelle rauschte über das Publikum. Trotz der Schutzformationen des Erleuchteten wurden die vorderen Reihen zermalmt. Die Dämonen in unserer Nähe errichteten eilig Abwehrkonstrukte, die jedoch mitsamt den Dämonen allesamt weggefegt wurden. Die Welle erreichte auch mich und Vyllea und ging durch uns hindurch. Die Geistrüstung, die Erzlord Shang Li vor dem Kampf geschaffen hatte, sowie zwei Schutzamulette des Taoisten hielten dem Druck stand. Wir wurden zwar gewaltig durchgeschüttelt, Blut lief uns aus der Nase und vor unseren Augen tanzten Sterne, doch wir überlebten. Für unsere Nachbarn galt das nicht. Die Meister wurden zu Staub, als wären sie einfache Kandidaten! Mit Mühe nahm ich all meine Kraft zusammen und schaffte es kaum, mich zu erheben — die Tribüne war ein entsetzlicher Anblick. Die meisten Dämonen rührten sich nicht. Nur wenige zeigten Lebenszeichen, doch es war klar, dass sie nicht lange durchhalten würden, wenn sie nicht sofort Hilfe bekamen. Mit nur einer Attacke war es Meister Guerlon gelungen, eine gewaltige Anzahl an Dämonen der Krieger- und Meisterstufe auszulöschen. Nur vier Dämonen standen noch: drei Erzlords und ein Erleuchteter. Letzter befand sich nun in der Arena und befreite sich gerade aus der Schutzformation. Sein Gesicht konnte ich nicht erkennen, doch seine Bewegungen waren eindeutig erbost — viel zu abrupt. Endlich landete die letzte Flagge in seinen Händen, und sofort stand der Erleuchtete neben der Glocke. Was der Dämon dann tat, kann ich nicht sagen, doch das Artefakt verschwand. Löste sich einfach in Luft auf. Erzlord Shang Li stand noch, schwankte aber so stark, als würde er sich nur dank seiner unglaublichen Willenskraft auf den Füßen halten.

„Schwächling." Der Erleuchtete stieß den Dämon zur Seite, sodass er in hohem Bogen auf dem Boden landete. Dann wandte sich der Verwandte von Lurth Mink zu meinem Mentor um. Erstaunlicherweise schien ihn die Schallwelle nicht betroffen zu haben. Einen Augenblick später stand der Erleuchtete neben dem Suchenden. Er packte den Taoisten am Kragen und hob ihn vom Boden hoch wie eine Feder.

„Du, ein Suchender? Seit wann sind die Schoßhunde des Kaisers Suchende? Ich werde deine Essenz verschlingen, Mensch. Dich für alles bezahlen lassen, was du hier getan hast. Dein Tod wird lange dauern. Ich werde dir jeden Kern herausreißen, jeden Meridian, alles, was dich zum Taoisten macht, aber du wirst trotzdem noch leben. Du wirst am eigenen Leib spüren, was es bedeutet, sich mit einem..."

„Alles ist der Wille der Himmel", ertönte es keuchend, dann geschah etwas Unvorstellbares. Der Erleuchtete erstarrte. Der Mentor packte die Finger, die seine Kehle umklammert hielten, und löste sich aus dem Griff, wobei er gar nicht erst versuchte, seinen Schmerzensschrei zu unterdrücken. Da er sich sofort selbst heilen musste, hatte sich der Taoist dabei vermutlich das Genick gebrochen. Doch der Dämon reagierte nicht — er blieb reglos.

„Heilt ihn, Guerlon!", befahl Erzlord Shang Li, der nun vor dem Erleuchteten auftauchte. „Nehmt die Plaketten ab, ich muss an die Brust."

Erst jetzt bemerkte ich, dass der Erleuchtete Plaketten eines Suchenden auf der Brust und auf den Schultern hatte! Es waren insgesamt drei — nein, sogar vier! Gleichzeitig! Artefakte, die das Oberhaupt des Phönix-Clans erschaffen hatte, ein Erleuchteter des Goldrangs, ein wahrer Unsterblicher, der es mit einem anderen Erleuchteten aufnehmen konnte. Vernichten konnte man Greakon Mink nicht — sein Rang sorgte dafür, dass er am Leben blieb, doch er brauchte all seine Kraft, um diese vier Artefakte gleichzeitig zu ertragen.

Der Lehrmeister tat, was der Dämon befohlen hatte, und legte eine Hand auf seinen Gefangenen. Ein roter Schein leuchtete auf — die Heilung setzte ein. Gleichzeitig schlug Erzlord Shang Li zu. Seine Faust drang in die Brust des Erleuchteten und riss einen Kern heraus. Nach den Meridianen zu urteilen, die daran hingen, handelte es sich um einen Energiekern. Ohne innezuhalten stopfte sich Shang Li den Kern in den Mund und schob die Meridiane hinterher, um sie zu vertilgen, ehe die Energie schwand. Dabei ging er so geschickt vor, dass er offenbar reichlich Übung hatte. Auf den ersten Kern folgte der zweite — der Element-Kern. Dann der Geistkern. Die ganze Zeit über blieb der Erleuchtete am Leben — der Suchende Guerlon ließ nicht zu, dass er verstarb.

Als der Körper endlich auf den festgestampften Sand fiel, war kein Leben mehr in ihm. Allerdings nahm sich Erzlord Shang Li nicht die Zeit, seinen Sieg auszukosten, sondern verschwand und tauchte in der Hauptloge bei den drei zu Tode erschrockenen Erzlords wieder auf. Der irre Dämon verzichtete auf grandiose Phrasen, sondern packte Lurth Mink im Genick und hob ihn in die Luft, so wie der Erleuchtete es kurz zuvor mit meinem Mentor getan hatte.

„Er ist es nicht wert, dass man mit ihm spricht!", verkündete der Erzlord und presste die Finger zusammen. Lurth Minks Leib fiel zu Boden, doch sein Kopf blieb im Griff des Dämons. Der Erzlord schleuderte ihn beiseite wie etwas Ekelhaftes und nahm sich dann die beiden übrigen Erzlords vor. Shang Li setzte auf die bewährte Technik — zwei Leiber landeten gleichzeitig auf dem Boden.

Die ganze Stadt wirkte wie erstarrt, als die Stimme von Erzlord Shang Li ertönte.

„Hier spricht Erzlord Shang Li. Meister Guerlon des Diamantrangs hat mich in einem fairen Übungskampf besiegt. Der Erleuchtete Greakon Mink des Kupferrangs war mit dem Ergebnis des Sparrings nicht einverstanden und kam entgegen allen Regeln der freundschaftlichen Duelle in die Arena. Ich weiß nicht, wie das geschehen konnte, doch irgendwie hat der Meister den Erleuchteten Greakon Mink und die drei Erzlords, die ihn begleiteten, vernichtet. Daher gilt nun in Zou-Lemawn Ausgangssperre. Das Portal bleibt bis auf Weiteres gesperrt. Ich muss ermitteln, wie es geschehen konnte, dass ein hochrangiger Dämon das Übungsduell zwischen mir und dem Gründer des Turniers für seinen Racheplan missbrauchte. Geht alle nach Hause. Wer in den nächsten vierundzwanzig Stunden auf den Straßen angetroffen wird, gilt als Feind meiner Familie. Meine Meister-Lehrlinge des Goldrangs wurden auf Patrouille geschickt. Die Ausgangssperre beginnt in einer Stunde!"

In der Arena rührte sich etwas, das mich von Erzlord Shang Li ablenkte. Seine persönlichen Lehrlinge gingen durch die Reihen und erledigten alle, die überlebt hatten. Einige versuchten, sich zu verteidigen, doch vergeblich: Die Meister nahmen den Widerstand gar nicht wahr. Mir blieb das Herz stehen, während ich darauf wartete, dass die Lehrlinge des Erzlords uns erreichten, doch sie gingen an Vyllea und mir vorbei, als würden wir gar nicht existieren, und sahen uns nicht einmal an. Fünf Minuten später gab es in der Arena keine Überlebenden mehr.

Erzlord Shang Li sprang hinunter in die Arena und ging zum Leichnam des Erleuchteten. Nachdem er dem Suchenden drei Dimensionstaschen zugeworfen hatte, nahm der Dämon seinem geschlagenen Gegner alle Artefakte ab.

„Eure vierundzwanzig Stunden laufen ab jetzt. Mehr kann ich Euch nicht geben. Viel Erfolg, Guerlon. Ich hoffe, Eure Jagd wird von Erfolg gekrönt. Kehrt nicht in das Land der Dämonen zurück. Ihr seid hier nicht willkommen. Lebt wohl."

„Lebt wohl, Shang Li. Ich werde Euch nur zu gerne in einem richtigen Kampf töten, wenn die Himmel uns erneut zusammenbringen. Lehrlinge, zum Ausgang! Wir kehren nach Vorend zurück!"

(Vier Tage vor dem Turnier)

„… und deshalb hat diese Familie beinahe den gesamten Süden unterjocht. Der Fürst schert sich nicht um das, was dort vor sich geht — für ihn zählt in erster Linie die Ausbreitung nach Osten. Die Familie Mink nutzt das hemmungslos aus. Lurth hat sich an daran gewöhnt, absolut immun zu sein, und Greakon wartet nur auf einen Grund zum Angriff."

„Können die Erzlords einen einzelnen Erleuchteten nicht im Zaum halten?"

„Das haben sie zweimal versucht. Andere Erleuchtete wollen sich die Rangniederen gar nicht anhören. Sie benehmen sich in ihren Regionen genauso wie Greakon hier in dieser. Wir mussten uns damit abfinden und die Schmach akzeptieren, die die Familie Mink über uns bringt. Ein Erleuchteter hat die Absicht geäußert, Euch zu töten. Mir wurde befohlen, Euch festzunehmen."

„Wie wäre es mit einem dritten Versuch?"

„Wer sollte das tun? Die drei erbittertsten Gegner wurden getötet, ihre Familien ausgelöscht. Was den Rest betrifft... Ihr habt doch gesehen, wer jetzt an der Macht ist. Vor zwanzig Jahren hätte ich so kriecherische Niemands niemals in mein Haus gelassen, doch jetzt muss ich ihnen einen Platz an meinem Tisch geben, weil sie der Familie Mink dienen.

„Wir brauchen niemanden sonst. Wir können das allein schaffen."

Guerlon legte vier Sucher-Plaketten vor sich hin, sodass der Dämon unwillkürlich zurückwich. Sein Verhalten zeigte deutlich, dass diese Artefakte tödlich waren.

„So wolltet Ihr also die Erzlords vernichten?"

„So wollte ich Euch vernichten. Was die beiden Geflüchteten betrifft — die hätte ich mit Elementartechniken besiegt. Sie sind schwach."

„Jetzt jedoch wollt Ihr mich nicht mehr töten?"

„Nein. Jetzt hat sich ein weitaus interessanteres Ziel ergeben."

„Der Schutz eines Erleuchteten kann nicht überwunden werden. Euer Artefakt braucht Körperkontakt, nehme ich an?"

„Ich werde dafür sorgen, dass Greakon Mink mir sehr nahe kommt. Er wird versuchen, mich zu verschlingen. Zum Ende der Schlacht, wenn Ihr beinahe gesiegt habt, werde ich Euch in die Glocke der Negation einhüllen."

Erzlord Shang Li konnten einen Schwall übler Flüche nicht unterdrücken.

„Der Suchende ist ein Schoßhund des Kaisers? Wie tief kann ein Taoist sinken?"

„Der Kaiser ahnt gar nichts von meiner Existenz. Dieses Artefakt habe ich einem Richter abgenommen. Den Gürtel musste ich zurücklassen, doch die Glocke der Negation habe ich mitgenommen. Der Mentor meines Mentors hat dieses Artefakt erschaffen, deshalb wusste ich, wie man die persönliche Bindung entfernt. Um einen Vollstrecker des Schicksals zu verschlingen, wird der Erleuchtete ganz nah herankommen müssen. Dann kann ich die Plaketten einsetzen. Sie werden ihn nicht töten, aber lähmen. Das große Finale bleibt dann Euch überlassen."

„Unser Kampf muss echt wirken. Werden Ihr meine Angriffe aushalten können?"

„Das hier sind alle mächtigen Dinge, die ich bei mir habe. Ihr könnt Eure Strategie darauf abstimmen."

Meister Guerlon ließ mehrere Dutzend Gegenstände auf dem Tisch erscheinen.

„Das hier, das hier und das." Erzlord Shang Li deutete auf verschiedene Objekte. „Ja, mit ihrer Hilfe werdet Ihr eine Zeitlang durchhalten. Wenn Ihr die Glocke der Negation einsetzt... Wartet, ich habe eine Idee. Es würde den Himmeln gefallen, wenn mehrere hochrangige Dämonen fallen, oder?"

„Wollt Ihr alle, mit denen Ihr eine persönliche Fehde habt, in das Amphitheater locken?"

„Wenn einer der Stämme so naiv ist und glaubt, ich hätte vergessen, was mir vor Hunderten von Jahren angetan wurde, dann irrt er sich. Ja, ich will aus unserem Kampf ein Spektakel machen. Alle, die mir loyal sind, werde ich wegschicken, all meine Feinde zusammenbringen und sie allesamt auf einen Schlag vernichten."

„Meine Lehrlinge müssen auch im Amphitheater sein. Sonst könnte der Erleuchtete etwas ahnen."

„Wir werden sie von Kopf bis Fuß mit Amuletten bedecken, und ich werde sie noch dazu mit meiner Geistrüstung schützen. Sie werden überleben. Sagt, Guerlon, wenn die Sucher-Plaketten so mächtig sind, warum hat sie dann nicht jeder Taoist?"

„Sie können nur einmal verwendet werden, und in jeder steckt ein erheblicher Teil der Macht des Clanoberhaupts. Wenn sie massenhaft Plaketten erstellen, werden sie schlicht und einfach sterben. Oder gestürzt. Es gibt reichlich Konkurrenz. Niemand möchte ein schwaches Oberhaupt, und jede Plakette schwächt erheblich. Eine oder zwei pro Halbjahr — mit mehr können die einzelnen Gruppen nicht rechnen. Schließlich bekommen nicht nur Suchende diese Gegenstände. Es gibt zu wenig Plaketten, deshalb verdient man sich das Recht, den Platz eines Verstorbenen einzunehmen, wenn man seine Plakette zurückgibt. Dann muss man nur den Namen ändern, aber keine neue Energie investieren. Lasst uns nun den genauen Ablauf des Kampfes ausarbeiten. Improvisation ist in einem solchen Fall zu gefährlich."

KAPITEL 18

„DAS SIND SELTSAME Gefühle", sagte Vyllea, als sie nach der Vereinigung die Augen aufschlug. Das Mädchen lag auf mir und hatte wie immer keine Eile mit dem Aufstehen. Das Gesicht meiner Partnerin war mir so nahe, dass ich keine Einzelheiten erkennen konnte, aber irgendetwas war merkwürdig. Ich befreite meine Hand, fasste Vylleas kurzentschlossen am Kopf und hob sie ein wenig hoch.

„Wow! Deine Augen haben ja eine interessante Farbe! So etwas habe ich noch nie gesehen."

„Was ist denn?", fragte Vyllea besorgt und sprang sogar auf. „Lehrmeister, ich brauche einen Spiegel!"

Ohne ein Wort brachte der Taoist ein kleines Bündel mit Vylleas privaten Habseligkeiten zum Vorschein. Das Mädchen zog einen Spiegel hervor und betrachtete sich eine Zeitlang von verschiedenen Seiten. Die hellgrünen Augen wirkten so ungewöhnlich, dass sie sofort Aufmerksamkeit erregten. Und ich muss zugeben, sie standen Vyllea in ihrer Menschengestalt sehr gut.

„Wunderbar! Moment, was soll das heißen, dass du noch nie so etwas gesehen hast? Gibt es unter den Menschen keine grünäugigen Personen? Wird man mich sofort als Dämonin erkennen?"

„Grüne Augen sind im Süden des Reiches selten", erklärte Meister Guerlon. „Im Westen kommen sie jedoch häufig vor — in den Gebieten des Tigerclans."

„Dort müssen wir hin! Im Land des Tigerclans gibt es doch sicher Tiger!", rief das Mädchen aus. „Mentor, ich will in den Westen!"

„Eine Reise in den Westen ist noch schwieriger als die Rückkehr aus der Welt der Dämonen. Der Tigerclan akzeptiert in seinen Reihen nur hervorragende Krieger oder Taoisten mit hohem Level."

„Was kümmert es uns, wen sie akzeptieren? Ich will ja nicht dem Tigerclan beitreten, sondern Suchende werden. Oder sind Suchende nur auf dem Papier unabhängig? Können sie nicht überall hin, wo sie wollen?", fragte Vyllea herausfordernd.

„Suchende dürfen durch das gesamte Reich reisen, ganz gleich, wo sie ihre Plakette bekommen haben. Aber du bist noch keine Suchende", erwiderte Meister Guerlon.

„Worauf warten wir dann? Ich bin ein Mensch geworden und auch Zander hat wieder seine unerfreuliche Gestalt angenommen. Vorher hat er mir deutlich besser gefallen. Und Ihr seid die ganze Zeit über Mensch geblieben. Mentor, was ist eigentlich mit dem Zelt?"

„Wir müssen dafür sorgen, dass deine Tarnung nicht auffliegt, ob während des Trainings, aufgrund von Energiemangel oder im Laufe der Zeit. Macht euch warm — wir bleiben mindestens einen Monat hier."

Das waren nicht gerade erfreuliche Nachrichten, denn hier gab es nicht einmal eine Wasserquelle zum Waschen in der Nähe. Ein Monat unter derartigen Bedingungen war durchaus auszuhalten — wir konnten uns mit feuchten Handtüchern abreiben —, aber ein Leben ohne warmes Bad war trotzdem ziemlich trist.

Vyllea hatte sich genau vier Wochen nach der Vereinigung in eine Dämonin verwandelt. Während dieser Zeit hatte der Lehrmeister uns durch die Gegend rennen lassen, um unsere Ausdauer zu fördern. Laufen, Arbeit mit dem Jian, Nahkampf, weiteres Laufen, Kraftübungen, Frühstück... Die Tage nahmen kein Ende. Während wir uns in der Nähe des zerstörten Waldes von Dandoor in erster Linie auf das Meditieren konzentriert hatten, lag der Schwerpunkt jetzt auf dem körperlichen Training. Und unser Mentor machte keine Anstalten, uns zu heilen, sondern meinte, der Körper solle sich selbst anpassen. Das tat er wirklich: Alles, was wehtun konnte, tat auch weh. Das wurde so schlimm, dass Vyllea und ich unter gleichen Voraussetzungen kämpften. Nicht etwa, weil ich so stark geworden wäre, sondern weil das Kräfteverhältnis zwangsläufig ausgeglichen ist, wenn beide vollkommen entkräftet sind. Der Mentor ließ uns eine ganze Woche lang fasten und erlaubte uns nicht einmal Wasser, um herauszufinden, ob sich das auf die Tarnung durch die Vereinigung auswirkte. Aber das war nicht der Fall, Einfluss hatte lediglich die Zeit. Solange wir mindestens einmal pro Woche Energie tauschten, würde niemand auf die Idee kommen, dass sich eine Dämonin unter den Menschen befand. Und damit stellte sich eine Frage: Wie viele Dämonen waren unentdeckt in unserer Welt? Ich hatte keinen Zweifel daran, dass es welche gab. Zu viele Taoisten und Dämonen kannten das Prinzip der Vereinigung, und sicher wurde es von beiden Seiten aktiv eingesetzt. Was, wenn die Dämonen ein Kind entführten, ihm Hass auf die Menschen einimpften, es dann mit einem Dämonen vereinigten und in unsere Welt schickten? Selbst ein Dämon mit hoher Aufstiegsstufe könnte auf diese Weise unendlich lange im Verborgenen bleiben; man brauchte nur einen entsprechend indoktrinierten Menschen. Wie waren solche Wesen zu entlarven? Lieber Himmel, warum dachte ich überhaupt so kompliziert? Ich war doch noch gar kein Suchender...

Wir erreichten Vorend mehrere Wochen vor dem Zeitpunkt, an dem die Wirkung des Amulettes des Mentors nachlassen sollte. Mit Zou-Lemawn konnte sich die Hauptstadt von Zone Null in keiner Weise vergleichen — weder mit der Atmosphäre noch mit der äußeren Erscheinung. Die Architektur der Dämonen war kompakt, streng und klar; sie erinnerte an eine gewaltige Burg inmitten hoher Mauern. Die Menschen dagegen legten mehr Wert auf Komfort, mit breiten Straßen, riesigen Parks und niedrigen Gebäuden, die enorm viel Platz in Anspruch nahmen. Bei meinem ersten Besuch in Vorend hatte mir die Pracht den Atem verschlagen — kein Wunder, schließlich hatte ich bis zu meinem zwölften Geburtstag lediglich mein Dorf und unsere Provinzhauptstadt kennengelernt. Jetzt jedoch musste ich zugeben, dass Vorend im Vergleich zu Zou-Lemawn so wirkte wie mein Dorf im Vergleich zu Vorend. So ungern ich es mir auch eingestand, die Dämonen wirkten besser organisiert als die Menschen... auch wenn ich mit dieser Meinung offenbar allein war.

„Wie schön es hier ist!", flüsterte Vyllea. Sie hatte beim letzten Mal nicht die Gelegenheit gehabt, die Sehenswürdigkeiten der südlichen Hauptstadt zu genießen. „Wow! Zander, sieh nur! Ein Park! Das gehen die Leute einfach gemütlich spazieren! Alles ist so übersichtlich angeordnet. Hier muss man sich nicht drängen, schubsen oder drängeln. So viel Platz! Wow! Mentor, was ist das denn?"

Wir standen auf einem Hügel, der einen guten Ausblick über die Stadt ermöglichte, und Vylleas Blick war auf ein massives Bauwerk gefallen, das die Stadt überragte. Ich musste zugeben, in Bezug auf durchdachtes Design und Schönheit übertraf dieses Gebäude alles, was ich in Zou-Lemawn gesehen hatte. Selbst der Palast des Bürgermeisters, in dem Erzlord Shang Li vorübergehend residierte, konnte sich mit diesem Meisterwerk in Zone Null der Menschenwelt nicht messen.

„Das ist der Palast von Haus Dun des Tigerclans. Er zeigt deutlich, wer in Zone Null wirklich das Sagen hat — oder vielmehr im gesamten Reich."

„Ist der Phönix-Clan schwächer als der Tiger-Clan?", wollte Vyllea sofort wissen.

„Ja. Die ständigen Auseinandersetzungen mit den Dämonen verschlingen eine Menge Ressourcen. Im Westen hat man diese Probleme nicht und kann sich deshalb solch protzige Bauten leisten."

„Wieso denn protzig? Mir gefällt dieser Palast! So sehr, dass ich ihn gerne besichtigen würde. Empfängt der Tiger-Clan Gäste?"

„Jeder Taoist kann frei entscheiden, welchem Clan er dienen will. Du und Zander, ihr seid mit sechzehn Jahren Kandidaten des Diamantrangs geworden. Das ist mehr als genug, um das Interesse der Anwerber des Tiger-Clans zu wecken. Wenn ihr den Palast betretet, wird man euch sicher mit offenen Armen empfangen."

„Worauf warten wir dann?" Vyllea wirkte begeistert. „Das ist unsere Chance, stärker zu werden! Wieso sollten wir uns mit den schwächeren Clans abgeben? Die können uns nicht alles bieten, was wir brauchen!"

„Im Tiger-Clan gibt es keine Suchenden, Lehrling. Er erlaubt ihnen zwar, durch seine Gebiete zu ziehen, gibt aber selbst keine Plaketten aus. Das Clanoberhaupt ist der Ansicht, damit persönliche Macht zu verlieren. Wenn ihr diesen Palast betretet und den Wunsch äußert, dem Tiger-Clan beizutreten, könnt ihr eure Freiheit vergessen. Dann müsst ihr euch dem Befehl der Ranghöheren beugen", erläuterte der Mentor.

„Auf keinen Fall! Von diesem Mist habe ich zu Hause mehr als genug!" Vyllea brüllte fast und wandte sich abrupt von dem Palast ab. „So toll ist das Gebäude auch gar nicht. Mentor, warum sind wir überhaupt stehengeblieben? Ich hätte schon vor zehn Minuten eine Suchende werden sollen!"

„Willst du in diesem Aufzug vor dem Berater des Oberhauptes des Phönix-Clans erscheinen?", fragte der Mentor und warf Vyllea einen Blick zu, bei dem sie errötete. „Nein, Lehrling, unser Besuch bei Haus Wang muss warten. Erst werdet ihr euch entsprechend herrichten."

Mit Worten lässt sich kaum beschreiben, wie sich das heiße Bad anfühlte. Höchster Genuss und höchste Entspannung. Erstaunlicherweise machten wir nicht in der Taverne der Suchenden Station, sondern suchten ein Hotel auf, das nach Ansicht des Taoisten das beste in Vorend war. Erst wollte man uns abweisen — unsere Kleidung war zwar sauber, doch wir trugen sie mittlerweile schon so lange, dass sie sich im Laufe der Jahre in Lumpen verwandelt hatte. Wir brauchten dringend Ersatz. Sobald der Mentor den Hotelbesitzer und die Hälfte der Gäste seine Aura spüren ließ, war jedoch alles geklärt. Man fand Zimmer und hatte keinerlei Einwände mehr gegen uns. Ich ließ mich stundenlang einweichen, doch alles Schöne hat irgendwann ein Ende. Jemand klopfte an die Tür. Meine Geistsicht verriet mir, dass Vyllea hereinwollte.

„Wieso brauchst du denn so lange?" Das Mädchen stürmte herein, sobald ich die Tür geöffnet hatte. „Zieh dich schnell an! Der Mentor hat gesagt, dass wir einkaufen gehen."

„In fünf Stunden! Davon sind erst drei vergangen."

„Zander, geh mir nicht auf die Nerven! Hier!"

Mit diesen Worten deutete Vyllea auf ein aufgeschlagenes Buch, das sie mitgebracht hatte. Es war ein Lehrbuch zu den Grundlagen der Artefakterstellung, das mir bestens bekannt war — ich hatte es auswendig gelernt, deshalb wusste ich sofort, was sie meinte. Den Abschnitt zum Thema Verstärkung.

„Kombinieren kann ich nicht. Die Kleidung kann entweder haltbar oder sauber sein, nicht beides gleichzeitig."

„Zander, hör schon auf! Schau!" Vyllea schlug eine neue Seite auf. Sie hatte sich eindeutig bestens vorbereitet! Dort war beschrieben, wie man mehrere Eigenschaften kombinieren konnte. „Sauber und haltbar. Und im Optimalfall sogar auch hitzebeständig."

„Drei Eigenschaften schaffst du nicht." Ihr Enthusiasmus überforderte und verblüffte mich.

„Warum denn?", fragte Vyllea ehrlich erstaunt.

„Weil du das Lehrbuch nicht aufmerksam gelesen hast."

Um das zu beweisen, nahm ich ihr das Buch aus der Hand und blätterte ein paar Seiten zurück. „Schau. Eine Eigenschaft lässt sich ganz problemlos mit einer Basis verbinden. Damit ein Gegenstand zwei Eigenschaften besitzt und sich in ein Artefakt verwandelt, muss die Basis mindestens der Lehrlingsstufe von Zone Eins entsprechen. Für drei Eigenschaften ist der unterste Rang von Zone Zwei nötig. Weißt du, was mit dir passiert, wenn du Gegenstände aus Zone Zwei trägst? Dann wirst du zu einer wandelnden Leiche. Ich habe Handwerker in Vorend gesehen, die mit Gegenständen aus Zone Eins arbeiten. Die sind kein schöner Anblick. Wir haben bereits Knoten, deshalb sollten uns Gegenstände aus Zone Eins nichts anhaben können. Zwei Verbesserungen, Vyllea, mehr nicht. Such dir aus, was dir wichtiger ist."

„Sauberkeit und Haltbarkeit. Ich bin es leid, ständig Löcher zu stopfen. Ich bin keine blöde Näherin!"

„Was gibt es denn an Näherinnen auszusetzen?" Ich verstand nicht, worauf sie hinauswollte.

„Sie dienen anderen!" erwiderte der Mädchen verächtlich und stieß mir mit einem Finger vor die Brust. „Ich bin nicht bereit, irgendjemandem zu dienen! Überleg dir, wie du mit der Kleidung arbeitest! Welche Basen hast du? Ich brauche eine umfassende Liste, damit ich nichts Unnötiges besorge."

„Ich bezweifele, dass der Mentor dir erlauben

wird, etwas Unnötiges zu kaufen." Den Sarkasmus konnte ich mir nicht verkneifen, doch ich zählte dennoch alles auf. Vyllea hatte recht: Zuallererst mussten wir unsere Kleidung in Artefakte verwandeln, denn es war mehr als peinlich, in unserem Aufzug unter Leute zu gehen.

Doch was dann geschah... ich hatte mit vielem gerechnet, aber sicher nicht damit, dass wir im vornehmsten und teuersten Geschäft von ganz Vorend landen würden, in dem der Taoist, der sich bequem auf einem Besucherstuhl niedergelassen hatte, Anweisungen erteilte, als sei er der Besitzer höchstpersönlich. Verkäufer und Schneider wieselten um uns herum, während der Taoist verkündete, er brauche Reisegewänder und maßgeschneiderte Kleidung für Suchende. Ich wurde von Kopf bis Fuß vermessen, was mir ziemlich unangenehm war. Als man mir Unterwäsche zeigte und fragte, welche Farbe ich bevorzuge, hätte ich beinahe die Flucht ergriffen. Was spielte es für eine Rolle, welche Farbe meine Unterwäsche hatte? Wen interessierte so etwas?! Im Gegensatz zu mir genoss Vyllea jede Sekunde. Genau das hatte sie in den zwei Jahren, die sie mit dem Taoisten verbracht hatte, so vermisst. All diese Rüschen, Schleifen, Bänder. Ein absoluter Albtraum, der kein Ende nehmen wollte. Es ging sogar so weit, dass mir Übergangskleidung gereicht wurde, die ich anziehen sollte. Als ich aus der Umkleide kam, war der Mentor gerade in ein Gespräch mit dem Ladenbesitzer vertieft. „In zwei Tagen wird alles fertig sein, Weiser. Zwei Sets für jeden der Lehrlinge. Die Anzahlung beträgt dreihundertzwanzig Goldmünzen.“

„Anzahlung?“ Der Mentor sah den Ladenbesitzer interessiert an. „Will der Junior mich etwa provozieren? Ich könnte auf der Stelle den halben Laden abfackeln. Würde das als Anzahlung reichen?“

„Das Geschäft steht unter dem Schutz von Haus Dun!“ Der Besitzer machte keine Anstalten, klein beizugeben. Offenbar war in Zone Null nicht bekannt, wie man mit denen sprach, die auf dem Weg zur Unsterblichkeit bereits weit vorangeschritten waren. Statt weiter zu drohen, streckte der Mentor eine Hand aus und ließ einen Feuerball losfliegen. Dieser sauste durch mehrere Reihen von Kleidung, die er zu Asche verwandelte, und traf dann auf die Wand. Rauch quoll auf, jemand rief um Hilfe — offenbar hatte es Verletzte gegeben. Erst jetzt wurde dem Ladenbesitzer klar, mit wem er es zu tun hatte.

„Wenn Haus Dun Beschwerden hat, können diese in beliebiger Form vorgebracht werden“, sagte der Taoist, und der Ladenbesitzer wurde auf den Boden gedrückt. „Ich werde die Kleidung für meine Lehrlinge in zwei Tagen abholen. Wenn sie bis dahin nicht fertig ist, wird es in Vorend Platz für ein edles Bekleidungsgeschäft geben. Habe ich mich klar ausgedrückt, Junior?“

„Jawohl, Weiser!“, stieß der Besitzer hervor, der auf den Boden gepresst wurde. Wie alle seine Beschäftigten war auch er nur ein Kandidat, und nicht einmal des Goldrangs. Damit hatte er kein

Recht, sich dem Willen eines Meisters der Diamantrangs zu widersetzen, doch unter dem Schutz von Haus Dun hatte der Besitzer leider vergessen, wie man sich Höhergestellten gegenüber verhielt.

„Folgt mir, Lehrlinge", befahl der Mentor. Vyllea hatte sich umgezogen und sah jetzt... nett aus, wenn auch nicht gerade umwerfend. Das Mädchen war attraktiv, besonders mit diesen hellgrünen Augen, aber ich konnte nicht gerade behaupten, dass mein Herz zu rasen begann, wenn sie auf mir lag. Offenbar hatte ich mich so an ihre ständige Gegenwart gewöhnt, dass ich in ihr keine Gleichaltrige, sondern eine Aufstiegskollegin sah. Keine zärtlichen Gefühle. Und auch von ihrer Seite nicht. Wir nahmen einander einfach nicht als romantische Partner wahr.

Draußen wurden wir bereits erwartet — ein Wagen mit dem Wappen von Haus Wang stand vor dem Laden.

„Weiser, das Oberhaupt von Haus Wang bittet höflich um ein Treffen mit Euch." Der Kutscher verneigte sich und wagte nicht, sich zu erheben, während er auf die Antwort wartete.

„Endlich jemand, der weiß, wie man angemessen mit Ranghöheren spricht", kommentierte der Suchende, als er in den Wagen stieg. Vyllea und ich folgten ihm, und als sich der Wagen in Bewegung setzte, konnte ich erkennen, dass der Brand im Laden endlich gelöscht worden war. Die Einnahmen für unsere Kleidung würden die Verluste kaum decken. Allein das Loch in der Wand war sicherlich sehr kostspielig!

Hurikki Wang saß in seinem Büro. Das Oberhaupt von Haus Wang war ein jämmerlicher Anblick. Dunkle Ringe unter den Augen ließen vermuten, dass er seit Wochen oder gar Monaten nicht geschlafen hatte. Er war so eingefallen und ausgemergelt, dass er eher wie ein Handwerker wirkte, der mit Artefakten aus inneren Zonen arbeitete, und nicht wie das ehrwürdige Oberhaupt eines großen Hauses.

„Suchender Guerlon, welch unverhoffte Begegnung." Wie erwartet war Hurikki Wang ein Kandidat des Goldrangs. Außerhalb des Palasts hatte ich in Vorend nur wenige Taoisten der Lehrlingsstufe entdeckt, hier jedoch gab es erstaunlicherweise viele, sogar zwei Krieger. Außerdem waren reichlich Energiequellen vorhanden. An nahezu jeder Tür befanden sich Artefakte, und jeder Taoist im Palast hatte mehrere energiespendende Amulette. Für Zone Null war das recht seltsam: Die Energie entwich hier meist aus Wohnräumen, und jedes Artefakt musste mit Geiststeinen aufgeladen werden. Das war teuer, und zwar sehr. Deshalb war ich erstaunt, dass Haus Wang diese Kosten auf sich nahm — bei unserem letzten Aufenthalt vor zwei Jahren war es eindeutig anders gewesen.

„Junior." Der Taoist nickte und ließ sich auf einem Stuhl nieder. Vyllea und ich blieben stehen; niemand bot uns einen Platz an. „Ihr wolltet mich sehen. Sprecht."

„Der Weise hat einen neuen Lehrling?" Hurikki Wang sah Vyllea an. Er würde sich kaum an sie erinnern können. Die gefesselte Dämonin, die man vor ein paar Jahren in sein Büro gebracht hatte, und die neue Vyllea, die wie ein Mensch aussah und roch, hatten nichts gemeinsam.

„Ihr habt mich gerufen, um mit mir über meinen Lehrling zu sprechen? Junior, ich habe Spannenderes zu tun. Wer hat Euch angegriffen und was kann ich für Euch tun?"

„Der Weise weiß bereits Bescheid?" Das Oberhaupt schien noch mutloser zu werden.

„Ich habe Augen. Und Ohren. Es gefällt mir nicht, wenn Junioren vergessen, wen sie vor sich haben. Ich gebe Euch fünf Minuten, um mir alles klar und deutlich zu erklären. Danach werden wir gehen, oder wir bleiben und helfen, je nachdem, ob Ihr etwas Interessantes anzubieten habt. Die Zeit läuft ab jetzt."

„Haus Dun, Weiser. Der Tiger-Clan hat uns angegriffen. Sie wollen Zone Null übernehmen."

Hurikki Wang berichtete viele traurige Einzelheiten. Nach gewissen Vorfällen, die sich vor zwei Jahren ereignet hatten, war die Stellung von Haus Wang ins Wanken geraten. Ein Inspektor von Haus Soth aus Zone Eins entdeckte einen dramatischen Mangel an Geiststeinen. In Zone Eins waren diese zwar nicht zu gebrauchen, doch allein die Tatsache, dass offizielle Befugnisse überschritten worden waren, ließ tief blicken. Bald darauf wurde Haus Dun aktiv. Der Tiger-Clan finanzierte die Vertreter dieses Hauses und versorgte sie bestens mit Ressourcen — Geiststeine, Artefakte und dergleichen. Haus Dun führte viele Geschäfte — es rentierte sich, mit den Stärksten zusammenzuarbeiten. Besonders unerfreulich war jedoch die Tatsache, dass unbekannte Angreifer es auf Geschäfte und Ländereien von Haus Wang abgesehen hatten. Das ging sogar so weit, dass einer der engsten Freunde von Hurikki Wang getötet worden war — der Leiter der Schule der Geisteskraft, der mich einst überprüft hatte. Das war sehr kurzsichtig von Haus Dun gewesen, denn es war niemals klug, sich mit einer Schule der Erleuchtung anzulegen. Aus Zone Eins kam ein neuer Leiter, der Rache nehmen wollte, doch irgendwie gelang es Haus Dun, den Konflikt einzudämmen und sogar seine Unschuld zu beweisen. Allerdings hatte Hurikki Wang keinen Zweifel daran, dass der Mord an seinem engsten Verbündeten das Werk des Tiger-Clans gewesen war, denn keine andere Macht in Vorend wäre zu einer solchen Tat fähig gewesen. Und nun wurde der Palast von Haus Wang seit zwei Wochen von Unbekannten angegriffen. Sie kamen in der Nacht, töteten einen oder zwei Verteidiger, stahlen Artefakte und verschwanden wieder. Hurikki Wang hatte zwei Söldnertrupps aus Zone Eins angeheuert, die diesen Irren das Handwerk legen sollten, doch beide Gruppen waren vernichtet worden. Dabei hatte es sich um Tao-Lehrlinge des Bronzerangs gehandelt!

„Zwei Dinge sind mir immer noch nicht klar, Junior — was wollt Ihr von mir und was bekomme ich dafür?"

„Ich bin im Besitz aller Informationen über Euren Lehrling, Weiser. Mein verstorbener Freund hatte die Absicht, sie weiterzugeben, doch ich konnte ihn davon überzeugen, damit noch zu warten. Alles hat seine Zeit, auch die Enthüllung eines mentalen Absoluten, und zwar besonders dann, wenn es sich dabei um einen Suchenden handelt. Ich würde darauf wetten, dass in der gesamten Zone Null nur wir hier Zanders wahre Identität und seine Bedeutung kennen. Wenn Ihr, geschätzter Weiser, die Bedrohung für Haus Wang abstellt, dann würde Zone Null vergessen, dass hier jemals ein mentaler Absolut geboren wurde. Eure Lehrlinge könnten dann unter normalen Bedingungen die Schule der Geisteskraft besuchen und nach ihrem achtzehnten Geburtstag als vollwertige Taoisten, die die Grundausbildung absolviert haben, in Zone Eins wechseln. Nicht als Ausgestoßene oder Flüchtlinge, sondern als Taoisten. Ein fairer Tausch für einen kleinen Gefallen, meint Ihr nicht?"

„Das stimmt", räumte der Mentor ein. „Allerdings hat die Sache einen Haken: Sobald meine Lehrlinge in die Schule der Geisteskraft eintreten, werden sie einer Pflichtuntersuchung unterzogen."

„Ist Euer anderer Lehrling ebenfalls eine Absolutin?" Hurikki Wang verzog das Gesicht.

„Nein. Aber spielt das eine Rolle? Zander allein ist schon genug."

„Und ob das eine Rolle spielt, Weiser!" Das Oberhaupt von Haus Wang wirkte sichtlich erleichtert. „Dass der Lehrling des Suchenden untersucht wurde, ist in allen Unterlagen dokumentiert. Es würde reichen, dem aktuellen Schulleiter das entsprechende Dokument vorzulegen...“

Hurikki Wang ging zu einem Stahltresor, nahm sich einen Schlüssel vom Hals und schloss die schwere Tür auf. Meine Geistsicht zeigte mir, dass sich darin eine Fülle faszinierender Gegenstände befand, während der Tresor von außen wie ein unscheinbarer Metallklumpen wirkte. Dass er so viel Wertvolles enthielt, blieb mein kleines Geheimnis. Allerdings prägte ich mir die Besonderheiten des Safes genau ein, damit ich erkannte, wo kostbare Beute zu finden war, wenn ich wieder einmal auf ein solches Artefakt stoßen sollte (denn es war tatsächlich ein Artefakt mit hohem Level).

Hurikki Wang suchte eine ganze Weile durch den Tresor, ehe er schließlich mehrere Dokumente hervorholte. Er las sie durch und grinste dann.

„Ja, das ist es. Diesen Bericht hat der Leiter der Schule der Geisteskraft verfasst, den Haus Dun so heimtückisch ermordet hat. Sollte dieses Dokument in Umlauf geraten, würden die Informationen über den Lehrling des Suchenden öffentlich bekannt werden.“

Das Oberhaupt von Haus Wang reichte das Blatt furchtlos dem Suchenden. Dieser äußerte nur einen zustimmenden Laut, während er den Bericht las, und gab das Dokument dann zurück. Genau das hatte ich erwartet; die Himmel würde es nicht gutheißen, wenn der Mentor ein solches Schriftstück vernichtete, sondern darin ein Vergehen sehen.

„Und dieses Dokument habe ich vor fast vier

Jahren erstellt, in dem Wissen, dass es sich irgendwann als nützlich erweisen würde. Das ist ein offizielles Dokument, Weiser Guerlon, mit der gültigen Unterschrift des verstorbenen Leiters der Schule der Geisteskraft. Es wird jeder Begutachtung standhalten, bis hinauf zum Clanoberhaupt."

Nun hielt der Suchende ein weiteres Blatt in der Hand, und diesmal war der Laut, den er von sich gab, deutlich vielsagender.

„Ihr seid gut vorbereitet, Junior."

„Ich will gar nicht erwähnen, was es mich gekostet hat, meinen vor der Zeit verstorbenen Kameraden zur Unterschrift zu bewegen. Das war teuer, Weiser. Sehr teuer. Aber ich wusste, dass es sich früher oder später bezahlt machen würde. Offenbar haben die Himmel selbst für Eure Rückkehr gesorgt. Wenn Euer Lehrling nur nach Unsterblichkeit strebt, wird er ohne weiteres jeder Überprüfung standhalten, ohne dass der neue Schulleiter Verdacht schöpft. Helft mir, dann hat er die Chance, ein vollwertiger Taoist zu werden."

„Betrachtet die Zahlung als akzeptiert. Heute Nacht könnt Ihr ruhig schlafen, Junior. Ich werden die Übeltäter finden. Hier, Lehrling, das ist dein Weg in ein normales Leben. Vor vier Jahren habe ich einen Fehler begangen, doch dem Oberhaupt von Haus Wang ist zu verdanken, dass dieser Fehler korrigiert werden kann. Dafür lohnt es sich, seiner Bitte nachzukommen."

Bewertungsergebnisse für Zander, Lehrling des Suchenden Guerlon. Alter: 12 Jahre. Geist:

Stufe Null. Körper: Grundstufe. Verstand: Grundstufe. Schlussfolgerung: Nicht von Interesse. Aufstiegswahrscheinlichkeit minimal. Empfohlen für den Besuch der Schule der Geisteskraft zu Standardbedingungen. Gebühr: 400 Geistmünzen für 2 Jahre.

Nirgends ein Wort davon, dass ich mentaler Absolut war. Ich sah den hocherfreuten Hurikki Wang an. Der Mentor hatte einen Fehler gemacht, als er sein Leben verschonte. Menschen wie Hurikki mögen nützlich sein, ihre Funktion optimal erfüllen und allen dienen, doch in meinen Augen verdienten sie es nicht, überhaupt zu existieren. Meine Himmel — denn offenbar unterschied sich meine Version deutlich von der meines Mentors — würden mir nicht verzeihen, wenn das Oberhaupt von Haus Wang am Leben blieb. Wir mussten die Welt von derartigem Ungeziefer befreien, sonst waren wir selbst nicht besser als die Dämonen. Mir blieben zwei Jahre, um das Versprechen zu erfüllen, das ich mir selbst gab: Hurikki Wang würde sterben. Das schwor ich mir.

KAPITEL 19

DER NÄCHSTE MORGEN begann recht ungewöhnlich. Der Mentor kam in mein Zimmer und gab mir eine Minute Zeit zum Packen. In seinem Rücken stand eine äußerst verschlafene Vyllea, die auch nicht ahnte, was los war. Hinter der ruhigen Fassade kochte der Mentor vor Wut — selbst unter den Dämonen war er nicht so gewesen.

„Kommt mit!", befahl er. Wir gingen in sein Zimmer, in dem ein Mann auf dem Boden lag. Schwarze Kleidung verhüllte seine Gestalt, nur die Augen waren zu sehen.

„Was denkst du?", fragte der Mentor und deutete mit dem Kopf auf den Leichnam.

„Silber, vielleicht ein Kandidat des Bronzerangs. Keine Knoten. Ein paar kleine, fast unsichtbare Energieansammlungen am rechten Ärmel. Wenn ich den Safe von Haus Wang nicht gesehen hätte, wären sie mir vermutlich entgangen."

Der Mentor beugte sich über die Leiche und schlitzte den Ärmel auf. Sechs lange Nadeln, aus deren Spitzen Energie strömte, fielen auf den Boden. Die Nadeln sahen merkwürdig aus, wie in grüne Farbe getaucht, doch die Farbe verschwand an der Luft allmählich. Mutig hob ich eine der Nadeln an dem Ende auf, in dem keine Energie steckte. Keine Reaktion, und der Mentor protestierte nicht. Ich studierte das Ende, das Kraft ausströmte. Das war keine Farbe — dieser Teil der Nadel war ein Artefakt. Ursprünglich war sicherlich die gesamte Nadel ein Artefakt gewesen, doch sie hatte ihre Kraft verloren. Ich drehte sie herum, bis ich die Stelle entdeckte, an der das Siegel saß. Wer das fabriziert hatte, war ein wahrer Meister gewesen.

„Ich kann es nicht erkennen. Es ist zu klein", sagte ich bedauernd. Der Mentor gab mir stumm ein Glas — ein Vergrößerungsartefakt. Als ich damit die Nadel betrachtete, konnte ich mein Staunen kaum unterdrücken, so eindrucksvoll war die Vergrößerungswirkung. Nun ließ sich das Symbol auf der Nadel, oder vielmehr seine Bestandteile, genau entziffern.

„Das ist ein Artefakt aus Zone Eins. Es hat zwei Eigenschaften, aber mir ist nicht klar, was sie bedeuten. So etwas habe ich noch nie gesehen. Obwohl... Vyllea, fass mich an."

Sobald ihre Hand meinen Hals berührte (für die Vereinigung war Körperkontakt nötig), aktivierte ich die Geistrüstung und hielt die Nadel dicht an meine Handfläche. Sie drang durch die Haut, als wäre die Rüstung gar nicht da.

„Die eine Eigenschaft besteht darin, dass die Nadel Geistrüstung auf Lehrlingsstufe überwindet. Ich habe keine Ahnung, wie das geht, aber es funktioniert. Mentor, wie schützt man sich vor solchen Waffen?"

„Mit Tempo", erwiderte Vyllea anstelle des Taoisten. „Deshalb trainieren wir. Das ist die Nadel eines Assassinen. Widerliche Kreaturen, die keine Ehre kennen. Feinde, die aus dem Schatten zuschlagen. Sie sind noch minderwertiger als Sklaven. Der Stamm Urbangos würde nie mit ihnen zusammenarbeiten!"

„Sag niemals nie, Lehrling. Manchmal müssen selbst Suchende auf ihre Dienste zurückgreifen."

„Aber was ist mit den Himmeln?" Vyllea ging sofort in die Luft. „Sollten Suchende ihre Probleme nicht selbst lösen? Wozu brauchen sie dann Assassinen?"

„Um dem Feind eine Chance zu geben", erwiderte der Mentor, als sei das offensichtlich. „Wenn ich das Oberhaupt von Haus Wang hätte töten wollen, hätte ich nur meine Aura aktivieren müssen. Jeder in diesem Palast wäre gestorben. Doch einen solchen Sieg würden die Himmel nicht akzeptieren. Er wäre nicht ruhmreich. Wenn ich jedoch einen Assassinen anheuere, dessen Rang dem Oberhaupt von Haus Wang entspricht oder sogar darunter liegt, dann hat er eine Chance. Es gibt verschiedene Arten von Aufträgen, Lehrling.

Meist wird ein bestimmtes Ziel vorgegeben — jemand soll eliminiert werden. Die Söldnergilde muss alles in ihrer Macht Stehende tun, um den Auftrag auszuführen, selbst wenn es sie all ihre Ressourcen kostet, einen Assassinen aus einer höheren Zone anzuheuern. Doch es gibt auch Aufträge, die dem Opfer eine Chance geben. Ein Angriff. Keine weiteren Versuche. Entweder erledigt der Assassine den Auftrag, oder er stirbt. Eine andere Möglichkeit gibt es nicht. In diesem Fall entscheiden die Himmel, ob der Feind verdient, dass er überlebt. Daran ist nichts Unehrenhaftes, Lehrling."

„Ihr habt also auch ihre Dienste genutzt?" Vyllea schaute den Taoisten an, als sähe sie ihn zum ersten Mal.

„Lehrling, ist das alles, was du aus diesem Artefakt erkennen konntest?" Der Mentor ignorierte die Frage des Mädchens, doch es war offensichtlich, dass er zumindest einmal einen Assassinen beauftragt hatte. Ich drehte die Nadel hin und her und untersuchte sie bis an die Spitze. Dort entdeckte ich mehrere Rillen, die mit einer Flüssigkeit gefüllt waren, von der die grüne Farbe stammte. Seltsamerweise tropfte die Flüssigkeit nicht aus den Ritzen, als würde sie von einer unsichtbaren Schicht zurückgehalten.

„Das Durchdringen der Geistrüstung ist die erste Eigenschaft. Die zweite hält das Gift in den Rillen."

Ich verankerte einen kaum sichtbaren Energiefaden an der Nadel und zog ihn zu mir, bis das

Artefakt komplett geleert war. Die Schicht verschwand, mehrere grüne Tropfen landeten auf dem Boden und verströmten einen unangenehmen Verwesungsgeruch. Der Mentor streckte eine Hand aus und ließ einen Feuerstrahl hervorschießen. Der Geruch verschwand. Genau wie ein großer Teil des Fußbodens.

„Das Gift des Orimma-Froschs ist selbst als Dampf gefährlich. Lehrling, kannst du das Siegel nachbilden?"

„Ja." Diese Frage erstaunte mich sehr. „Aber ohne Anleitung ist das sinnlos. Das Siegel selbst ist nutzlos."

„Dann frage ich genauer: Könntest du das Siegel auf einer Nadel anbringen?"

„Ja", erwiderte ich weniger zuversichtlich. „Dazu bräuchte ich ein Vergrößerungsglas, eine Schraubzwinge, einen besonderen Stift mit feiner Spitze und einen versiegelten Behälter für das Gift, in das ich die Nadel tauchen kann. Ganz zu schweigen von der Sorgfalt bei der Zubereitung, denn die Zutaten müssen zu Staub zermahlen werden, damit sie auf eine so kleine Fläche aufgebracht werden können. Und wenn es eine bestimmte Reihenfolge gibt... Es würde lange dauern, aber nichts ist unmöglich. Wenn ich es mir fest vornehme, ja, dann könnte ich es nachbilden. Aber wozu wollt Ihr das?"

„Nicht für mich. Für euch. Für euch beide. Aber später mehr dazu. Kommt jetzt. Ich möchte mit einer recht unangenehmen Person sprechen, die sich für den cleversten Taoisten der Welt hält."

Der Mentor packte den Leichnam am Bein und eilte zum Büro von Hurikki Wang. Das Oberhaupt von Haus Wang war bereits dort und hatte offenbar eine recht erholsame Nacht hinter sich; die dunklen Ringe unter seinen Augen hatten sich deutlich gebessert. Seine Reaktion auf die Ankunft des Suchenden war jedoch seltsam: Er wurde blass, als hätte er eine Todsünde begangen, und achtete nicht auf den Leichnam, den mein Mentor auf den Boden warf, sondern hielt den ängstlichen Blick auf den Taoisten gerichtet.

„Weiser Guerlon, Ihr habt der Aufgabe zugestimmt!", sagte Hurikki Wang, als sich der Mentor auf dem Gästestuhl niederließ. „Die Unterlagen gehen an die Schule, sobald meine Sicherheit gewährleistet ist."

„Ihr habt also vor, all Eure Probleme mit meiner Hilfe zu lösen?" Die Stimme des Suchenden verhieß nichts Gutes.

„Ihr habt den Auftrag angenommen. Ihr hättet genauer nachfragen sollen!", wiederholte Hurikki Wang, der aussah wie eine Ratte, die in die Ecke gedrängt wurde: Angespannt, verängstigt, aber jederzeit bereit zum Angriff.

„Zwei Jahre, Junior. Genau so lange, wie meine Lehrlinge in Zone Null bleiben werden. Mehr kann ich Euch nicht anbieten."

„Das reicht nicht, Weiser! Gebt mir fünf Jahre!"

„Zwei, Junior. Wen habt Ihr auf meinen Lehrling angesetzt?"

Da Hurikki Wang nach blasser wurde, hatte

er also tatsächlich jemanden angeheuert.

„Ich habe die Assassinengilde nicht benutzt! Ich habe etwa zwanzig Gruppen losgeschickt, die ich für frühere Aufträge nicht bezahlen wollte. Ich hatte ihnen eine Belohnung in Aussicht gestellt, die sie nicht abschlagen konnten. Ich wusste, dass sie Euch nicht gewachsen sein würden. So konnte ich mehrere Fliegen mit einer Klappe schlagen. Die Schurken loswerden und Eurem Lehrling etwas Übung verschaffen."

„Kleine Fische interessieren mich nicht. Man hat einen Assassinen auf uns angesetzt. Ich musste zwei Jahre in der Welt der Dämonen verbringen, Junior. Dafür wird jemand bezahlen müssen."

„Ich war es nicht! Warum sollte ich einen Assassinen auf Euch ansetzen, wenn ich doch Eure Hilfe in Anspruch nehmen möchte? Das war alles mein früherer Partner! Kein Wunder, dass er ermordet wurde! Obwohl er das Dokument unterzeichnet hatte, heuerte er eine Gilde an, um den mentalen Absoluten zu eliminieren. Ich nicht! Das schwöre ich bei den Himmeln, Weiser!"

„Ich muss den örtlichen Anführer treffen. Arrangiert das."

„Das wird schwierig, Weiser. Er trifft sich nicht mit hochrangigen Taoisten."

„Sagt ihm, ein Suchender möchte ihn sprechen. Wenn er wirklich das Oberhaupt der Assassinengilde ist und kein Irrer, der nur durch Zufall an die Macht gekommen ist, wird er mich treffen. Heute Abend um acht, im Gasthaus zum Alten

Hut. Es ist in Eurem Interesse, dass dieses Treffen stattfindet, Junior. Um den Leichnam könnt Ihr Euch kümmern. Lehrlinge, kommt mit."

Der Mentor war außer sich vor Wut. Er blieb bis zum Abend in seinem Zimmer und gab uns keine Anweisungen — das war noch nie vorgekommen. Ganz gleich, mit welchen Problemen wir zu tun hatten, unser Training hatte der Mentor nie vergessen. Wir mussten also selbst trainieren. Zum Springen und Rennen hatten wir keine Lust, also widmeten wir uns der Vereinigung und ließen ziellos Energie kreisen. Erstaunlicherweise ging der Taoist nicht allein zu dem Treffen, sondern nahm uns mit. Im Gasthaus setzten wir uns auf die offene Veranda. Vyllea hatte auf der Stelle alles andere vergessen, so überwältigend war der Ausblick.

„Ein Lehrling des Goldrangs", sagte ich, als ein ungewöhnlicher Taoist ins Blickfeld meiner Geistsicht kam. Was in Zou-Lemawn ganz alltäglich war, wirkte in Zone Null vollkommen fehl am Platz. Der Taoist, den ich entdeckt hatte, ging auf das Gasthaus zu, und schon bald entdeckten wir einen selbstfahrenden Wagen mit dem Wappen von Haus Wang. Ein kleiner Mann stieg aus und ich runzelte die Stirn. Die Nadeln in seinen Ärmeln kamen mir bekannt vor, doch in ihnen steckte weitaus mehr Energie als in denen, die ich heute in der Hand gehabt hatte. Neben den Nadeln hatte dieser Mann eine Fülle weiterer verblüffender Artefakte in petto. Rein äußerlich wirkte er wie ein leutseliger Onkel — klein, etwas rundliche Wangen, merkwürdig spärliches Haar und sogar Schnauz- und Kinnbart, die Taoisten nur in fortgeschrittenem Alter erlaubt waren. Alt wirkte er allerdings nicht. Er bewegte sich durch das Gasthaus, als wäre es sein Eigentum, und wechselte im Vorbeigehen sogar ein paar Worte mit jemandem. Ohne die Vielzahl an versteckten Artefakten und seine für Zone Null ungewöhnlich hohe Aufstiegsstufe hätte bei diesem seltsamen Kerl niemand Gefahr gewittert. Doch die Gefahr war da, und sie war beträchtlich. Endlich hatte der Mann unseren Tisch erreicht und nahm unaufgefordert Platz. Vyllea, die die ganze Zeit über die Stadt betrachtet hatte, schnüffelte plötzlich und fing beinahe genüsslich an zu schnurren.

„Mmm, das duftet ja köstlich. Blut. Reichlich Blut." Das Mädchen drehte sich um und ich sah etwas Seltsames in ihrem Blick — etwas, das noch nie dagewesen war. Vyllea musterte den ungebetenen Gast mit... Interesse? Nein, das war nicht das richtige Wort. Verlangen, das war es. Zum ersten Mal betrachtete Vyllea jemanden nicht als Nahrung, sondern als möglichen Partner.

„Ich habe gehört, dass ein Suchender, der seine Himmel sehr achtet, mich sehen möchte." Auf ein Zeichen des Mannes kam ein Kellner an unseren Tisch geeilt und goss ein Glas Wasser ein. „Normalerweise treffe ich Kunden nicht persönlich, aber mir scheint, dass ein besonderer Fall vorliegt. Vielleicht ist es nicht nötig, aber ich muss das Protokoll einhalten: Wenn ich sterbe, wird sich das nicht auf die Arbeit meiner Leute auswirken.

Ihr könnt mich Dee nennen. Was hat unsere bescheidene Gilde einem Suchenden des Meisterrangs zu bieten?"

„Die Regeln Eurer bescheidenen Gilde sind mir bekannt. Hier sind fünfhundert Geistmünzen." Der Mentor machte eine Geste und fünf schwere Geldbeutel erschienen auf dem Tisch.

„Ein solider Anfang." Dee nickte, rührte die Beutel jedoch nicht an. „Ich hätte gern weitere Einzelheiten."

„Zuallererst möchte ich die Bedingungen zu Zander und Hurikki Wang erfahren. Das ist schließlich kein großes Geheimnis, oder? Die Einzelheiten richten sich nach dem, was ich erfahre."

„Es handelt sich um einen Standardvertrag. Unwiderruflich, muss ausgeführt werden. Mittel und Ressourcen spielen keine Rolle. Das Übliche."

„Aufschub?", hakte der Suchende nach.

„Aufschub ist möglich." Dee nickte. „Aber nur für Hurikki Wang. In seinem Fall hat der Kunde den Vertrag sehr vage formuliert. Übrigens war er ziemlich anstrengend, ich musste mich persönlich mit ihm treffen. Zanders Vertrag kann nicht aufgeschoben werden."

„Selbst wenn Ihr einen neuen Vertrag für Zander bekommt? Für einen höheren Betrag?"

„In diesem Fall müssten wir den vorherigen Kunden konsultieren", erwiderte Dee nach einer Pause.

„Allerdings ist der Kunde tot, sodass Ihr keine neuen Bedingungen mit ihm absprechen könnt", folgerte der Suchende.

„Aber wir können auch nicht einfach ablehnen. Der gute Ruf ist zu wertvoll, den setzt man nicht aufs Spiel. Wisst Ihr, wir können keinen Hüterauftrag annehmen, deshalb wird Zander sterben. Früher oder später, selbst wenn der Suchende die gesamte Zone Null auslöscht. So sind die Regeln, und wir befolgen sie bis zum Schluss."

„Noch eine Frage: Was wird die bescheidene Gilde tun, wenn Zander sich in eine Region begibt, die sie nicht kontrolliert? Meines Wissens muss der Kunde zustimmen, wenn Aufträge an andere Gilden weitergegeben werden. Oder wird die bescheidene Gilde von Zone Null auch in Zone Eins tätig werden?"

„Wenn der Kunde die Übertragung nicht vornehmen kann, wird die bescheidene Gilde mit der Ausführung des Auftrags warten, bis Zander in Zone Null zurückkehrt."

„Ich habe alles gehört, was ich wissen muss. Wie gesagt, hier sind fünfhundert Geistmünzen. Die bescheidene Gilde bekommt noch einmal den gleichen Betrag, wenn sie die Erledigung des Auftrags für Hurikki Wang um zwei Jahre aufschiebt und zudem die Anweisung des Suchenden ausführt. Ich brauche vier Lehrlinge. Bronze- oder Silberrang. Sie arbeiten eigenständig und unabhängig. Kandidaten sind nicht zulässig. Die Ziele sind der Suchende Zander und die Suchende Vyllea. Die Laufzeit beträgt zwei Jahre. Drei Monate garantierte Sicherheit zwischen jedem Angriff."

In diesem Moment konnte ich dem Geschehen nicht mehr folgen. Statt den Ganoven auszulöschen, gab der Mentor ein Attentat auf uns in Auftrag? Was um alles in der Welt ging hier vor? Hatte er den Verstand verloren? Nach dem Blick zu urteilen, den Vyllea dem Taoisten zuwarf, war sie genauso fassungslos.

„Kandidaten?" Dee sah erst mich an, dann Vyllea. „Gegen einen Vierertrupp Tao-Lehrlinge? Hat der Suchende so großes Vertrauen in seine Lehrlinge? Ich bin mit den Bedingungen einverstanden. Sie verstoßen gegen keinerlei Regeln. Sonst noch etwas?"

„Zander ist Artifizient."

„Und?" Dee verstand nicht. „Was soll ich mit dieser Information anfangen?"

„Er kann das hier nachbilden." Der Mentor legte eine Nadel auf den Tisch, in der kaum noch Energie steckte. Es fehlte nicht viel und das Gift wäre auf den Tisch getropft. Dee wusste das besser als jeder andere. Offenbar hatte er eine direkte Verbindung zu dem Artefakt, denn die Energie floss aus ihm in die Nadel, bis sie wieder ganz gefüllt war.

„Das können viele", erwiderte Dee. „Ich verstehe immer noch nicht, Suchender."

„Meine Worte waren ungenau. Zander kann das hier mit einer Erfolgsquote von einhundert Prozent nachbilden. Er braucht nur die Anleitung, eine Basis und die Zutaten. Ich möchte gar nicht fragen, wie hoch die Fehlerquote bei der Herstellung derartiger Dinge ist; das interessiert mich nicht. Aber ich gehe davon aus, dass für eine gelungene Nadel zehn Versuche nötig sind. Zander würd eine Quote von zehn von zehn erreichen. So sieht es aus."

„Und wann könnte Zander seine Fähigkeiten demonstrieren?" Der Blick des Mannes fiel auf mich. Keine Aggressivität, keine Neugier. Einfach ein Blick. Doch aus irgendeinem Grund weckte dieser Blick ein unangenehmes Gefühl zwischen meinen Schulterblättern. Der Kerl, der sich den seltsamen Namen Dee gegeben hatte, war eine tödliche Gefahr.

„Dir wurde eine Frage gestellt, Lehrling", sagte Mentor Guerlon. „Wann kannst du deine Fähigkeiten als Artifizient demonstrieren?"

„Sobald ich alles habe, was ich brauche", erwiderte ich mürrisch. „Eine Anleitung, Zutaten und idealerweise eine Werkstatt. Es ist nicht leicht, so etwas an einem beliebigen Tisch herzustellen."

„Hey! Ich bin nicht Zander, ich halte nicht den Mund!", stieß Vyllea hervor. „Mentor, was zur Hölle geht hier vor?"

„Wenn Euch das Ergebnis der Prüfung zufriedenstellt, zahlt Ihr ihm den üblichen Preis für einen Artifizienten aus Zone Eins sowie einen Zuschlag für sein Schweigen." Der Mentor überhörte den Ausbruch seiner Schülerin.

„Zone Eins? Er ist nur ein Kandidat."

„Die Nadel hat zwei Eigenschaften. Die Basis wurde aus Zone Eins in unsere gebracht. Der Erschaffer dieses Artefakts sitzt vor mir. Ich frage nicht, wie viel Zeit Ihr für diese Nadeln opfert. Und ich frage auch nicht, wozu Ihr sie überhaupt in einer Zone braucht, in der Geistrüstung selten ist. In den zwei Jahren, die Zander in Zone Null bleiben muss, könnte er Euch eine Menge Zeit sparen."

„Gehen wir davon aus, dass das stimmt. Aber das schützt ihn nicht vor einem Angriff."

„Vier Lehrlinge. Bronze oder Silber. Das Geschäft gilt. Wenn meine Lehrlinge so schwach sind, dass sie Assassinen aus Zone Null nicht abwehren können, haben sie in Zone Eins nichts verloren."

„Auf dem Tisch fehlen noch fünf Beutel, Suchender", antwortete Dee nach einer Pause. „Die übliche Bezahlung für einen Artifizienten aus Zone Eins beträgt dreißig Geistmünzen pro Monat für die Erstellung von dreißig Artefakten. Das Schweigegeld beläuft sich auf weitere zwanzig."

„Damit bin ich einverstanden. In zwei Tagen brauche ich eine Werkstatt. Zander wird seine Fähigkeiten unter Beweis stellen. Wie kontaktieren wir Euch?"

„Wir finden Euch schon." Dee nickte und nahm zehn Beutel mit Geiststeinen an sich. Ohne ein Wort des Abschieds verließ er das Gasthaus, vor dem ein selbstfahrender Wagen auf ihn wartete, und schon bald war der Anführer der Assassinengilde aus meiner Geistsicht verschwunden.

„Lehrling, setz dich. Zwinge mich nicht dazu, Gewalt anzuwenden."

Vyllea atmete so heftig, dass es in ganz Vorend zu hören war. Dennoch leistete sie dem Befehl Folge. Ihre bisherigen Erfahrungen mit dem

Taoisten hatten ihr allzu deutlich gemacht, dass es nicht ratsam war, ihn zu verärgern.

„Zunächst die Artefakte. Zander braucht Erfahrung, aber in Zone Null gibt es kaum Gelegenheit, die Kunst der Artefakterstellung zu üben. Wir müssten vor Haus Wang buckeln und sie um Anstellung bitten — sehr höflich und demütig. In Zone Null gibt es keine Artifizienten, die Suchende sind. Es ist unmöglich, hier eine Werkstatt zu eröffnen. Ich habe nicht genug Geiststeine, um euch beide für das ganze Leben zu versorgen. Die wenigen, die ich noch besitze, müssen eure Ausbildung finanzieren. Nur durch die Arbeit mit der Assassinengilde lässt sich Geld verdienen, ohne vor Haus Wang zu kriechen. Fünfzig Goldstücke pro Monat ist eine mehr als faire Vergütung. Ganz zu schweigen davon, dass Zander in Zone Eins auch als Artifizient gefragt sein wird, der besondere und außerordentlich seltene Anleitungen besitzt. Dazu muss er jetzt lediglich beweisen, dass er sein Handwerk beherrscht. Ich weiß, dass Zander das schafft. Zander weiß, dass er das schafft. Ich habe euch mit zahlungswilligen Kunden in Kontakt gebracht. Der Rest liegt an euch.“

Vyllea und ich blieben stumm. Der Mentor hatte alles klar dargelegt, Widerworte waren ausgeschlossen. Als er sich sicher war, dass wir nicht protestieren würden, fuhr er fort.

„Zweitens — die Assassinen. Ich habe schon oft mit dieser Gilde zusammengearbeitet. Sie haben einen besonderen Ehrbegriff. Selbst wenn jeder Assassine in der Zone stirbt, werden andere aus den inneren Zonen kommen. Der Auftrag muss ausgeführt werden, solange das Ziel erreichbar ist. Der ehemalige Leiter der Schule der Geisteskraft hatte gewusst, dass ich mich an die Assassinen wenden würde, und den Vertrag deshalb sehr sorgfältig formuliert. Haus Dun beispielsweise kam gar nicht erst auf die Idee. Schwerer Fehler. Ich kann euer Leben nur retten, indem ich die Ausführung des Auftrags des ehemaligen Schulleiters so lange aufschiebe, bis ihr Zone Null verlasst. Das war sehr teuer. Was die vier Lehrlinge betrifft... Ihr wart bereit, gegen einhundertdreißig Dämonen anzutreten. Was hat sich seither geändert? Außerdem habe ich alles dafür getan, dass ihr so leicht wie möglich überlebt."

„In Vorend gibt es nur wenige Lehrlinge, besonders vom Bronze- und Silberrang", überlegte ich. „Zudem gilt die Bedingung, dass Kandidaten nicht zulässig sind. Kein Lehrling kann sich uns unbemerkt nähern. Aber bei den Himmeln, Mentor, richtig ist das dennoch nicht! Warum lassen die Suchenden zu, dass es Assassinen gibt? Und wieso sind Leute wie Hurikki Wang noch am Leben?"

„Willst du ihr töten?" Der Mentor grinste.

„Ich will nicht nur, ich werde es tun. Das ist eine Tatsache, kein Wunsch."

„Tu es nicht mit eigenen Händen", riet der Taoist unverhofft. „Der Tod eines Clanoberhaupts wird untersucht werden. Assassinen droht keine Strafe — sie sind nur Handlanger. Der Befehl, Hurikki Wang zu eliminieren, geht aktuell von Haus

Dun des Tiger-Clans aus. Wenn Ermittler aus Zone Eins kommen, werden sie nicht so genau hinsehen. Niemand möchte sich den Tiger-Clan zum Feind machen. Hast du verstanden, Lehrling? Oder muss ich noch deutlicher werden?"

„Das hättet Ihr uns eher sagen können", murrte Vyllea verärgert. „Es regt mich auf, wenn ein angeblich so weiser Mentor es nicht für nötig hält, sein Handeln zu erklären."

„Wenn das alles ist, sollten wir aufbrechen. Ich gehe davon aus, dass das Oberhaupt von Haus Wang bereits gespannt auf den Ausgang des Treffens wartet. Morgen werdet ihr Suchende, Lehrlinge der Schule der Geisteskraft, und unsere Wege werden sich trennen."

„Dann sind wir nicht mehr Eure Lehrlinge?" Vyllea war erstaunt.

„Bis ihr Zone Drei erreicht, seid ihr auf euch allein gestellt. Ihr seid Suchende, keine blinden Kätzchen, die verzweifelt nach der Zitze ihrer Mutter suchen. Ich habe euch alles gegeben, was ich zu geben hatte. Habe euch vermittelt, wie man lernt. Wie ihr für euch eintreten könnt. Sag mir, Lehrling, was sonst würdest du von einem Mentor noch verlangen? Soll ich hinter euch herlaufen, um euch die Nasen zu putzen? Das kann ich weder in Zone Eins noch in Zone Drei leisten. Das ist ausgeschlossen. Nur in der dritten. Oder der vierten, falls ich Erzlord geworden bin, wenn ihr Zone Drei erreicht. Wenn du jemanden brauchst, der dir die Nase putzt, musst du zu mir aufschließen. Ich schwöre bei den Himmeln, wenn es wirklich nötig ist, werde ich das tun. Sonst noch Fragen?"

„Nein", erwiderte Vyllea düster. „Ohne Mentor gibt es keine Fragen."

Vyllea konnte die Haltung des Taoisten nicht akzeptieren. Und ihre Miene zeigte, dass sie das niemals tun würde. Die Himmel sollten über sie urteilen. Ich dagegen war erleichtert, dass der Suchende uns bald verlassen würde. Ich konnte es kaum erwarten, mich in die Archive von Huang Lung zu stürzen und die vielen Bücher zu erkunden, die dort lagerten. Das Geheimnis teilte ich lieber mit Vyllea als mit Guerlon. Er hatte gesagt, was er zu sagen hatte, jetzt waren wir an der Reihe.

Im Wang-Palast herrscht eifriges Treiben. Zu viele selbstfahrende Wagen, zu viele Menschen, die herumeilten, zu viel Aufruhr. Meine Geistsicht zeigte etwas Seltsames in dem ganzen Durcheinander; eine schwarze Gestalt fiel mir auf.

„Hier ist ein Meister oder Erzlord", sagte ich. „Er..."

Ich brachte den Satz nicht zuende, weil ich etwas vor mir sah. Neben einem ehrwürdigen Mann stand etwas Unglaubliches, und mein Herz setzte einen Schlag aus. Es war eine Sie. Ein Mädchen, etwa in meinem Alter, in einem wunderschönen Reisegewand, unter dem die perfekte Figur zu erkennen war, die durch ständiges Training für den Aufstieg zur Unsterblichkeit zustande gekommen war. Eine Kandidatin des Diamantrangs. Zweiundfünfzig geöffnete Knoten. Ein Vielfaches von dem, was Vyllea oder ich vorzuweisen hatten.

Rotes Haar in einer kunstvollen Frisur, die der Wind nicht anzurühren wagte. Das Mädchen sprach mit einer älter wirkenden Elda und lächelte so, dass mir fast das Herz stehenblieb. Die Fremde war atemberaubend. Betörend.

„Offenbar haben die Himmel die nächste Prüfung für uns vorbereitet." Die nachdenkliche Stimme von Mentor Guerlon drang mir in die Ohren. „Nun müssen wir nur noch herausfinden, warum die Tochter des Beraters des Oberhaupts des Phönix-Clans hier ist und warum sie immer noch nur eine Kandidatin ist."

KAPITEL 20

„ZANDER?! WIE GROSS du geworden bist!"

Der Ausruf riss mich aus meiner Anbetung der unbekannten Schönheit. Ein hoch aufgeschossener Jüngling kam auf uns zu. Er überragte mich, trug einen Kimono, der perfekt zu seinem langen, silbrigen Haar passte, und hatte ein Wappen auf der Brust. Carmin von Haus Bao, Zone Drei. Vermutlich ein Absolut des Körpers, doch als Sprössling eines entlegenen Dorfs in Zone Null hatte ich von so etwas natürlich keine Ahnung. In den vier Jahren seit unserer letzten Begegnung hatte sich der junge Mann erheblich verändert. Er wirkte stärker und reifer und hatte sich aus irgendeinem Grund die Haare gefärbt. Allerdings, so hatte mir mein Mentor einst erklärt, gab es verschiedene Arten von Haarwuchsmitteln, und wenn man sich das Haar verbrannte, konnte man es in jeder beliebigen Farbe nachwachsen lassen. Offenbar hatte Carmin eine Vorliebe für Stahl. Wie Elda hatte er noch keine Knoten. Nur ein Kandidat des Silberrangs.

„Carmin, wie ich sehe, hast du den Silberrang erreicht." Ich nickte ihm zur Begrüßung zu, denn ich war mir nicht sicher, wie ich mich richtig verhalten sollte. Ich hatte einen Sprössling eines mächtigen Clans aus einer inneren Zone vor mir, der seine Überlegenheit deutlich zur Schau stellte. Allein sein Kimono kostete sicherlich so viel wie all meine Habseligkeiten zusammen.

„Würdest du mir deine charmante Begleitung vorstellen?" Carmins Lächeln war gewinnend, das musste ich zugeben, doch es verging ihm, als Vyllea ihn von Kopf bis Fuß betrachtete und sich dann verächtlich äußerte.

„Soll das heißen, dass er nicht einmal den Goldrang hat? Nur ein Junior, der mit dem Reichtum seines Hauses protzt, aber sonst nichts vorweisen kann? Allerdings bewegt er sich interessant. Sieht aus, als wüsste er, wie man ein Jian führt."

„Junior?" Carmins braune Augen funkelten zornig. „Und wer bist du, wenn ich fragen darf?"

„Das geht dich nichts an, Junior." Wieder betonte Vyllea das letzte Wort überdeutlich. „Wir werden dich nicht aufhalten. Du kannst dich wieder den wichtigen Angelegenheiten deines wichtigen Hauses widmen."

„Wer solche Worte äußert, muss bereit sein, dafür einzustehen, Hübsche." Carmins Stimme klang kalt wie Stahl. „Oder willst du dich etwa hinter dem Suchenden verstecken und in seinem Rücken kläffen wie ein kleiner Köter?"

„Hier und jetzt!" Vyllea traf Entscheidungen schnell, aber nicht immer wohlüberlegt. Sie zog ihr Jian und deutete damit auf Carmin. „Zieh deine Klinge, Silberkopf! Ich werde dir beibringen, dass man Ranghöhere zu respektieren hat!"

Carmin grinste, zog sein Jian und machte kampfbereit einen Schritt zurück. Sein siegesgewisses Grinsen hatte sich in den letzten vier Jahren nicht verändert. Der junge Mann wusste, was er konnte, und war sich sicher, dass er im Schwertkampf überlegen sein würde. Um uns bildete sich ein Kreis, und mir war klar, dass alle Augen auf uns gerichtet waren. Allerdings mischte sich niemand ein; eine Auseinandersetzung zwischen zwei Kandidaten war eine Privatangelegenheit. Mentor Guerlon ging in aller Ruhe zur Wand, um deutlich zu machen, dass er mit dem Geschehen nichts zu tun hatte. Ich folgte ihm. Vyllea war im Recht, denn schließlich hatte sie tatsächlich einen höheren Rang als Carmin. Dass der Junge nicht erkannte, wen er vor sich hatte, war sein eigenes Problem.

„Wir haben wohl einen schlechten Start erwischt, Hübsche." Carmin vollführte ein paar Bewegungen mit dem Jian. „Ich gebe dir noch eine Chance, um zuzugeben..."

Er konnte den Satz nicht beenden. Vyllea stürzte vor. Metall klirrte, ein paar dumpfe Schläge, dann lag Carmin auf dem Boden, Vylleas

Jian bohrte sich in seine Schulter und das Mädchen selbst saß auf ihm, mit dem Messer an seiner Kehle. Die Klinge hatte bereits die Haut angeritzt.

„Schwach, langsam und nutzlos. Genau so, wie man sich Junioren vorstellt, die sich mit ihrem tollen Clan brüsten, aber selbst nichts zustande bringen." Vylleas Stimme war voller Gehässigkeit. Endlich hatte sie die perfekte Gelegenheit, den ganzen Frust abzulassen, der sich während des Treffens mit dem Anführer der Assassinen aufgestaut hatte. „Ich erwarte eine Entschuldigung, Junior. Oder soll ich mich nicht länger zurückhalten und mein Werk vollenden?"

„Das reicht!", befahlt der ehrwürdige Taoist, den ich in der Geistsicht als schwarzen Schatten wahrnahm. Er erschien neben Vyllea und machte Anstalten, sie von Carmin wegzustoßen, hielt dann aber abrupt inne. Mentor Guerlons Jian schwebte direkt an seinem Hals.

„Versucht nur, sie anzufassen, Junior! Sie ist im Recht! Die Schwachen müssen wissen, wie sie sich Stärkeren gegenüber zu verhalten haben. Wenn dieser Junior solche Grundlagen nicht gelernt hat, hat er in dieser Welt nichts verloren."

„Wisst Ihr überhaupt, wer ich bin?", fragte der Mann, als ob müsse der Mentor allein deshalb auf die Knie fallen und um Gnade winseln. Mentor Guerlon war jedoch nicht nur ein Taoist. Er war ein Suchender.

„Ihr seid ein toter Mann, wenn Ihr meinen Lehrling anrührt. Mehr muss ich über Euch nicht wissen."

„Soll ich es zuendebringen?" Vyllea drehte sich nicht einmal um. Ihre gesamte Aufmerksamkeit war auf Carmin gerichtet. Sie drückte fester zu, sodass Blut auf den Boden spritzte.

„Ich bitte um Verzeihung, Weise", stieß Carmin hervor. „Ihr seid stärker. Ich habe unüberlegt gehandelt."

Vyllea erhob sich und zog ihr Jian aus der Wunde. Der würdevolle Taoist beugte sich sofort über den jungen Mann, um seine Wunden zu heilen, doch die Art und Weise, wie er das Mädchen ansah, ließ keinen Zweifel daran, dass uns Ärger drohte. Sehr großer Ärger sogar.

„Lehrlinge, kommt mit. Lasst euch nicht auf Gespräche ein und ignoriert alle, die sich hier versammelt haben", befahlt der Mentor und ging hinein. Alle machten ihm den Weg frei, als würde der Suchende eine Aura des Todes ausstrahlen. Hurikki Wang befand sich in der Nähe des Eingangs. Es wirkte, als wäre das Oberhaupt von Haus Wang am liebsten in der Wand verschwunden. Mentor Guerlon würdigte den Junior keines Blickes, sondern blieb nur kurz stehen.

„Ich habe Euch zwei weitere Lebensjahre gesichert. Die Unterlagen für meinen Lehrling müssen bis morgen früh in der Schule sein."

Wir begaben uns zum Palast. Dort hatten wir Zimmer, und der Mentor wollte die Gastfreundschaft von Haus Wang gebührend ausnutzen. Allerdings war das eine seltsame Art der Gastfreundschaft. Wir wurden weder zum Abendessen noch zum Frühstück eingeladen, niemand verabschiedete uns am Morgen. Es war, als wären wir zwar Gäste, aber außerordentlich unwillkommene, die man nur zu gerne schnellstmöglich wieder loswurde.

Am Bekleidungsgeschäft wartete man bereits auf uns. Ich erkannte zehn Lehrlinge der unteren Aufstiegsstufe, nichts Besonderes. Vyllea und ich hielten uns für alle Fälle an den Händen, doch wie sich herausstellte, war das gar nicht nötig. Kaum hatte der Mentor das Geschäft betreten, hatten alle zehn ganz unverhofft Dringendes in anderen Teilen der Stadt zu erledigen. Die Kämpfer von Haus Dun wussten nur zu gut, wie ihr Gegner einzuschätzen war und wie ihre Chancen standen.

Der Ladenbesitzer kam auf uns zu. Sein gerötetes Gesicht verriet, wie verängstigt er war. Der Mentor wartete eine Weile darauf, dass man die Kleidung brachte, doch niemand ließ sich blicken. Die Verkäufer versteckten sich, nur der errötete Besitzer stand da und wagte es nicht, den Kopf zu heben oder den Suchenden anzuschauen. Man musste kein Genie sein, um zu dahinterzukommen, dass sich niemand mit unserer Bestellung befasst hatte. Der Ladenbesitzer hatte sich bei Haus Dun beschwert und war davon ausgegangen, dass das sämtliche Probleme lösen würde.

„Zone Null hat vergessen, was das Recht des Stärkeren bedeutet. Tja, dann ist es Zeit für eine Auffrischung. Ihr und Eure Mitarbeiter habt eine Minute, um hier zu verschwinden. Die Zeit läuft ab jetzt.“

Die Stimme des Taoisten erlaubte keinen Widerspruch. Die Leute eilten aus dem Laden, und genau eine Minute später loderte dort, wo gerade noch das Geschäft gestanden hatte, ein riesiges Feuer. Schmerzensschreie ließen vermuten, dass es nicht jeder hinausgeschafft hatte, doch das war dem Suchenden egal. Die Himmel schätzten es nicht, wenn die Schwachen überlebten. Der Taoist wandte sich an uns.

„Haus Dun hat euren Mentor beleidigt", sagte er. „Es ist eure Sache, ob ihr diese Beleidung schluckt oder eine Entschuldigung verlangt. Setzt euch."

Der Mentor beschwor einen selbstfahrenden Wagen herauf und stieg hinein. Das lodernde Feuer und die schreienden Menschen interessierten ihn nicht mehr. Vylleas zufriedene Miene verriet mir, dass ihr diese Seite des Mentors weitaus besser gefiel als sein früheres Verhalten. Wir kehrten zum Palast der Familie Wang zurück, vor dem noch immer zahlreiche Wagen standen. Die Gäste hatten sich noch nicht auf ihre Anwesen zurückgezogen. Soweit ich wusste, besaß jeder große Clan ein geschütztes Anwesen in Zone Null; Haus Wang diente nur als Durchgangsort.

Der Mentor steuerte einen Teil des Palasts an, zu dem wir zuvor keinen Zugang gehabt hatten. In einem der Räume fanden wir einen inaktiven Portalbogen, geradezu eine Kopie desjenigen, den man uns in Zou-Lemawn gezeigt hatte. Hurikki Wang war bereits dort; auf seinem Gesicht lag ein seltsamer Glanz.

„Haus Dun wird wegen des Ladens protestieren, Weiser", sagte Hurikki Wang, um deutlich zu machen, dass seine Diener uns gefolgt waren und ihm die Informationen vor unserer Rückkehr übermittelt hatten.

„Das ist ihr Problem. Respektlosigkeit gegenüber Ranghöheren verdient Strafe, das war schon immer so und wird auch immer so bleiben. Wenn Haus Dun zu dumm ist, um das zu verstehen, werden meine Lehrlinge ihnen das klar verdeutlichen. Ist alles bereit?"

„Ja, Weiser. Wir brauchen nur Energie."

Hurikki Wang trat zur Seite und deutete auf einen Behälter. Der Suchende Guerlon nahm mehrere Steine aus seiner Dimensionstasche, legte sie in den Behälter und versiegelte diesen. Das Portal bebte, ein glänzender Schleier erschien in dem Bogen. Wenige Augenblicke später kam ein Taoist in einem weißen Gewand mit dem Wappen des Phönix-Clans auf der Brust zum Vorschein. Er war Mentor Guerlon ein wenig ähnlich: genauso jung, majestätisch und mit einem Auftreten, als sei die Welt ihm etwas schuldig.

„Seid gegrüßt, Weiser." Der Mentor verneigte sich und zeigte damit, dass uns mindestens ein Erzlord gegenüberstand. „Der Suchende Guerlon bittet um ein Treffen mit dem Berater des Clanoberhaupts, um zwei neue Suchende in diese Welt zu bringen. Ich habe die Plaketten."

„Wartet", sagte der Taoist und verschwand wieder im Portal. Erst da bemerkte ich, dass ich den Atem angehalten hatte. Die Person, die durch das Portal gekommen war, verbreitete eine solche

Aura, dass mein Körper für einen Moment lang nicht weitergelebt hatte. Vyllea neben mir holte abrupt Luft.

„Weiser, darf ich mich verabschieden?" Hurikki Wang hatte eindeutig kein Interesse daran, dem Berater des Clanoberhaupts zu begegnen. Der Taoist gab keine Antwort, zeigte jedoch mit einem Nicken, dass sich das Oberhaupt von Haus Wang entfernen durfte. Stühle oder Sitze gab es am Portal nicht, also mussten wir stehen. Eine Stunde verging. Dann eine zweite. Eine dritte. Wir standen da, als würde unser Leben davon abhängen. Endlich, als sich die vierte Stunde dem Ende zuneigte und selbst die Verstärkung allmählich nachließ, bewegte sich der glänzende Schleier und drei Taoisten erschienen im Raum.

Mentor Guerlon vollführte stumm eine tiefe Verbeugung. Vyllea und ich folgten seinem Beispiel — vor uns stand ein Erleuchteter von hohem Rang. Ich wagte nicht, meine Geistsicht einzusetzen, denn ich fürchtete, geblendet zu werden. Der Taoist, der in Zone Null gekommen war, hatte sämtliche Artefakte zurücklassen und seine Macht erheblich reduzieren müssen. Dennoch strahlte er solche Kraft aus, dass ich mich nur mit Mühe auf den Beinen halten konnte. Vylleas atmete so angestrengt, dass auch sie offenbar Schwierigkeiten hatte. Das veranlasste mich dazu, in ungeheuerlicher Weise gegen die Etikette gegenüber Ranghöheren zu verstoßen: Ich hielt die Hände nicht mehr vor dem Körper, sondern streckte dem Mädchen meine Finger entgegen, ohne den Kopf zu heben.

Vyllea schnappte danach wie nach einer Rettungsleine und verschränkte ihre Hand mit meiner. Die Energie, die der Berater ausstrahlte, wurde intensiver, doch jetzt war ich in der Lage, sie zu kontrollieren. Ich nahm alle Ströme auf und lenkte sie in unsere virtuellen Meridiane, sodass sie wiederhergestellt wurden. Der Druck der Energie nahm zu, war jedoch nicht mehr so belastend wie zuvor. Als alle fließenden Meridiane gefüllt waren, begann ich damit, noch einen weiteren zu bilden. Jetzt würde man uns nicht mehr so leicht zu Staub verwandeln können!

„Tatsächlich, eine vollständige Vereinigung", sagte eine Stimme, dann war die Energie abrupt verschwunden. „Ihr dürft Euch erheben, Junioren."

Ich richtete mich auf, und ehe mir richtig klar wurde, was ich da tat, zog ich Vyllea dichter an mich heran, um den Körperkontakt zu erhöhen. Sie sträubte sich nicht, sondern drückte sich vielmehr an mich, als suche sie Schutz vor dem mächtigen Berater. Das hochrangige Mitglied des Phönix-Clans schien bereits ein beträchtliches Alter zu haben; sein Bart wirkte keineswegs so künstlich wie bei dem Leiter der Schule der Geisteskraft, der mich untersucht hatte. Der Berater schien über siebzig, vielleicht sogar über achtzig Jahre alt zu sein, trat jedoch auf wie ein Mann von höchstens dreißig. Sein makelloser weißer Kimono hatte nichts Auffälliges an sich, doch ich wurde das Gefühl nicht los, dass es sich um das mächtigste Artefakt handelte, das ich je im Leben gesehen hatte.

Gesicht und Hände waren trocken. Vermutlich galt das für seinen gesamten Körper — kein überschüssiges Fett und keinerlei Alterungsspuren.

„Weiser, während meiner Reisen konnte ich diese Plaketten aufspüren. Meine Sucher-Kollegen sind Geschichte, ihre Missionen jedoch nicht. Diese beiden jungen Leute haben meiner Ansicht nach das Recht verdient, Suchende zu werden."

„Ihr habt Euch kein bisschen verändert, Suchender Guerlon. Noch immer ein Unruhestifter, wie eh und je. Habt Ihr wirklich geglaubt, die vollständige Vereinigung könnte verbergen, dass ich eine Dämonin vor mir habe?"

Der Blick des Beraters richtete sich auf Vyllea, die meine Hand noch fester umklammerte. Nach ihrem Zittern zu urteilen hatte sie Angst oder Schmerzen — oder beides.

„Weiser, ich habe niemals verheimlicht, wer mein Lehrling ist. Vor zwei Jahren habe ich den Phönix-Clan über sie informiert. Vylleas aktuelle Erscheinung hängt mit der Wirkung der Vereinigung zusammen und hat nicht das Ziel, dem Weisen, der ohnehin alles weiß, etwas zu verbergen. Das Gesetz der Suchenden schließt nicht aus, Dämonen in unsere Reihen aufzunehmen."

„Der Wortlaut gestattet das tatsächlich", stimmte der Berater zu. „Wärt Ihr vor zwei Jahren mit einem solchen Vorschlag gekommen, als Ihr die Dämonin als Lehrling annahmt, hätte ich die Welt höchstpersönlich von einem Schädling wie Euch befreit. Allerdings genießt der Suchende Guerlon mittlerweile ein solches Ansehen, dass man ihn nicht mehr ignorieren kann. Er hat die Legende der Suchenden befreit, ein Schlachtfeld vernichtet, einen Erleuchteten getötet... Viele sind eingeschüchtert, Junior. Sie fragen sich, wie mit Euch umzugehen ist. Wer vermag schon zu sagen, wozu Ihr fähig sein werdet, wenn Ihr erst ein Erzlord seid? Der Clan begrüßt derartige Unruhe. Das zwingt die Junioren dazu, sich aus dem Alltagstrott zu befreien. Wieder den Weg zur Erleuchtung einzuschlagen. Meine einzige Frage lautet: Habt Ihr überlegt, was aus der Dämonin werden wird, selbst in menschlicher Gestalt, wenn sie die Plakette des Suchenden an sich nimmt? Viele Spione nutzen die Vereinigung. Ihr habt damit das ideale Mittel, um sie aufzuspüren. Wir können Eure Dämonin zur Suchenden machen, und sie wird es tatsächlich werden — aber nur für einen Augenblick, bis die Plakette sie vernichtet. Habt Ihr mich deshalb herbeigerufen?"

„Nein, Weiser. Ich bitte darum, die Plakette so abzuändern, dass die Dämonin Vyllea vom Stamm Urbangos keinen Schaden nimmt, wenn ihr der Status einer Suchenden verliehen wird."

Der Mentor schien etwas Unmögliches zu wollen, da beide Begleiter zuckten, doch eine Geste des Beraters hielt sie zurück.

„Mir ist klar, Weiser, dass eine Plakette unmöglich an Dämonen angepasst werden kann", fuhr der Suchende Guerlon fort. „Man müsste sie von Grund auf neu erschaffen und dazu Lebenskraft des Clanoberhaupts verwenden. Ich weiß, wie kostbar diese Ressource ist, und biete dafür zum Ausgleich meine eigene Energie an. Wenn die Himmel es wollen, sogar die gesamte."

„Der Suchende Guerlon ist bereit, sich für eine Dämonin zu opfern?"

„Für einen Lehrling, Weiser. Nicht für eine Dämonin. Nicht für einen Menschen. Nicht für eine Taoistin. Verpflichtungen kann man nur übernehmen, wenn man bereit ist, sie uneingeschränkt zu erfüllen. So verlangen es die Himmel. Mein Lehrling hat den Geist einer Suchenden, weitaus stärker ausgeprägt als bei mir selbst oder irgendeinem anderen Suchenden, den ich kenne. Sie verdient das, was ich tun werde."

„Ich akzeptiere Euren Preis, Suchender Guerlon. Dämonin, tritt vor."

Vyllea ließ meine Hand los und machte ein paar Schritte. Die Beine versagten ihr und sie stürzte. Die Präsenz eines derartig hochrangigen Erleuchteten war zu viel für sie. Ich fing sie gerade noch rechtzeitig auf, ehe sie auf den Boden prallte. Wieder verschränkten wir unsere Finger ineinander und gingen allen Vorschriften zum Trotz gemeinsam auf den Berater zu. Er zeigte keinerlei Reaktion auf unsere Dreistigkeit, sondern legte dem Mädchen eine Hand auf den Kopf und schloss die Augen. Die Energie, die in Vyllea strömte, war so mächtig, dass auch ich sie spürte. Ohne ein Wort legte der Weise seine andere Hand auf meinen Kopf. Es war, als würde mich ein Blitz treffen, schmerzhaft und angenehm zugleich.

„Eure Auren wurden registriert", vernahm ich die Stimme des Beraters, als die Energiestürme in uns allmählich abebbten. Vyllea stand zwar noch, war jedoch bewusstlos geworden und nur deshalb nicht zusammengesackt, weil sie sich schwer an mich lehnte. Der Berater sah hinüber zum Suchenden Guerlon, dann wieder zu uns und nickte leicht, um zu zeigen, wie bedeutungsvoll dieser Augenblick war.

„Ihr habt eine Minute, falls Ihr Abschiedsworte sprechen wollt.“

Die Antwort des Suchenden Guerlon war getragen, sein Tonfall machte deutlich, wie bedeutsam seine Entscheidung war. „Es gibt nichts mehr zu sagen, Berater. Ich habe alles vermittelt, was gesagt werden musste, und alles gegeben, was ich konnte. Der letzte Schritt ist allein meiner — die beiden haben damit nichts zu tun.“

„Legt das an“, befahl der Berater und reichte dem Suchenden ein Amulett. „Es wird verhindern, dass Ihr eingeäschert werdet. Wir reisen in die Zentralzone. Die Möchtegern-Suchenden bleiben hier, ungestört.“

Dieses Kommando war eindeutig an die beiden Gehilfen gerichtet, die die Anweisung ohne jede Gefühlsregung hinnahmen. Das Portal begann zu beben, die beiden verschwanden, und vier Personen blieben im Raum zurück — darunter Vyllea, die nach wie vor bewusstlos war. Die Gehilfen scherten sich nicht um ihre Verfassung, sondern erhoben sich einfach, richteten ihre Aufmerksamkeit auf die Tür und warteten auf weitere Anweisungen.

Mir blieb nichts anderes übrig als stehenzubleiben. Vylleas Gewicht an meinem Körper war das Einzige, das mir zeigte, dass sie noch da war. Sie machte keine Anstalten, bald in die Welt der Wachen zurückzukehren.

Während ich über unsere Lage nachdachte, noch immer ganz verwirrt von den jüngsten Ereignissen, erfasste ich allmählich die Tragweite des Geschehens. Der Suchende, ein Tao-Meister des Diamantrangs, war bereit, seine Essenz für seinen Lehrling zu opfern — eine Dämonen-Kandidatin des Diamantrangs. Obwohl er uns beigebracht hatte, eigenständig zu denken, zu kämpfen, für unsere Überzeugungen einzutreten und immer auf die Himmel zu hören, war er nun gewillt, sein Leben hinzugeben. Diese Tat war nicht zu begreifen — sie zeugte von seinem unerschütterlichen Einsatz für seinen Lehrling, entgegen allen Erwartungen und Normen.

Nach einer gefühlten Ewigkeit, in der nur mein regelmäßiger Herzschlag zeigte, wie die Zeit verstrich, rührte sich Vyllea endlich. Drei Stunden war in tiefet Stille vergangen, ehe sie endlich wieder zu Bewusstsein kam. Als sie die Gehilfen des Beraters sah, fuhr sie sofort zusammen und fasste meine Hand fester — ein stummes Zeichen für die Emotionen, die in ihr tobten.

Während wir dastanden, rührte sich der Stoff des Portals erneut — der Berater kehrte zurück. Er kam allein zum Vorschein und wirkte verändert, als hätte er etwas Unvorstellbares miterlebt und könne es noch immer nicht fassen. Eine ganze Weile stand er stumm und gedankenverloren neben uns, dann brach er endlich die Stille, die sich über uns gelegt hatte.

„Es ist eine große Ehre und eine große Verantwortung, Suchender des Deforeanischen Reiches zu sein. Suchende können es sich nicht erlauben, gewöhnlich zu sein; sie müssen besser sein als alle anderen — erheblich besser. Wie Meister Guerlon des Diamantrangs. Ich hoffe, er hat sich in euch nicht getäuscht, als er diesen Preis zahlte. Von nun an und bis zum Ende deiner Tage bist du ein Suchender, Taoist Zander. Von nun an und bis ans Ende deiner Tage bist du eine Suchende, Dämonin Vyllea. Selbst wenn du nach Hause zurückkehrst, den Fürsten verschlingst und dich daran machst, unsere Welt zu zerstören, bleibst du eine Suchende. Das hat das Oberhaupt des Phönix-Clans entschieden. Das hat der Kaiser entschieden. Nehmt Eure Plaketten entgegen, Suchende.“

Der Berater streckte uns kleine Plaketten hin. Kaum hatte ich meine ergriffen, fuhr eine seltsame Energiewelle durch meinen Körper. Sie änderte etwas in mir, das ich nicht genau festmachen konnte, dann war sie wieder verschwunden und ich fühlte mich gestärkt.

„Die Plakette wird dich nicht töten, auch nicht, wenn du wieder Dämonin bist. Der Kaiser, mögen seine Tage ewig währen, hat sie persönlich mit seiner Kraft getränkt.“

„Der Kaiser? Soll das heißen, dass der Mentor noch lebt?“ Vyllea machte große Augen. „Ihr habt gesagt, er sei fort!“

„Das hat der Weise nie gesagt, Vyllea“, warf ich ein, ehe der Berater auf diese Unbedachtheit reagieren konnte. „Er hat gesagt, wir sollten uns bemühen, besser zu sein als Meister Guerlon des Diamantrangs. Das bedeutet nicht unbedingt, dass der Mentor verstorben ist.“

„Aber...“, setzte Vyllea an, wurde dann jedoch still.

„Fahre fort, Junior“, sagte der Berater, während er mich durchdringend ansah.

„Der Meister des Diamantrangs ist tatsächlich von diesem Planeten verschwunden, nachdem er seine Lebenskraft an das Clanoberhaupt übertragen hat. Der Mentor würde sein Wort niemals brechen. Das würden die Himmel nicht zulassen. Vermutlich war diese Handlung der letzte Schritt, den er tun musste, um die Aufstiegsbarriere zu überwinden. Der Diamant-Meister hat seine Lebenskraft gegeben und ist nicht mehr da, doch an seiner Stelle ist ein Bronze-Erzlord erschienen. Nicht Kupfer, sondern Bronze. Deshalb wirkt Ihr so verblüfft, Weiser. Ich schätze, bis heute galt es nicht nur als unwahrscheinlich, sondern sogar als unmöglich, auf dieser Aufstiegsstufe einen Rang zu überspringen.“

„Der Phönix-Clan wird eure Fortschritte im Auge behalten, Suchende“, verkündete der Berater, dann lächelte er. „Du irrst in zweierlei Hinsicht, junger Suchender. Zum Ersten ist es gar nicht so selten, dass ein Erzlord den Kupferrang überspringt. Meister sind oft derartig mit ihrem Element verschmolzen, dass sie sofort den zweiten

Rang erreichen, sobald sie einen Geistkern erlangen. Zum Zweiten hat euer Mentor nicht den Bronzerang erreicht. Das wäre zu einfach gewesen, und wie sich herausstellt, ist bei Guerlon gar nichts einfach. Das ist für euch. Überlegt sehr gut, ehe ihr unterzeichnet."

Der Berater reichte Vyllea und mir je ein goldenes Blatt. Ich nahm meines und las.

Ich, der Suchende Guerlon, Erzlord des Silberrangs, mache dem Suchenden Zander das Angebot, mein Lehrling zu werden. Die Bedingungen des Lehrlingsverhältnisses gelten bis zum Tod einer der Parteien. Herausforderungen und Schwierigkeiten sind garantiert.

„Unterschreiben Dämonen immer so?", fragte ich lachend, als Vyllea ein Messer hervorholte und mir in die Handfläche schnitt. „Die Methode gefällt mir. Dann muss man sich keine komplizierte Unterschrift merken."

„Wenn ich Erzlord werde, verschlinge ich den Mistkerl." Vyllea nickte und tat das Gleiche wie ich. „Wenn man sich überlegt, was er veranstaltet hat, kommt nichts anderes in Frage."

Die goldenen Blätter verschwanden, einen Augenblick später waren auch der Berater und seine Begleiter verschwunden. Als hätte er das gespürt, wurde es im Wang-Palast unruhig. Ich sah Vyllea und streckte ihr meine blutige Hand entgegen.

„So, Suchende Vyllea, sollen wir hier Chaos stiften?"

„Jawohl, Suchender Zander!" Sie umklam-

merte meine aufgeschnittene Handfläche mit ihrer. „Wir werden dem Ruf von Erzlord Guerlon alle
Ehre machen. Der Typ, der so köstlich nach Blut
roch, hatte ganz Recht: Der gute Ruf ist zu wertvoll, den setzt man nicht aufs Spiel.“

ENDE VON BUCH 2

NEUE VORBESTELLUNGEN!

Die ideale Welt für den Soziopathen
Ein apokalyptisches LitRPG-Abenteuer
von Oleg Sapphire

Der dunkle Heiler
Eine historische Portal Progression-Fantasy Serie
von Alex Toxic & Nadya Lee

Herrscher des Systems
Eine Portal Progression-Fantasy Serie
by Alex Toxic & Furious Miki

Töte oder stirb
Eine LitRPG-Serie
von Alex Toxic

Der Orden der Baumeister
Eine Portal Progression-Fantasy Serie
von Oleg Sapphire, Yuri Vinokuroff

Das letzte Leben
Eine Progression-Fantasy Serie
von Alexey Osadchuk

Ein Refugium in der Raumzeit
Eine LitRPG-Abenteuer Serie
von Dmitry Dornichev

Das Gesetz des Dschungels
Eine Wuxia Progression-Fantasy Abenteuer Serie
von Vasily Mahanenko

Todgeweiht (Freiherr Walewski: Der Letzte seines Stamms)
Eine LitRPG-Serie
von Vasily Mahanenko

Der Weg des Heilers
Eine Portal Progression-Fantasy Serie
von Oleg Sapphire, Alexey Kovtunov

Der Ehrenkodex des Jägers
Eine fortlaufende Fantasy-Buchreihe
von Yuri Vinokuroff, Oleg Sapphire

Das Dorf
Eine LitRPG/Fortlaufende Fantasy Serie
by Dmitry Dornichev, Alexey Kovtunov

Ein Student will leben
Eine LitRPG-Serie
von Boris Romanovsky

Sternenblut
Eine Weltraumabenteuer-Progression Serie
von Roman Prokofiev

Universum der Isolation
Eine Portal Progression-Abenteuer Serie
von Dem Mikhailov

Vielen Dank, dass *Das Gesetz des Dschungels* gelesen
hast!

Weitere deutsche Übersetzungen unserer LitRPG-Bücher werden schon bald folgen!

Um weitere Bücher dieser Reihe schneller übersetzen zu
können, brauchen wir Deine Unterstützung! Bitte
schreibe eine Rezension oder empfehle *Das Gesetz des
Dschungels* Deinen Freunden, indem Du den Link in sozialen Netzwerken teilst. Je mehr Leute das Buch kaufen, desto schneller sind wir in der Lage, weitere Übersetzungen in Auftrag geben und veröffentlichen zu können.

Bitte vergessen Sie nicht, unseren Newsletter zu abonnieren:
http://eepurl.com/dOTLd1
Sei der Erste, der von neuen LitRPG-Veröffentlichungen
erfährt!
Besuche unsere englischsprachen Twitter- und Facebook LitRPG-Seiten und triff dort neue sowie bekannte
LitRPG-Autoren:
https://twitter.com/MagicDomeBooks
https://www.facebook.com/groups/LitRPG.books

Erzähle uns mehr über Dich und Deine Lieblingsbücher, schau Dir die neuesten Bücher an und vernetze
Dich mit anderen LitRPG-Fans.

Bis bald!